Anatomía del amor

Novela

Biografía

Las novelas de Ava Reed son uno de los fenómenos editoriales de la narrativa alemana del momento. Galardonada en cuatro ocasiones con el premio a Mejor Novela del Año por la plataforma de recomendación de libros LovelyBooks, su tetralogía situada en el ficticio Hospital Whitestone, que arranca en *Anatomía del amor*, ha escalado hasta el número uno en las listas de los libros más vendidos del país. *Un corazón en juego* es la segunda entrega de la serie publicada por Besties Books.

Ava Reed
Anatomía del amor

Serie Hospital Whitestone, 1

Traducción de Albert Vitó i Godina

mr · ediciones

PEFC Certificado

Este libro procede de
bosques gestionados
de forma sostenible

PEFC

PEFC/14-38-00305   www.pefc.es

Título original: *High Hopes. Whitestone Hospital*

© 2022 by LYX in Bastei Lübbe AG
   Derechos negociados con Ute Körner Literary Agent – www.uklitag.com
© por la traducción, Albert Vitó i Godina, 2023
© Editorial Planeta, S. A., 2023
   Ediciones Martínez Roca, un sello editorial de Editorial Planeta, S. A.
   Avda. Diagonal, 662-664, 08034 Barcelona (España)
   www.mredfciones.com
   www.planetadelibros.com

Adaptación de la cubierta: Booket / Área Editorial Grupo Planeta
Ilustraciones de la cubierta: © Vero Navarro
Ilustración del interior: © Freepik
Primera edición en Colección Booket: enero de 2024
Segunda impresión: febrero de 2024

Depósito legal: B. 19.241-2023
ISBN: 978-84-270-5220-8
Impresión y encuadernación: QP Print
Printed in Spain - Impreso en España

Para la gente que me lee,
sin la que nada de esto sería posible.
Para mi marido, porque sin su ayuda
jamás habría podido terminar esta historia.

Glitter – Patrick Droney

Banda sonora

«Where It Stays» – Charlotte OC
«If You Keep Leaving Me» – Anderson East
«If I Be Wrong» – Wolf Larsen
«I Only Miss You When I'm Breathing» – Dan Elliott
«No Right to Love You» (Acoustic) – Rhys Lewis
«Pieces» (Acoustic) – Declan J. Donovan
«Looks Like Me» (Piano Acoustic) – Dean Lewis
«Like the Water» – Patrick Droney
«i can't breathe» – Bea Miller
«Falling Like the Stars» – James Arthur
«Easy on Me» – Adele
«Out of Reach» – Gabrielle
«willow» – Taylor Swift
«Silence» (Acoustic) – Grace Carter
«Better Than Today» – Rhys Lewis
«Yours in the Morning» – Patrick Droney
«Colour Me» – Juke Ross
«Bette Davis Eyes» – Boy

«Shivers» – Ed Sheeran
«drivers license» – Olivia Rodrigo
«Glitter» – Patrick Droney
«Hold Me While You Wait» – Lewis Capaldi
«High Hopes» – Kodaline

1

Laura

—**A**bre de una vez la maldita carta. ¡No me obligues a ir al aeropuerto y subir a un avión, Laura Elizabeth Collins! ¡Son las cinco de la madrugada y dentro de cuatro horas tengo una sesión de fotos importante!

Arqueo una ceja y esbozo una sonrisa mientras Jess me mira con expectación desde la pantalla en la que tengo abierta la sesión de Skype. Siento mucho haberla despertado, pero tenía que verla y hablar con ella. Necesitaba una dosis de esa confianza despreocupada que Jess siempre consigue transmitirme.

—Vamos, ¿qué te da tanto miedo? —añade, y casi puedo notar los puñetazos que me pegaría en el brazo si la tuviera a mi lado.

—Para serte sincera..., que acabes viniendo a California desde Berlín para darme una patada en el culo.

Mi hermana mayor sonríe, se frota los ojos y suspira con fuerza.

9

—Venga, hazlo como quien abre una tirita: cuentas hasta tres y, ¡zas!, abres el sobre. Rápido e indoloro. Estoy segura de que te habrán aceptado.

Me abstengo de comentarle que las tiritas no se abren, sino que se arrancan. En lugar de eso, le doy la vuelta al sobre, lo sostengo entre dos dedos y me pregunto si podré asumir la respuesta que contiene. Determinará en gran parte el rumbo que tomará mi vida, que todavía es incierto, lo cual me parece una locura.

—¿Y qué pasa si pone que no? —pregunto con aire distraído. ¿Qué ocurrirá si no me han aceptado? ¿Si no puedo acceder a la plaza que tanto deseo desde hace años?

—Cariño, eres la tercera de tu promoción y te han aceptado ya en dos de los mejores hospitales del país. Te has esforzado una barbaridad y ha llegado el momento de recoger los frutos de tu trabajo.

Mi mirada vaga hacia las cartas de Filadelfia y Baltimore que tengo sobre la mesita de noche. El hospital Johns Hopkins también me ha enviado una carta de aceptación. Cuando pienso que casi ni me alegré de recibirlas me siento como una mocosa malcriada, porque en realidad debería estar agradecida. He hecho todo lo posible por graduarme en la Facultad de Medicina de la Universidad de Stanford con las mejores notas y por convertirme en una buena médica. He superado todos los obstáculos que se me han presentado a lo largo de los años, no solo durante la carrera, sino también después. He escrito varias cartas de motivación, he pasado procesos de selección y me he esforzado al máximo. Estamos a finales de marzo y ya han llegado las primeras respuestas, entre otras la que tanto esperaba y que no me atrevo a abrir desde hace días.

—Mamá y papá se conocieron en Phoenix, en un congreso de medicina —le explico en voz baja, a pesar de que Jess lo sabe de sobra, y tengo que tragar saliva para proseguir—. No es el hospital, es el lugar. No... no puedo evitarlo, en el fondo tengo la esperanza de que así podré acercarme más a ellos. Aunque por el mismo motivo también temo perderlos de nuevo, si no consigo entrar.

—Lo sé —responde mi hermana, y al oírla me doy cuenta de que no soy la única que tiene un nudo en la garganta.

Al instante me sabe mal haberla llamado a pesar de las nueve horas de diferencia que nos separan. Y no solo por haber interrumpido su sueño, sino también por mantenerla despierta desde San Francisco y recordarle lo que perdimos de forma tan prematura. A quiénes perdimos.

—Por eso me has llamado a mí y no a Logan —añade.

Me limito a asentir muy levemente, pero estoy segura de que lo ha visto de todos modos.

Logan nos quiere y nosotras lo queremos a él, pero nuestro hermano pequeño intenta por todos los medios superar lo que les ocurrió a papá y mamá; hasta el punto de olvidarlo, porque pensar en ellos le resulta demasiado doloroso. Aunque se hizo policía precisamente por nuestros padres, para al menos poder luchar de algún modo contra la úlcera de la injusticia y el odio, sé que no me comprendería. O no querría comprenderme. Y todavía menos estaría dispuesto a admitir lo mucho que se parece a mí.

—Laura, mira hasta dónde has llegado. Ya he aceptado que eres igual que mamá: has estudiado Medicina, quieres dedicar tu vida a eso e incluso te planteas la posibilidad de viajar a Afganistán, a Siria y países en guerra para ayudar a la gente, como hicieron nuestros padres. Sí, ya me he hecho a la idea. Tienes que ser feliz, y yo... estoy orgullosa de ti. Con independencia de lo que diga esa carta —matiza, y respira hondo un momento antes de proseguir con la voz quebrada—: Y mamá y papá también lo estarían.

Levanto la vista y veo como se seca una lágrima rápidamente antes de esbozar una sonrisa.

—Estoy segura de que me matarían por no intentar disuadirte —añade, y me río con ella, notando también como afloran las lágrimas en mis ojos. Por primera vez desde que recibí la carta, no me da miedo abrirla.

Jess se tapa la boca con la mano para bostezar y vuelvo a sentir remordimientos de conciencia.

—Perdona, no quería despertarte y...

—No pasa nada —me interrumpe, llevándose la mano al corazón—. Ojalá pudiera estar a tu lado. Bueno, solo faltan ocho meses para que vuelva a ir.

—Gracias, Jess.

—Qué menos —repone, y me señala el sobre—. Bueno, ¿qué? ¿Lo abres o no?

—Creo que sí. Pero cuando esté en casa de Josh.

—¿Qué? No me hagas eso. No es justo.

—Te escribiré en cuanto sepa el resultado —le prometo, y se me queda mirando con una mezcla de curiosidad e incredulidad, hasta que suspira y se pasa la mano por la larga melena rubia.

Sabe perfectamente que no la he llamado solo porque me comprenda, sino porque la echaba de menos. Porque echo de menos a nuestros padres. Lo cierto es que la he llamado por muchos motivos, pero no porque necesitara su ayuda para abrir la carta.

—Bueno. Pero no te olvides de mí, ¿eh?

—¡Jamás!

—¿Ah, no? ¿Y qué pasó el año pasado, cuando dejaste el piso compartido y alquilaste un apartamento para ti sola en San Francisco? ¿O cuando te dieron los resultados de los exámenes? ¿O cuando empezaste a trabajar dando clases de primeros auxilios? ¿O cuando murió Eddie? —me reprocha mientras cuenta con los dedos todos los casos en los que he tardado en hablarle de lo que me ocurría.

—Ya sabes que no me quedaré mucho tiempo en esta ciudad. Si todavía estoy aquí es por Josh. ¡Y el resto de las cosas te las he ido contando a medida que sucedían!

—Sí, bueno, medio siglo después. En el caso del trabajo solo tardaste varias semanas, y nuestra tortuga ya llevaba tres meses bajo tierra cuando me contaste que se había muerto. Se te ocurrió mencionarlo solo porque poco antes de Navidad pregunté por ella.

Hago una mueca.

—Vale, de acuerdo, lo he entendido. Me pondré un recordatorio en el móvil, ¿satisfecha?

Jess me dedica una sonrisa descarada y luego bosteza de nuevo, esta vez sin tapujos.

—Sí, bastante.

Cumplo mi palabra y me lo anoto en el móvil para que me lo recuerde mañana a primera hora.

—Que descanses, hermanita. Y mucha suerte con la sesión de fotos.

—A ver si puedo dormir una horita más y después no me olvido de la cámara. Espero que al menos las modelos hayan descansado bien.

Mientras me saca la lengua, niego con la cabeza, sonriendo, y cuelgo. La echo mucho de menos y me muero

13

de ganas de volver a verla de verdad, en carne y hueso, y no a través de una pantalla.

Cuando cierro el portátil, el clic resuena con demasiada fuerza en mi habitación y luego no queda más que ese silencio que a veces me parece agradable, pero otras, excesivo. Demasiado silencio, demasiado ruido, demasiada presión. Como la que siento ahora, cuando no me queda más remedio que prestar atención a todos estos pensamientos que preferiría evitar.

Son las ocho, estoy sentada en mi apartamento y ya llevo puesto el pijama a pesar de que es viernes por la noche. Normalmente no le doy importancia a esa clase de cosas, pero hoy sí. Además, me gusta estar cómoda y tranquila, y durante la carrera no tuve el tiempo necesario para dormir, relajarme y comer bien. Por no hablar ya de dedicar tiempo a la fotografía y a la lectura (me refiero a leer obras de ficción y poesía, no gruesos tomos repletos de información importante sobre el cuerpo humano). En general, la carrera de Medicina ha terminado con mi vida privada, hasta el punto de que me extraña que Josh y yo hayamos conseguido mantener nuestra relación pese a todo.

A Josh lo conocí durante el primer semestre en Stanford, y en el segundo ya empezamos a salir juntos. No tengo ni idea de si las cosas habrían sido más sencillas si él no hubiera cambiado de carrera, pero el caso es que la de Medicina no le gustaba tanto como a mí, y aunque sacaba buenas notas y al principio pensaba que era eso a lo que quería dedicarse, simplemente resultó que no encajaba con lo que tenía en mente. Lo de ser médico tiene poco que ver con horarios fijos, y menos aún con cumplir con el trabajo y punto. Conlleva demasiada dedicación y responsabilidad.

Por eso Josh se pasó a la carrera de Derecho tras el segundo semestre, aunque ahí tampoco duró mucho. Había que estudiar demasiado. Prefirió abandonar Stanford y mudarse a la ciudad para estudiar Economía en la San Francisco State. De hecho, se graduará dentro de unos meses. Él es el motivo por el que justo después de los exámenes finales yo también dejé el campus y me mudé aquí, para poder pasar unos meses cerca de Josh antes de aceptar un trabajo como residente.

Porque no me quedaré aquí, eso lo tengo claro. Siempre he considerado que California no era más que una escala en mi camino, y en ningún momento me he planteado la posibilidad de echar raíces aquí. Josh es consciente de ello, fue una de las primeras cosas que le dejé claras, y siempre me dice que encontraremos la manera de hacer encajar lo nuestro en ese sentido, aunque estoy segura de que todavía no lo ha asumido de verdad.

Josh es incapaz de hacer planes más allá del fin de semana. Aun así, una vez insinuó que me seguiría a cualquier parte. No sé si lo dijo en serio y, en ese caso, si realmente podría pedirle algo así. Sé que le encanta esta ciudad.

Tampoco sé si una relación a distancia solucionaría las cosas. No sé si podría o si me gustaría vivir así.

En cualquier caso, Josh no parece preocupado por eso, por lo que he decidido no darle más vueltas, de momento. Y eso que me cuesta un montón, no paro de preguntarme si es realmente la persona que necesito en mi vida. Lo que ocurre es que forma parte de ella desde hace tanto tiempo que me resulta difícil imaginarme sin él.

Esta noche Josh tiene que estudiar para un examen y le he dicho que no pasa nada, aunque en realidad hace semanas que no nos vemos. Y no solo porque él haya tenido muchas cosas que hacer, sino también porque últimamente yo he ido bastante a mi aire. Demasiado, tal vez, y con demasiada frecuencia.

Miro de nuevo el sobre que tengo en la mano. Cojo el móvil, que había dejado junto al portátil, sobre la colcha amarilla, y le envío un mensaje a Josh.

> Hola, ¿cómo lo llevas? Ya sé que no habíamos quedado hoy, pero he pensado que quizá te apetecería hacer una pausa. Podríamos cenar sushi. No me quedaré mucho rato, es solo que... ha llegado la carta. Hace un par de días, de hecho. Y me gustaría abrirla contigo.

Bastante espontáneo, no está mal. No puedo evitar reírme de mí misma. Lo cierto es que la espontaneidad nunca ha sido mi fuerte, aunque de vez en cuando siento la necesidad de actuar de ese modo. Algunos días parezco una contradicción con patas. Soy como una ecuación que no cuadra, pero sigue teniendo sentido. No soy perfecta, pero tampoco pasa nada.

Mientras espero a que me responda, me levanto de la cama y dejo la carta y el móvil sobre la cómoda del pasillo. Estoy segura de que a Josh no le importará que vaya a verlo. No vive muy lejos, y por el camino puedo comprar la cena que le he propuesto. En Grant Avenue hay uno de los mejores puestos de sushi que conozco.

Así pues, me meto en el baño, me suelto el pelo y empiezo a cepillármelo.

Me contemplo en el espejo redondo que hay sobre el lavamanos de cerámica blanca y muevo la cabeza poco a poco de izquierda a derecha. Con la luz del cuarto de baño, el azul grisáceo de mis ojos parece más oscuro de lo que es realmente, y el pelo rubio y ondulado me llega más allá de los hombros, hasta la clavícula. No estoy acostumbrada a verme así, por lo general me gusta más liso, pero hoy lo he llevado todo el día recogido en una trenza. La imagen que veo en el espejo me recuerda a mamá. Muchísimo, tal vez demasiado, ya que por mucho que la quisiera y por mucho que la eche de menos, sigue siendo algo que no soporto. Al menos la mayoría de las veces. Ni siquiera después de todos estos años.

Trago saliva con dificultad, me recojo el pelo en un moño suelto y me refresco la cara con agua fría. Antes de quitarme el pijama para ponerme algo con lo que pueda salir de casa, le echo un vistazo al móvil. Casi no me queda batería.

—Mierda —murmuro mientras busco el cargador.

Pero si lo vi ayer mismo, lo tenía encima de la cómoda. Sobre el mueble del pasillo reina un verdadero caos; empieza a ser urgente que lo ordene. Es el lugar en el que se acumulan con el tiempo todas esas cosas que dejo tiradas de cualquier manera pensando: «Luego lo pongo en su sitio». Pero ese «luego» se convierte en semanas, hasta que algún día digo: «Vaya, esto sigue aquí», y después llega un momento en el que ya me da igual.

Suelto un gemido de frustración y busco por la cama, por la mesita de noche y por la estantería en la que guardo las cámaras, los libros y las fotografías viejas de la familia. Pero esta zona siempre la tengo perfectamente ordenada, así que un vistazo me basta para darme cuenta de que el cargador no está allí. Por un instante me quedo plantada en el centro del dormitorio, que solo está separado del salón por un pequeño biombo de bambú, y pongo los brazos en jarra. Mientras giro sobre mí misma, peino la estancia con la mirada. La cama con la colcha arrugada, la mesita, la alfombra mullida que tengo delante, el aparador. Joder, incluso me agacho para echar un vistazo debajo de la cama, y eso que allí abajo no he encontrado jamás nada más que pelusas y gomas para el pelo. En el salón tampoco está, y en la cocina solo tengo un montón de platos apilados porque el lavavajillas murió la semana pasada.

No puedo pasarme la noche entera buscando el maldito cargador...

Solo me queda un seis por ciento. Y todavía no he recibido ningún mensaje. Esperaré hasta que la batería del móvil se acabe del todo y luego ya me ocuparé de comprar otro cargador, del sushi y de ir a ver a Josh. Si no tiene tiempo o no le va bien, seguro que me lo dirá sin tapujos, y al menos habré dado un bonito paseo.

Me llevo el teléfono y lo dejo apoyado en el lavabo mientras me aplico crema facial, porque el baño es tan pequeño como una caja de cerillas. Un poco de rímel, una rociada de perfume y ya me siento mejor.

La pantalla se ilumina, lo veo de reojo y alargo la mano enseguida para cogerlo. Demasiado rápido y con demasiada torpeza. El móvil se me resbala de la mano y los intentos desesperados que hago para evitar que se caiga no sirven para nada. Todo lo contrario.

Acaba cayendo.

En el váter.

Oigo un sonoro chapoteo y luego un suave borboteo.

Me quedo boquiabierta, mirando las fauces de mi inodoro con desconcierto.

—No, no, no —empiezo a susurrar, cada vez más desesperada. Hasta que comprendo de verdad lo que ha ocurrido y el pánico me obliga a meter la mano en el agua para recuperar el móvil. Me siento como si le estuviera practicando un tacto rectal a una vaca. No tengo ni idea de cómo debe de ser esa sensación en realidad, seguramente más cálida y estrecha, pero vamos, fijo que igual de asquerosa y húmeda que esta. Como médica, he aprendido a ignorar ciertas sensaciones enseguida. El agua de un váter viejo no me impedirá salvar vidas. En este caso, la de mi móvil, cuya pantalla se apaga justo en el momento en que lo agarro. Casi como si quisiera decirme que he tardado demasiado.

Genial.

—¡Mierda! —exclamo, consciente del doble sentido mientras sostengo en la mano el aparato chorreando.

Presa del pánico, corro hacia la cocina, lo envuelvo en papel absorbente y me lavo las manos a toda velocidad.

—Arroz. Sé que tengo arroz por alguna parte. Pero ¿dónde...? —me pregunto. Como en casa menos de lo que debería, pero siempre tengo algo de arroz por si algún día me apetece—. ¡Vamos! —exclamo mientras abro el armario en el que suelo guardarlo.

Aparto los paquetes de pasta y el azúcar, un par de conservas y ahí está. Aliviada, cojo el último paquete que me queda, vierto el contenido en uno de los pocos cuencos limpios que hay y meto el teléfono dentro. Ya está apagado, solo puedo esperar que el arroz absorba la humedad y que mañana vuelva a funcionar.

Me permito respirar hondo durante unos segundos

y cierro los ojos antes de hundir la cabeza entre las manos.

Menudo día.

Quizá sea una señal. Quizá debería volver a ponerme el pijama y quedarme en casa, sin más.

Unos mechones me caen sobre la cara. Estoy segura de que el moño ha pasado a la historia y de que tengo el rímel corrido por toda la cara, porque sin darme cuenta me he frotado los ojos. Sí, tal vez debería quedarme en casa. Aunque por otro lado realmente necesito comer algo, y prefiero que sea algo bueno...

2

Laura

La primavera en San Francisco es maravillosa, como un abrazo optimista o una obra de arte llena de vida.

Una brisa fresca me da en la cara y me arropo más con el abrigo con una mano mientras en la otra llevo la bolsa cargada de sushi.

Me gustan estas temperaturas frescas pero agradables que suele haber aquí. Ni demasiado frío ni demasiado calor, sin extremos. Cuando se lo conté a Jess, se rio de mí en voz alta. Todavía me parece oír lo que me dijo: «¿Y piensas marcharte precisamente a Phoenix? ¿Estás loca?».

Es posible que lo esté. Nunca he estado allí. Ni en Los Ángeles, ni en ninguna otra ciudad con esa clase de clima, pero me imagino que tampoco debe de ser para tanto. Un poco de calor no le hace daño a nadie. Además, preferiría que mi futuro no se viera condicionado por las temperaturas. El tiempo me trae sin cuidado. El res-

21

to irá bien. «Eso si me aceptan», pienso de repente sin proponérmelo, y la carta que llevo en el bolsillo del abrigo de pronto me parece increíblemente pesada.

Sí... Todo saldrá bien. No hay otra opción.

Intento distraerme con el ajetreo que reina a mi alrededor, absorbiendo las miradas de la gente y la luz de las farolas como si fuera la última vez que paseo por Chinatown. Paso por delante de pequeños bares y restaurantes, de anuncios luminosos y grandes rótulos con caracteres chinos, y disfruto del paseo, de la noche y de ese momento tan especial.

Cuando giro por Clay Street y me adentro en el distrito financiero, aquellas calles de ensueño tan coloridas y con un bullicio tan particular quedan sustituidas por decenas de rascacielos y una forma distinta de orden y belleza.

Poco después llego a casa de Josh y subo en el ascensor hasta el quinto piso. Sin dudarlo, meto la llave en el cerrojo y abro la puerta del apartamento, que se encuentra en un elegante rascacielos. La lamparita del estrecho pasillo arroja una luz cálida cuando entro y me quito el abrigo y las zapatillas. No se oye nada, aunque la puerta que da al salón y la cocina está cerrada.

Llamo con los nudillos, la abro y asomo primero la cabeza para echar un vistazo a la amplia estancia.

—¿Josh?

La mesa del comedor está llena a rebosar: papeles y libros apilados de cualquier manera, y decenas de vasos alrededor. El resto está tan impecable como siempre, lo que teniendo en cuenta el mobiliario tampoco es muy difícil. Es un apartamento sobrio y está decorado con tonos neutros, sin nada especialmente llamativo ni objetos personales. Sin fotografías, sin plantas, sin libros.

No solo es minimalista, sino también ultramoderno. Una mezcla que no me atrae en absoluto, porque todo es demasiado... perfecto. Frío y estéril. Como un hospital. No lo sé, le falta algo para que el piso se pueda considerar un hogar.

Aunque eso no encajaría con Josh, él no es así. Probablemente no necesita tanto como yo esa sensación de llegar a un lugar acogedor, o tal vez le gustan todas esas cosas anodinas y sin personalidad que tiene por casa. Hace unos meses, cuando se lo comenté, no entendió lo que quería decir y me respondió que no era más que un piso. Otro motivo por el que ni siquiera se me pasó por la cabeza la posibilidad de mudarme aquí con él. De acuerdo, también porque ninguno de los dos mencionó esa opción. Gracias a mi trabajo de media jornada y a la herencia que nos dejaron nuestros padres, puedo permitirme tener un piso para mí sola y no tuve que endeudarme hasta las cejas para costearme la carrera. Aunque, si pudiera elegir, preferiría tener que devolver un préstamo imposible, ya que eso significaría que mis padres estarían vivos.

—¿Hola? —lo llamo, esta vez levantando un poco más la voz. Cruzo el salón en dirección a la cocina abierta que hay al otro lado de la estancia.

Nada de nada. Quizá ha decidido tomarse un descanso para dormir un poco. Aun así, pruebo suerte otra vez.

—¿Josh? —insisto, y de repente oigo un fuerte golpe a mi izquierda procedente del baño o del dormitorio, no consigo distinguirlo exactamente.

Dejo la bolsa con el sushi para asegurarme de que todo va bien cuando la puerta del dormitorio se abre. Josh me mira sorprendido, incluso parece algo apurado.

—Laura, ¿qué haces aquí? Podrías haberme llamado antes de venir. —Solo lleva puestos unos bóxers y tiene el pelo revuelto. Se aclara la garganta y se apresura a cerrar la puerta tras de sí.

¿Por qué cierra la puerta? Como si no conociera de sobra ese dormitorio, y al fin y al cabo solo estamos él y... Porque está solo, ¿no?

Josh y yo nos miramos fijamente y sus ojos verdes no me revelan si tengo razón, su expresión no cambia ni un ápice.

—Te he escrito, pero después me he quedado sin batería y el móvil se me ha caído al váter —relato con voz monótona, pero mis pensamientos se desvían de mis palabras y siguen a su aire.

Josh se pasa la mano por la barbilla recién rasurada y luego me doy cuenta. Veo que tiene rastros de pintalabios junto a la boca y en los labios.

—Por favor, dime que no es lo que parece o lo que estoy pensando.

Le señalo la cara y, como si él pudiera saber lo que he visto, se limpia enérgicamente las partes manchadas de color rosa. Me siento mareada. O sea que no estaba solo.

—No puedo —confiesa con voz firme mientras deja caer las manos, al parecer renunciando ya a seguir limpiándose la cara.

Ojalá tuviera preparada una réplica. Me encantaría insultarlo o gritarle, pero me limito a quedarme plantada sin decir nada.

Hay algo aún peor que el hecho de que en la habitación de Josh haya otra mujer: que no me duele tanto como debería. Que tendría que estar más triste, aunque algo sí que me duele. En mi interior se acumulan el vacío, la aceptación y el dolor. Puede que también algo de rabia. Sí, bastante rabia, pero no porque prefiera a otra persona, sino porque me ha engañado de esa forma tan cobarde. Debería haber cortado conmigo y no comportarse como un capullo que tiene una relación estable mientras se folla a otra. Que te engañen es peor que romper, porque es como intentar herir a alguien deliberadamente. Además, no es ningún secreto: el amor puede ser pasajero y las relaciones pueden terminarse. Pero así no, por favor. Esto no se lo merece nadie. Es tan... humillante. Sí, que me haya hecho esto me pone furiosa, y la rabia empieza a abrirse paso por mis venas como si fuera la lava de un volcán.

Al menos no me ha mentido. Casi me echo a reír al pensarlo, porque tampoco podría haberlo negado; lo he pillado prácticamente con las manos en la masa. Y tampoco habría sido peor si me hubiera mentido, ¿no?

—¿Cuánto tiempo lleva pasando esto?

—No creo que...

—Hace más o menos dos minutos que lo que tú creas ya no me importa nada, Josh —lo interrumpo con más brusquedad de la que me creía capaz.

Se me queda mirando unos segundos con los labios apretados, hasta que titubea un poco antes de responder.

—Desde Nochevieja —responde.

Al principio, me parece no haberlo oído bien. Estoy segura de que se corregirá, de que se ha equivocado. Pero veo que no añade nada más y me doy cuenta de que hace tres meses que se está acostando con otra.

—Guau —susurro, y no puedo evitar perder el control de mi expresión facial. Me lo quedo mirando con la boca abierta. La primera Nochevieja que pasamos separados desde que nos conocemos, porque me marché a

Berlín para celebrarla con Jess, y no se le ocurre nada mejor que liarse con otra.

—Mira, quería... —empieza a decir, pero levanto la mano para hacerlo callar y luego me envuelvo el cuerpo con los brazos y respiro hondo.

Dios, estoy realmente cabreada.

—¿Qué? ¿Qué querías? ¿Contármelo? Vamos, Josh. Pensaba que tras cuatro años de relación podía fiarme de ti. Y también pensaba que eras un buen tío y que tendrías más agallas. Ojalá me hubieras salido con esta mierda mucho antes, y no después de todos estos años —le espeto, negando con la cabeza—. ¿Una aventura? ¿Desde Nochevieja? Es patético —suelto con la voz quebrada.

Durante unos segundos, ninguno de los dos dice nada, el silencio que reina en el piso podría cortarse con un cuchillo.

—¿Está durmiendo? ¿La conozco? —pregunto, aunque me arrepiento de inmediato—. ¿Sabes qué? Prefiero no saberlo. ¿Hay... hay algo más que quieras contarme?

La mirada de Josh se clava en la mía y veo cómo sus labios se separan, aunque solo para volver a cerrarse enseguida. Parece algo perdido, casi arrepentido, pero no dice nada. Ni una puta palabra. Después de todo el tiempo que hemos pasado juntos y después de lo que me ha hecho, no tiene absolutamente nada que decirme.

Y entonces llegan la tristeza y la decepción. Y, por supuesto, el dolor.

—Sin duda os merecéis el uno al otro —susurro antes de levantar la voz de nuevo—. Pues mira, el sushi que traía, me lo llevo —decido mientras le dedico una peineta, tras lo cual recojo la bolsa y el resto de mis cosas. Tiro al suelo la llave que me había dado de su apartamento y empiezo a forcejear con su llavero para llevarme la que él tenía de mi piso.

Primero pienso que intentará seguirme para al menos simular que tiene remordimientos de conciencia, o para fingir que todavía siente algo por mí. O porque ha encontrado las palabras que no ha sabido pronunciar hace unos segundos. Pero no, no ocurre nada de eso y, para bien o para mal, tengo que hacerme a la idea de que nuestra relación no ha fracasado esta noche, sino mucho antes.

En algún momento alrededor de mediodía me despierto con dolor de cabeza y con los ojos hinchados, tendida en mi sofá, que es cómodo pero demasiado pequeño. Me quedé dormida después de pasar un buen rato vagando por la ciudad, inmersa en mis cavilaciones, tras el lamentable episodio en casa de Josh. Sin embargo, durante ese paseo la ciudad no me pareció bonita ni, por supuesto, mágica.

Cargada con el sushi, la carta de Phoenix y una indignación considerable, estuve recorriendo las calles del barrio. Luego me senté en un banco de Ferry Plaza, donde me zampé la cena con la mirada perdida en el puente de la Bahía. Regresé muy tarde a casa, donde solo me esperaba el móvil sumergido en arroz.

Me marcho de aquí, está decidido. Por muy bonito que sea San Francisco, ya nada me retiene en este lugar. Nada de nada.

Rescindiré el contrato de alquiler hoy mismo. Hasta ahora no lo había hecho porque me planteaba la posibilidad de quedarme tanto tiempo como fuera posible. Para apoyar a Josh con sus exámenes finales y para decidir juntos cómo seguiríamos con nuestra relación. Porque estaba dispuesta a luchar por ella. Después de todo, en su momento estuve muy enamorada de él. No obstante, para ser sincera..., ya no lo estoy. Desde hace tiempo, además.

Josh me gustaba, me lo pasaba bien con él. Teníamos una relación bonita, sin complicaciones, pero a decir verdad tampoco era un amor muy profundo. No había pasión y desde hace tiempo tampoco había deseo. Pero sí había amistad, confianza y afecto, y para mí tenían al menos el mismo valor, por eso lo de ayer me dolió tanto. Parece ser que Josh no lo vivía igual que yo, porque durante los últimos meses se ha dedicado a pisotear lo que nos unía.

Y no solo por este idilio, sino también porque él siempre me exigía más flexibilidad y compromiso, pero no me correspondía lo más mínimo en ese sentido. Josh quería ser espontáneo en todo momento, solo quería salir y vivir experiencias, y cada vez se mostraba menos comprensivo cuando a mí no me apetecía o no tenía fuerzas para ello. O cuando quería hacer planes o charlar sobre el futuro con más de una semana de antelación. No pasaba nada si él no me abrazaba cuando yo lo necesitaba. En cambio, no era tan comprensivo si alguna vez no me apetecía hacer el amor.

Ya no se trataba de mí y de mis deseos, de mis miedos o de mis sueños. Ya no se trataba de nosotros. Es que hacía tiempo que ya no nos escuchábamos ni teníamos nada que decirnos.

Desde que descubrí que me engañaba, no paro de preguntarme cómo es posible que no me diera cuenta antes de todo esto. Debería haberlo notado enseguida. O quizá debería haber notado algo en relación con esa otra mujer. ¿Había cambiado de algún modo su manera de mirarme o de actuar delante de mí? ¿Había cambiado el sexo? Cada vez lo hacíamos con menos frecuencia, pero ¿aparte de eso?

Todas esas cavilaciones no llevan a ningún lado, tengo claro que no obtendré ninguna respuesta, así que será mejor olvidarlo y zanjar el asunto. Aunque sea más fácil decirlo que hacerlo, todas estas preguntas no llevan a ninguna parte. No soy yo quien ha sido infiel, y no importa si debería haber notado algo o no. Yo no le he hecho daño, pero él a mí sí. Y podría habérmelo dicho... Podría haberme dicho que le faltaba algo, o que ya no le apetecía seguir con lo nuestro. No, más bien ¡debería habérmelo dicho! Pero en lugar de eso decidió quedarse conmigo, engañarme y, en cierto modo, engañarse también a sí mismo. Cuando pienso en la de veces que me he acostado con él en su cama desde Nochevieja a pesar de que ya tenía a otra, se me revuelve el estómago. Cabrón de mierda.

Mientras me incorporo y me aparto el pelo de la cara, se me ocurre que debería hacerme otro test de VIH. Al principio de nuestra relación obligué a Josh a hacerse la prueba. Le dije que a pesar de estar tomando la píldora no pensaba acostarme con él sin preservativo hasta que se hubiera hecho el test. Cosas de la médica que ya por aquel entonces llevaba dentro. El caso es que me alegré cuando aceptó someterse a la prueba sin dudarlo ni un momento. Eso sí, no sin antes insistir en que siempre había utilizado preservativo y que era imposible que hubiera contraído el VIH. De todos modos, yo me mostré inflexible, podría haberse contagiado igualmente a pesar de llevar condón. La probabilidad es muy baja, de acuerdo, pero existe. En esa época él también quería ser médico y lo sabía. Además, podría haberme mentido. De hecho, ahora me doy cuenta, eso era más que probable. Lo mejor será que me haga otro test que también cubra el resto de las enfermedades de transmisión sexual. Quién sabe si Josh ha estado usando protección con su nueva novia, amante o lo que sea.

Tal vez sea una paranoica, pero las enfermedades de este tipo no deberían tomarse a la ligera. Aunque haya un buen tratamiento para el VIH, sigue siendo incurable. No tiene nada que ver con la confianza o la hipersensibilidad. Ni con el hecho de que me sienta como una mierda en estos momentos.

—Joder —maldigo en voz baja, frotándome los ojos y soltando un gimoteo. Me siento como si me hubiera pasado un camión por encima, y eso que lo único que hice fue comer sushi en la calle con la mirada perdida.

Agotada, me llevo las puntas de los dedos a las sienes sin poder creer todavía lo que ocurrió ayer. Que se haya terminado de este modo. No hemos hablado, no hemos aclarado nada. Josh ha desaparecido de mi vida en un abrir y cerrar de ojos, y lo peor de todo es que ahora tengo que convencerme de que no pasa nada y de que tengo que seguir adelante. Y aceptar que la vida a veces se desvía del camino que hemos intentado seguir desesperadamente.

Aun así, no me siento bien. Mentiría si afirmara lo contrario. Y lo echo de menos, aunque no quiera. Porque ha formado parte de mi vida durante mucho tiempo. Demasiado tiempo.

Y con solo pensar en todas esas cosas, en el principio, en el fin, en todo lo que teníamos y ahora hemos perdido..., aunque no era una relación perfecta ni un gran amor, aunque seguramente ya desde el principio no me parecía que fuera a durar para siempre, las lágrimas se acumulan en mis ojos. Odio esta situación y todo lo que conlleva. No creía que tuviera que pasar por algo así.

Una parte de mí querría levantarse y afrontar el día, pero otra quiere continuar revolcándose en recuerdos, pensamientos y preguntas extrañas. No pasa nada.

¡De acuerdo, de acuerdo!

Aunque luego está también el dolor.

De manera que me vuelvo a tumbar, me tapo con la manta y enciendo el televisor. Están echando un documental que no podría interesarme menos.

Me quedo mirando fijamente la imagen, hasta que en algún momento mi mente empieza a divagar y apenas percibo el paso del tiempo. Las horas, el día, toda la eternidad...

3

Laura

—¿Qué coño...? —murmuro, entrecerrando los ojos para fijarme en el objeto borroso que tengo en la mano.

La vista se me aclara por fin después de parpadear varias veces. Hago una mueca al ver que es un Cheeto con sabor a queso. Bajo la mirada y me doy cuenta de que él no es el único Cheeto de mi vida: tanto yo como parte de la manta y del sofá estamos recubiertos de Cheetos, mientras que la bolsa vacía prosigue con su solitaria existencia en el suelo del salón.

Mierda. Me he quedado dormida con un puto Cheeto en la mano.

Se acabó, hasta aquí. Tengo que ponerme en pie cuanto antes. Y ducharme. Y tomar las riendas de mi vida, ya puestos. Ya le he entregado varios años de mi vida a Josh, será mejor que no siga desperdiciando los que me quedan. Dos días de autocompasión y de programas de televisión terribles son más que suficientes. Aunque

33

quizá han sido tres... He perdido completamente la noción del tiempo.

Algo asqueada, me sacudo los restos de comida de encima y busco el móvil por el sofá. Entonces me acuerdo de que sigue metido en un cuenco de arroz, medio muerto, porque ni siquiera he tenido el más mínimo interés en hablar con nadie. Solo quería silencio, tranquilidad. Quería...

No tengo ni idea de lo que quería. Pero sí sé lo que quiero ahora: mirar hacia delante.

Respiro hondo, me aparto unos mechones enredados de la cara y, con la máxima elegancia que me permite el estado lamentable en el que me encuentro, me meto en el baño y me siento a hacer pis. La vejiga me lo reclama a gritos. Aprovecho para lavarme los dientes y agradezco al universo que existan la seda dental y el colutorio. Evito mirarme en el espejo, no estoy preparada para eso.

Cuando vuelvo al salón, me llama la atención el abrigo que dejé tirado en el suelo de cualquier manera en lugar de colgarlo como es debido. Me agacho para recogerlo y entonces el sobre cae del bolsillo en el que lo había guardado. Me había olvidado por completo de eso.

«¿Cómo he podido olvidarme de la carta de Phoenix? Si contiene la respuesta a la pregunta que más me ocupa ahora mismo: qué haré con mi vida a continuación.»

Agarro el sobre con fuerza y levanto la barbilla para acercarme a la cocina y recuperar mi móvil de entre el arroz. A simple vista tiene buen aspecto, no veo ni un solo arañazo en la pantalla y ya no hay rastros de humedad. Ahora solo falta que funcione, pero no lo tengo nada claro.

Con el móvil en la mano, arrastro los pies hasta la cama, incapaz aún de ocuparme del caos que reina en el salón.

Tengo la cabeza llena de contradicciones cuando me dejo caer sobre el colchón con un suspiro. Son pensamientos claros y caóticos al mismo tiempo, lógicos y confusos. No me están ayudando mucho que digamos, porque son tan inquietos como el resto de mi ser. ¿Y mi corazón? Sigue latiendo. Con fuerza, con determinación. Y todavía no ha decidido el tipo de daño que ha sufrido: si solo se trata de un rasguño que no vale la pena ni mencionar, de un desgarro que precisará más tiempo o de un verdadero cráter que requerirá puntos de sutura. Está herido, pero no está roto. Quizá eso es lo único por lo que puedo dar las gracias hoy. Después de todo, es conveniente sentir gratitud por algo cada día, y creo que ya he encontrado un motivo para hoy.

Porque no puedo sentirme agradecida por el capullo de mi ex ni por el móvil estropeado, claro. Mierda. Llevo dos años queriendo comprarme uno nuevo y tal vez esta es la manera que el universo ha encontrado para hacerme saber que por fin ha llegado el momento. La batería se agotaba cada vez más deprisa, las aplicaciones no paraban de fallar y en general ya había adquirido demasiado carácter, por decirlo de un modo suave.

Sí, es hora de comprarme uno nuevo.

Dejo la carta a un lado, porque primero quiero ocuparme de conseguir un móvil que funcione. Espero que no sea mucho lío. Cojo el portátil que tenía en la mesita de noche y me lo pongo sobre el regazo, lo abro y tras pulsar unas teclas la pantalla se enciende.

No tengo contrato telefónico, prefiero las tarifas de prepago porque son más flexibles y así no tengo que pagar por cosas que no uso. Por eso busco un móvil económico pero relativamente nuevo que me dure más o menos como el otro. Me lo entregarán dentro de dos días y lo pago por PayPal. Perfecto. Lo he solucionado en un momento y eso me pone contenta. Sonrío porque ya he cumplido con uno de los puntos de esa lista mental de asuntos pendientes que tengo que resolver para empezar de nuevo. Incluso me siento bien...

Hasta que el icono del Skype comienza a parpadear y me muestra los mensajes no leídos y las llamadas perdidas. Cuando hago clic encima, casi me da algo. De repente aparecen un montón de mensajes de mi hermana, y me la imagino escribiéndolos. Primero de buen humor, luego preocupada y al final ya tan furiosa que debe de estar esperando que nadie me haya hecho nada malo para poder hacérmelo ella misma. En el último mensaje entra en detalles sobre lo que me hará cuando me vea.

Ladeo un poco la cabeza y entorno la mirada. ¿Me molerá a palos, me arrancará el pelo y luego me romperá todos y cada uno de los huesos del cuerpo? ¿Tiene la más mínima idea de lo que le costaría hacer eso? Son más de doscientos y..., ah, ahí está.

Ni te atrevas a hacerte
la sabionda contándome el número
de huesos que tenemos.

Seguramente no era su intención, pero leer sus mensajes me anima más que cualquier otra cosa que haya hecho desde el viernes por la noche. Aunque lo cierto es que tampoco he intentado gran cosa desde entonces.

Con una amplia sonrisa, la llamo y no tarda ni cinco segundos en responder.

—¿Estás loca? —me grita mientras me escudriña el rostro para ver si todo va bien. En realidad, Jess es bastante cariñosa, es solo que ella todavía no lo sabe.

—Estoy bien.

—Hasta que volvamos a vernos, porque luego te aseguro que ya no podrás decir lo mismo —sisea.

—Sí, ya me lo has dejado muy claro en los ciento doce mensajes que me has enviado.

—¡No te pongas chula conmigo! —me grita, señalándome con el índice—. Estaba muy preocupada, mucho. De verdad, Laura.

Esas palabras borran la sonrisa de mi rostro de inmediato. Las palabras, la expresión de sus ojos y el ligero temblor que detecto en su voz.

—Lo siento mucho.

—¿Qué narices ha ocurrido? Has tardado un montón en llamarme.

—El váter se tragó mi móvil y mi ex se la está metiendo a otra.

—Espera, ¿cómo dices? —exclama, visiblemente confusa.

—Pues eso. Lo que te he dicho.

Jess abre mucho los ojos.

—¿Josh... se está follando a otra?

Dejo que pasen unos segundos para asimilarlo yo también.

—Me gustaba más tal como lo he expresado yo, a decir verdad.

—Entonces ¿ya no estáis saliendo juntos? —me pregunta Jess, y realmente parece como si se hubiera quedado en shock de golpe. Hasta que empieza a sonreír sin previo aviso.

—¿Se puede saber cuál de todas mis desgracias te pone de tan buen humor? —suelto, cruzando los brazos y mirándola con incredulidad.

—Que ya no estáis saliendo juntos.

—¿Estás imitando a un disco rayado o qué pasa?

—Lo siento. Supongo que debería ser más sensible y al menos fingir que me sabe mal —empieza a decir, tras lo que se aclara la garganta y abre más los ojos para impostar una mirada triste—. Siento mucho que te hayas librado de una vez de ese mediocre caprichoso y que por fin puedas convertirte en la mujer fuerte y segura de sí misma que llevas dentro —sentencia, y a continuación pestañea con inocencia mientras yo me la quedo mirando, boquiabierta—. Ay, por favor, Laura, yo nunca te he mentido. Y afirmar que Josh me cae bien o que es perfecto para ti habría sido una trola increíble.

—Pero no tenía ni idea de que pensabas todo eso sobre él. Y..., bueno, no sé, ¿por qué no me lo habías dicho hasta ahora? Por cierto, el tacto nunca ha sido tu fuerte, pero esto ha sido duro incluso viniendo de ti.

—¿Qué querías que te dijera? Ya eres mayorcita para tomar tus propias decisiones y cometer tus propios errores. Confiaba en ti y sabía que, si algo no encajaba, encontrarías la manera de resolverlo tú sola —me dice, encogiéndose de hombros.

—Sí —respondo con un resoplido—, como puedes ver, lo he llevado muy bien y estaba muy atenta a lo que sucedía. Casi ha tenido que presentarme a la otra para que me diera cuenta de una vez.

—¿Puede ser que tengas algo en el pelo?

Empiezo a revolverme los mechones frenéticamente hasta que descubro que tenía un Cheeto detrás de la oreja.

—No cambies de tema. He pasado unos días algo duros, ¿sabes?

—¿En serio estás triste por eso? Te ha engañado. No engañas a una persona si la quieres de verdad y estás dispuesto a luchar por ella. Josh no te quería. O al menos no como te mereces. Te trataba como si diera por sentada tu presencia, como si fueras algo evidente, como si..., no sé. Como si pudiera sustituirte y no fueras lo más valioso de su vida —concluye, mirándome fijamente—. Y no es algo con lo que puedas contentarte. Eso no es amor. Se trata de ser la excepción, no la regla.

—¿Eso no lo has sacado de esa película de...? ¿Cómo se llamaba?

Mi hermana me interrumpe descartando lo que digo con la mano.

—Da igual. El caso es que es cierto. Eres estupenda, Laura. Josh no te merecía. No ha estado a tu lado, no te ha apoyado. Joder, lo único que ha hecho ha sido lo que a él le apetecía, esperando en todo momento que a ti te pareciera bien. Y te lo parecía.

Frunciendo el ceño, pienso en lo que me dice mi hermana.

—Josh y yo no nos perjudicábamos mutuamente —concluyo, al fin, aunque no sé por qué le defiendo. Quizá para defenderme a mí misma, en realidad. Al fin y al cabo, es cierto: durante todo el tiempo que estuvimos juntos me pareció bien.

Mi hermana suelta un resoplido.

—Pero tampoco os beneficiabais. Dime, ¿cuándo ha hecho algo por ti? Me refiero a algo de veras significativo, algo profundo. Algo que no sea llegar a las once de la noche con un ramo de flores medio mustias que ha comprado en una gasolinera o en un quiosco cochambroso. Dime una sola cosa. Una que pueda justificar que te sientas mal por haberte librado de él.

Tengo que pensarlo. Pero, por más que rebusco en mi memoria, lo único que encuentro es un vacío insondable. Una lágrima me recorre la mejilla y me apresuro a secármela. Porque en realidad las palabras de Jess me han hecho más daño que el hecho de que Josh me haya engañado con otra.

—Nos conocíamos bien, éramos amigos y...

—Eso no basta ni siquiera en el caso de un amigo. Se mudó a San Francisco sin consultártelo. Se marchó a Nueva York para unas prácticas de seis semanas sin preguntarte qué te parecía. Se olvidaba de tu cumpleaños y de vuestro aniversario. Laura, una vez se enfadó porque no te apetecía salir a cenar con él a un restaurante indio. ¡Y eso que eres alérgica al curri! —exclama, y al oírlo me estremezco.

Soy consciente de que todo lo que dice es verdad, de hecho son cosas que he estado pensando durante los últimos días, pero ahora... Joder, no puedo parar de sollozar mientras me froto los ojos.

—Ya lo sé —admito, aunque no estoy segura de si eso mejora o empeora las cosas. Quizá en realidad da igual y debería simplemente olvidarme de ello.

—¿Has abierto la carta? —me pregunta Jess de improviso, aunque lo cierto es que agradezco dejar de una vez el tema de Josh.

—No. Ya sé que parece una locura, pero ¿te puedes creer que me había olvidado?

—No me sorprende. Vamos, ve a buscarla y ábrela ahora mismo.

—La tengo aquí.

—Pues esta vez sí, de verdad —me ordena, y asiento con la cabeza.

Esta vez sí. Ya no tengo nada que perder. Claridad ante todo.

Respiro hondo y cojo el sobre. Tengo la sensación de que después de lo que ha ocurrido con Josh el sobre no me pesa tanto en la mano. Por supuesto, seguiría siendo un desastre que no me aceptaran, pero si la respuesta es positiva ni siquiera tendría que plantéarmelo. Simplemente me marcharía, sin más. Empezaría una etapa nueva. Sin reproches ni sentimientos de culpa. Sin tener que rendirle cuentas a nadie.

Por primera vez desde la ruptura, me invade una sensación de euforia y determinación.

Con movimientos seguros, le doy la vuelta al sobre y lo abro. El sonido del papel rasgado recorre mi cuerpo y tengo que esmerarme un poco para sacar la carta del interior. Jess me mira con expectación, la veo de reojo. Una simple hoja de papel con unas cuantas letras impresas decidirá ahora mismo si conseguiré cumplir mi sueño o no.

Despliego el papel y empiezo a leer la carta con el corazón acelerado. Noto como el calor y los nervios se apoderan de mí y se me acelera la respiración.

—¿Y bien? —me pregunta Jess—. ¿Qué pone? Joder, que no veo nada desde aquí.

Con la boca y los ojos muy abiertos, dejo el papel sobre la cama y me quedo mirando la pared fijamente.

—¡Dios, me estás poniendo de los nervios! Dímelo de una vez. ¿Lo has conseguido? —insiste mi hermana.

Su voz me llega amortiguada, porque lo que pienso y lo que siento retumba con fuerza en mi interior. Es como tener una tormenta de verano en la cabeza.

—Me han aceptado —susurro.

—¿Qué? —exclama Jess, y entonces me vuelvo hacia la pantalla de nuevo y la miro con detenimiento. Noto con claridad como se me empieza a formar un nudo en la garganta.

—Lo he logrado. A partir de julio seré médica residente en el Hospital Whitestone. En Phoenix —declaro, y me llevo la mano a la boca, pero ni así puedo reprimir un sollozo.

A mi hermana se le sonrojan las mejillas de la emoción, y los ojos se le llenan de lágrimas cuando intenta hablarme de nuevo con la voz tomada.

—Estoy muy orgullosa de ti. Ya te dije que lo conseguirías.

—Sí, tenías razón —constato. Sonrío de todo corazón, segura de que las cosas están bien como están.

Leo la carta de aceptación una y otra vez, hasta que me siento incapaz de seguir imaginando lo que implica. Luego hablo con mi hermana. Sobre nuestros sueños, sobre nuestros futuros, sobre recuerdos buenos y malos. Sobre cosas que preferiríamos poder olvidar pero no podemos, y también sobre cosas que apenas recordamos pero que nos gustaría conservar intactas.

Unas horas más tarde estoy cansada. Cansada y contenta, porque gracias a esta conversación he encontrado algo parecido a la paz interior.

A veces las cosas ocurren simplemente porque tienen que ocurrir. Y a veces tienen que hacernos daño para abrirnos los ojos.

4

Laura

Tres meses más tarde

Aunque ya hace rato que he abierto todas las ventanas, el salón todavía huele a moqueta vieja, a polvo y a aire viciado. Pero me da igual: estoy contenta de estar aquí y de empezar de cero. Una etapa nueva, un capítulo nuevo, como quieras llamarlo. Aquí todo está por llegar para mí, es como una hoja de papel en blanco que tengo que rellenar.

Dejar el piso, vender los trastos que no necesitaba y hacer el equipaje fue mucho más sencillo de lo que pensaba. Fue liberador, como soltar lastre para echar a volar. Y aquí estoy ahora, en mi apartamento nuevo. Me ha costado un poco encontrar una vivienda adecuada y no demasiado cara, ya pensaba que tendría que alojarme en un motel durante un tiempo. Pero hace unos días firmé el contrato de alquiler de este piso. Fui la primera en solicitarlo por correo y, después de una llamada telefónica y de pasar mis datos personales y toda la documentación necesaria, me aceptaron de inmediato. La

43

agente inmobiliaria fue muy amable y me dijo que el casero no quería problemas y se había hartado de estar buscando siempre inquilinos. Fue un golpe de suerte.

Phoenix es totalmente distinto a San Francisco. Esta ciudad desértica tiene un aura y una atmósfera especiales, una especie de magia propia. Cuando he llegado esta mañana y he pisado este suelo por primera vez, se me ha puesto la piel de gallina. Ha sido como si mis padres me estuvieran acompañando, como si velaran por mí. Como si la ciudad me estuviera recibiendo con un cálido abrazo de bienvenida.

Porque cálida lo es un rato. Ahora mismo tengo la nuca y las sienes impregnadas en sudor, incluso los pechos, hasta el punto de que llevo la camiseta empapada, pero ya es la tercera que me pongo hoy y me he dado cuenta de que no tiene sentido cambiarse de ropa continuamente. Y menos en plena mudanza.

Me seco la frente con el dorso de la mano y cierro un momento los ojos sin moverme. Luego mi móvil vibra sobre una de las cajas de cartón que tengo al lado, le echo un vistazo a la pantalla y lo cojo. Otro mensaje de Josh. Uno más de los centenares que debe de haberme enviado durante los últimos meses, y todos suenan más o menos igual.

¿Ya estás en Phoenix? ¿Podemos vernos y hablar otra vez? Por favor, te echo de menos. Lo siento mucho, Laura. Fue un error.

No le respondo. De hecho no le he respondido a ningún mensaje aparte del primero, y fue para pedirle que me dejara en paz. También le dije que esperaba que fuéramos felices, pero cada uno por su cuenta. Sin embargo, Josh no me hace caso y solo consigue empeorar las cosas. No comprende que lo nuestro se acabó para siempre. Al menos el test del VIH y las demás pruebas que me hice para comprobar que no tuviera ninguna enfermedad de transmisión sexual han salido negativas. Por suerte.

Respirando hondo, niego con la cabeza, me meto el móvil en el bolsillo trasero de los vaqueros y me olvido del mensaje de mi ex para centrarme en cosas más agradables.

Los pocos muebles y cajas que decidí llevarme llegaron dos horas después que yo gracias a un servicio de mensajería. Desde entonces, me he dedicado a desenvolverlo y guardarlo todo. Y todo a principios de julio, con un calor insoportable y el aire acondicionado estropeado. El casero me ha asegurado que me lo repararán a finales de mes, y solo espero que sea cierto. No estoy acostumbrada a estas temperaturas y únicamente tengo ganas de tenderme en el suelo con los brazos y las piernas abiertos para intentar sobrellevarlo de alguna forma.

En lugar de eso, salgo al sencillo balcón que me ofrece una panorámica perfecta de algunos rascacielos de la ciudad y de parte de las colinas desérticas que hay más allá. Esperaba una brisa fresca como la que sopla a menudo en la costa californiana, pero esto es Arizona, y por fin empiezo a asumir que mi nuevo hogar es un lugar mucho más caluroso, sofocante y polvoriento. Eso sí, la puesta de sol que contemplo en estos momentos es tan bonita como la de San Francisco. Me siento bien, protegida, en cierto modo es como si hubiera renacido, pero también como si estuviera en caída libre. Estoy contenta, pero también nerviosa. Aunque son nervios buenos. Son nervios de ilusión y entusiasmo.

Los rayos de sol tiñen el Valle del Sol con una paleta de tonos rojizos y anaranjados que las ventanas de los edificios reflejan en todas direcciones. No, esta puesta de sol no es como la de San Francisco, es mejor. Me parece impresionante, cautivadora, preciosa, y me recreo absorbiendo el juego de colores y la calidez que irradia mientras constato que por fin he llegado al lugar en el que he deseado estar desde que murieron mis padres.

Siempre he querido ser médica. Bueno, durante un breve período de tiempo cuando me lo preguntaban respondía que quería ser fotógrafa, y luego periodista, pero no tardé en volver a la Medicina. O ella volvió a mí, según cómo se mire.

Cuando sabes que vas por buen camino, el ritmo de los latidos de tu corazón es el mismo, pero la melodía cambia. Se vuelve más serena gracias a la certeza y a la esperanza.

Me doy cuenta de que con Josh nunca me sentí así, por mucho que no quiera volver a pensar en él. Ni ahora ni mañana ni nunca más. Porque Josh metió la pata, pero ahora soy consciente de que seguramente, de no haber sido por eso, habría seguido pegada a él hasta la eternidad. En su presencia la melodía sonaba bien, pero no era adecuada para mí. Mi hermana tenía razón, debería haberlo visto antes.

Pero no pasa nada. Todo eso quedó atrás.

Fue un arañazo.

No me hizo una herida profunda en el corazón.

Ni me lo rompió.

Sonriendo, me apoyo en la barandilla y miro a mi alrededor. Mi apartamento está en la planta superior de un pequeño complejo residencial. Uno de esos con piscina comunitaria insalubre, un portero amable pero que seguramente molesta más que ayuda y un buen número de vecinos curiosos. Aun así, no tiene aspecto desvencijado, sino que su estado es sorprendentemente bueno y resulta bastante agradable. El casero debe de haberse esmerado en conservarlo bien, y además la tasa de criminalidad en el barrio es moderada, a juzgar por las estadísticas actuales. No es que eso me preocupara demasiado, pero sin duda preferiría que no me robaran, secuestraran o mataran a golpes después de un turno agotador en la sala de urgencias o en el quirófano.

Suspiro. Son esas pequeñas cosas de la vida...

Por no mencionar que está relativamente bien conectado con el hospital. Tengo que andar un poco hasta la parada, pero luego el autobús tarda apenas veinte minutos en dejarme en pleno centro, según el tráfico y la hora del día. La ubicación está bien y el piso es limpio, luminoso y económico. Porque debo admitir que el precio también intervino en la decisión. Aunque el préstamo que pedí para pagar la carrera de Medicina no es ni mucho menos tan desmesurado como el de la mayoría de los estudiantes, me llevará un tiempo devolverlo. Por eso no quería tener la carga de un alquiler elevado. Por no hablar de que, siendo realistas, tampoco podré disfrutarlo mucho, pues pasaré la mayor parte del tiempo trabajando.

No obstante, ahora viene el fin de semana y el lunes es el Día de la Independencia, por lo que la dirección del hospital me ha pedido que me incorpore el martes. Todavía faltan cuatro noches, pero luego empezará mi nueva vida de verdad.

Mientras el sol se sigue hundiendo tras el horizonte y la luz rojiza se vuelve más intensa sobre las ventanas, los tejados y las colinas de la ciudad, por primera vez desde que recibí la carta de admisión noto como me tiemblan las rodillas.

Daré lo mejor de mí misma, pero sé que aún me queda mucho que aprender. Y probablemente me sentiré así durante el resto de mi vida. Hay días en los que el respeto que siento por la profesión es demasiado abrumador. Entonces me paralizo y me asaltan las dudas y el miedo. ¿Me gustará? ¿Me llevaré bien con el personal de enfermería, con mis supervisores y los demás residentes? ¿Seré capaz de afrontarlo? ¿Haré un buen trabajo? ¿Podré perdonarme los errores que inevitablemente cometeré? ¿Arrastraré siempre el trabajo a casa? ¿Me quedaré para siempre aquí o llegará un momento en el que también dejaré atrás esta ciudad?

Sé que no tiene ningún sentido reconcomerse con todo esto, pero a veces no puedo evitarlo. Es como si mi cabeza entrara en un bucle infinito.

Eso sí, por hoy ya he tenido bastante. No tengo respuestas para todas esas preguntas, ni soluciones para el caos que rige mis pensamientos, pero estoy segura de que todo acabará encajando de un modo u otro. Todo saldrá bien.

Sonrío mientras sigo contemplando la ciudad, deseando no tener que moverme en absoluto, pero he de ducharme cuanto antes. Además, un gruñido del estómago me recuerda que todavía no he comido nada decente en todo el día. Los dos miserables bollos que me he zampado no cuentan, por supuesto.

Con la certeza de que mañana tendré las agujetas de mi vida, me aparto del impresionante espectáculo que me ofrece la puesta de sol y entro en el piso. Pesco el móvil que había dejado sobre una de las últimas cajas de cartón llenas que quedan y pido una pizza y una ensalada mientras me masajeo el hombro izquierdo.

Justo cuando he terminado, el móvil vibra y me muestra otro mensaje, aunque esta vez, por suerte, no es de Josh.

> ¿Cómo van las cosas
> en medio del desierto?

Procedo a responder mientras sonrío y niego con la cabeza.

> ¿No deberías estar ya en la cama,
> hermanita?

> No he podido evitar pensar en ti.
> ¿Cómo va todo?

Mi hermana está tan emocionada por mi nueva vida como yo misma, y eso solo me anima a quererla más todavía. Tecleo otra respuesta con una amplia sonrisa en los labios.

> No te preocupes. He llegado
> bien, acabo de pedir comida
> y ahora me meteré en la ducha.
> La calidad de vida en Phoenix
> es bastante alta, por cierto.
> Se debe de vivir bien aquí.

> No digas tonterías. Hace un calor
> de muerte, ¿verdad?

En el caso de Jess, todo lo que no sean temperaturas moderadas o primaverales puede calificarse como pleno verano; es decir, un calor abrasador.

Tendré que acostumbrarme,
pero la ciudad es genial.

Mi móvil suena de nuevo, y al ver que el nombre de Jess aparece en pantalla acepto la llamada enseguida.

—No me has dicho nada aparte de contarme cosas sobre el aeropuerto y el apartamento —me reprocha a modo de saludo.

—Hola, hermanita. Estoy bien, gracias. No te hagas la lista y responde: ¿por qué todavía no estás durmiendo?

—No me hago la lista —refunfuña—. Es que no puedo dormir.

—¿Tengo que preocuparme? —pregunto mientras me siento en una de las cajas de la mudanza.

—Creo que no.

—¿Qué ocurre, Jess?

—Ni idea. El trabajo es estresante y luego no consigo relajarme.

—¿Quieres hablar de ello? Ya sabes que estoy aquí para lo que haga falta. Que tengas un año más que yo no significa que debas ocuparte siempre tú de mí.

—Tomo nota —replica con un suspiro—. Todo va bien, es solo que pienso demasiado. Sobre todo en papá y mamá.

—¿Por mi culpa o...?

—Ni se te ocurra pensar que es culpa tuya o cualquier tontería semejante. Se me pasará pronto.

—¿Y si no...?

—...hablaré contigo —concede Jess con resignación.

—Eso es.

Realmente espero que cumpla con su palabra. Siempre le ha resultado más sencillo ayudar a los demás que a sí misma, y cuando alguien se ofrece a echarle una mano no suele aceptar. Jess quería ser fuerte. Desde que papá y mamá murieron siempre quiso ser la piedra angular de la familia.

—¿En casa tienes todo lo que necesitas?

—Casi. Solo me faltan algunas cositas. Ya tengo cama, las cámaras y los libros, la cafetera, las tazas y el termo, el sofá y nuestras fotos enmarcadas. Es lo más importante.

Jess sonríe.

—Bien. Avísame cuando salgas de trabajar el primer día, ¿vale? Querré saber cómo ha ido todo y me dará igual la hora que sea.

Sonriendo, me aparto un mechón de la cara.

—Te lo prometo. Buenas noches, Jess. Te quiero.

—Yo también. Ah, y dale duro. ¡Que se enteren de quién es Laura!

Cambio la sonrisa por una carcajada en voz alta. Al parecer Jess se ha olvidado de que me dedico a curar a la gente, no a pegar palizas.

5

Laura

Es martes por la mañana. Todavía es temprano, pero ya hace un calor de mil demonios, y no mejora cuando subo al autobús repleto de gente con mi taza termo llena de *frappuccino*. Tengo la suerte de encontrar un hueco en la parte de atrás justo al lado de un grupo de cuatro asientos.

Lo de empezar de cero salió bien y estaba contenta, pero ahora mismo vuelvo a estar de los nervios. No es que vaya a llegar tarde, pero tampoco tan temprano como había planeado. Todo iba bien y estaba tranquila... hasta que me he dado cuenta de que he consultado el horario equivocado. He perdido el autobús por cinco minutos y el siguiente no ha pasado. Por culpa de eso, ahora voy justa de tiempo y estoy nerviosa. Me habría gustado llegar con antelación, sin prisa, y poder familiarizarme con mi lugar de trabajo, la sala de descanso para médicos, los vestuarios o las diferentes áreas. En vez de eso, tengo la sensación de haberme lanzado a la piscina sin haber comprobado antes lo fría que estaba el agua.

De haberlo sospechado, sin duda no me habría preparado el *frappuccino* con tanta calma, bailando con las canciones que sonaban por la radio. ¡Joder!

Examino mi alrededor con disimulo mientras tomo otro sorbo de la taza con la pajita de acero inoxidable.

Los pasajeros miran por la ventanilla, están absortos en sus pensamientos o aprovechan para echar una cabezadita. Reina el silencio, todo está tranquilo. Hasta que el hombre que tengo a mi izquierda, al otro lado del pasillo, empieza a toser. Se aclara la garganta, nada preocupante, pero veo que tiene unas gotas de sudor en la frente. Esto tampoco tiene por qué significar nada, hace un calor sofocante, y aunque la ventilación está en marcha, no refresca el ambiente tanto como sería deseable. Aun así, se le ve bastante pálido y el pecho le sube y le baja con intensidad y rapidez.

—¿Se encuentra bien? —le pregunto, olvidando los nervios de repente y entrando en modo médica. Dejo la taza en el suelo para tener las manos libres.

El hombre no reacciona, parpadea varias veces y eso sí que me pone en guardia. De inmediato paso a estar alarmada y concentrada. Me coloco delante de él y me doy cuenta de que respira con dificultad mientras sigue sin responder a mis preguntas.

Ligera apatía, respiración pesada y falta de oxígeno: los síntomas todavía no son concluyentes.

—¿Me oye? —lo intento de nuevo.

Alargo una mano, me inclino hacia él, pero de repente pierde el sentido y cae de lado hacia el pasillo tan deprisa que ni siquiera soy capaz de evitarlo.

Me levanto enseguida y me arrodillo a su lado. Aunque soy consciente de la presencia de los demás pasajeros, no les hago ni caso e intento también olvidar que están observando y controlando todos y cada uno de mis movimientos. Ahora mismo solo estoy pendiente del hombre que tengo delante de mí.

Sigue sin responder a lo que le digo. Controlo su respiración, le levanto los párpados y le examino las pupilas antes de colocarlo en la posición lateral de seguridad. Compruebo su pulso y le examino la cara, el cuello y los brazos, así como el pecho, buscando el más mínimo rastro de lesiones o erupciones. Mi cabeza se ha activado como si alguien hubiera pulsado un interruptor, y de forma automática empiezo a procesar a gran velocidad todos los indicios, comparándolos con todo lo que he aprendido.

«Respiración superficial y sudoración excesiva, pero aún no he encontrado lesiones externas o erupciones», voy repasando mentalmente. Me recojo el pelo en un segundo para poder trabajar mejor.

Le examino la faringe y veo que la tiene inflamada. Podría ser un choque anafiláctico, pero no veo ninguna comida o bebida cerca que puedan haberlo provocado. ¿Habrá tomado algún medicamento? ¿Será una reacción a la picadura de un insecto? Da igual, en cualquiera de los casos tienen que atenderlo en un hospital cuanto antes; de lo contrario, sufrirá una parada cardíaca. Mierda.

—¡Necesita un médico! —grita alguien.

—¿Qué ocurre?

—¿Es usted médica?

Ignoro las miradas y las preguntas de los curiosos y llamo al teléfono de emergencias.

—¿Hola? Soy la doctora Collins, médica residente en el Hospital Whitestone. Estamos en... —empiezo a decir, y echo un vistazo a mi alrededor pero todavía no conozco el lugar. Solo diviso el rótulo del Phoenix Art Museum al otro lado de la calle, y al cabo de un momento desearía no haberlo visto. Estamos en un atasco, la calle está absolutamente bloqueada. No es posible.

—¡North Central Avenue! —grita alguien para ayudarme, y asiento para agradecérselo.

—Estamos en North Central Avenue, a la altura del Phoenix Art Museum, en un autobús que se dirige al centro. Necesitamos urgentemente una ambulancia. El paciente es un hombre de unos cuarenta y tantos años que seguramente ha sufrido un choque anafiláctico y..., mierda, no respira. Estamos en un atasco.

—Comprendido —responden, pero no oigo nada más porque tengo que dejar el móvil para empezar con las maniobras de reanimación cardiopulmonar. Es un automatismo que adquirí hace tiempo, y cuando se activa me limito a contar mentalmente, nada más. Primero hasta treinta mientras practico el masaje cardíaco, y después dos ventilaciones. Y ese ciclo, tantas veces como sea necesario, hasta que llegue la ambulancia. He tenido que practicarlo y ponerlo en práctica un montón de veces, pero nunca en un autobús lleno de gente, con estas temperaturas, con un nudo de nervios en el estómago y en una ciudad que no conozco. Y, encima, justo antes del primer día de trabajo.

Acuso el cansancio acumulado en los músculos por culpa de la mudanza, pero aun así no pienso parar.

—¡Vamos! —siseo, examinando su faringe antes de la siguiente ventilación. No me parece que nada le obstruya la garganta, pero de todos modos tiene las vías respiratorias superiores muy inflamadas. No le llega el aire, así que puedo ahorrarme las ventilaciones. Maldigo en voz baja y luego sigo con el masaje cardíaco, pero hasta el momento no he conseguido nada. Ninguna reacción, ni rastro de signos vitales.

¿Cuánto tiempo ha pasado? ¿Dos minutos? ¿Tres?

Tengo que reprimirme para no maldecir en voz alta de nuevo. La sensación de impotencia me abruma.

¿Y si no lo logro? ¿Y si...?

—Para una vez en la vida que subo a un puto autobús, primero me quedo dormido y luego esto. Déjenme pasar.

Absolutamente perpleja, levanto la cabeza y miro a la cara al tipo que está apartando sin contemplaciones a dos viajeros embobados que intentaban sacar una foto. Es un poco más alto que yo, tiene los ojos azules y un mechón de pelo castaño claro le cae sobre la frente. Parece concentrado, demuestra mucha seguridad y, a juzgar por su manera de moverse y de proceder, diría que...

—Usted es médico —constato en lugar de preguntarlo. Por fin responde a mi mirada, me echa un vistazo rápido y sonríe mientras, jadeando, sigo practicándole el masaje cardíaco al paciente para volver a poner en marcha su corazón.

—Guapa y lista, no está mal —comenta el extraño, aunque de inmediato pasa a ignorarme de nuevo.

Estoy sentada junto a él y junto a un hombre que lucha por su vida en el suelo de un autobús repleto de gente que me observa, y aun así me pongo furiosa y reacciono haciéndole una mueca.

—Apártese un momento —me indica, para lo que tengo que dejar de practicarle el masaje cardíaco.

—Si no continuamos haciendo lo que acaba de interrumpir, lo perderemos —le digo, indignada—. La ambulancia está en camino, más vale que... ¿Se puede saber qué hace? —exclamo, y con perplejidad veo que coge mi taza termo, le quita la pajita de acero inoxidable y sopla para eliminar cualquier resto de líquido. Por eso quería que me apartara.

—Mmm..., con caramelo —comenta, arqueando las cejas—. Nada mal. ¿Es suya? —me pregunta, aunque en realidad ni siquiera espera que le responda, porque enseguida se saca una navaja del bolsillo, la abre, me deja sitio de nuevo y se acerca al paciente desde el otro lado. Me coloco otra vez en el mismo lugar que antes y retomo las maniobras de reanimación, aunque no puedo parar de mirar al tipo con la pajita de acero en una mano y la navaja en la otra. Hasta que me doy cuenta de lo que está a punto de hacer.

—Por favor, dígame que no se propone hacer una coniotomía con eso tan pequeño que se ha sacado de los pantalones y una pajita sucia.

Al oírlo, el tipo suelta una carcajada con aire pícaro. ¿Cómo es posible que le haga gracia algo así?

—¿Soy el único al que le ha sonado indecente la pregunta? Y que conste que nada de lo que sale de mis pantalones es pequeño.

Noto como me pongo colorada de inmediato y alguien se ríe por detrás de mí.

—Y usted —dice el tipo, señalándome vagamente— es médica.

—Guapo y listo, no está mal —repongo, imitando su frase con la cabeza algo ladeada para poder ver mejor lo que hace con las manos. No tiene por qué saber que es el primer día de mi primer año como residente.

—Deberíamos salir a comer algún día —murmura sin previo aviso mientras empieza a buscar el punto donde tiene que realizar el corte, algo que consigue con una rapidez sorprendente.

Pero ¿qué está diciendo? ¿Realmente es médico o no

es más que un chiflado que ha visto demasiados episodios de alguna serie de hospitales y ahora se cree que tiene alguna idea de medicina?

—Oiga, lo más probable es que esté sufriendo un choque anafiláctico. No respira, el corazón no le late y una coniotomía en estas circunstancias es demasiado arriesgada. Ya le he dicho que la ambulancia debe de estar en camino y...

—Ahórrese las palabras. Por si no se ha dado cuenta, el corte ya está hecho. Sus esfuerzos no servirán de una mierda si las vías superiores están tan inflamadas. Si consigue que el corazón le vuelva a latir, tendrá que poder respirar. Es decir, necesitará oxígeno, y eso es justo lo que le estoy proporcionando. Además, eche un vistazo ahí fuera. ¿De verdad cree que la ambulancia podrá alcanzarnos o que luego podrá llegar al hospital a tiempo?

Tiene razón, por mucho que me fastidie admitirlo. La carretera está bloqueada, probablemente haya habido un accidente.

Además, de todos modos es demasiado tarde, porque ya ha efectuado el corte con seguridad y está introduciendo la pajita, muy concentrado. Cuando la ha hundido lo suficiente y yo termino la siguiente ronda de reanimación, empieza con la primera ventilación a través de la pajita. Continuamos así durante un rato, pero no ocurre nada... Ni ahora ni en los segundos posteriores. El corazón no le responde.

—La relevo —propone, apartándome—. Encárguese de las ventilaciones.

Durante una de las pausas de ventilación me echo hacia atrás y respiro hondo. La sensación de no poder hacer lo suficiente me abruma. Me siento mal, noto como la tensión empieza a paralizarme y las manos me tiemblan ligeramente. ¿Qué pasará si no lo logramos? ¿Si no lo he hecho bien o no he sido lo bastante rápida? Ya no puedo pensar con claridad.

—Haga el favor de no flojear ahora. Por mucho que me apetezca practicarle el boca a boca también a usted, porque seguro que no solo huele mucho mejor que este tipo, sino que también debe de besar mejor, el caso es que no puedo con los dos a la vez.

Levanto la cabeza y lo miro a los ojos. Lo que ha dicho me ha hecho reír sin querer y me ha salvado de la espiral fatalista en la que me encontraba.

Le insuflo aire al paciente a través de la pajita una vez, dos, mientras voy pensando en la réplica.

—Vaya, tan firme que parecía al principio, parece que empieza a flojear —comento, intentando apaciguar mi respiración.

—No tiene ni idea —responde él con descaro, aunque sin perder la concentración y el ritmo.

No puedo evitar asombrarme al verlo. Porque detrás de tanta frivolidad esconde una gran seguridad. Porque después de todos estos años de aprendizaje y de acumular conocimientos, después de un año entero de prácticas, por un momento el pánico y el vacío se han apropiado de mi mente. Porque me siento estúpida a su lado.

Los segundos van pasando, pero sigue sin ocurrir nada.

—Vamos —gruñe antes de inclinarse para soplar por la pajita en lugar de dejar que lo haga yo. Y acto seguido continúa luchando por salvar la vida del paciente—. Por cierto —empieza a decir con una sonrisa—. Sin la coniotomía, este tío no habría tenido ninguna oportunidad de sobrevivir, compañera.

6

Laura

Estoy absolutamente agotada. Los nervios y la inquietud no me han dejado dormir por la noche, era incapaz de apaciguar mis pensamientos. Por no hablar de la locura que ha sido el trayecto en autobús al trabajo. Contra todo pronóstico, el primer día llego tardísimo y tan sudada que podría haberme ahorrado la ducha de esta mañana...

—¡Lo siento! —digo cuando, sin querer, toco con el hombro a alguien camino de la sala de descanso y la mochila está a punto de caérseme al suelo.

Se suponía que teníamos que encontrarnos aquí a las siete en punto para la primera reunión. Ya han pasado veinte minutos. Estoy soltando tantos tacos que incluso Jess se pondría colorada si pudiera oírme. Espero no volver a perderme. Durante las prácticas no había trabajado nunca en un hospital tan grande como este, y me ha costado una eternidad encontrar la máquina expendedora de batas y casacas.

El tipo del autobús ha sobrevivido, seguramente gracias a la coniotomía, y no sé qué me molesta más: el hecho de no haberme atrevido a practicársela yo misma, o lo segura que estaba de que no era una medida necesaria. Como era de esperar, la ambulancia no ha llegado hasta que el atasco se ha disuelto, al cabo de mucho rato. Por supuesto, el supermédico ha llamado a un equipo de urgencias y nos estaban esperando en la parada más cercana al hospital. No le he preguntado cómo se llama, y por suerte él tampoco ha tenido ocasión de apretarme las tuercas. No tengo ni idea de si trabaja aquí. Al otro lado de la ciudad hay más hospitales y una clínica infantil prestigiosa, así que no creo que vuelva a verlo.

Y ahora mismo la verdad es que es la menor de mis preocupaciones.

Casi con desesperación, busco las dependencias del personal y tengo que reprimir un grito de alegría cuando por fin me planto frente al letrero que las indica. Señala hacia la izquierda, y un poco más allá, por fin, las encuentro.

Sin pensarlo dos veces, abro la puerta de par en par y me quedo sin aliento al ver unas cuantas caras interrogantes que se han vuelto para mirarme. Noto que las mejillas me arden y estoy segura de que ya las tengo coloradas por la vergüenza. Mierda. ¿Dónde está el médico que me supervisará? Con una sensación de flojera en el estómago, miro a mi alrededor. Todavía no ha empezado la reunión. Cierro los ojos y respiro hondo, aliviada. Aunque he llegado tarde, por suerte el supervisor se ha retrasado aún más que yo.

Entro deprisa, murmuro un «buenos días» dirigido a nadie en concreto, suelto la puerta para que se cierre sola y busco mi taquilla. Número 21, Dra. Laura E. Collins.

A estas alturas, el silencio incómodo que me ha recibido ya se ha roto con el ruido de la gente cambiándose de ropa y charlando, por lo que comienzo a relajarme un poco.

—El primer día llega tarde y, aun así, puntual. No está mal —dice alguien a mi lado.

Me vuelvo para mirar a la mujer que tengo sentada a mi izquierda, sobre el banco que hay frente a las taquillas. Hasta el momento había estado ocupada con su teléfono móvil, pero ahora sus ojos pardos me observan con interés. Tiene el pelo oscuro y muy largo, recogido en un moño alto, y sus labios pintados de color rojo esbozan una sonrisa, como si todavía no hubiera decidido qué piensa sobre mí. La identificación que lleva en la solapa informa de que es la Dra. Sierra Harris. Su taquilla está justo al lado de la mía.

—A veces las cosas no salen según lo planeado —murmuro mientras me cambio de ropa.

Me refresco un poco con mi desodorante preferido de Chloé y luego me pongo la bata y la identificación con mi nombre. Además, también tengo un busca que me guardo en el bolsillo de la bata. Después cojo el estetoscopio, el martillo para comprobar los reflejos y una linterna de diagnóstico antes de guardar mi mochila en la taquilla.

Mientras me peino y me recojo el pelo en un moño, Sierra no me quita los ojos de encima.

—No eres de aquí, ¿verdad? —pregunta otra voz, más clara, antes de que cierre la puerta de la taquilla. Una mujer menuda con unas gafas de colores chillones me dedica una amplia sonrisa que hace que le bailen unas cuantas pecas sobre la piel clara.

—¿Tanto se nota? —digo, respondiendo a su sonrisa.

—¡Pues sí! —exclama alguien detrás de mí. Sierra se pone en pie y se une a nosotras—. Se te nota claramente el estrés de la ciudad del desierto.

No tiene sentido intentar explicarle que ese no es el motivo por el que esta mañana ha sido caótica y mi estado, ahora mismo, lamentable.

—Me llamo Maisie, por cierto. Maisie Jones —se presenta la joven de las gafas llamativas, ofreciéndome la mano—. Y esos de ahí atrás son Jane, Zeenah y Ryan.

—Laura Collins. Acabo de llegar de California.

—Conque California... Yo soy de Los Ángeles, ¿y tú? —pregunta un chico guapo con el pelo castaño y rizado.

—San Francisco.

—Ah, bonita ciudad. Soy Mitch Rivera, pero puedes llamarme simplemente Mitch.

—Gente, que todos llevamos el nombre en la solapa —se queja Sierra, poniendo los ojos en blanco.

Tengo que reprimir una sonrisa. Por muy borde que parezca a primera vista, ese comentario me acaba de recordar mucho a mi hermana.

—Laura. Encantada —me presento de todos modos, y la sonrisa de Mitch se vuelve todavía más amplia. Es bastante alto y atlético, y parece bastante simpático.

—Es emocionante, ¿verdad? —exclama Maisie, lanzando una mirada alegre hacia la puerta. Está todavía más nerviosa que yo.

Sierra, en cambio, tiene aspecto más bien de estar aburrida, y de vez en cuando consulta su reloj con impaciencia.

—¿Qué pasa hoy? ¿Por qué todos llegan tan tarde? —murmura.

—Hola, ¿quién eres? —pregunta Mitch, mirando a Sierra.

Esta se lo queda mirando con los ojos entrecerrados y señalándose la identificación de la solapa.

—Si no sabes leer, quizá deberías tirar la toalla antes de empezar.

—Arisca —constata Mitch—. Me gusta.

—No, más bien lista —replica Sierra en un tono cortante, y tengo que apretar los labios con fuerza para no partirme de risa.

—Noto ciertas vibraciones —comenta Mitch, señalándose a sí mismo y a Sierra alternativamente. Luego le pasa un brazo por encima de los hombros a Maisie, pero esta se lo quita de encima de inmediato.

—Aparta, que no me dejas ver la puerta.

—Tranquila, cuando alguien entre lo notarás enseguida.

—El título de tu peli porno —digo sin pensar. Mierda—. Esto..., es que es... —balbuceo, pero no encuentro las palabras para explicar que en realidad es un chiste recurrente de una serie. En cualquier caso, veo que Sierra parece divertirse de verdad por primera vez, lo que por algún motivo me alegra mucho.

Entonces la puerta se abre con ímpetu y, tal como ha ocurrido cuando he entrado yo hace unos pocos minutos, todos nos callamos de repente, aunque en esta ocasión el silencio no dura solo unos segundos, sino que se mantiene.

Todos se dan la vuelta, hacen sitio y se quedan mirando al médico que ha entrado acompañado por una enfermera.

—Disculpen el retraso. Ha habido una emergencia que requería mi presencia. —El tono de voz es tan cálido como profundo y oscuro. Tiene un leve acento, apenas perceptible, y tardo unos momentos en ubicarlo. ¿Es británico?

La enfermera le pasa un dosier y, mientras él lo abre y lo examina, aprovecho para fijarme mejor. Es algo más alto que Mitch, debe de medir al menos un metro ochenta y cinco y es ancho de espaldas. Aparte de mí, es el único que lleva bata de médico. Le queda bien, y contrasta mucho con su piel bronceada, el pelo negro, la sombra de la barba y los rasgos marcados tanto en el mentón como en los pómulos. Tiene un hoyuelo en la barbilla y... unas manos muy bonitas. Las manos me parecen fascinantes. Las manos, los ojos y la mandíbula. Según Jess, tengo algún tipo de fijación con eso.

—¿Creéis que es nuestro supervisor? —pregunta Maisie en voz baja, y yo asiento pensando que cualquier otra posibilidad no tendría mucho sentido.

—Si no me equivoco, veo que ya están todos aquí. Genial, así podemos empezar enseguida —anuncia, levantando la cabeza y mirándonos por turnos—. Soy el doctor Nash Brooks, y a partir de ahora seré su responsable. Ella es Evelyn Fields, la enfermera jefe de cirugía cardíaca. Se encargará de aconsejarlos y ayudarlos en la medida de lo posible. Y también de vigilarlos, igual que yo.

Trago saliva varias veces mientras sus palabras calan en mi mente con pesadez. Ahora sí que va en serio. Ahora es de verdad.

—Puesto que fueron ustedes quienes solicitaron y aceptaron el puesto en este hospital, ya deben de saber qué pueden esperar del período de formación aquí y cómo funciona la clínica, pero por si acaso les refrescaré la memoria: durante el primer año como residentes su trabajo se supervisará con especial atención. Si se equivocan, recibirán una advertencia. Si reciben tres advertencias, su camino y su carrera profesional en este hospital habrá terminado.

Maisie se retuerce las manos hecha un atajo de nervios, Mitch adopta una expresión seria y reflexiva y Sierra..., bueno, me pregunto cuándo empieza para ella la parte importante y se acaba la aburrida. No sé si los demás lo encajan del mismo modo que yo, pero las palabras del doctor Brooks realmente me llegan al alma.

—Tras un breve período de adaptación no solo se intercambiarán los turnos, sino que también se ocuparán de áreas diferentes, independientemente de la especialidad que hayan elegido. Por supuesto, con el paso del tiempo participarán cada vez con más frecuencia en las cirugías que correspondan a su especialización, pero no perdamos de vista la idea general. Es un sistema que a lo largo de los años ha demostrado ser muy eficaz en el Hospital Whitestone. Por consiguiente, se les asignará a las áreas de cirugía cardíaca y torácica, medicina interna, al servicio de urgencias y traumatología y, tan pronto como sea posible tras la adaptación, a otra área de especialidad. Algunos podrán elegirla, pero lo normal es que se asigne por necesidad. Asimismo, además de su turno y de las funciones regulares que tendrán que desempeñar, durante el primer año acompañarán a los sanitarios de urgencia en seis salidas. Eso también lo supervisaré en la medida de mis posibilidades, por lo que tendrán que asegurarse de documentar y firmar cada salida para poder entregar los informes correspondientes al término del primer año. Somos conscientes de que no es algo corriente, pero la intención es acumular el mayor número de puntos de vista y experiencias —explica, lo que se recibe con un leve murmullo general—. Tenemos buenos motivos para aceptar solamente a unos pocos residentes cada año. Si completan con éxito la residencia en este hospital, estarán entre los mejores cirujanos y cirujanas del país.

—Toc, toc.

Alguien interrumpe el discurso del doctor Brooks golpeando el marco de la puerta con desenfado antes de entrar. Reconozco la voz antes incluso de poder verle la cara al hombre que se acerca a nuestro supervisor.

—Mierda —murmuro, y de inmediato noto como Sierra me mira con curiosidad.

—¿Qué pasa? ¿Te has acostado con él?

—Peor —respondo con perplejidad, porque la sensación vendría a ser la misma: como si hubiera hecho algo malo, algo lamentable, como si hubiera cometido un error deplorable.

—¿Qué, Brooks? ¿Ya les estás pegando el rollazo a los nuevos? —pregunta. Esa sonrisa. Mierda, joder.

El doctor Brooks se limita a soltar un suspiro, esforzándose en mantener un tono de voz neutro.

—¿Qué haces aquí?

—Vengo directamente de la sala de urgencias, ha sido una mañana interesante. Pero he oído tu dulce y aterciopelada voz por el pasillo y se me ha ocurrido que podía pasar a verte. Al fin y al cabo es la primera vez que Peters te deja al cargo de los *bambini*.

El doctor Brooks ignora sus palabras y lo señala con el pulgar.

—Este es el doctor Ian Rice, el médico jefe de cirugía torácica. A partir de hoy tendrán la desgracia de pasar mucho tiempo también con él.

—Como siempre, eres la alegría de la huerta —replica Rice con una sonrisa, mirando a los presentes.

Mientras tanto, yo intento ponerme detrás de Mitch para esconderme, pero no soy lo suficientemente rápida. Además, no somos ni diez personas, es imposible que no se acabe fijando en mí.

Así que se llama Ian Rice. Genial. Formidable. Aunque da lo mismo, no volveré a verlo...

Nuestras miradas se encuentran y algo brilla en sus ojos cuando me reconoce. Su sonrisa se vuelve tan amplia que amenaza con desencajarle la mandíbula. Cruza los brazos frente al pecho mientras yo rezo para que la tierra se me trague de una vez, porque no aparta la vista de mí y todos los presentes empiezan a percatarse.

—Pues si tuviera que apostar algo, sin duda diría que sí os habéis acostado —me susurra Sierra al oído.

Respondo con un leve gimoteo mientras espero que solo sea una pesadilla. En algún momento me despertaré, me ducharé con calma, pediré un taxi y llegaré puntual. Sin incidentes extraños.

Sin embargo, el doctor Brooks sigue la mirada de Rice y... me ve a mí. No me queda la menor duda: no estoy soñando. Me siento como una mosca atrapada en una telaraña.

Mi bata parece una sauna. La atención que recibo de repente me incomoda tanto como el sugerente movimiento de cejas que me dedica en estos instantes el doctor Rice y la mirada penetrante del doctor Brooks. No me atrevo a apartar la vista de él, por lo que levanto la barbilla y lo miro fijamente a los ojos... no tengo ni idea de por qué. Los tiene marrones verdosos. Oigo mi propia respiración y noto que el corazón me late cada vez con más fuerza.

—Durante el turno, deben tener el busca encendido en todo momento —nos informa el doctor Brooks, recuperando el hilo, y estoy a punto de agradecérselo a gritos de lo aliviada que me siento.

Aunque siga mirándome fijamente y yo no sepa interpretar exactamente qué significa eso.

—¿Ha habido algo entre Nashville y tú? —me pregunta Sierra, lo cual me pone bastante frenética. ¿En qué momento se ha convertido en Nashville?

—Se les asignarán pacientes y al menos una vez por semana haremos una visita conjunta. En caso de que se encuentren asignados a otras áreas, si es necesario acudiré yo y hablaré con el médico o médica jefe de la unidad correspondiente.

—Como yo, por ejemplo —agrega el doctor Rice con una amplia sonrisa.

—Además, me gustaría añadir que se desaconsejan las relaciones de cualquier tipo en el entorno de trabajo, ya que pueden tener efectos negativos.

—O sea que tampoco es sexo. ¿Qué les pasa contigo, pues? —me pregunta Sierra.

—Ojalá lo supiera —susurro, y ella se ríe en voz baja.

—Lo que intenta decir es que deberíais utilizar protección antes de acostaros con alguien —aclara el doctor Rice.

—Ian —lo corta el doctor Brooks a modo de advertencia. Da la impresión de que se conocen de sobra pero no se caen especialmente bien.

—¿Qué? —exclama el doctor Rice, guiñándome un ojo mientras mi supervisor me fulmina con la mirada y aprieta los dientes. Me quedo boquiabierta. No puedo evitar soltar un suspiro de desesperación cuando veo que los murmullos empiezan a circular como si los demás estuvieran jugando al teléfono roto.

¿Podrían ir peor las cosas?

Tardo más o menos media hora en constatar que sí.

—Hola, compañera —me saluda el supermédico del autobús, colocándose a mi lado, al final del grupo, mientras seguimos al doctor Brooks por la planta para que nos lo vaya mostrando todo antes de que nos asignen a los primeros pacientes—. ¿Quién habría pensado que volveríamos a vernos tan pronto?

—Nadie —respondo, intentando no perder el hilo de las explicaciones.

—En serio, deberíamos salir a comer algo juntos algún día. Cerca de aquí hay un restaurante italiano fantástico.

—No, gracias.

—Por cierto, no me has dicho que eras residente del hospital —prosigue.

—Usted no me lo ha preguntado.

—Vamos, llámame Ian. Bueno, entonces ¿te parece bien el viernes? ¿A las ocho?

—No —contesto, y me paro para mirar a mi alrededor, mosqueada.

—¿No a cuál de las dos preguntas? —dice él en un tono inocente, y la verdad es que tengo que reprimir una sonrisa, porque es innegable que tiene cierto encanto. Su actitud roza el límite de la prepotencia, pero no llega a superarla.

—A las dos —respondo, y sin duda se nota que me estoy divirtiendo, por lo que me apresuro a seguir adelante antes de que empiece a llamar la atención de los demás—. ¿No debería estar en su planta, volviendo locos a sus pacientes? —«Y no a mí», añado mentalmente.

—Es probable. Pero para variar he decidido dejarlos descansar un poco y venir a ver a la doctora Laura Collins —bromea, pronunciando mi nombre con descaro.

No puedo más que negar con la cabeza.

—Usted me está...

—Tú.

—¿Qué?

—Tú me estás... —me corrige.

Respiro hondo y me doy la vuelta.

—Oiga, es mi primer día aquí. Y me está poniendo en una situación incómoda. Creo que el doctor Brooks no lo soporta, y tampoco me aguantará a mí si cometo cualquier tontería con usted.

—Ah, conque se te ha pasado por la cabeza esa posibilidad...

Desconcertada, frunzo el ceño para mirarlo.

—¿Qué?

—La posibilidad de cometer alguna tontería conmigo.

—Es usted imposible. ¿Les dice lo mismo a todas las mujeres? ¿Y le funciona?

—Teniendo en cuenta que estás sonriendo y que aún no me has pegado un bofetón, yo diría que sí —replica, tras lo que se mete las manos en los bolsillos de la bata y sigue caminando con calma a mi lado, como si nada—. Y no tengas miedo de Nash. Hemos pasado juntos el tiempo de residencia aquí. Él ya ha terminado, pero a mí todavía me quedan unos meses. Eso sí, él es más aburrido.

—Me gustan los aburridos —digo sin pensarlo. Mierda, solo quería provocarlo.

—Ah, ¿te gusta Nash? Interesante —comenta, y no puedo evitar pensar que tengo que empezar a cuidar lo que digo en su presencia.

—Yo no he dicho eso. O sea, que usted todavía es residente.

—No por mucho tiempo. Y la cirugía torácica es bastante exigente.

—Cualquier campo lo es.

—¿Preferirías tomar una hamburguesa en lugar de comida italiana?

—Dios...

—Tal vez sea un poco pronto, pero si prefieres llamarme así... —dice, encogiéndose de hombros.

Los demás empiezan a girar la cabeza para mirarnos. Si esto sigue así, el doctor Brooks se dará cuenta de que no lo estoy escuchando.

—¿Comida india? ¿Mexicana? —insiste Ian, y ya soy incapaz de atender a las explicaciones. Es para volverse loca.

—Si accedo a salir con usted... —comienzo a decir, pero tengo que corregirme, de lo contrario no me permitirá zanjar este asunto de una vez por todas—. Si accedo a salir contigo una vez, ¿me dejarás en paz?

—Una cena.

—Una copa.

—Un almuerzo.

—Dos copas —replico.

—Al menos tres y algo para picar.

Me gustaría saber qué está diciendo el doctor Brooks. ¿Ha mencionado ya la planificación de los turnos?

—De acuerdo —convengo, tras lo que me tiende su móvil para que teclee mi número.

—¿Esto no está prohibido en horas de trabajo?

—Digamos que no está bien visto.

—Veo que retuerces las cosas según te conviene, ¿eh? —le espeto, e Ian me mira con aire inocente, pero al mismo tiempo respondiéndome un sí rotundo con los ojos—. Dame tu número —murmuro, tras lo que pongo verdadero empeño en seguir escuchando.

—Ni hablar. No me llamarás —constata, y no le falta razón.

Mierda. Cojo su móvil y por un momento me planteo la posibilidad de escribirle un número falso. Sin embargo, no soy de esa clase de personas. Suspirando, le escribo el número y le devuelvo el teléfono.

—Gracias, Laura —me dice con satisfacción—. Qué ganas de que llegue el día de nuestra cita.

—No es una cita —siseo, aunque los dos sabemos que sí lo es, de una forma u otra.

—Doctora Collins, ¿no cree necesario seguir mis explicaciones?

Me quedo de piedra al oír la voz del doctor Brooks dirigiéndose directamente a mí. Joder.

—Ha llegado el momento de esfumarse —murmura Ian con aire malévolo, y de inmediato empieza a andar hacia atrás con el teléfono en la oreja mientras gesticula con los labios un «te llamo».

Genial.

Cuando vuelvo a mirar al doctor Brooks, no soy capaz de distinguir la más mínima emoción en su rostro. O bien no ha sido tan grave o bien estoy metida en la mierda hasta las rodillas. Seguramente la segunda opción.

Trago saliva con dificultad.

—Por supuesto que sí, disculpe.

Por dentro le agradezco que lo deje aquí y no me

avergüence delante de los demás. Maisie me dedica una sonrisa de compasión y Sierra levanta un pulgar hacia arriba.

Tengo una cita con el supermédico de antes, que resulta ser el doctor Ian Rice, médico jefe de la unidad de cirugía torácica del Hospital Whitestone, y no tengo ni la más remota idea de cómo he llegado a este punto. Al parecer hoy soy un verdadero imán para el caos y la confusión.

Se me escapa un leve gemido de desesperación cuando echo la cabeza hacia atrás durante dos o tres segundos. Luego respiro hondo, sigo a los demás y me concentro en lo que me ha traído hasta aquí: mi trabajo.

Empezamos a recibir asignaciones con sus correspondientes informes médicos. Por supuesto, estamos sometidos a la supervisión de un médico adjunto, pero nos lanzamos a la piscina y nos ponemos a tratar pacientes enseguida. Aun así, durante las primeras semanas contamos con la asistencia especial del personal médico y de enfermería. La experiencia se construye poco a poco. Observando y aprendiendo, pero sobre todo practicando.

Es el turno de Mitch. En cuanto recibe todo lo necesario, se marcha y me toca a mí. Soy la última que queda frente al doctor Brooks.

Se me hace eterno el rato que pasa estudiando la documentación antes de dirigirme la palabra.

—Doctora Collins —me dice, sin añadir nada más. Luego se acerca un poco más a mí, lo que me pone todavía más nerviosa, si cabe.

Nos miramos sin decirnos nada, y mientras examina mi rostro como si esperara algún tipo de respuesta a una pregunta que no ha formulado, me inquieto cada vez más y empiezo a desplazar el peso de una pierna a otra.

Me acabo de dar cuenta de que tiene una cicatriz en el labio inferior, y tengo que reprimir las ganas de preguntarle cómo se la hizo. Ya no estoy en Stanford, no estoy en mi año de prácticas y ya no trabajo con el cuerpo docente de mi universidad. Aquí todo comienza de cero y mi inicio hasta el momento ha sido realmente catastrófico. Tengo que esforzarme al máximo para conseguir que las cosas mejoren a partir de ahora.

Abro la boca para decir algo que rompa ese silencio tan incómodo, pero él se me adelanta.

—Usted se encargará principalmente de algunos de mis pacientes, además de dos o tres de torácica y de interna. La doctora Aleksandra Pine y yo la acompañaremos en las visitas. En caso de que ella no esté disponible, su adjunto seré yo. Piénselo: si comete un error, tendré que responder yo por ello. En cuanto surja una urgencia, llámeme. Si no sabe algo o ve que no se las arregla sola, llámeme. Si hay novedades o llega a alguna conclusión, también. ¿Lo ha comprendido?

—Claro, no soy ni sorda ni tonta.

Abro unos ojos como platos, no puedo creer que haya soltado algo semejante en voz alta. El doctor Brooks se me acerca un poco más y me quedo petrificada. Sin planteármelo, echo la cabeza hacia atrás para poder seguir mirándolo a los ojos.

Respiro hondo sin poder evitarlo y, aunque tal vez no sea la mayor tontería que he hecho hoy, sí es el error más grave que he cometido. El doctor Brooks no solo irradia una atractiva calidez, sino que también huele especialmente bien: a madera de sándalo, creo, y a buen café. Y acabo de aspirar una bocanada industrial de ese aroma. Su olor en combinación con el pardo verdoso de sus ojos es lo bastante fuerte para desconcertarme unos instantes.

—Bien —replica, ladeando un poco la cabeza como un felino a punto de atacar, y me doy cuenta con claridad de cómo se le tensa la musculatura de la mandíbula—. Es una gran ventaja cuando se trabaja en un hospital.

7

Nash

«Es que lo mato.» Sigo pensando en Ian mucho después de que se haya marchado, cuando me planto frente a Collins. Mentalmente suelo reducir a mis compañeros a sus apellidos para facilitarme las cosas. Pero, como de costumbre, hay excepciones. Ian es una de ellas.

Collins me aguanta la mirada, todavía no salgo de mi asombro ante la réplica que me acaba de soltar. Debería haberla reprendido por haber sido tan descarada, pero a decir verdad me ha sorprendido tanto que no he sabido cómo reaccionar. Al parecer, esa contestación sarcástica ha sido un acto reflejo.

Se queda frente a mí, expectante, respondiendo a mi mirada con curiosidad, receptiva. Veo claramente lo que le pasa por la cabeza. Y cuando me llega a la nariz su agradable aroma floral sé que me he acercado demasiado a ella. Aun así, la escudriño una vez más.

Es ideal para Ian: rubia, ojos azules, grandes. No,

azules y grises. Mejillas sonrosadas y nariz respingona. Sin embargo, el hecho de que no tenga pelos en la lengua no es una de las cualidades que él valora, por lo que en ese sentido no es la típica chica para él. Suele preferir a mujeres que se lo ponen más fácil. Un motivo por el que prácticamente solo se ha acostado con compañeras de trabajo. Porque aunque los líos amorosos no estén bien vistos en el hospital, nadie se hace ilusiones de que no lleguen a ocurrir. Al fin y al cabo, el trabajo nos obliga a pasar más tiempo en el hospital que fuera de él, y son muchas las que acaban sucumbiendo al supuesto encanto de Ian. Su lema es: nada de buscar, nada de perder el tiempo. Tiene a mujeres de sobra frente a sus narices, aquí en Whitestone, por lo que obtiene el máximo beneficio con el mínimo esfuerzo. Ya he renunciado a explicarle que las cosas no funcionan de ese modo, pero no tiene sentido seguir insistiendo. No le importa, me lo ha dejado claro desde que nos conocemos. Ian siempre se ha salido con la suya y no parece que eso vaya a cambiar.

¿Por qué le doy tantas vueltas?

—¿Alguna pregunta, doctora Collins?

—¿Puedo decidir la medicación que tomarán sus pacientes?

—Ya no son mis pacientes, sino suyos. Y respondiendo a su pregunta: ya lo he explicado antes —le indico.

Las mejillas se le sonrojan, pero de todos modos no desvía la mirada. Incluso levanta un poco la barbilla.

—Estaba distraída.

—Ya me he dado cuenta —replico con sequedad.

Collins suspira y los rasgos se le suavizan un poco. Al ver que se frota la sien con dos dedos de la mano derecha, tengo que reprimir una sonrisa. No es más que el primer día, ¿debería decirle que las cosas no mejorarán ni se volverán más sencillas con el tiempo? Después de todo lo que ha tenido que hacer para llegar hasta aquí y de todo el tiempo que ha dedicado a este trabajo, ya debería tenerlo claro.

—Mire, doctor Brooks, hemos empezado... —comienza a decir, tras lo que balancea la cabeza un poco y hace una mueca— con el pie izquierdo. Por cierto, así ha sido esta mañana para mí: incómoda. Normalmente no soy tan poco fiable ni me despisto si no me sacan de quicio —me explica, refiriéndose sin duda a Ian, aunque de todos modos...

—Entonces no permita que la saquen de quicio. Demuéstreme lo que me acaba de asegurar. Esté atenta, sea puntual y entréguese al trabajo. En este hospital, todas las vidas cuentan. O ninguna. Tome —le digo mientras le tiendo los informes médicos—. Empiece por el señor Hanson, está en la habitación 322.

Ya con la pila de papeles en la mano, asiente con seriedad antes de pasar por mi lado apresuradamente. Me quedo quieto sabiendo que regresará enseguida porque...

—No era hacia allí —murmura cuando vuelve a pasar por mi lado, y no puedo evitar sonreír.

Collins no debería dejar que Ian le arruine esta experiencia. Ni él ni nadie.

Después de respirar hondo, me paso las manos por el pelo hasta la nuca y me acerco a la recepción y al punto de encuentro del personal de enfermería.

¿Y qué ven mis ojos una vez allí? Dios, debería haberlo lanzado por una de las ventanas de cirugía torácica, aprovechando que está en la tercera planta. O, mejor aún, desde ginecología, que está en la sexta.

—Joder, Ian.

Se da la vuelta y se encoge de hombros mientras levanta las manos en un gesto de absoluta inocencia.

—¿Qué? Solo estaba charlando con Isabella. Solo para decirle lo guapa que está, lo competente que es... y que debería trasladarse a mi unidad. Para siempre.

Isabella Danes pone los ojos en blanco, sonriendo, antes de saludarme con la cabeza y dedicarme su mejor sonrisa. Bella tiene cuarenta y nueve años, dos hijos mayores y está felizmente casada, aunque Ian le cae muy bien. Demasiado para mi gusto. Dice que le recuerda a su hijo menor: encantador, pero con la cabeza llena de pájaros.

—Hola, Bella —la saludo—. La verdad es que tiene razón, estás radiante —le digo, con lo que me gano un guiño antes de que se meta en el despacho con la gran ventana que da al área de admisiones. Ian está apoyado relajadamente en el mostrador de recepción y yo lo imito—. Pero es lo único en lo que tienes razón —prosigo, dirigiéndome a él—. ¿Qué demonios ha sido lo de antes? ¿Te has propuesto condenar a las residentes ya en su primer día?

—No seas aguafiestas, Nash. Ya he conocido a mi querida Laura esta mañana, antes de tu impresionante discurso.

—No me vengas con trolas.

Me mira con fingida indignación y se lleva la mano al corazón.

—Te lo digo de verdad, me ha impresionado. Y yo no digo esa clase de cosas así como así. Me ha emocionado, tus palabras me han llegado al corazón.

—Dios —murmuro, frotándome los ojos antes de volverme para mirarlo directamente—. No comprendo cómo es posible que a estas alturas todavía no te haya asesinado nadie. Te lo aseguro, no lo entiendo.

—Es un don que tengo. Y no era ninguna trola. Simplemente esta mañana aún no sabía que Laura iba a empezar a trabajar aquí.

—¿Cómo? —me sorprendo, pero la expresión de Ian no cambia ni un ápice.

—Sip. Por eso ella también ha llegado tarde.

—No ha llegado tarde —replico, y tengo que pensar para contradecirlo—. Pero yo sí. Ha surgido una emergencia y he tenido que entrar en quirófano.

—Da igual —responde Ian, cruzándose de brazos—. Esta mañana he venido en autobús y resulta que ella también.

—¿Tú en autobús? ¿Qué le ha ocurrido a tu amado Corvette? No me digas que al final lo has llevado al chatarrero.

—Le tocaba revisión, y los frenos estaban en las últimas. Están tardando más de lo previsto en arreglarlo. Isaak me dijo que los recambios llegaron tarde, por lo que tendré que esperar hasta mañana para recogerlo. Y la última cosa que haría en la vida sería llevarlo al chatarrero —me asegura, señalándome con el dedo y entrecerrando los ojos.

—¿Y bien? ¿Durante el trayecto en el autobús ya te has dedicado a importunarla?

—¿Estás celoso? —pregunta con una sonrisa maliciosa, y decido que no vale la pena contestarle. A los pocos segundos se da cuenta de que no pienso replicar nada, se aclara la garganta y empieza a juguetear con uno de los bolígrafos del mostrador—. Yo iba durmiendo, escuchando música. Ya lo sabes, no soporto ir en autobús. En algún momento me he despertado, tal vez porque el autobús se había parado, o tal vez porque he tenido un mal presentimiento, ni idea. El caso es que estaba arrodillada junto a un pasajero, haciéndole la RCP. El tipo no tenía pulso, seguramente ha sufrido un choque anafiláctico. Le he practicado una coniotomía.

—Mierda. ¿Con qué? ¿Era necesario?

—Con una navaja y una pajita —responde con evidente orgullo—. No me mires así, tenía que hacerlo. Estábamos atrapados en un atasco y la ambulancia no podía llegar hasta nosotros. Y no te molestes en criticarme, ya lo ha hecho Laura en el autobús.

—Y con razón. Podría haber salido muy mal.

—Exacto. Podría haberla palmado —replica Ian con énfasis y con un tinte humorístico que me obliga a negar con la cabeza.

—Y no es Laura, sino la doctora Collins.

—Vamos, Nash, relájate un poco, ¿quieres?

—Esto es un hospital, no un club de *striptease*. Y deberías parar de perseguir a las médicas jóvenes para romperles el corazón.

Lo critico aun sabiendo que Ian siempre deja claro lo que quiere y no recurre a falsas promesas. Busca solo sexo o el gran amor de su vida, pero en este caso no me siento cómodo con ninguna de las dos opciones.

—Guau, ya veo que realmente estás celoso. Eso sí que es una novedad. ¿Te apetece hablar del tema?

Este tío me tiene frito. Cuando estoy a punto de responderle, le suena el busca. Lo sostiene en alto, le echa un vistazo y se aparta del mostrador sin siquiera mirarme.

—Lástima, habrá que dejarlo para otro momento. Tengo que irme —murmura, tras lo que se guarda de nuevo el busca y me da unas palmadas en el hombro—. No le des más vueltas, ya somos todos mayorcitos. Nos vemos luego.

«Espero que no», pienso. Solo soporto a Ian en pequeñas dosis.

Tarda pocos segundos en llamarme sin dejar de andar. Me doy la vuelta.

—Ah, lo ha hecho muy bien. Lo ha hecho de puta madre, de hecho.

Lo dice para provocarme, solo quiere ver cómo me enfado. Pero al capullo de él le funciona.

8

Laura

De acuerdo, que no cunda el pánico. Aunque tengo muy claro que el día todavía puede ir a peor. Sobre todo teniendo en cuenta que esto es un hospital y que el turno acaba de empezar.

Quería comenzar a ver a mis primeros pacientes, pero antes me he tomado algo de tiempo para echarles un vistazo a todos los expedientes. Luego los he dejado en la sala de enfermería y me ha parecido reconocer al doctor Brooks doblando la esquina. He aprovechado para presentarme a dos enfermeras, Isabella Danes y Sofie Vega, que me he encontrado en la recepción de la planta. Hay un gran mostrador semicircular con luz indirecta junto a una mesa con toda la información necesaria y un cartel indicador. Puesto que el Whitestone es uno de los hospitales más antiguos del país, se llevan a cabo renovaciones con regularidad para adaptarlo a las necesidades actuales. Es uno de los motivos por los que tiene tan buena reputación, más allá del personal de renombre que trabaja aquí, por supuesto.

Habitación 322. Aquí está. La enfermera y yo nos desinfectamos las manos antes de llamar a la puerta y entrar.

—Buenos días, señor Hanson. Soy la doctora Collins y esta es la señora Vega, su enfermera —digo para saludar al anciano antes de abrir el expediente médico para hacerme una idea de su estado—. ¿Cómo se encuentra?

—¿A qué viene esa pregunta tan tonta? —me espeta, tras lo que coge aire con dificultad antes de proseguir—. ¿Por qué cree que estoy aquí tumbado? —pregunta—. Porque me cuesta respirar, está claro. Le aseguro que no estaría aquí si me encontrara bien —me dice, tras lo que resuella de nuevo.

Me encanta este trabajo, pero a veces me siento incapaz de tratar con según qué personas. Es como si no se me ocurrieran nunca las frases o las preguntas más adecuadas en cada momento, como si cada palabra fuera un paso más en un campo de minas.

—¿De verdad es usted médica? —me pregunta, lo que me hace levantar la mirada del expediente.

—Pues sí —respondo.

Al señor Hanson lo han ingresado hace algo más de media hora debido a dificultades respiratorias agudas. No tiene fiebre ni ninguna anomalía más allá de la disnea. Puesto que el paciente tiene antecedentes cardiológicos y hay varias causas posibles para las insuficiencias respiratorias, lo han ingresado de inmediato en planta. Sobre todo porque algunas de esas posibilidades son cualquier cosa menos inofensivas.

—¡No seas maleducado, Frank! —lo reprende una anciana que aparece de repente a mi lado y fulmina a

Hanson con la mirada—. Disculpen a mi marido, no quería ser tan grosero —asegura, tras lo que se le acerca y se sienta al borde de la cama.

—¿Cómo que no? He dicho exactamente lo que pienso, Ruth —la contradice, y tengo que controlarme para no sonreír. Es evidente que hay mucha confianza entre ellos dos. Se desprende mucho cariño de las miradas y los pequeños gestos que intercambian. Noto la preocupación de ella y el afecto que siente por su marido.

—¿Sabría decirme qué le ocurre a mi marido?

—Primero deberíamos hacerle unas pruebas para ir descartando posibilidades. ¿Cuándo ha empezado a faltarle el aire?

—Ni idea. Desde ayer —responde él con un gruñido.

—Pero ¿qué dices? ¡Lleva días quejándose! —interviene su esposa, tomándole la mano y acariciándosela.

—¿Sufre otros problemas de salud además de la dificultad para respirar? —pregunto mientras le paso el expediente a la enfermera. Acto seguido, me acerco a la cama y me pongo el estetoscopio—. Por favor, levántese la camisa para que pueda auscultarlo.

—Ya me han preguntado todo eso —refunfuña antes de obedecer—. No me pasa nada más, aparte de esto me encuentro bien —responde mientras se incorpora un poco y se abre la camisa.

—Cielos, Frank...

—Vale, estoy algo cansado. Hace unos días estuve resfriado, pero ya se me ha pasado.

—Tosa un poco, por favor —le pido, y él accede enseguida sin protestar—. Otra vez —ordeno, y me parece ligeramente congestionado—. Gracias, ya puede taparse de nuevo. ¿Ha tenido tos estos últimos días?

—Sí, pero nada del otro mundo.

—Sí que ha tenido tos, sí. Y dolor de cabeza también —responde su esposa, y el señor Hanson asiente a regañadientes para confirmarlo.

—Pero eso no lo ha mencionado cuando ha llegado a urgencias —constato, y él me rehúye la mirada—. ¿Era tos seca o productiva? —insisto.

Él hace una mueca y tiene que toser para decidir la respuesta.

—Seca —afirma.

—De acuerdo. La señora Vega le sacará una muestra de sangre para un análisis. Además, le haremos una radiografía del tórax para ver cómo tiene los pulmones y excluir determinadas causas.

—¿Es grave?

—Lo sabremos con exactitud cuando tengamos los resultados. No se preocupen e intenten calmarse, ¿de acuerdo?

El señor Hanson asiente y su mujer me da las gracias. Estoy a punto de responder algo cuando desde otra habitación me llegan unas voces airadas.

—Volveré más tarde —le digo a Hanson mientras me apresuro a anotarlo todo en el expediente. Luego se lo paso a la señora Vega, le doy las gracias y acto seguido salgo al pasillo para descubrir cuál es el origen del tumulto.

Veo que procede de una habitación que hay enfrente, unos pasos más allá por el pasillo.

La puerta está entreabierta, pero llamo por cortesía, aunque no espero que me oigan, porque dentro están haciendo mucho ruido.

En la habitación me encuentro a un hombre de unos treinta y pocos años gritando improperios con indignación. Tiene un vendaje que le inmoviliza el brazo sobre el pecho. A los pies de la cama está una de mis compañeras, una médica asistente. Estoy segura de que ha empezado conmigo hoy mismo y de que es tan nueva como yo.

—¡Por fin! —exclama el tipo, mirándome con una expresión de alivio solo comparable a la de mi colega, la doctora Zeenah Awan.

—¿Todo bien? —pregunto con prudencia, y justo cuando la doctora está a punto de responder, el paciente empieza a quejarse de nuevo.

—¡Exijo que venga un médico!

—¿Señor...?

—Owens, Kent Owens —contesta, y le dedico una sonrisa.

—La doctora Awan es médica —constato, pero él responde con una carcajada exenta de alegría mientras la señala con el dedo.

—No pienso dejar que esa me atienda.

—Señor Owens, solo tengo que comprobar la sutura de la operación para que le den el alta —intenta explicarle ella, y por la manera en que lo dice parece que sea la enésima vez que lo prueba.

No comprendo el problema hasta que el paciente agita el dedo y sigue hablando.

—Usted y su velo islámico, ni se me acerquen. ¿Se entera?

Me lo quedo mirando absolutamente perpleja. ¿Lo dice en serio? ¿No quiere que lo atienda porque lleva un pañuelo en la cabeza? ¿Para qué se cree que sirve el pañuelo? ¿Piensa que se lo quitará y lo utilizará para estrangularlo o algo así?

—Solo para que me quede claro: ¿no quiere que lo atienda la doctora Awan —constato, señalándola un momento— solo porque lleva el pelo cubierto por un pañuelo?

—Exacto. Simplemente revíseme usted la sutura, y ya puede marcharse —refunfuña.

Pongo los brazos en jarra a medida que la rabia se apodera de mí.

—O sea, para que yo lo entienda: ¿cree que el pañuelo le impide ser una buena médica?

—¡Debería estar prohibido! —exclama, y, mientras la doctora Awan se queda de pie a mi lado con las mejillas enrojecidas por la indignación, decido responderle con las únicas palabras que me parecen adecuadas teniendo en cuenta la situación, pues, como diría el doctor Brooks, «todas las vidas cuentan». También las nuestras.

—La doctora Awan es una buena médica, de lo contrario no estaría aquí. El pañuelo no afecta ni lo más mínimo a sus capacidades. No será más competente por el hecho de no llevarlo, y a usted no lo perjudica en absoluto que lo lleve. El pañuelo no tiene vida propia. No lo morderá ni lo atacará. No es asunto suyo, de hecho.

—Pero... —intenta interrumpirme, pero levanto la mano y continúo hablando con energía.

—O permite que lo examine para asegurarse de que la sutura de la operación no se ha infectado, o nadie más se encargará de ello y saldrá del hospital con un alta voluntaria —sentencio con la respiración acelerada.

El corazón me late con fuerza dentro del pecho. Me gustaría añadir algo más. Algo sobre lo estrecho de miras y lo estúpido que es. Pero la voz que de repente suena a mi espalda lo previene.

—Creo que con eso ya está todo dicho.

Sorprendida, me doy la vuelta y me topo con el doctor Brooks, que me observa fijamente. Me saluda con la cabeza, sale de nuevo de la habitación y no puedo evitar preguntarme cuánto rato llevaba de pie detrás de mí.

—Esto... es un... una impertinencia —murmura el paciente, indignado e inseguro por igual mientras yo sigo con la mirada al doctor Brooks a pesar de que se ha marchado ya.

—Gracias —oigo que me dice mi compañera con cordialidad.

—De nada. Supongo que te las arreglarás, ¿verdad?

La doctora Awan me dedica una sonrisa.

—Siempre me las acabo arreglando de un modo u otro. Mentiría si te dijera que es la primera vez que me ocurre —me dice, lo cual me parece realmente triste—. Pero te agradezco mucho el apoyo.

—Un placer —respondo, y lo siento de veras.

—Y también agradezco que el doctor Brooks se haya puesto de mi parte. Si le hubiera parecido inapropiado, te aseguro que te lo habría hecho saber. Muy bien, intentémoslo una vez más —me dice con un guiño antes de despedirse de mí y dirigirse de nuevo al paciente—. Bueno, señor Owens. ¿Se ha decidido? ¿Me permite que le examine la sutura o prefiere el alta voluntaria?

Salgo de la habitación con una sonrisa en los labios y recojo el expediente del segundo paciente que tengo que visitar esta mañana.

Cinco horas más tarde entro en el comedor y me dejo caer en una silla justo al lado de Sierra.

—Chica, se te ve agotada.

—Gracias, lo mismo digo —respondo antes de tomar un bocado de mi *bagel* relleno de lechuga y queso.

—Toma, bebe un poco —me ofrece, pasándome una bebida energética.

Le doy un buen trago, pero me arrepiento al instante.

—Puaj, sabe todavía peor que el café que sirven aquí.

—Pero ayuda —contesta Sierra con una sonrisa, bebiendo también ella mientras yo me masajeo la nuca—. Además, no sé cómo puedes llamar café a ese caldo asqueroso.

—En eso tienes razón. Oye, ¿cómo son tus pacientes? —pregunto, mirándola con expectación.

Sierra se reclina en su silla y cruza los brazos frente al pecho.

—Uno de ellos padece demencia. He tenido que explicarle varias veces quién soy y por qué está en esa habitación. Por muy molesto que sea, sobre todo me parece triste y aterrador. La última vez le he dicho que había ganado un viaje y que estaba allí esperando a que vinieran a recogerle. Por un lado se lo he dicho porque para él ha resultado más divertido, pero por otro también porque me ha parecido mejor eso que contarle por quinta vez que tiene un tumor en fase terminal que se ha extendido por el hígado, el estómago, los pulmones... Y que morirá solo porque su mujer falleció hace tiempo y no le quedan parientes vivos —me explica. Este trabajo puede ser tan bonito como terrible. Todas las vidas cuentan, pero por desgracia no podemos salvarlas todas. Sierra traga saliva con dificultad y se recompone enseguida—. ¿Qué me dices de los tuyos?

—Bastante bien. Ninguna lesión o enfermedad seria hasta ahora. Ni nada que me haya afectado especialmente a nivel emocional. Pero mucho papeleo, eso sí.

—Papeleo, ¿qué me vas a contar? Al menos el sistema que utilizan aquí funciona. ¿Has podido ver ya tu planificación de turnos?

—Antes le he echado un vistazo. Pronto me tocarán los primeros turnos nocturnos.

Sierra asiente.

—Pues yo igual. Espero que no me toque trabajar con Mitch o con Ryan.

—¿Por qué lo dices? —pregunto mientras sigo mordisqueando mi *bagel* de queso.

—Mitch es un sabiondo y me pone de los nervios. Si sigue soltando comentarios estúpidos, le acabaré arrancando la lengua el día menos pensado —afirma con una sonrisa diabólica—. Aunque, por supuesto, fingiremos que ha sido un accidente.

—Por supuesto —repito, riendo.

—Y Ryan es..., uf, es que todavía no sé de qué palo va. Creo que no está hecho para este trabajo. Se pone demasiado nervioso y es algo que se contagia. Ya me tiembla el párpado con solo pronunciar su nombre —me dice antes de inclinarse hacia delante, posar un brazo sobre la mesa y apoyar la barbilla encima. Un rizo oscuro se le ha desprendido del moño y le enmarca el lado izquierdo de la cara—. ¿Y tú qué me cuentas? ¿A qué venía todo eso por la mañana? Te aseguro que era más entretenido que un culebrón.

—Me alegro de que te hayas divertido a mi costa.

—¿No te has acostado con ninguno de los dos?

Pongo los ojos en blanco, me limpio la boca con una servilleta y la arrugo hasta formar una bola con ella.

—Me parece una pregunta bastante personal, teniendo en cuenta que nos hemos conocido hoy mismo —respondo, y ella arquea las cejas.

—De acuerdo, ya te lo volveré a preguntar mañana, entonces.

—Muy graciosa. No, no me he acostado con ninguno de los dos. ¿Estaría mal que lo hiciera?

Sierra se encoge de hombros.

—Eh, si algún día quieres echar un polvo en el hospital, adelante. Lo único que te pediría es que me cuentes hasta el último detalle.

—No sabía que fuéramos amigas.

—¿Lo dices solo porque nos hemos conocido hoy mismo? —pregunta con una sonrisa—. Si no somos amigas en este trabajo, estamos perdidas. Por cierto, ¿en qué quieres especializarte?

—No entiendo qué se supone que tiene que ver con eso, pero... creo que en cirugía cardíaca y torácica.

—Joder, cardíaca y torácica. Si te especializaras en cualquier otra cosa, seguro que podríamos ser buenas amigas, porque no competiríamos por la misma plaza.

Las dos sonreímos. Tenemos claro que eso nos trae sin cuidado, porque hemos congeniado enseguida.

—Y ahora dime: ¿a qué venía eso de antes?

Suspiro y le cuento lo que ha ocurrido en el autobús.

—No está mal. Estoy impresionada.

—¿Por qué? —pregunto, desconcertada.

Sierra vuelve a sentarse erguida y estira la espalda.

—Porque tienes muy buen aspecto para haber pasado por esa mierda —me suelta, riendo—. Entonces ¿vas a salir con el cirujano torácico?

—¿Con Ian?

—Vaya, ¿ya os tratáis por el nombre de pila? Hace un momento todavía era el doctor Rice. Quizá debería pensar en un buen mote para él, como el que encontré para Nashville.

—Sabes que el mote llama bastante la atención, ¿verdad? —le pregunto, y ella reacciona resoplando.

—En absoluto. Es evidente que es discreto. Créeme.

—No me parece que... —empiezo a decir, pero mi busca comienza a sonar y, al verlo, el corazón me da un vuelco. Mierda—. Tengo que irme —anuncio, tras lo que me levanto de un brinco y echo a correr hacia los ascensores. Llego a la planta y sigo corriendo hacia la habitación 322, rezando para que no sea demasiado tarde.

La estancia está repleta de gente. Un enfermero está haciendo lo posible para sacar de la habitación a la esposa del señor Hanson.

—¡Frank! ¿Qué le pasa a mi marido? ¡¡Frank!! —grita la anciana mientras el enfermero intenta convencerla para que salga.

El doctor Brooks está de pie junto a la cama del paciente.

—Mierda, Collins. ¿Dónde estaba?

Sabiendo que no podré darle ninguna respuesta satisfactoria y que mi paciente está tendido y, por lo que parece, a punto de morir asfixiado, opto por no replicar nada y desinfectarme las manos enseguida para poder ayudar.

—¿Qué ha ocurrido?

—Dificultad respiratoria aguda y tos severa —me informa—. El señor Hanson está estable, de momento.

Una enfermera me tiende el expediente. Los análisis sanguíneos acaban de llegar y presenta altos valores de inflamación. Pero sin fiebre. No obstante... Decaimiento, cansancio, dolor de cabeza. Los síntomas no son inequívocos, antes apuntaban a una infección de las mucosas de los bronquios, pero ahora...

—Mierda —maldigo en voz baja antes de que me pasen la radiografía y pueda echarle un vistazo.

El doctor Brooks se coloca a mi lado.

—En el informe ha puesto que podría ser una bronquitis.

—Sí —murmuro—. Eso suponía —añado. Concentrada, examino las imágenes que me confirman la conclusión a la que acabo de llegar—. Pero no es bronquitis, es neumonía.

El doctor Brooks coge la radiografía para examinarla.

—No presenta una temperatura elevada ni mucosidad —constata como si hablara consigo mismo.

—El paciente no manifiesta ningún síntoma típico.

El doctor Brooks aparta la vista de la radiografía para mirarme.

—Una neumonía atípica —sugiere.

Asiento. Eso explicaría la radiografía, los síntomas y el empeoramiento radical de su estado.

—¿Cómo piensa proceder?

—Yo empezaría administrándole un antibiótico de amplio espectro y realizando un análisis de orina para ver si encontramos antígenos de legionelosis. Después, si es necesario, seguiría con un lavado broncoalveolar para excluir la posibilidad de que sea una neumonía por *Legionella*.

El doctor Brooks me escucha atentamente antes de asentir.

—Adelante.

9

Laura

—¡Estoy despierta! —grito sobresaltada mientras me incorporo de repente.

Parpadeando, miro a mi alrededor y me limpio la baba que se me había acumulado en la comisura de los labios. Solo es el tercer día y ya estoy hecha polvo, es increíble.

—Ya lo veo, marmota —me dice Mitch mientras saca una fiambrera de su taquilla y se sienta conmigo en la mesa semicircular que hay en un lado de la sala.

—Muy gracioso. Solo estaba descansando un poco la vista.

—Como decía, ya lo he visto. Y oído. Tus ronquidos son adorables, como los de un osito o algo así.

Hago una mueca y cojo el móvil, que está sobre la mesa. En la pantalla aparecen unos cuantos mensajes nuevos de Jess y de Logan, pero ni siquiera he logrado responder a los anteriores ni llamar a ninguno de los dos.

Empiezo leyendo el último mensaje de mi hermano.

Hola otra vez. Estoy seguro
de que te va bien y solo estás
estresada. Te escribo de nuevo
solo porque estoy preocupado
por Jess. Está al borde del infarto
porque no le has dicho nada,
y me está dando el coñazo a mí.
Llámala, por favor. Te quiero.

Genial. Pero no servirá de nada. Le escribo enseguida a Logan para decirle que todo va bien y le doy las gracias antes de leer los mensajes de mi hermana. Doce mensajes desde el martes por la noche. No está mal, pero tampoco ha batido su propio récord. Ya lo sé, solo se preocupa por mí.

Dios, Laura. Responde algo.
Algo. No te pido nada más.
Que me digas que estás bien.
Un OK, dos letras. Aunque solo
sea un emoji, joder.

Odia los emojis en los mensajes. No las caritas sonrientes de toda la vida, solo los dibujitos amarillos. Los detesta.

De verdad espero que estés
salvando muchas vidas. O que
estés follando mucho. De lo
contrario, no veo motivos
para pasar tanto de mí.

Sus palabras me hacen reír y enseguida me gano una mirada curiosa de Mitch, quien por suerte no hace ningún comentario al respecto. O le escribo algo ahora mismo, o antes de que termine la semana se plantará frente a mi puerta para echarme la bronca.

> Deberías hablar urgentemente con alguien sobre tus emociones, Jess. Son muy... intensas. Estoy bien. He salvado alguna que otra vida, pero de sexo nada. Y dormir, todavía menos. Bueno, digamos que no he dormido nada y he follado aún menos. Da igual. Te quiero. Espero que estés bien. Ahora que ya te he escrito, quiero decir.

Después de cada frase he ido poniendo un emoji u otro, y cuando acabo de mandar el mensaje ya me siento mejor. Sigo repasando los mensajes recibidos rápidamente. ¿Y estos? Son de un número desconocido. Y una llamada perdida. Me quedo de piedra, rezo para que no sea otra vez Josh.

> Acuérdate de que mañana tenemos una cita de tres copas. ¿Nos vemos aquí?

Vuelvo a leer las palabras, tras las que ha incluido el enlace de una dirección. Tiene que ser... Ian. ¿No iba a llamarme? Quiero decir, me alegro de que solo me haya mandado un mensaje, así puedo lidiar con la situación tranquilamente. A decir verdad, esperaba que se hubiera olvidado del tema.

> No puedo, tengo turno
> hasta las siete.

No es mentira. Y si mañana el día resulta ser tan duro como hoy, solo querré quedarme en la cama. Por no hablar de que seguro que no podría ir antes de las nueve. Primero tendría que salir del hospital, llegar a casa, prepararme, volver a la ciudad y... pongo una mueca con solo pensarlo.

El siguiente mensaje aparece enseguida.

> Pues quedamos un poco
> más tarde. Hasta entonces.

No va a dar su brazo a torcer. Mierda. Me guardo el móvil en el bolsillo de la bata y suelto un gemido de frustración.

—¿Todo bien? —me pregunta Mitch con la boca llena, y me lo quedo mirando con los ojos entrecerrados cuando me llega a la nariz un olor delicioso.

—Sí, no pasa nada. ¿Qué es eso? —pregunto, apuntando con el dedo su comida y acercándome un poco a él.

—Enchiladas. Caseras —responde, ante lo que arqueo las cejas en señal de reconocimiento—. No está mal. Un cirujano que sabe cocinar.

Sonriendo, tiende el tenedor hacia mí.

—Prueba si quieres.

No tiene que decírmelo dos veces. No he comido nada desde el desayuno y falta poco para el atardecer.

—Dios mío... —exclamo con deleite, y le quito la fiambrera cuando la puerta se abre de repente y Sierra entra con una expresión sombría en el rostro.

—¡Ni hablar! —replica él, riendo.

—Sigue gimiendo tranquila, no pretendía interrumpir vuestra orgía —dice Sierra, y no sabría decir si parece más mosqueada o deprimida.

Mitch no para de reírse mientras yo respondo al comentario de Sierra.

—Esto es mejor que una orgía, créeme.

—¿Lo dices por experiencia? —pregunta Mitch antes de quitarme la comida de nuevo.

—Nunca lo sabrás —contesto, frunciendo los labios como una niña pequeña haciendo pucheros.

Ahora es Sierra quien se ríe. Suelta una carcajada breve y exenta de alegría antes de sacar algo de su taquilla, aunque vuelve a guardarlo enseguida.

—Esta no tiene ni idea de lo que es una orgía —sentencia, tras lo que se sienta en el banco y se pasa las manos por el pelo y por la cara repetidamente.

Me trago el último bocado que le he robado a Mitch y me acerco a ella. Eso ha sido demasiado duro incluso para Sierra. Se nota que está muy agobiada. Solo hace unos días que la conozco, pero es una de esas personas con las que no es necesario compartir mucho tiempo para cogerles el tranquillo.

—¿Qué ha ocurrido, *bellissima*? —pregunta Mitch con la boca llena mientras me siento al lado de Sierra.

En ese instante se vuelve hacia él y le dedica una peineta.

—Para de llamarme así. Estoy bastante segura de lo que significa y no me gusta.

Eso le arranca una sonrisa a Mitch, aunque opta por

no hacer más comentarios. Por mi parte, decido no explicarle que en realidad lo dice porque piensa que es atractiva.

—Ay, no me mires así, Laura, pareces un corderito degollado de ojos claros. Estoy bien —me asegura Sierra, tras lo cual se humedece los labios con la lengua y respira hondo—. Es la primera semana. No somos amigas... Solo trabajamos juntas. Y además somos rivales, ¿recuerdas?

El otro día su discurso era casi el opuesto. De entrada sus palabras me duelen, me sientan como una puñalada, pero pensándolo mejor tengo claro que solo arremete contra lo que se pone a su alcance porque se siente acorralada. Es una persona completamente distinta a la que era ayer. Estoy segura de que le ha ocurrido algo desagradable. Por eso no le respondo nada, me limito a quedarme sentada y esperar, porque creo que le irá bien desahogarse.

—Todos cometemos errores —añade en algún momento en voz baja, y hago chocar mi hombro contra el suyo levemente, como Jess ha hecho en tantas ocasiones conmigo para consolarme.

—Es cierto. No somos máquinas.

—Se encuentra muy mal. Lo he intentado todo, he estado a su lado y le he dado la medicación correcta... ¡Mierda! En ninguna parte ponía que fuera alérgico a la penicilina. Debería haber pedido un segundo historial clínico.

—Toma. Lo necesitas mucho más que yo —le dice Mitch, que se ha plantado de repente delante de nosotras para ofrecerle a Sierra la comida que me acaba de negar—. La comida mexicana no hace milagros, pero te puede devolver la felicidad durante un rato. Confía en mí.

Se la cojo de las manos, articulo un agradecimiento

en silencio y se la pongo sobre el regazo a Sierra al ver que ella se limita a lanzarle miradas pero no parece dispuesta a mover ni un solo dedo.

—Toma. Y luego sal ahí fuera y continúa. Puedes hacerlo —le aseguro, tras lo que me levanto y me voy junto con Mitch hacia la puerta. Sin embargo, en lugar de marcharme sin más, me quedo en el umbral y me doy la vuelta una vez más para mirarla—. ¿Sierra? —la llamo, y ella alza la cabeza hacia mí—. Hay días en los que puede que seamos rivales, pero en el día a día somos compañeras. Eso tiene más valor. Además... —añado con una sonrisa—, apuesto a que ya no te caigo tan mal y a que te has acostumbrado enseguida a mí. Puedes contar conmigo, amiga.

Sierra pone los ojos en blanco, pero antes de salir al pasillo veo como le vuelven a relucir con la picardía habitual.

Tal vez continuemos siendo solo meras compañeras de trabajo, pero también es posible que desde el primer día haya encontrado a una amiga. Sea como sea, deberíamos apoyarnos mutuamente. Este trabajo puede destrozarte por dentro, y si no tienes a nadie que te respalde, es inevitable que te acabes hundiendo tarde o temprano. De hecho, así me lo advirtió ella misma. Me contó que es fácil sucumbir a la presión, a las exigencias propias y ajenas, a las vicisitudes del trabajo, a todas las enfermedades, las oportunidades y los callejones sin salida, el sufrimiento y la muerte. Si empezamos a pelearnos entre nosotras, no podremos ayudar a nadie.

Un par de turnos larguísimos después de mi primer día aquí en el Hospital Whitestone me gustaría poder decir que lo he conseguido, que me siento más segura de mí misma y más serena. Que dictar las notas médicas es realmente divertido o que al menos conozco los malditos nombres comerciales de los medicamentos que se utilizan aquí para no tener que estar buscando cada dos por tres cómo se llaman o para qué sirven.

Se necesita tiempo. Tiempo, mucha paciencia y también mucho trabajo. No me parece más complicado que estudiar la carrera o cumplir con todo lo que he tenido que hacer hasta el momento, simplemente es duro de una manera distinta. Toda la teoría, todo el conocimiento que acumulo en la cabeza... son historiales médicos perfectos, diagnósticos inmaculados, elaboraciones de tratamiento impecables. Son cifras, porcentajes y ecuaciones. Si el paciente X presenta los síntomas XY, hay que contemplar las enfermedades XYZ. Pero ¿qué pasa si surge algo atípico? ¿Qué ocurre si las enfermedades se solapan y los síntomas son engañosos? O las personas, porque la gente miente continuamente. Hay tantas posibilidades, tantas oportunidades de equivocarse..., y no es que haya mucho margen de error. Nadie puede prepararnos para eso.

Y mientras tanto, aquí estoy, buscando una enfermedad con la sensación de estar tan perdida como cuando acababa de empezar la carrera de Medicina.

Todo lo aprendido no sirve para nada si no se puede salvar la distancia entre la teoría y la práctica, si al final no sabes aplicar los conocimientos, doblarlos y moldearlos para poder tratar a los pacientes de la mejor manera posible. Todavía estoy aprendiendo a hacerlo. Creo que me pasaré años aprendiendo y que tendré que vivir con la sensación de que habrá momentos en los que equivocarse será inevitable, en los que no podré salvar a alguien por más que lo desee. Alguien que terminará muriendo por mi culpa. Y aun así no será solo por mi culpa.

Ese día llegará, sin lugar a dudas. Llevo esperando que suceda desde hace tiempo... porque sé que me cambiará. Me marcará, me hará daño, pero confío en que no pueda conmigo.

—Es imposible —murmuro mientras, desesperada, coloco las manos sobre el carro de expedientes que hay junto a la sala de enfermería, detrás del mostrador de acceso.

—¡Aquí nada es imposible! —resuena inesperadamente una voz a mi lado. Un enfermero asoma la cabeza por la esquina y se me acerca. Me sobresalto tanto que estoy a punto de soltar un chillido, lo que lo hace reír—. Disculpe, no pretendía asustarla. ¿Puedo ayudarla en algo? Ya lleva un buen rato revolviendo expedientes, doctora... ¿Collins?

Mientras me esfuerzo en recuperar el aliento, me quedo mirando al enfermero. Tiene una sonrisa amable, un aspecto cuidado, el pelo rubio claro con algún reflejo rojizo y los ojos verdes. Debe de tener más o menos mi edad. Lo conozco, ya lo he visto en alguna ocasión, estoy segura. Creo que es el enfermero que se encargó de tranquilizar a la esposa del señor Hanson cuando metí la pata con el diagnóstico, aunque por suerte respondió a la medicación y se está recuperando.

—Sí, yo... Gracias. Laura Collins, soy una de las nuevas —digo, tendiéndole la mano—. Perdone que no me haya presentado hasta ahora...

—Grant Masterson —contesta él—. Y no se preocupe. Por suerte para usted, no soy rencoroso y no me lo tomaré como algo personal —bromea antes de guiñarme un ojo e inclinarse un poco hacia mí—. Sin embargo, le daré un pequeño consejo: los del personal de enfermería también somos criaturas delicadas y tenemos sentimientos. Seguramente necesitará nuestra ayuda con más frecuencia de lo que le gustaría, por eso es buena idea que pase por la sala a presentarse, si no lo ha hecho todavía. Solo por una cuestión de respeto, se entiende.

De repente me siento miserable. Le dedico una sonrisa de disculpa cuando me doy cuenta de que tiene toda la razón del mundo.

—Lo sé, lo siento mucho. La semana ha sido simplemente... de locos, un no parar. Ayer estaba tan cansada que me quedé media hora dormida en la ducha, hasta que la cabeza me resbaló por las baldosas —le explico, y aprieto los labios—. Creo que le he dado más información de la que pretendía... —constato en voz baja, y acto seguido señalo hacia los expedientes que tengo delante—. Estoy buscando el informe de la señora Helen Tatum, de la habitación 321, y pensaba que tal vez aquí tendría un poco más de suerte. Tenía la esperanza de que alguien del personal de enfermería se lo hubiera llevado para añadir algún dato, pero no lo encuentro. Al parecer lo he extraviado, y créame que me odio por ello.

—De acuerdo, entiendo. ¿Puedo echar un vistazo, igualmente? —me pregunta, tras lo que se coloca a mi lado, señala el carrito con los expedientes y le dejo sitio enseguida.

—Por supuesto. Le traeré café durante una semana entera si consigue encontrar el expediente —prometo, lo que le arranca una sonrisa.

—Sabe que el café es uno de los líquidos del hospital que nunca se terminan, ¿verdad?

—Sí, pero... ¿es posible que sea porque sabe peor que el aceite de motor?

—Eso no se lo diga a Edith. Es la que se encarga de prepararlo. ¿O se refiere al de la sala de descanso para los médicos? No, espere... Es el mismo.

—¡Mierda! —exclamo, echando un vistazo a mi alrededor—. ¿Cree que Edith me habrá oído?

—No. Trabaja en el comedor y se ocupa de rellenar a diario las jarras de café de las diferentes áreas. Es su misión personal que no se termine nunca en ningún sitio. Menos los domingos: entonces lo prepara quien tiene tiempo, porque Edith siempre pasa los domingos con su hija —me cuenta, tras lo que se me queda mirando con los ojos entrecerrados—. Sobre todo no le diga que el café sabe mejor los domingos.

—No se me ocurriría. Y... ¿le importaría tutearme? Casi me da vergüenza pedírselo, pero es que no me siento a gusto.

—No, al contrario. Para mí es mucho más fácil tutearte —reconoce con satisfacción. Cuando se incorpora de nuevo, lo hace con los labios apretados y las manos apoyadas en las caderas. Lo ha registrado todo—. No está. Supongo que en el archivador de la habitación 321 tampoco lo has encontrado, ¿no?

—¿Crees que estaría tan desesperada? —pregunto mientras me vuelvo a trenzar el pelo, frustrada—. Tengo que pasar a visitarla y no estoy segura de si es necesario ponerle una vía o no.

Grant se me queda mirando, desconcertado.

—La señora Tatum tiene venas rodantes —le explico—. Si hay que ponerle una vía, lo haré, pero cuando le tomé una muestra de sangre ayer no paraba de gritar que quería matarla. No puedo esperar que hoy se lo tome mejor.

—Ah, o sea que era paciente tuya —constata con una sonrisa maliciosa.

—Ay, cállate.

—Con los años se aprende, créeme. Pero, si me lo pides bien, me encargo yo de ello. Los pacientes me adoran.

—Vaya, qué modesto —comento con un resoplido.

—La modestia no le sienta bien a nadie —replica con seriedad, lo que nos arranca una carcajada a los dos.

Nos reímos hasta que un médico se nos acerca por el pasillo con la cara pálida como la cera. Se abre paso entre dos enfermeros y algunos familiares que intentan apurar los últimos minutos del horario de visitas.

—Es uno de los nuevos residentes, como tú —murmura Grant.

—¿Cómo lo sabes? Podría ser simplemente un médico nuevo que todavía no sabe cómo se entra aquí.

Sin embargo, cuando el médico ya se ha alejado un poco, creo reconocer su cara vagamente.

—No, créeme, es un novato. Todos tienen esa especie de aura que clama a gritos: «Espero que nadie se dé cuenta de que no tengo ni la más remota idea de lo que estoy haciendo aquí». Tú también, por cierto. Solo que no tan clara como la de ese de ahí —sentencia, señalando con un movimiento de cabeza hacia mi compañero.

—¿Ryan? —murmuro, porque no estoy muy segura de que se llame así, pero cuando se detiene me doy cuenta de que no me he equivocado. Es el doctor Ryan Sanders. Empezó con nosotros y Sierra me ha hablado de él, pero todavía no habíamos coincidido—. ¿Todo bien? —le pregunto.

—Sí..., es decir..., supongo —balbucea algo descolocado.

Tez pálida, sudor en la frente y en el labio superior,

pupilas dilatadas, manos temblorosas. ¿Tiene problemas de circulación?

—Deberías sentarte —le digo, muy seria, y Grant reacciona enseguida y se nos acerca al poco tiempo con un vaso de agua en la mano.

Sin embargo, Ryan ni siquiera llega a tomar un trago. Veo claro lo que va a suceder justo antes de que intente taparse la boca y se dé la vuelta.

Al cabo de un instante, vomita en el vestíbulo, justo al lado del mostrador. El contenido de su estómago choca contra el cristal ahumado con iluminación indirecta y aterriza en parte sobre las baldosas de color crema que hay delante.

Mierda. Intento servirle de apoyo.

—Bueno, cambio de planes. Yo me encargo de las venas rodantes y tú limpias esto —comenta Grant con cara de asco, y yo resoplo en voz baja mientras ayudo a Ryan a incorporarse.

Una enfermera se acerca boquiabierta. Creo que se llama Ellen Martens.

—Ni por todo el dinero del mundo —le digo a Grant, y recupero la seriedad antes de proseguir—. Alguien tiene que acompañarlo hasta la sala de descanso. Debería acostarse y beber algo. Si no mejora, si no se le estabiliza la circulación y vuelve a vomitar, habrá que controlar su equilibrio de líquidos.

—¡Yo me encargo! —exclama la enfermera, apartando a Grant para abrirse paso y sostener a Ryan, que se marcha con ella completamente aturdido.

Grant se me queda mirando, estupefacto.

—¿Qué ha pasado? —se limita a preguntar.

—Ni idea —respondo, encogiéndome de hombros—. Pero espero que se recupere pronto.

111

—No me refiero a eso. Creía que había una conexión entre nosotros —dice, moviendo el dedo índice para señalarnos alternativamente—. Pero a la primera de cambio vas y me endilgas esta porquería. Y eso que estaba dispuesto a pinchar unas venas rodantes por ti. ¡Venas rodantes! —subraya mientras yo le sonrío.

—Te aseguro que aprecio mucho tu gesto, pero tranquilo, te las arreglarás. Llama al personal de limpieza —le ordeno, y, antes de que siga refunfuñando, otra enfermera entra corriendo desde la misma dirección por la que Ryan ha venido tan alterado.

Es Sofie. La conocí el primer día y formamos un buen equipo.

—¿Todo bien? —se preocupa Grant.

—Si obviamos el hecho de que uno de nuestros *bambini* ha estado a punto de hacer estallar a un paciente como un globo, sí.

—¿Te refieres a Ryan? —pregunto, alarmada.

Sofie rebusca algo por los cajones de la recepción mientras me responde.

—El doctor Sanders, sí. La señora Jonas estaba en observación, pero antes incluso de que pudiéramos revisar todas las pruebas ha sufrido una hipoxemia. El doctor Sanders ha pulsado el botón de emergencia, yo estaba con el doctor Brooks y he visto que la paciente ya estaba intubada —nos cuenta, tras lo que coge el expediente y se queda de pie, mirándonos fijamente—. Solo que le ha intubado el esófago y le ha hinchado el estómago de tal manera que con la presión le ha provocado el vómito. No se ha dado cuenta de que la ha intubado incorrectamente y de que el oxígeno iba a parar al estómago y no a los pulmones. Hemos estado a punto de perderla. El doctor Brooks se ha puesto hecho una

112

fiera. Lo ha mirado un momento y lo ha echado de la habitación. Por suerte hemos podido estabilizar a tiempo a la paciente.

—¡Mierda! —exclama Grant.

—¿El doctor Brooks ha... gritado? —pregunto, incapaz de imaginar lo que ha descrito como «hecho una fiera» con él.

Sofie suelta un resoplido.

—No, si hubiera gritado no sería tan grave. Al doctor Brooks se le nota que está furioso por cómo se le mueven estos músculos de aquí, de los lados... —dice, señalándose primero las sienes y luego la mandíbula—, hasta el punto de que le impiden pronunciar palabra. Eso es peor que gritar —subraya antes de respirar hondo y volver apresuradamente por donde ha venido.

Me cuesta imaginarlo. No obstante, tampoco tengo tiempo de pensar mucho en ello, porque al cabo de pocos segundos me suena el busca. Hablando del rey de Roma.

—Me sabe mal, tengo que irme —le digo a Grant con una expresión de lástima, y me despido con la mano mientras me marcho.

—No, no te sabe mal... —me contradice, y la verdad es que tiene razón. Bueno, tal vez un poco. Sobre todo me sabe mal por Ryan.

Cuando llego a la habitación de la paciente, el doctor Brooks ya está frente a la cama examinando el historial de la señora Jonas mientras Sofie comprueba el equipo de respiración que le suministra oxígeno. Probablemente tendrá que hacerlo hasta que se resuelva la hipoxemia.

Me siento mal estando aquí, en el lugar que debería ocupar Ryan. Deberían darle otra oportunidad y...

—Doctora Collins, a partir de ahora se encargará también de esta paciente. Familiarícese con las circunstancias y revise bien el historial. Mañana a primera hora espero que me ponga al día sobre su estado —me ordena y, sin cambiar de expresión, me tiende el informe médico.

Cuando nuestras miradas se cruzan me pregunto qué es lo que convierte a este hombre en el médico que tengo delante. Por qué es tan bueno y tan seguro de sí mismo. Por qué ha elegido este trabajo. ¿Es emocional? Eso parece, a juzgar por lo que ha contado Sofie, pero al mismo tiempo parece tan... tan... frío y distante. Como en este momento. Ni un simple hola, ni una sonrisa, ni una mirada cordial. Solo un rostro atractivo y casi misterioso. ¿Es el trabajo? ¿Su manera de ser? ¿O solo es así conmigo?

Cojo el expediente que me tiende y me siento aún peor que antes.

Asiente, pasa por mi lado y sé que debería mantener el pico cerrado. Lo sé, sé que esta no es mi guerra, que nadie me ha dado vela en este entierro y que no juego en esta liga. No llevo ni una semana como residente en Whitestone y él es el médico jefe de la unidad y mi superior. No somos compañeros al mismo nivel. Todavía no...

—Doctor Brooks —empiezo a decir, y él se para y se da la vuelta para mirarme de nuevo. Me aferro a los expedientes que sostengo pegados al pecho como si fueran una coraza capaz de protegerme ante cualquier peligro—. Es una paciente de Ryan. Y creo que debería seguir siéndolo.

Mi voz ha sonado clara. Ni demasiado estridente ni aguda, sino serena y con determinación.

Le aguanto la mirada y levanto la barbilla.

Mis movimientos a menudo siguen ese automatismo,

no puedo evitarlo. Cuanto más insoportable me parece un contacto visual, más me cuesta interrumpirlo. Y entonces una especie de intransigencia se apodera de mi cuerpo. Sobre todo si estoy convencida de que tengo razón.

Y lo estoy, estoy plenamente convencida de ello, aun sabiendo que no estoy en posición de discutirlo.

El doctor Brooks me observa sin apartar la vista. De reojo me doy cuenta de que alguien se mueve por mi lado derecho. Sofie sale discretamente de la habitación, se detiene detrás del doctor Brooks sin hacer ruido y se señala las sienes y la mandíbula, como antes. Eso casi me arranca una sonrisa, pero la reprimo porque lo último que quiero es enfurecerlo aún más.

—¿Me está diciendo que debería seguir confiando la paciente al doctor Sanders a pesar de que le haya provocado lesiones en las mucosas y ahora también en la laringe? ¿A pesar de que le haya bombeado oxígeno en el estómago mientras la saturación sanguínea no paraba de bajar hasta el punto de estar al borde del paro cardíaco? —Su voz suena tan relajada como la mía, con una serenidad tipo Obi-Wan.

No es que me hable desde la superioridad, pero el caso es que mi nivel de obstinación crece y algo me hace intuir que este podría ser un momento de aprendizaje. Algo que me hará ver lo mucho que tengo que aprender todavía.

—Todos cometemos errores —recalco, y casi cuento con que se marchará sin querer seguir discutiendo esto conmigo.

No contaba con que volviera atrás, se plantara delante de mí, se metiera las manos en los bolsillos y me pidiera que siguiera hablando. Porque es justo lo que ha hecho. No. Este hombre no es en absoluto frío ni insensible. Simplemente sabe muy bien cómo ocultar sus emociones.

—Ilumíneme, doctora Collins. ¿Qué debería haber hecho?

Es una trampa, lo noto con claridad, y debería haberlo sospechado. Pero no pienso responder que no lo sé.

—Usted es nuestro tutor. Tiene que encontrar alternativas y apoyarnos.

—Cierto, soy su tutor. No su niñera. Tengo que darles indicaciones y dirigirlos, pero no puedo servirles en bandeja de plata la solución para cualquier problema que se les presente.

—¿Cómo dice? —pregunto, absolutamente atónita.

—Eligieron la carrera que han estudiado y luego se decidieron por este trabajo. Aquí tomarán sus propias decisiones... y tendrán que aguantar cuando alguien les diga que esas decisiones eran erróneas. Son responsables de los demás, de cada persona que ingresa en el hospital y está a su cargo. Cada una de esas decisiones no solo los afectan a ustedes, sino también a las personas implicadas, a sus familiares y, en última instancia, a mí.

—Podría haber hablado con él. Todavía podría hacerlo. Le iría bien. Echarlo sin más y transferirle el paciente a otra persona en lugar de apoyarlo... ¿Qué cree que conseguirá de ese modo? —pregunto.

Me doy cuenta de que he ido levantando la voz y me obligo a contenerme. Aún estamos en la habitación de una paciente, joder. Y me pregunto dónde demonios me he dejado el autocontrol. ¿Por qué este médico que tengo delante es capaz de sacarme de mis casillas de este modo?

—Lo superará, y crecerá gracias a esto —responde con un tono de voz que suena como un siseo de ira controlada.

Por mi parte, respiro hondo y me planto tan cerca de él que podría hundirle los pulgares en los ojos. Hay poca gente capaz de conseguir que me enfade tanto con tan poco. Ni siquiera sabría decir qué es lo que me enfurece tanto de él.

—¿Que lo superará? ¿Que crecerá gracias a eso? —contraataco—. ¿Piensa que es tan fácil como en el caso de Zeenah? ¿Cuando se plantó usted allí pero no dijo nada, no hizo nada y se limitó a esperar que todo se arreglara solo? —pregunto, aunque en realidad sé que no fue así. Se arriesgó, porque su presencia silenciosa implicó un apoyo sin reservas. Porque el enfermo, nos guste o no, tiene derecho a rechazar al personal médico y solicitar que sea otro quien lo trate.

—Esta conversación ha terminado —sentencia con serenidad, aunque transmitiendo todo lo contrario.

Sin embargo, no se marcha, sino que se queda plantado donde está. Justo delante de mí. Con los labios apretados y la mirada seria. Parece cada vez más calmado y más tenso al mismo tiempo, lo percibo en sus hombros, en su postura. Se me disparan todas las alarmas cuando detecto esa tensión reveladora en los músculos de la mandíbula que me había indicado Sofie.

—Ryan no cometerá el mismo error dos veces, pero sin duda no porque haya aprendido algo, sino porque ahora tiene miedo. ¡De usted! —me oigo decir de todos modos. No puedo parar de hablar—. ¿Se acuerda de su primer mes en este hospital? ¿De los errores que cometió y de las malas decisiones que seguro que tanto le hicieron crecer? ¿Y nadie lo apoyó en esos momentos?

Las aletas de la nariz le tiemblan, me recorre el rostro con la mirada y me imagino que se detendrá un instante en mis labios. Involuntariamente, hago lo mismo: examino su cara como si la viera por primera vez y trago saliva. Respiro hondo y me aferro a los expedientes que tengo frente al pecho con tanta fuerza que los papeles me cortan la piel de las manos en algunos puntos.

—Eso no es problema suyo —replica, y su voz suena algo tomada, amenazadoramente serena, y, aun así, la siento como una cálida manta que me cubre en una noche fría.

Eso me confunde, me asusta y me enoja por igual; no tengo ni idea de lo que me está sucediendo. Ojalá su voz no sonara tan bonita cuando me dice cosas tan desagradables.

—Dios... ¿Siempre es así de capullo?

Si Jess estuviera aquí, me aplaudiría. Logan, en cambio, me advertiría que los insultos pueden ser un motivo de denuncia. ¿Y mis padres? Quiero pensar que estarían orgullosos de mí por defender lo que creo que es correcto. Aunque sea ante mi jefe. Aunque las formas sean más que cuestionables.

—Laura, yo... —empieza a decir el doctor Brooks, claramente incómodo, pero se queda callado de repente. Hace una mueca de fastidio cuando es consciente de que me ha llamado por el nombre de pila. Es solo un instante, pero suficiente para que me dé cuenta. Ha cruzado una línea y lo sé. Arqueo las cejas, sorprendida de que se haya dirigido a mí de ese modo—. Ocúpese de sus pacientes. Limítese a hacer su trabajo y yo me encargaré del mío.

Dicho esto, se marcha y yo no replico nada más. Tengo la sensación de haberle quitado el seguro a una granada de mano y no quiero estar presente cuando explote.

10

Nash

Me encanta mi trabajo. Aunque a veces también lo odio. Pero durante los últimos días si algo he odiado es a mí mismo. Por no haber rechazado el puesto de médico tutor cuando Chris me lo ofreció. El doctor Chris Gardner es médico jefe de la unidad de cirugía, con los años hemos trabado una buena amistad y ese fue el único motivo por el que me decidí a aceptar el puesto. No pensaba que fuera la persona más adecuada para ello, después de tan poco tiempo ejerciendo. Pero, a pesar de mis dudas, Chris estaba convencido de que sí.

Pero se equivocaba...

Sí, me he especializado, ya no soy un principiante ni un residente. Pero me acabo de dar cuenta de que la decisión fue un desastre. Estoy seguro de que alguien habrá escuchado mi conversación con la doctora Collins y no sé qué es lo que me enfada más, si eso o el hecho de que me haya despistado y la haya llamado por su nombre de pila. Mierda. Nunca me había ocurrido nada igual.

La ingenuidad de los novatos de primer año me deja agotado, y me horrorizo al pensar que yo también fui como ellos en su momento. Me recuerdan demasiado a Ian y a mí mismo, a nuestro grupo del primer año. Casi siempre sucede igual: están los graciosos listillos, los genios de la teoría que fracasan en la práctica, los que son directos y están decididos a conseguir el éxito, los callados y discretos, los torpes que se esfuerzan y... Laura. Ambiciosa, pero sin llegar a hacerse pesada, a menos que algo la afecte de verdad. Atenta e inteligente. Ian se ha encaprichado de ella, que ayuda a los demás sin rechistar, sin que tengan que pedírselo y sin prepotencia.

Y me acaba de cantar las cuarenta sin pestañear. De haber sido cualquier otra persona, no le habría permitido llegar tan lejos. No sé por qué cuando estoy en su presencia me siento y me comporto como un imbécil. Me habla de una forma que... Es asombroso hasta qué punto me pone de los nervios. Y al mismo tiempo me cabrea haber sido tan brusco con ella. O haberme quedado mirando sus labios un momento mientras me replicaba...

Me paso las manos por el pelo e intento ordenar los pensamientos que se agolpan en mi cabeza cuando de repente me viene un olor extraño a la nariz.

¿Es posible que huela a vómito y a productos de limpieza? Arrugo la frente y miro a mi alrededor, desconcertado, pero no veo nada extraño. El mostrador está limpio, el suelo y las paredes también. Qué raro.

Grant está sentado frente al ordenador, trabajando, Sofie le está contando algo, los demás deben de estar en las habitaciones de los pacientes. Cuando me acerco a ellos, se vuelven hacia mí.

—¿Habéis visto al doctor Sanders? —pregunto, echando un vistazo a mi alrededor.

—Seguramente esté en la sala de guardia o en una de las habitaciones vacías, con Ellen —responde Grant, señalando hacia el pasillo.

—¿Por qué?

La ira que había estado conteniendo se desvanece por momentos, igual que mi ego magullado. Aun así, no consigo quitarme de la cabeza las palabras de Laura, que siguen rondando por mi mente como un remordimiento de conciencia. Y lo peor de todo es que me gustaría seguir llamándola por el nombre de pila a partir de ahora.

Y el hecho de que lo desee me da miedo.

—Ha sufrido una bajada de tensión —me dice Grant, encogiéndose de hombros.

—Ha vomitado justo donde estás ahora —añade Sofie, regodeándose en ese dato un poco demasiado para mi gusto.

Sin planteármelo siquiera, les doy las gracias y voy directamente a la sala de guardia para hablar con el doctor Sanders, aunque maldiciendo con cada paso que doy a la doctora Laura Collins.

Llamo tres veces a la puerta antes de entrar y saludar con la cabeza a Ellen, que comprende el gesto enseguida y sale de la habitación. Se lo agradezco en voz baja y me siento en el taburete que había estado ocupando, frente a la litera. El doctor Sanders está tendido en la cama de abajo con un brazo sobre la cara. Se lo ve muy pálido, y cuando le pregunto cómo está, se sobresalta y se me queda mirando, sorprendido. Sorprendido y desconcertado.

—Doctor Brooks. Disculpe, precisamente iba a...

121

—No se levante —lo interrumpo con más brusquedad de la que me había propuesto. En parte porque estaba haciendo ademán de ponerse en pie, pero también porque aún tengo en la cabeza el rostro airado de la residente—. Mire —le digo, dispuesto a intentarlo de nuevo, y hago una pausa para coger aire y elegir las palabras con cuidado—. No hace falta que le diga que nosotros también somos humanos y, como tales, cometemos errores. Que acaba de empezar y todavía tiene mucho que aprender, o que seguirá aprendiendo incluso cuando haya terminado el período de residencia. Pero debo dejarle claro que no podemos permitirnos errores debidos a negligencias. No se ha asegurado de haber intubado correctamente los pulmones. Ha recurrido a sus conocimientos teóricos y ha dado por supuesto que los ha aplicado de la manera adecuada. La paciente está mejorando. Esta vez —matizo. No quiero que tenga más remordimientos de conciencia de los que ya lo acosan, pero es mi deber llamarle la atención, ya que estamos hablando de ello—. Lo que tiene que sacar de todo esto es que debe aprender a controlar sus acciones. No olvide nunca que la teoría suele ser mucho más sencilla que la práctica, que una cosa es lo que tenemos en la cabeza y otra muy distinta lo que nos encontramos en la vida real.

—Gracias, doctor Brooks —me dice, pasándose las manos por la cara.

Asiento antes de preocuparme por su estado.

—Bueno, ¿cómo se encuentra?

—Mejor.

—Bien. Dentro de media hora vuelva a la unidad. Antes no será necesario a menos que alguien lo avise —le indico, tras lo que me levanto, salgo de la sala de guardia y regreso al vestíbulo para recoger unos historiales. Mañana están planificadas dos cirugías importantes y me gustaría consultar un par de cosas.

Mientras busco los expedientes en cuestión, Grant aparece a mi lado y se apoya en la pared.

—¿Ya has terminado por hoy? —le pregunto, inmerso en mis cavilaciones mientras sigo revolviendo papeles.

—No. Pero ahora mismo no hay gran cosa que hacer y se está bien aquí, a tu lado y apoyado en la pared.

—Pasas demasiado tiempo cerca de Ian. Se te está pegando su manera de hablar —bromeo. Lo cierto es que Grant siempre se ha parecido a Ian: es igual de enervante, aunque un poco más ingenuo.

—¿Has ido a ver a Ryan? —me pregunta, ante lo que levanto la mirada y suelto un suspiro.

—Sí. He ido a ver cómo estaba el doctor Sanders y he hablado con él.

—¿Cuándo empezarás a tratar de tú a los *bambini*?

—No puedo, soy su superior —respondo, pero sus ojos me replican algo como «no me vengas con chorradas»—. A partir del segundo año, ¿satisfecho? —cedo, pero el enfermero sigue mirándome con una sonrisa extraña en los labios—. Grant, ¿qué pasa? Suéltalo de una vez.

—Laura ya te ha cantado las cuarenta.

—No es verdad.

—Te ha puesto furioso.

—Mucha gente me pone furioso —replico con toda la calma que puedo, y bajo el historial que estaba leyendo porque intuyo que todavía no ha terminado.

—Ya, pero como los que te caen bien te ponen tan furioso...

—No me cae bien —respondo, y apenas han salido las palabras de mi boca, sé que he caído en su trampa.

Grant se lleva las manos al pecho, asombrado, y se separa de la pared.

—Pobre chica. Su tutor no la soporta.

—Yo no he dicho eso... —replico, consciente de que no tengo ninguna posibilidad de ganar la discusión.

—La has llamado Laura —constata Grant.

Mierda. Si lo sabe él, ¿quién más?

—¿Quién...?

—Ay, no preguntes. Ya sabes —contesta antes incluso de que pueda acabar la pregunta.

Todos. Lo saben todos. En el hospital los chismorreos circulan más que el aire. Radio macuto es una forma de arte aquí.

—¿Quieres oír las mejores versiones?

—Pero si no ha pasado ni media hora.

—La gente está en plena forma —sentencia, reprimiendo una carcajada.

Bueno, es mejor así.

—Dispara, terminemos de una vez.

—Te contaré mi versión preferida —anuncia, levantando el índice—. Laura te ha dado la murga, luego le has gritado y ella ha llorado porque te has pasado. Mucho. Como si fuera uno de esos días en los que todo el café del mundo no basta, aunque sé que hoy ya llevas seis. Bueno, el caso es que luego la has besado. La historia continúa, pero ese detalle se me ha grabado en el cerebro.

Me lo quedo mirando, boquiabierto.

—¿Cómo es posible que os inventéis todas esas historias entre las operaciones y las curas a los pacientes? ¿Cómo?

—¿La has besado?

—¡No! —contesto, indignado y enervado por igual.

—Pero ¿te habría gustado besarla?

—¿Qué coño estás diciendo?

Grant suelta una carcajada.

—Dios mío, eso es un sí. No has respondido a la pregunta, no hay duda.

—A trabajar —refunfuño mientras cojo los historiales. Decido largarme antes de que cambie de opinión y me cuente otra de las historias grotescas que circulan por el hospital.

Me suena el busca. Me lo saco del bolsillo y...

¿Has besado a Laura?

Ian. ¿En serio ha mandado el mensaje por la central? ¿Es que nos hemos vuelto todos locos?

Me guardo de nuevo el busca, intento que no se me caigan los historiales y... ¡joder!

—Perdón, tenía...

«La cabeza en otra parte», quería responder, pero cuando veo contra quién he chocado por el pasillo, las palabras se me quedan atascadas en la garganta.

11

Laura

Mi karma se ha ido definitivamente a la mierda. En la próxima vida seguro que me reencarnaré en un moscardón o en un escarabajo pelotero.

—Lo siento —me limito a murmurar, y ayudo al doctor Brooks a recoger los dos o tres expedientes que se le han caído de las manos cuando hemos chocado.

Noto una sensación rara, una especie de tensión. Aunque no es nada negativo, sino que más bien me parece un nerviosismo extraño, algo a lo que no estoy acostumbrada. Tal vez porque sé que no debería haberme enfrentado a él todavía, por muy buena que fuera mi intención. Aunque también es posible que su proximidad física me desconcierte. Y su aroma, y su calidez, y la mirada que me lanza ahora mismo.

Pero desvía los ojos enseguida, se aclara la garganta y es el primero en levantarse.

Cuando yo también me incorporo de nuevo, le tiendo los historiales y me da las gracias de un modo escueto. Parece mosqueado por algo, y también un poco afligido.

—Oiga, siento que la gente que trabaja aquí tenga un humor tan peculiar —me dice, aunque no sé a qué se refiere—. No me gustaría que todo esto la incomodara.

—¿Por qué tendría que incomodarme? —pregunto, aun sin tener ni la más mínima idea de lo que es «todo esto».

—Porque yo no le he gritado, usted no me ha gritado, no la he hecho llorar y no nos hemos... besado —me dice, lo que me deja sin habla, hasta el punto de que estoy a punto de olvidarme de respirar.

¿Besado? ¡¿Qué?!

Es evidente que le desagrada el tema, y solo me pregunto qué me he perdido y quién va contando esas historias. El doctor Brooks aprieta los labios y suelta un resoplido.

—Veo que no le ha llegado. El chisme, quiero decir.

—No —respondo, y tengo que esforzarme para no sonreír ante el asombro que me provocan esos rumores.

Mientras tanto, él se pasa la mano libre por la nuca en un gesto de clara desesperación.

—Las personas que trabajan aquí son competentes, amables y serviciales. Pero, por desgracia, también son más entrometidos e impertinentes que la prensa rosa.

—Comprendo —miento, puesto que todavía no tengo ni idea de a qué se refiere, aunque suena realmente divertido—. Entonces ¿se supone que usted me ha besado? —pregunto, ya incapaz de contener la sonrisa.

Nos miramos y es como si todo se hubiera detenido en seco durante unos instantes. Estamos en el medio del pasillo y apenas percibo el bullicio que nos rodea, el personal de enfermería y la gente que ha venido a visitar a enfermos y que pasan charlando por nuestro lado.

—¿Por qué da por hecho que he sido yo quien ha empezado con todo esto? —se defiende, arqueando las cejas de un modo desafiante.

Con independencia de lo divertida que pueda resultarme la situación, no puedo evitar mirarlo fijamente y pensar en lo bonita que me parece su voz. En este instante me trae sin cuidado que sea mi tutor. Me da igual lo enfadado que pueda estar y también lo poco que lo conozco: ahora mismo su voz me basta para olvidarme de todo.

Ahora mismo y con demasiada frecuencia durante los últimos días.

Me gustaría cerrar los ojos mientras me habla. Como si estuviera sonando una buena canción, una de esas que te entran por los poros y no paras de cantar deseando que no terminen jamás. Una canción de esas que parece que hayan escrito solo para ti...

Sonrío cuando me viene a la cabeza una réplica adecuada.

—¿Que por qué? Bueno, pues porque me ha hecho llorar —bromeo.

Se ríe, lo cual me pilla por sorpresa, y decido reírme yo también.

Es la primera vez que lo veo así. Tan relajado, tan suelto y sin barreras. Aunque solo sea un momento. En realidad no es un tipo tan inaccesible como intenta hacer creer a los demás.

—Y gracias por haber hablado con Ryan —añado a medida que mi risa se va apagando, mientras lo miro a los ojos fijamente. Sin esperar una respuesta, me despido de él y me doy la vuelta para ir a visitar a mi próximo paciente.

Estoy a punto de volverme una vez más. Porque su risa aún resuena dentro de mi cabeza y tengo la sensación de haber quedado unida a él por un vínculo invisible. En el fondo quiero saber si todavía está allí plantado, siguiéndome con la mirada. Pero me controlo y no cedo a la curiosidad que me reconcome.

Intento quitarme de la cabeza esas cavilaciones, y me alegro de que me vibre el móvil justo en ese instante, porque eso me distrae del tema.

Mientras sigo andando, me lo saco del bolsillo de los pantalones, un lugar en el que no debería llevarlo. Con la mala conciencia de no haberlo guardado de nuevo en la taquilla tras la pausa, le echo un vistazo a la pantalla y me doy cuenta de que he recibido un mensaje de mi hermana.

¿Ni sexo ni descanso? Mierda.
¿Te han tocado al menos
pacientes guapos? ¿Algún
compañero macizorro?
¿El café está bueno?

Jess está como una cabra. Sonriendo, estoy a punto de guardarme de nuevo el móvil cuando vuelve a vibrar. Me paro un momento en una esquina y lo consulto otra vez.

Es una conversación distinta. Qué raro. No conozco el número, lo que me deja algo desconcertada.

¡Hola! Soy Mitch. Tenía
cinco minutos de descanso
y he pensado que estaría bien
crear un grupo. Vuestros números
me los ha pasado un pajarito...

En mi caso, seguro que ha sido Sierra. Es la única a la que le he dado mi número, durante una de las pausas. Bueno, y a Ian. Realmente debería haberme comprado un móvil solo para el trabajo.

Bueno, al lío: unos cuantos saldremos esta noche a tomar algo. Quien termine pronto, quien entre tarde mañana, quien libre o quien no beba... todo el mundo es bienvenido. A un par de calles de aquí hay un bareto que sirve como lugar de encuentro para médicos. Podría estar bien. Os paso la dirección, ya me diréis...

—¿Laura?

Interrumpo la lectura del mensaje, bajo el móvil y miro a mi alrededor.

—Hola, Zeenah. ¿Qué tal? —la saludo, me guardo el teléfono y espero a que me alcance.

—Algo cansada. Mi madre ha venido a visitarme y está constantemente haciendo comida deliciosa. Lo peor es que no para de prepararme *ras malai* y *yalebi*. Me encantan, pero si sigue así tendré que pedir unos pantalones y una casaca de una talla más —me cuenta, agarrándose la barriga y resoplando con fuerza. Cuando por fin cruzamos miradas, sigue hablando, como si hubiera visto que todavía estaba pensando en los platos que ha mencionado—. Ay, perdona. *Ras malai* y *yalebi* son dulces de mi tierra. Mis padres nacieron en Pakistán. Los *yalebi*, por ejemplo, son una especie de fideos con forma de espiral preparados con harina refinada, y te aseguro que son capaces de provocarle un coma diabético al más pintado. Al fin y al cabo, en esencia son rosquillas de harina fritas con sirope de azúcar —me cuenta.

Mi estómago recibe la información con un gruñido.

—Oye, ¿y no habrás traído alguno, por casualidad? La verdad es que suena realmente delicioso. Y cuando se trata de azúcar, es que no puedo contenerme —confieso, ante lo que se ríe y hace un gesto negativo con la mano.

—Si lo llego a saber... Pero bueno, ya sabemos lo que el azúcar le hace al cuerpo. Si no fuera tan delicioso... ¿Mañana trabajas? Si quieres te traigo un cargamento de *yalebi*.

—Mañana es mi día libre, pero seguramente vendré de todas formas para ver si alguien tiene que hacer alguna ecografía. Me gustaría practicar.

—Buena idea, yo tendría que hacer lo mismo un día de estos. Aunque te recomendaría que de momento disfrutes de tu día libre. Las primeras semanas son duras. Siempre lo son, cuando se empieza una etapa nueva en la vida.

—¿Qué planes tienes tú para tu primer día libre?

—Te lo resumo en tres palabras: pizza, pijama y Netflix —responde, meneando las cejas con una sonrisa a la que yo respondo enseguida asintiendo.

—Tentador. Me lo pensaré —aseguro, y sin duda me lo plantearé, pero algo me dice que al final acabaré aquí, en el Whitestone. Desde lo de Josh y la carta que me abrió las puertas a este lugar me siento inquieta. Tengo la sensación de haber olvidado cómo se frena, cómo se desconecta del trabajo.

—¿Cómo ha terminado la historia de ese paciente tan extraño?

—Bueno, ¿tú qué crees? Al final pude examinarlo y resulta que mi pañuelo no lo mató ni nada. Cuando le di el alta seguía vivito y coleando y con la herida bien cicatrizada, por lo que puede continuar deleitando al mundo con su estrechez de miras —me cuenta, ante lo que niego con la cabeza, pensando en el numerito que montó el tipo en cuestión—. Te especializarás en cirugía cardíaca, ¿verdad? —me pregunta, y respondo asintiendo.

—Exacto, cirugía cardíaca y torácica. Al menos ese es el plan. ¿Y tú?

—Yo me estoy planteando traumatología.

—Entonces seguro que tienes ganas de que te toque un turno en urgencias.

—¡Y que lo digas! Tengo que irme por allí —me avisa, señalando hacia la izquierda en una intersección de pasillos.

—Pues yo hacia allí.

—Ha estado bien poder charlar un poco. De lo contrario, lo único que hacemos es ir de un lado a otro a toda prisa. Disfruta de tu día libre, Laura. Los descansos son importantes, y los últimos días han sido intensos.

—Lo intentaré, gracias. Cuídate —le digo, tras lo que me guiña un ojo para despedirse. Sin embargo, cuando ya ha dado un par de pasos se me ocurre preguntarle algo—. ¿Zeenah? —la llamo, y se da la vuelta sin parar de andar—. ¿Tú irás a la fiesta?

—¿Te refieres a lo del bar?

—Eso —respondo, y se detiene para que no tengamos que hablar a gritos.

—No, es un bar y a mí no me gusta el alcohol, no

133

bebo. Pero si la próxima vez proponen ir al cine, quedar en una cafetería o salir de excursión, me apunto seguro.

—Muy bien, a ver si es verdad.

—¿Tú irás?

—No creo —contesto, bastante segura de que no me apetecerá—. Nos vemos —le digo, y se despide con la mano de nuevo.

El señor Hanson. Neumonía atípica. Estable. Patógeno detectado: *Mycoplasma pneumoniae.* Tratamiento: ampicilina/sulbactam 2/1 g i. v., 1-1-1, claritromicina 500 mg v. o., 1-0-1. Duración del tratamiento: de cinco a siete días. Recibirá el alta el lunes si el tratamiento resulta satisfactorio.

La señora Jonas. La paciente de Ryan. Se desmayó en el trabajo y llegó a urgencias en ambulancia. Se le detectó agua en los pulmones, por lo que se la ingresó enseguida y en el curso de una hipoxemia y de la aparición repentina de una dificultad respiratoria aguda, Ryan le aplicó un tratamiento incorrecto. La piel se le volvió ligeramente grisácea, se detectaron estertores húmedos durante la exploración, el ECG indicó irregularidades. Le he diagnosticado un edema pulmonar y he compartido los resultados con el doctor Brooks durante la visita. Ha coincidido conmigo en que la paciente tenía líquido en los pulmones. La causa es una insuficiencia ventricular izquierda. Puesto que el ventrículo izquierdo está debilitado y no puede contraerse lo suficiente, la sangre rica en oxígeno del ventrículo se acumula en los pulmones, que solo pueden admitir una cantidad muy limitada de líquido. Si se supera esa cantidad, el tejido circundante queda inundado y se produce un edema pulmonar. Tratamiento: inhibidor de la ECA y betabloqueante, además de diuréticos del asa para la retención de líquidos en los pulmones. No se excluye la necesidad de implantar un DAI, un desfibrilador automático implantable.

La señora Grayson. Ha ingresado debido a una apendicitis. El apéndice se ha extirpado hoy con éxito y sin complicaciones postoperatorias. Sigue en observación.

El señor Daniels. Se cayó por una escalera y se rompió tres vértebras. Fractura limpia, sin complicaciones. No se contempla la cirugía, pero tampoco se excluye del todo. Por el momento, reposo en cama o paseos relajados, sin sentarse ni permanecer de pie, medicación adecuada y fisioterapia si todo sigue bien.

Estoy sentada en la sala de médicos, repasando los informes y actualizando lo que no he podido anotar y documentar en su momento durante el día. Incluso el caso de la señora Tatum, cuyas venas rodantes no me han impedido ponerle una vía. Los puntos más importantes se introducen en el sistema, mientras que el resto quedan reflejados en los historiales. Hasta que llego al último de los informes, justo el que tengo delante.

Después de este turno tan largo me duelen todos los huesos. Estoy cansada y, sin embargo, completamente desvelada. Resulta difícil explicar lo que exige este trabajo y también lo que te aporta. Creo que la pequeña Ria es el mejor ejemplo. Estoy contenta y orgullosa de ayudar a la gente. De querer ayudar y poder hacerlo. Pero también hay gente que no debería estar aquí...

Ria Tomas. Es una paciente de Nash, pero lo ayudo a cuidarla. Tiene solo diez años y ya lleva dos en lista de espera para recibir un corazón nuevo, porque el suyo está cada vez más débil. La han ingresado por séptima vez este año. Cuando veo sus cifras, se me encoge todo por dentro y tengo que respirar hondo. Si no surge pronto un donante, seguramente no sobrevivirá a las Navidades.

Me froto los ojos con melancolía, cierro la carpeta y devuelvo los expedientes a su archivo correspondiente. Al principio me ha sorprendido que llegara aquí. Al fin y al cabo no tenemos unidad de cirugía pediátrica. Sin embargo, Grant me ha explicado la situación. Yo ya sabía que el doctor Gardner es un experto en cirugía torácica y cardíaca. Durante la carrera me leí todos sus informes científicos. Pero lo que no sabía era que también fuera tan bueno en el área de la pediatría. Según Grant, el único motivo por el que abandonó esa especialidad es porque no podía soportar trabajar con tantos niños enfermos que acababan muriendo con demasiada frecuencia.

Ria es la excepción. Sus padres acudieron al doctor Gardner a pedirle que tratara a su hija. No querían mandarla a ningún otro hospital, lo querían a él, y fueron tan insistentes que en algún momento terminó accediendo. Por supuesto, todo tuvo que acordarse con el Whitestone, pero sí, accedió a tratarla, y desde entonces se encarga de ella junto con el doctor Brooks. Cuando Grant me lo contó, me quedó claro que Ria se había ganado de inmediato el corazón de todos los trabajadores del hospital.

Son más de las ocho, mi turno ha acabado hace rato y en los pasillos se ha impuesto la calma. No entro a mirar en ninguna otra habitación, pero la de Ria tiene la puerta entreabierta y no puedo evitar pararme delante. Sobre todo porque llevo un buen rato pensando en ella. La luz está encendida, pero no se oye nada. Al menos eso creía, porque cuando me acerco un poco más la oigo hablar. Me parece que está leyendo algo en voz alta, lo que me arranca una sonrisa cargada de nostalgia.

Conozco la historia. Es un cuento infantil sobre la amistad, las despedidas y el valor. Mis padres nos la leían de vez en cuando a Jess, Logan y a mí.

Y mientras Ria lo lee, me apoyo en el marco de la puerta y trago saliva con dificultad, notando que de repente tengo un nudo en la garganta al recordar esos tiempos pasados que no volverán. Recuerdos que revelan heridas que no están curadas ni mucho menos. Por eso decido alejarme, me seco las lágrimas de las mejillas y me marcho. Avanzo apresuradamente por el pasillo y guardo mis cosas en la taquilla después de cambiarme de ropa.

Luego respiro hondo. Una vez, dos.

Echo de menos a Jess y a Logan. Tengo ganas de verlos.

Y echo de menos a mis padres. En este caso, de un modo más doloroso, y es un dolor que ningún medicamento puede remediar o aliviar.

Descarto esos recuerdos con obstinación, cojo mi mochila y salgo por fin del trabajo. Quizá Zeenah tiene razón y mañana debería limitarme a disfrutar del día libre sin pasar por el hospital en ningún momento. No lo sé.

—Hola, princesa —le oigo decir a Grant, tras lo que levanto la cabeza y lo veo inclinado por encima del mostrador, con los brazos cruzados—. ¿Un día duro?

Mis pasos se vuelven más lentos hasta que me detengo frente a él, a pesar de haberme propuesto volver a casa directamente.

—Más o menos. Demasiadas cosas. Los últimos dos días han caído algunos casos, tres de ellos de urgencias, y luego está Ria, que..., bueno...

—Lo sé —se limita a replicar antes de apretar los labios—. Es que prácticamente forma parte del equipo —añade para intentar tomárselo con humor, aunque se le nota que el tema lo aflige tanto como a mí.

—Sí —murmuro, y los dos nos volvemos al mismo tiempo para mirar hacia el pasillo que lleva hasta su habitación, como si pudiéramos verla desde donde estamos.

—¿El doctor Brooks sigue aquí?

—Sí —responde Grant con una mueca—. Y además en quirófano. Debería haber terminado hace rato, pero todavía están ocupados. En la sala 1B. Puedes echar un vistazo, si quieres. Es el quirófano grande con auditorio que hay al otro lado de la sala.

—¿Qué están haciendo?

—Cirugía valvular.

—Comprendo —musito. De repente me debato entre el deseo de ver cómo lo hace y el de ir a casa y comprar algo de comida caliente por el camino.

—Vuelve a casa. Se nota que lo necesitas.

—Vaya, muchas gracias —respondo con una mueca, y él levanta las manos, medio a la defensiva, medio a modo de disculpa.

—Solo constato lo que veo. Pero si te consuela, no eres la única que acaba hecha polvo tras la primera semana.

—Me alegra oírlo.

—¿Por qué preguntabas por él?

—¿Por quién?

Grant se echa a reír.

—Por el doctor Brooks —contesta.

Cierto. Dios, realmente debería irme a la cama cuanto antes.

—Por nada importante, es solo... por interés personal. Quería preguntarle sobre Ria, sobre cuándo... —dejo la frase inacabada porque tengo que tragar saliva.

—¿... recibirá un corazón nuevo? —termina Grant con los rasgos más suavizados, ante lo que asiento, afligida.

Me gustaría decir tantas cosas... Es demasiado pequeña, demasiado tierna, demasiado alegre. Tiene toda la vida por delante, le quedan tantas cosas por vivir... El primer beso, el primer amor, el primer viaje sola, la graduación. El mundo entero la está esperando y su corazón no le permitirá verlo. No es justo.

—Eso no lo sabe nadie. Está en lo más alto de la lista de espera, pero... Ya sabes cómo va esto.

—Sí —susurro. Alguien tendría que morir y ser donante. Alguien cuyo corazón sea compatible con el cuerpo de Ria. Con solo pensar que podría no conseguirlo se me estrecha la garganta y noto una presión en el pecho. Debo pensar en otra cosa cuanto antes—. De acuerdo, hasta el domingo, pues. Que tengas un buen turno de noche —le digo, dando unos golpecitos en el mostrador antes de marcharme.

—Gracias. Pero el domingo libro. Justo el día en el que el café sabe mejor —le oigo murmurar, y salgo del hospital con una sonrisa en los labios, pero también con una sensación de pesadumbre.

12

Laura

—**P**ara de criticarme, he tenido una semana muy dura —me defiendo antes de pegarle otro mordisco a mi pizza *pepperoni* con doble de queso.

—A veces parece que seas tú la hermana mayor y no yo —constata Jess con un suspiro, y veo como se frota la frente con la mano izquierda un momento—. O la abuela.

—No exageres.

—¡No se habla con la boca llena! Sobre todo cuando tu hermana no tiene una pizza delante aunque sea lo que más le apetece del mundo.

—¿Qué has dicho? ¿No sabes nada de etiqueta? ¿Qué tiene que ver mi pizza con eso? ¿Hola? ¿Estás ahí? Mierda —mascullo. Skype se ha colgado. Me pongo a tocar teclas del portátil al azar—. Ah, ya vuelve a funcionar —digo al ver que la mueca congelada de mi hermana se mueve de nuevo para mostrarme una mirada cargada de preocupación y reproche.

141

—¿Por dónde íbamos? Ah, sí: ¡eres una abuela!

—Acabo de terminar un turno larguísimo y de superar los primeros días en un hospital nuevo. Me apetecía quedarme en casa, aburrirme y descansar —le cuento, tras lo que dejo caer el borde del trozo de pizza en la caja y me limpio las manos con una servilleta. Solo me queda un pedazo grande, pero ya no puedo más.

—¿Al menos has hecho amigos? ¿Has conocido a algún tío guapo? ¿Algún compañero que esté realmente buenorro? —pregunta, meneando las cejas de forma exagerada.

—¿Amigos? Tal vez, ya veremos. Pero sobre todo algunos buenos compañeros de fatigas.

—¿Tengo que tirarte de la lengua para que me lo cuentes todo?

—A ver, ¿qué quieres oír?

—Que alguien te ha quitado a Josh de la cabeza a polvos —me suelta, y al oírlo me atraganto y me pongo a toser antes de reírme a carcajada limpia. Casi me caigo del sofá y todo.

—Sabes que las cosas no funcionan así, ¿verdad? Además, lo tengo más que superado. No hace falta que me la metan para librarme de Josh.

Jess recibe mi comentario con una mueca.

—Qué asco, Laura. ¡Que soy tu hermana!

—¡Pero si has empezado tú! —exclamo, indignada, tras lo que tomo un buen trago de limonada.

—Espero que pronto aparezca alguien que te reanime el corazón.

—¿Eso lo dice la gente?

—Seguro que sí. Es posible que incluso lo encuentres escrito en una galleta de la suerte.

—Eres consciente de que no hace falta tener pareja para ser feliz, ¿verdad?

Mi hermana hace un gesto de rechazo con la mano.

—Claro, solo tienes que verme. Pero... —comienza a decir con una expresión tierna en los ojos y una sonrisa inocente en los labios—. También es cierto que si existe la posibilidad de tener algo como lo de mamá y papá, se lo deseo a todo el mundo. Es decir, ser tan feliz con otra persona como podrías serlo sola.

Comprendo lo que quiere decir aunque no se esté explicando muy bien.

—Sí. Creo que es un buen deseo —convengo con una sonrisa—. Nashville es interesante.

—¿Quieres ir a Nashville? ¿Se puede sentir atracción sexual por un lugar? —pregunta, arrugando la frente y torciendo la boca con una mueca.

—Te quiero mucho, Jess, pero... cuando no duermes lo suficiente estás realmente rara.

Mi hermana suelta un gemido agónico.

—Voy muy descolocada, los últimos encargos han sido sesiones nocturnas. No puedo evitarlo.

—Tu trabajo como fotógrafa va mejor que nunca. ¿No deberías tener una vida superemocionante? Además, estás en Berlín, ¿has salido por ahí últimamente?

—No —admite a regañadientes.

—Pues cuéntame primero por qué no has salido y... —Hago una pausa, pienso un poco y entonces caigo en la cuenta—. Es viernes por la noche. ¡Mierda! —exclamo, y estoy a punto de tirar la caja de la pizza cuando cojo mi móvil presa del pánico.

—¿Te acaba de dar un ictus o algo?

—No, no, no... —murmuro.

—Pues algo parecido.

Hoy es viernes. Se suponía que tenía una cita de tres copas con Ian. Me he pasado el día pensando en escribirle para anularla, pero al final se me ha olvidado.

Le cuento a Jess toda la historia mientras redacto un mensaje de disculpa para Ian con la esperanza de que no me linche la próxima vez que coincidamos por la clínica.

—Soy muy mala persona.

—¿Y por qué no vas?

—¿Es que no me has escuchado?

—Claro que sí. Es médico, simpático, guapo, tiene sentido del humor y quiere salir a tomar algo contigo. Pero tú prefieres quedarte sentada en el sofá con restos de *pepperoni* entre los dientes, vestida con una camiseta holgada y pantalones de pijama y sudando porque no te van a arreglar el aire acondicionado hasta finales de mes.

—Nash es... —empiezo a decir, aunque me callo en seco al constatar mi error.

Mi hermana me mira con los ojos entrecerrados.

—¿Nash... de Nashville? No estamos hablando de un lugar, ¿verdad?

Respiro hondo, mando el mensaje y dejo el móvil a mi lado.

—El doctor Nash Brooks es mi tutor y el médico adjunto en la planta. Creo que no se lleva muy bien con Ian, pero lo cierto es que no lo sé con seguridad. Quizá es solo que su relación se basa en eso, en fastidiarse mutuamente hasta que el otro queda al borde del colapso. No llevo suficiente tiempo allí para poder juzgarlo.

—¿Y por eso no sales con Ian? Menuda tontería.

—Entonces, oh, Jess, tú que eres tan sabia: revélame el motivo por el que no voy.

Jess sonríe con conocimiento de causa, y su expresión no me gusta nada.

—Es que te acabas de delatar. Nash te parece interesante.

—Yo no he dicho eso.

—Sí que lo has dicho. Hace un minuto.

Conozco a Jess. No va a dar su brazo a torcer, por lo que me froto las sienes y admito algo que en realidad no recuerdo haber dicho.

—Es interesante como persona, sí. Y como médico. ¿Satisfecha?

—Tu vida ahora es como la de las series de médicos.

—¿Así es como te imaginas mi día a día? Mira... —empiezo a decir, pero me quedo callada al oír que llaman a la puerta.

Levanto un dedo para indicarle a mi hermana que espere un momento. Sin embargo, oigo como sigue parloteando sobre romances entre médicos que se arrancan la ropa apasionadamente en la sala de guardia.

Por suerte, solo tengo que saltar por encima del respaldo del sofá y caminar unos pasos para llegar a la puerta del piso, donde apenas comprendo lo que me dice mi hermana.

Hasta ahora pensaba que el servicio de entrega a domicilio, mi casero y mis hermanos eran los únicos que conocían mi dirección.

Sin embargo, cuando abro la puerta me doy cuenta de lo equivocada que estaba.

—¡Ian!

—Hola, compañera. ¿Lista para esas tres copas?

Creo que estoy en shock. Me lo quedo mirando como si fuera un fantasma y no tengo ni idea de qué decirle.

—¿Ian? —resuena con fuerza desde mi portátil, y

145

cuando él intenta echar un vistazo por encima de mi hombro hacia el interior del piso, me muevo para evitarlo.

—¿Has recibido mi mensaje? Lo siento mucho. Hoy no puedo, yo...

—¿Tienes visita?

—No, es mi hermana. Por Skype.

Ian sonríe de oreja a oreja.

—¿Y ya sabe cómo me llamo?

—¿Ha venido con Nash? —suelta Jess en ese mismo instante, y soy incapaz de reprimir el gemido de desesperación que escapa de mis labios.

—Y también conoce el nombre de Nash —constata Ian, y por algún motivo su sonrisa se vuelve más amplia todavía, si cabe.

—Ignórala, es lo que hago yo.

—¡Eh, que te he oído!

—Bueno, ¿estás lista? —pregunta Ian. Se lo está pasando en grande al ver cómo me lo tomo.

Voy hecha un desastre, descalza y con el pelo hecho un asco. Como mucho, estoy preparada para irme a dormir.

—Lo siento mucho, de verdad, es que han pasado muchas cosas... ¿Has recibido mi mensaje? —repito.

—Claro. Pero demasiado tarde, así que no cuenta. Además, ya contaba con que te rajarías, por eso he averiguado tu dirección. Para pasar a recogerte.

—Sabes que todo eso que dices da un poco de mal rollo, ¿verdad?

—Un poco —admite, encogiéndose de hombros—. Pero, desde luego, puedo aceptar un no rotundo como respuesta. ¿Prefieres quedarte aquí sola tras tu primera semana como residente en una nueva ciudad y empezar a ver tu trabajo como el único amor de tu vida?

De algún modo consigue tocarme la moral con ese comentario. Sus palabras se apoderan de mí, me inundan, arrasan conmigo, me hunden... hasta que logro salir de nuevo a la superficie y tomar una bocanada de aire.

Este trabajo es mi vida, y me parece bien que así sea. Lo será si decido quedarme aquí para ver una película y después acostarme. Como lo será también si opto por salir y pasármelo bien, aunque los pacientes ingresados en el Hospital Whitestone estén luchando por sus vidas ahora mismo.

Es solo que me cuesta dejarme llevar.

—¿Qué me dices? —insiste Ian con algo más de cautela.

—Tres copas —replico, abriendo la puerta de par en par y apartándome un poco para dejarlo entrar.

Tres copas porque Ian me parece simpático y, aunque estoy cansada, también me apetece salir y ver algo que no sea el hospital. O sea que sí, de acuerdo, saldré. De repente, me resulta emocionante.

—¿Ha dicho que sí? —pregunta Jess a gritos, tras lo que Ian se acerca enseguida al ordenador.

Mierda.

—Hola, hermana de Laura.

Me lanzo hacia el sofá, pego un salto digno de James Bond por encima del respaldo y me planto frente al portátil, jadeando.

—De acuerdo, Jess. Hasta luego. ¡Te quiero! —le digo mientras ella examina a Ian desde la pantalla.

Al cabo de un momento todavía se la oye.

—Es verdad, es realmente mono y...

Cuelgo. Uf...

—Anda, así que te parezco mono... —comenta Ian,

sentado en el sofá y señalando el trozo de pizza que queda con gesto interrogante.

—Sírvete, tú mismo. Solo necesito unos minutos, ¿de acuerdo? —me limito a decir. Ya he metido suficiente la pata por hoy, no hace falta entrar en detalles.

—Tómate tu tiempo. La noche es joven y mañana mi turno no empieza hasta la una.

Al cabo de media hora estoy sentada en un Corvette descapotable, recién duchada y más despierta de lo que pensaba.

—¿Te gusta el coche? —pregunta Ian mientras contemplo el biplaza negro con tapicería roja, el volante elegante y un sonido realmente único.

—Un Corvette C3 Stingray —murmuro, dedicándole una sonrisa a Ian.

—Vaya, estoy impresionado.

—Yo también. Si mi hermano se entera de que me he subido a este coche... —comento, negando con la cabeza con incredulidad—. Es su coche preferido desde que éramos pequeños. Me sé de memoria las especificaciones del Corvette de sus sueños: modelo del sesenta y nueve, trescientos noventa caballos, Big Block de siete litros de cilindrada en negro o azul marino y con tapicería de piel oscura —recito.

—Tu hermano tiene buen gusto. El mío es de los setenta. Un C3 de siete con cuatro litros de cilindrada y trescientos sesenta y cinco caballos —me indica Ian, lanzándome una mirada de reojo mientras el viento me refresca la piel y me revuelve los mechones que han escapado de la trenza suelta con la que me he recogido el pelo.

Sigue haciendo calor, pero no se puede comparar con las temperaturas que sufrimos durante el día. No estoy acostumbrada a este clima.

—La verdad es que solo conozco este coche porque cuando éramos pequeños, durante mucho tiempo, Logan me hablaba de él al menos una vez por semana.

—Lo entiendo. Este coche es... una reliquia —me cuenta, y no se me escapa ese instante de duda a la hora de describirlo, aunque prefiero no hacer ningún comentario al respecto. Algo me dice que todavía no nos conocemos lo suficiente. Además, en la mayoría de las cosas tiene razón.

Por eso decido cambiar de tema, tras lo que creo detectar algo parecido a una expresión de gratitud y alivio en el rostro de Ian.

—¿Adónde vamos? ¿No estás tomando el camino al hospital?

—Bien visto. Pero no te preocupes, no te voy a obligar a seguir trabajando. Con esas piernas, nuestros pacientes con problemas cardíacos caerían uno tras otro —comenta, señalando vagamente mis vaqueros cortos.

Pongo los ojos en blanco antes de responder.

—Creo que no te irían mal unos cuantos consejos sobre cómo dar una buena impresión a las mujeres.

—¡Soy divertido! —exclama, indignado, mientras se desvía por la siguiente calle y las luces nocturnas pasan por delante de mis ojos como estrellas fugaces.

—Sí, pero también un poco pesado y baboso. Es una mezcla extraña.

—Te has olvidado de decir que soy mono. ¡Y sexy!

—Seguro de ti mismo y descarado —añado a la lista con una sonrisa irónica.

—Es imposible que lo haga todo mal.

149

—¿Cómo puedes estar tan seguro de eso?

Se para frente a un semáforo en rojo y se vuelve hacia mí con una sonrisa en los labios.

—Porque de no ser así, no estarías aquí sentada.

—Cierto. Creo que podríamos llegar a ser amigos.

—Amigos —repite, riendo—. Vamos a ver qué opinas cuando te hayas tomado esas tres copas.

—Esto no es una cita, Ian —replico, risueña.

—Entonces ¿cómo lo definimos? ¿Una excursión de compañeros de trabajo? —pregunta con una sonrisa inocente, y la verdad es que hacía tiempo que no me lo pasaba tan bien.

Luego nos limitamos a disfrutar del trayecto durante unos minutos sin hablar y me doy cuenta de que Ian me trata bien y me hace sentir segura, a pesar de los momentos dudosos. A veces puede resultar demasiado intenso, pero en el fondo me parece un buen tío. Me gustaría poder desconectar y convencerme de que ya no estoy trabajando, pero sé que no servirá de nada. Mi cabeza no para de regresar al hospital, a mi futuro...

—¿Por qué te decidiste por la cirugía? —pregunto sin previo aviso, rompiendo el silencio.

—Al principio quería ser internista —confiesa, tras lo que se humedece los labios y cambia de marcha para ir más despacio—. Pero luego empecé con la cirugía cardíaca y poco después me pasé a la torácica. Medicina interna habría sido igual de estresante, pero también distinto. Solo procedimientos mínimamente invasivos, mucho más trabajo en la sala que en el quirófano. En general se puede combinar mejor con la familia y el tiempo libre. Pero al final decidí que no era para mí. Me gusta el quirófano. Lo necesito, me encanta este trabajo. Aunque me he dado cuenta de que tampoco quiero vivir para esto. Solo para esto, me refiero. Acabaría conmigo. Por eso me lo tomo de un modo más relajado. No menos responsable, pero sí más relajado.

Trago saliva con dificultad, intentando asimilar sus palabras. Sí, sé lo que quiere decir. Sin embargo, yo también lo he elegido. Y también lo disfruto. Aunque no es la primera vez que me pregunto si realmente seguirá gustándome siempre, si será suficiente para mí.

O si este trabajo que tanto amo acabará conmigo. Porque sé que puede suceder. Lo que más amas puede acabar contigo. Con más facilidad, rapidez y brutalidad que cualquier otra cosa.

13

Nash

—¿**U**n día duro? No tengo que levantar la cabeza para saber quién se ha sentado a mi lado en la barra.

—Gracias, Faye —le digo a la camarera cuando me sirve el whisky de malta. Lleva trabajando aquí tanto tiempo que no recuerdo el bar sin ella.

—Un agua *on the rocks* —pide mi vecino en broma, y Faye se ríe de todos modos a pesar de lo malo que es el chiste.

—¿Todavía no has terminado por hoy, Chris? ¿O te estás tomando el final de la jornada con calma? —le pregunto a mi amigo, el médico jefe de cirugía, antes de dar el primer sorbo. Caray, qué buena añada.

—Sí, aún tengo trabajo de despacho. Hay mucho papeleo acumulado —me cuenta, pasándose la mano por la cara. Parece realmente agotado, más que de costumbre—. Los números podrían ser mejores. Y en cirugía

153

traumatológica nos falta gente. Jefferson ha aceptado un puesto en Nueva York, y Fierce y Owens quieren trasladarse a la Clínica Mayo.

«Mierda, esto no pinta nada bien», pienso.

Faye le sirve el agua, él le da las gracias y toma un buen trago antes de volverse hacia mí sobre el taburete.

—Jefferson es una pérdida importante —digo.

—Los otros dos también.

—A nivel humano no —murmuro, haciendo girar el vaso entre los dedos—. ¿Quieres que suelte a los *bambini* en urgencias un poco antes?

Chris suelta una carcajada exenta de alegría.

—Menuda locura, ¿verdad? La vida, me refiero. No hace mucho tiempo, yo mismo te llamaba así. ¿Te acuerdas?

—Parece que haya pasado una eternidad.

—Así es este trabajo —replica con un suspiro—. Si crees que están preparados, no tengo nada que objetar. Tanto si quieres esperar uno o dos meses como si prefieres incorporarlos enseguida. Tú mismo.

Ahora soy yo quien se ríe en voz alta.

—Debería haber dicho que no.

—¿Los nuevos te traen de cabeza, Nash? Te las arreglarás. Sabes lo que hay que hacer y eres uno de los mejores cirujanos que tenemos. Ya sé que piensas que te ofrecí el puesto porque estaba desesperado o porque tengo predilección por ti, pero si te lo di es sobre todo porque eras el más indicado para el puesto. Y sigo convencido de que lo eres.

Asiento mientras reflexiono sobre sus palabras.

—Gracias. Intento ponérselo tan difícil como lo hiciste tú conmigo durante el primer año.

—¡Eso espero! —exclama, tras lo que brinda conmi-

154

go y se bebe el resto del agua de un trago—. Y ahora dime por qué no estás en casa, sino aquí bebiendo whisky caro.

—Tengo muchas cosas en la cabeza, eso es todo.

—¿Cómo ha ido hoy en el quirófano? —me pregunta, y al ver que no contesto ya sabe cuál es la respuesta—. Mierda. Lo siento mucho.

«Sí, yo también», pienso.

Le doy un buen trago al whisky y disfruto de esa sensación de ligera quemazón en la garganta.

—Y encima han vuelto a ingresar a Ria.

—O sea que, tal como sospechaba, ha sido un día duro —constata Chris, y se pone en pie pero se queda quieto a mi lado—. También vendrán días mejores. Más fáciles, más bonitos. Ya lo sabes. De lo contrario, nadie podría con este trabajo; sería demasiado insoportable.

—Dicho esto, me da tres palmadas en el hombro y nos despedimos.

Yo también debería marcharme, y olvidarme de lo que ha ocurrido. No ha sido culpa mía. A veces el corazón simplemente no sobrevive, el paciente no sobrevive. No somos dioses, solo somos personas que lo damos todo. Y en ocasiones ni siquiera todo es suficiente.

No obstante, nada de eso cambia que se haya perdido una vida. Que haya salido de ese quirófano de mierda pensando en que tendría que comunicar a los familiares que esa persona a la que tanto querían no había sobrevivido a la operación. Es mi obligación. Entre todas las cosas que más odio, esta es de largo la peor. Da igual las veces que ganes, porque con perder de este modo una sola, el contador se pone a cero de nuevo. Es como empezar desde el punto de partida una y otra vez, como si no lograras avanzar ni un solo paso.

Pero Chris tiene razón: los días buenos hacen que valga la pena soportar los malos. Por muchos que tengamos que aguantar.

Dejo vagar mi mirada. El bar está repleto de gente, como siempre que vengo. Lleno de médicos, de personal de enfermería y de algún que otro bombero. A muchos de los que veo hoy aquí los conozco, incluso distingo a algunos de los novatos que solo llevan una semana en el Hospital Whitestone. Los turistas rara vez se pierden por aquí, y tampoco hay clientes del barrio.

El bar de Faye existe desde los setenta, y a lo largo de los años se ha consolidado como un punto de encuentro para personas que, por su trabajo, se enfrentan a diario a los accidentes, las enfermedades y la muerte.

El Whitestone está prácticamente a la vuelta de la esquina, a menos de dos calles de aquí. El parque de bomberos se encuentra al otro lado. Y otros hospitales tampoco quedan muy lejos. Y aunque lo estuvieran, daría igual.

A la gente le gusta venir aquí. Porque nos llevamos el trabajo a casa, siempre, aunque no lo queramos. Esto es una parada intermedia que sirve para soltarse, para desahogarse, para pasar revista al día y elegir una canción en la *jukebox*. Aquí se habla y se calla, se juega al billar y se comen las patatas fritas con salsa casera especial de Faye.

Aquí hay gente que haría cualquier cosa con tal de no volver a casa.

Yo todavía no he llegado a ese punto. Si ya no quieres volver a casa es que has pasado demasiados días duros, has sufrido demasiadas pérdidas o has recibido demasiadas llamadas. Si ya no quieres volver a casa es que allí no te esperan más que las sombras de las cosas que has padecido durante el día.

Tal vez en realidad sea ese nuestro incentivo: salvar vidas para no perder las nuestras.

Me quedo sentado y dejo que mis ojos recorran los rostros de la gente, iluminados por la cálida luz del bar, y me doy cuenta de lo que estoy pensando. Pienso en mi trabajo, sí. En lo que ha ocurrido hoy, y en el nuevo reto que se me ha presentado. Pero también en una persona muy concreta. Alguien que seguramente esté ahora mismo teniendo una cita con uno de los tipos que más me ponen de los nervios en este mundo.

Joder. ¿Se puede saber qué coño me pasa?

Veo que Faye está ocupada, por lo que dejo el dinero debajo del vaso y... ¿qué cojones...?

Sentado en el taburete, me quedo de piedra al ver quién entra en el bar justo en ese instante.

Ian. Con Laura. ¿La ha traído aquí para la cita? ¿A este lugar tan melancólico que tiene tanto por contar? Suelto un resoplido tan breve como intenso. Seguramente lo que más me enerva es no haber tenido tiempo de salir del bar para evitarlos. Los rumores que circulan sobre Ian y yo no son ciertos, en realidad no hay ningún problema entre nosotros. Podríamos ser amigos —quién sabe, tal vez lleguemos a serlo algún día—, pero de momento nos contentamos con ser buenos compañeros de trabajo que día tras día se sacan de quicio mutuamente. Ian es arrogante, habla demasiado y tiene la cabeza llena de pájaros. Es inconstante y, no obstante, lo respeto. Porque es un buen médico, leal y honesto.

Aunque muchas veces no estamos de acuerdo, en ciertos aspectos coincidimos. Y mientras pienso en ello, sin proponérmelo, me fijo en el rostro de su acompañante. Nuestra nueva residente.

Laura tiene las mejillas enrojecidas y la piel resplandeciente, mientras que el pelo rubio medio revuelto le enmarca los finos rasgos, en los que destaca una sonrisa preciosa. Por lo visto, Ian ha recuperado su coche.

Estos días he estado pensando demasiado en ella. Será una médica fantástica si consigue dominar su carácter sin perder la pasión.

Tan solo espero que nunca llegue a estar aquí, deseando no tener que volver a casa.

—Nash, ¿cómo va eso? —me dice Ian, y yo me levanto para saludarlos a ambos—. ¿Es posible que haya visto a Chris ahí fuera? ¿Por qué se ha marchado? —me pregunta, ofreciéndome una mano que estrecho con firmeza.

La expresión de Laura cambia al oír sus palabras, parece pensativa y, de repente, sorprendida.

—¿Chris? ¿El doctor Chris Gardner? ¿Nuestro médico jefe? ¡Pero si es una leyenda!

Eso me hace sonreír.

—Que no le oiga decir eso. Ya tiene un concepto suficientemente elevado de sí mismo —bromeo, aunque tiene toda la razón. Es un médico brillante, y también una gran persona.

Es la primera vez que me topo con Laura después de nuestro encontronazo y de nuestra extraña conversación sobre radio macuto. Desde entonces he pasado la mayor parte del tiempo en quirófano y ocupado con otros novatos. Además, es la primera vez que la veo fuera del Whitestone. Sin casaca ni bata, vestidos de calle.

—Hola —me saluda, mirándome fijamente a los ojos con una sonrisa que me obliga a imaginar que añade «me alegro de verte». Sí que empezamos bien.

—Hola.

Está guapísima. Aunque también lo está con la ropa

158

de trabajo, con los pantalones amplios y la bata, con ojeras y las mejillas coloradas por la rabia, o cuando levanta la barbilla en actitud desafiante.

—Bueeeno —dice Ian, alargando la vocal—. Yo estaré por ahí atrás. Avísame cuando te pases al tequila, ¿vale? —me indica con un guiño, y juraría que con los labios articula las palabras «¡no la cagues!» y, acto seguido, antes de que yo pueda reaccionar, se dirige hacia la mesa de billar que hay en el otro extremo del bar. Reconozco a Evelyn y a alguien más del personal de enfermería, a los que Ian procede a saludar enseguida.

Cualquier día de estos lo amarraré a la mesa de operaciones y lo abriré en canal con un bisturí desafilado, a ver si así deja de ponerme de los nervios y de meterme en situaciones incómodas.

—Quizá debería... —empieza a decir Laura, pero se queda callada de inmediato al ver que vuelvo a mirarla. Ladea un poco la cabeza, me observa y frunce los labios—. Cada vez que lo veo parece más disgustado. O malhumorado. Empiezo a tener la sensación de que es culpa mía —manifiesta, respirando hondo—. Me sabe mal, no pretendía... Creo que será mejor que vuelva con Ian. Que pase una buena noche —me desea, tras lo que intenta pasar por mi lado, y aunque me ha dejado sin palabras durante unos instantes, reacciono y la agarro con cuidado por el brazo.

—Espere, por favor —le pido, y cuando me doy cuenta de lo que estoy haciendo la suelto deprisa y me aclaro la garganta—. Simplemente soy... un poco más gruñón que Ian —improviso, y mis propias palabras están a punto de arrancarme una sonrisa. A ella le ocurre lo mismo—. Y tampoco querría arruinar su cita.

—Pues no se preocupe, porque esto no es una cita

—responde con esa sonrisa que me atraviesa y me desarma.

Mierda.

—Entonces ¿qué es? —pregunto, sabiendo que no es asunto mío.

—He pensado que tal vez estaría bien salir a divertirme un poco para distraerme del trabajo. Entre compañeros, se entiende —me explica, incidiendo especialmente en lo último, de un modo casi burlón—. Además, le debo tres copas.

—Mientras solo sea eso.

—Suena como si hubiera mucho más que perder con Ian.

—Sobre todo los nervios... —murmuro, y mi comentario la hace reír. Creo que me gusta. Me refiero a lo de hacerla reír.

Ahora sí que sí, debería largarme de aquí. ¿Por qué mis piernas se niegan a moverse?

—Seguramente me limitaré a beber una sidra o un vino con soda. ¿Esto es suyo? —pregunta, señalando hacia el whisky que tengo delante mientras se sienta en un taburete—. ¿Le apetece otro?

En lugar de marcharme y pasar el resto de la noche con Jax, que a estas alturas seguro que ya me está destrozando el piso empezando por el dispensador automático de comida, me oigo responder que sí y me siento de nuevo en el taburete. Soy un idiota.

—Mañana tiene el día libre, ¿verdad? —me oigo decir.

—Mi primer día libre en el Whitestone. Es una sensación extraña. ¿Y usted?

—Como puede imaginar, no será mi primer día libre. Pero mañana tampoco trabajo.

Faye se acerca para atendernos y pedimos las bebidas cuando alguien grita con fuerza por detrás de mí.

—¡Laura! ¡Ya estás aquí! —exclama Rivera antes de abrazarla. Al parecer se alegra mucho de verla—. No me lo esperaba, no has escrito nada en el grupo y... —parlotea, balbuceando un poco, aunque se queda callado en cuanto me reconoce—. Doctor Nash... Quiero decir, Brooks. Lo siento, no quería molestar —se disculpa. Luego se inclina hacia Laura para hablarle al oído—: Ya voy algo borracho, pero no se lo digas a Nashville, ¿de acuerdo? —Sin duda intentaba susurrarlo, pero no le ha salido muy bien que digamos. Es evidente que está de buen humor, porque levanta los dos pulgares con una sonrisa en los labios—. Sierra y Maisie también han venido, y más gente. El resto todavía están trabajando o mañana tienen que madrugar. Pásate a vernos más tarde —la invita, y suelta un suspiro antes de proseguir—. Me alegro de que hayas venido. A ver si después me ayudas a caerle bien a Sierra.

Madre mía, suerte que mañana no trabaja hasta el turno de noche, porque antes de eso no estará sobrio. Abraza a Laura con tanto ímpetu que esta está a punto de perder el equilibrio, por lo que reacciono sobresaltado y como acto reflejo le agarro la pierna derecha, que ya se le había quedado colgando en el aire.

—Vaya, veo que la cosa se está animando —comenta Faye con alegría mientras deja sobre la barra la sidra de Laura y mi whisky y me guiña un ojo.

Faye es casi como una tía adoptiva para mí. A pesar de tener cincuenta y cuatro años, tiene tanta energía como una adolescente y siempre está de buen humor. No tengo ni idea de cómo lo consigue.

—Hasta luego —murmura Rivera antes de alejarse tambaleándose. Por fin.

—¡Guau! —exclama Laura mientras se deshace del todo la trenza para soltarse el pelo—. Tal vez sería buena idea que dejara de beber por hoy.

—¿Estás bien?

—Claro. Mitch es un buen tipo —dice, encogiéndose de hombros, y en el momento en el que deja caer los brazos sobre las piernas los dos nos damos cuenta de que todavía tengo la mano sobre su rodilla. Nos la quedamos mirando los dos y la retiro de inmediato.

Aclarándome la garganta, cojo mi vaso e intento recuperar la compostura, esperando a que Laura haga lo mismo, antes de tomar un buen trago.

—Mmm..., es fantástica —opina con entusiasmo—. Hacía mucho tiempo que no me tomaba una sidra.

—Faye solo compra lo mejor. Aquí no hay garrafón.

—¿Es la propietaria?

—Y la camarera —añado, señalándola.

—Qué bien. ¿Viene usted muy a menudo?

—Bastante —respondo con sinceridad—. A veces no se puede volver a casa directamente.

Laura respira hondo.

—No, a veces no se puede —susurra con una mirada melancólica. No dura mucho, pero lo suficiente para que me dé cuenta.

Eso es lo que te hace este trabajo. Y no pasa nada, porque somos conscientes de dónde nos metemos. Pero aun así me sabe mal que conozca tan bien esa sensación. Ojalá no tuviera ni idea de cómo se siente.

—Sobre lo de Ryan..., no quería increparlo de ese modo.

—Sí, sí que querías. Y con razón —replico, y una sonrisa asoma en sus labios.

—Bueno, es cierto. Aunque podría haberlo hecho de alguna forma más amable.

Dicho esto, toma un buen trago de sidra con el que vacía casi medio vaso. La contemplo mientras, ahí sentada, se dedica a observar su entorno. Su manera de sonreír, de reflexionar, de beber, de suspirar y... Mierda, me doy cuenta de que podría pasarme la noche entera mirándola. La noche y el día.

De hoy y de mañana.

Y de pasado mañana.

14

Nash

—¡**N**o me vas a colar ni una más! —grita Laura, apoyándose en el taco con seriedad y mirando a Ian fijamente desde el otro lado de la mesa de billar.

Me río en voz baja y niego con la cabeza, porque Ian ha fallado la bola de largo... más que nada porque va borracho. No tanto como Laura, pero poco le falta.

—¿Por qué te metes tanto conmigo? —pregunta Ian, desesperado, y Laura se ríe tapándose la boca con la mano.

—Ahora me toca a mí —anuncia ella, que se coloca junto a mí en la mesa y, con gran concentración, se inclina hacia delante y coloca el taco. Mientras lo hace, saca la punta de la lengua entre los labios, lo cual le confiere un aspecto realmente adorable. Sobre todo porque tal como está apuntando no tiene ninguna posibilidad de meter la bola en el agujero.

Me acerco a ella con cautela y le muevo el taco por

detrás sin que se entere para modificar el ángulo del tiro. Ejerzo una mínima presión, noto como la madera se mueve frotando mi piel y cuando levanto la vista me doy cuenta de que Ian me está fulminando con la mirada.

—¡Eh, tú! —exclama, señalándome, aunque no llega a decir nada más, y yo le dedico una sonrisa de oreja a oreja cuando Laura golpea la bola blanca con el taco y mete otra bola en un agujero.

Justo cuando empieza a celebrar la jugada, doy un paso atrás para que no se percate de que la he ayudado.

—¡Vaya timo! Nash te ha ayudado.

—Has empinado demasiado el codo, Ian. Me he limitado a quedarme todo el rato aquí detrás, no he hecho nada.

—Sí, es absolutamente inocente —comenta Harris con aire sarcástico desde la silla que ha acercado a la mesa de billar. Rivera está sentado a su lado y hace media hora que dormita con la cabeza apoyada en su hombro.

—¿Te crees que necesito ayuda para esto?

Desconcertado y divertido por igual, Ian mira a su alrededor.

—¡Gente! ¿Es que no puedo ganar en nada?

—Parece ser que no —opina Sierra antes de tomar un sorbo de limonada.

Los ronquidos de Rivera se oyen más fuertes cuando la música de la *jukebox* deja de sonar, y Laura finge estar pensando en la respuesta. Ya solo quedamos nosotros en el bar.

Esta clase de noches no son habituales. No solemos beber y soltarnos de este modo. Quizá porque conocemos demasiado bien los efectos del exceso de alcohol y la tentación que supone beber demasiado para olvidar las cosas malas. Aunque en realidad lo único que permite olvidar es precisamente que el alcohol no sirve para eso.

Y puesto que no bebemos por ese motivo, resulta divertido. No me imaginaba que justo hoy encontraría una excusa para no volver a casa más allá de la mala conciencia y el sentimiento de culpa.

—Eh, Nash. ¿Seguro que está permitido que te lo pases bien con nosotros? Ya sabes, no somos más que novatos —pregunta Ian, consciente de que está poniendo el dedo en la llaga.

—Tú sigue jugando y calla. No te está yendo tan bien como pensabas —replico para intentar eludir su pregunta, aunque Laura ya se ha dado la vuelta y me mira directamente. Me escruta como si estuviera a punto de hacer un diagnóstico, como si buscara respuestas. Y como cada vez que me atraviesa con la mirada, me provoca un escalofrío tras otro.

—¿Y bien? —me dice como si estuviéramos los dos solos en el bar—. ¿Está permitido? —pregunta, balbuceando ligeramente a pesar de sus esfuerzos por mantener la compostura.

—¿Quiere la respuesta sencilla o la complicada?

—Si existe una sencilla, la complicada ya no es necesaria, ¿no?

—La sencilla es que sí, está permitido.

—¿Y la complicada? —pregunta, apoyando la cabeza en el taco que ha colocado sobre el suelo y se balancea tanto como ella.

—Creía que no era necesaria.

—Soy demasiado curiosa.

—De acuerdo, pues la complicada es que seguramente no debería estar permitido porque soy su tutor y adjunto, y podrían acusarme de favorecer a alguno de ustedes.

Laura suelta un ruido de indignación que acaba siendo una mezcla de una carcajada, un gruñido y un resoplido, todo rematado con un hipo que le hace perder el hilo de la conversación.

—Oh, no. ¿Y si ya no se me va? —pregunta con cara de susto. Parece que lo diga realmente en serio.

—La prevalencia es de uno entre cien mil, si no me equivoco.

—No sé qué me asusta más, ¡hip! Si no quitarme de encima el hipo o que usted, ¡hip!, sepa las estadísticas de incidencia del hipo permanente.

De fondo se oye el choque de las bolas y una carcajada maliciosa de Harris.

—Vale, ya está. Acabo de meter la bola negra. ¡Odio el billar! —se queja Ian, desviando mi atención hacia él—. ¿Qué queréis hacer?

—Volver a casa. Bueno, si puedo quitarme a este baboso de encima —refunfuña Harris mirando de reojo a Rivera, que sigue durmiendo como un bebé.

Laura está a punto de comentar algo, pero antes hace una pausa para sacar el móvil del bolso, puesto que no para de sonar. Le echa un vistazo a la pantalla y la expresión le cambia de inmediato. El hipo se le agrava y parece casi furiosa.

—¿Va todo bien?

—Ahora sí —sentencia después de apagar el móvil—. E irá aún mejor cuando me haya cambiado de número de teléfono.

¿Tiene problemas? No es asunto mío, pero la idea no me gusta nada.

—Es mi exnovio —nos cuenta—. Josh —añade, estirando el cuerpo—. Dice que todavía me quiere, que lo demás no importa y que deberíamos volver a intentarlo. Que regrese a San Francisco —prosigue, tras lo que suelta un resoplido y traga saliva con dificultad—. Se equivoca... Lo que hacemos, lo que decidimos..., todo cuenta. Siempre. Lo queramos o no.

—Es un idiota —sentencio. Y no solo por haberla dejado escapar, sino porque seguro que se lo hizo pasar mal. De lo contrario, Laura no habría reaccionado así.

Ella aprieta los labios, perdida en sus cavilaciones.

—En realidad es buen chico. Pero tomó una decisión y ahora tiene que afrontar las consecuencias. Sin mí.

—Te puso los cuernos, ¿verdad? —pregunta Harris sin tapujos, y Laura se limita a sonreír.

Eso significa que sí. Es un idiota de remate. Y un gilipollas.

—¡Eso exige una distracción! —grita Ian—. A beber —sentencia, entrecerrando los ojos. Coge aire y señala a Laura—. ¡Tequila!

—¿Qué? —me horrorizo, y Laura recupera su hipo con más ganas aún.

—Claro, dijiste que tomaríamos tres copas.

—Pero si ya lo hemos hecho. ¡Y varias veces! —se defiende Laura, y por primera vez en la noche se da cuenta de lo indecente que ha sonado la frase, se le sonrojan las mejillas y abre los ojos como platos—. Eso ha sonado a peli porno barata. O a telenovela porno. Dios mío, mi hermana tiene razón —exclama, y no sé a qué se refiere, pero tengo que controlarme para no reírme de ella. O para no llevármela y evitar así que siga bebiendo.

Mientras tanto, lo que ha dicho sobre su ex sigue dando vueltas por mi cabeza...

—No. Juntos no. Al menos, no de verdad —insiste Ian, que ya se ha colocado frente a la barra.

Laura suspira y deja el taco.

—No de verdad. ¿Cómo se puede beber de mentira? Lo coges, te lo pones en la boca, te lo tragas todo y ya está.

Ahora sí que no puedo evitarlo. Me río a carcajada limpia, sin compasión.

—Lo he vuelto a hacer, ¿verdad? Lo de decir cosas raras, me refiero. Es que no lo entiendo —asegura, frotándose las sienes—. Hacía mucho que no bebía y creo, ¡hip!, que volverá a pasar bastante tiempo hasta la próxima vez —reflexiona, tras lo que intenta seguir a Ian hasta la barra, aunque tambaleándose demasiado para mi gusto. Antes de que yo pueda reaccionar, se aferra a mi brazo con fuerza—. Se menea usted mucho —me dice—. Será mejor que lo agarre fuerte para que no se caiga.

Esta mujer me está matando.

Sonriendo, la acompaño hasta donde está Ian, que ya tiene seis chupitos de tequila delante. En el momento en el que nos paramos, Laura se desploma por completo sobre mí, de manera que tengo que sujetarla para que no se caiga al suelo.

—Incluso si no estuviera ya medio dormida, no permitiría que se bebiera eso —le digo con determinación.

Ian guiña un ojo..., no, más bien los dos. Parece que le falte un tornillo.

—Lo sé. Pero es que tampoco me veo capaz. Eh, Faye. Sírveselos a esos de ahí, invito yo —decide ella, señalando a los tres bomberos que estaban con nosotros hasta hace un momento y que siguen charlando tranquilamente entre ellos.

Faye asiente y se lleva los vasitos.

—Buenas noches, chicos. Cuidaos, y cuidad a vuestra acompañante también.

—Buenas noches, Faye —decimos, tras lo que miramos a Laura.

—Ya puedes dejarte de buenos propósitos, Nash.

—¿Qué narices quieres decir con eso?

—Tú verás, yo me largo.

—No pensarás marcharte así, sin más.

—Claro que sí —contesta, frunciendo el ceño, desconcertado—. Estoy borracho, no puedo conducir. Me acostaré en una sala de guardia del hospital.

—Joder, Ian. Me refiero a Laura, no a tu mierda de coche.

—Sí, pero no sé por qué lo haces. Parece mucho más interesada en ti que en mí —me dice, y es como si se alegrara de ello. Se detiene un momento a mi lado para añadir algo más—. Lleva así toda la noche, y tampoco me ha dado la impresión de que a ti te molestara. Para de hacer preguntas que puedes responderte tú mismo.

—Te odio —le digo, y él se limita a reírse.

—Cuídate. ¡Hasta el próximo turno, *bambini*! —grita para despedirse de los otros dos, aunque Harris es la única que le contesta.

Laura se mueve un poco, todavía apoyando todo su peso en mí. Me inclino sobre ella, le envuelvo el cuerpo con el brazo izquierdo, le recojo las piernas con el derecho y la levanto en volandas con un movimiento fluido.

—Yo te llevo a casa, ¿de acuerdo?

—¿Nash? —balbucea Laura, y una sonrisa aparece en mis labios. Por un instante, tengo que reconocer que me encanta estar aquí, fuera del hospital, porque al menos puedo pensar en lo mucho que me gusta oírla pronunciar mi nombre. Solo hoy. Solo ahora—. ¿Sabes una cosa? Hueles muy bien... ¡Hip!

15

Laura

e despierto poco a poco, aunque no siento la necesidad de abrir los ojos ni de moverme. El cuerpo me pesa tanto como si acabara de terminar una maratón. Me duele un poco la cabeza y tengo la boca pastosa. Noto un peso en el pecho y también... ¿calor? Intento quitarme la manta que me cubre, pero mi mano toca algo suave que me espabila al instante.

Me quedo mirando los ojos atentos y grises de un gato. Está tendido sobre mi torso y ronronea tan fuerte que me extraña que no me haya despertado antes.

Pero yo no tengo gato.

Echando un vistazo a mi alrededor con inseguridad, reconozco una ventana enorme con unas finas cortinas de color negro, entre las que se filtra un rayo de luz que ilumina la habitación lo suficiente para que pueda distinguir lo que me rodea. Hay una cama grande en medio de la estancia, es muy cómoda y está cubierta con unas sábanas de cuadros de color gris oscuro. A su lado,

junto a la pared, un galán de noche con ropa indudable-
mente masculina. Una mesita de noche sencilla con una
bonita lámpara y dos libros: uno sobre pianistas y su
música y el otro, sobre medicina.

Medicina... Poco a poco voy recordando lo que ocurrió anoche y empiezo a ponerme nerviosa. Me acuerdo
vagamente del bar, y también de que estuvimos jugando al billar con Ian y Nash. ¿Estoy en casa de Nash?
¿Pasó algo entre nosotros dos? Intento recordarlo mientras me aparto el pelo de la cara, pero no me acuerdo de
nada.

Mierda. Aparto la manta, el gato protesta con un
maullido y está a punto de salir volando de la cama,
pero se aferra con las uñas y mantiene su posición. De
momento, veo que no estoy desnuda y que todavía llevo la ropa de la noche anterior, por lo que me dejo caer
de nuevo sobre el colchón, aliviada, y le pido perdón al
gato, que sigue mirándome fijamente.

—Lo siento mucho, ¿vale? De verdad. Pero deberías
moverte para que pueda ponerme en pie.

Reina el silencio, por lo que no me atrevo a hablar
más que susurrando. Con cautela, lo cojo en brazos y lo
dejo a un lado para poder levantarme y salir de la habitación de puntillas. Somnolienta, echo un vistazo por
una esquina que da a un pasillo pequeño pero bien iluminado por una ventana cenital. Veo que hay dos puertas, y distingo mis zapatos y mi bolso.

¿En serio mi tutor me ha llevado a su casa? ¿O estoy
en otro sitio? ¿Está despierto? ¿Está aquí? ¿Debería marcharme o sería mejor que me despidiera antes? Estas cosas se me dan muy mal, seguramente porque las citas
de una sola noche no son lo mío, y todavía estoy menos
acostumbrada a que mi superior tenga que cuidar de mí

porque me he emborrachado. Noto como el pánico empieza a crecer en mi interior. Y mientras estoy ahí plantada, pensando frenéticamente qué debería hacer, siento algo en la pierna y suelto un grito, sobresaltada.

Solo es el gato. Joder. Me llevo la mano al pecho mientras me observa. Es precioso, realmente único. Negro y con el pecho blanco, los bigotes blancos y un lado de la cara de un pardo anaranjado. Es como si se hubieran olvidado de pintarle una mancha de color en el otro lado. Un gato con dos caras.

Me inclino hacia él, lo acaricio y me lo agradece con un sonoro ronroneo que suena más bien como un «ya era hora».

—Se llama Jax.

Caigo sentada en el suelo del susto, y enseguida me vuelvo para buscar la voz con la mirada. Esa voz inconfundible...

Nash. Anoche ya pude verlo sin la bata, vestido con ropa informal y, aun así, elegante. Tenía un aspecto muy distinto con camisa y vaqueros. Pero ¿ahora? Ahora va descalzo, está apoyado en la pared con dos tazas de café en las manos, ataviado con unos pantalones de chándal gris oscuro y una camiseta blanca que oculta menos de lo que debería. Me mira fijamente, tanto que se me eriza la piel de los brazos. Tiene el pelo negro algo ondulado, como si se acabara de levantar, y la barba de dos días resulta más visible todavía que anoche, igual que su constitución atlética.

Me pongo en pie sin apartar los ojos de él y noto por primera vez los efectos de la resaca.

—Veo que os lleváis bien —comenta Nash con una sonrisa mientras se aparta de la pared y se me acerca—. Toma, he pensado que después de lo de ayer, nada me-

175

jor que un buen café. También tengo ibuprofeno en la cocina, si lo necesitas.

—Gracias —murmuro mientras acepto la taza.

—¿Te apetece leche o azúcar?

—Un poco de leche sería genial, gracias —respondo, y Nash señala con la cabeza hacia el lugar del que ha salido.

—Entonces vayamos a la cocina.

Lo sigo en silencio, envolviendo la taza con las dos manos mientras continúo mirando a mi alrededor. La primera puerta a la izquierda está cerrada, pero pasamos de largo y entramos en una sala enorme. Creo que esta habitación debe de ser al menos tan grande como todo mi apartamento, algo que tampoco es tan difícil, pero me impresiona de todos modos. A la izquierda tiene una cocina abierta con isla realmente preciosa, con tres taburetes altos y un gran ventanal que permite salir a un jardín. En la pared que tengo enfrente hay un tocadiscos y, al lado, una estantería llena de vinilos. También hay otra más pequeña con libros y revistas, pero lo más impresionante de todo es lo que hay en el centro de la estancia, entre la cocina y el sofá. Un piano de cola. Nunca había visto uno de cerca. Me parece mágico, indescriptible. La música es maravillosa, pero nunca he aprendido a tocar ningún instrumento. Como sumida en un trance, me acerco al piano negro reluciente y paso los dedos por el borde con actitud reverente.

—¿Tocas el piano? —pregunto, perdida en mis cavilaciones, tras lo que me vuelvo hacia Nash, que justo saca la leche del frigorífico y se instala con su taza en la isla. Luego se inclina hacia delante, apoya los antebrazos en la encimera y sonríe. No puedo dejar de mirarlo; advierto una especie de revuelo en el pecho y en el estómago, y el ritmo de mi respiración se altera.

Espero que no se me note.

—¿Hay alguien capaz de tener un piano de cola en casa sin saber tocarlo?

—Seguro que sí. Por una cuestión de estatus, de prestigio o simplemente por lo bonitos que son —respondo. «Aunque no puedan o no quieran usarlo», añado en mi mente, aunque sin llegar a decirlo.

—Pero tú no crees que yo sea de esa clase de personas, Laura —replica Nash a modo de constatación y de pregunta al mismo tiempo.

—Lo siento, no me parece adecuado tutearle tan fácilmente. Es decir, no querría... —empiezo a decir, aunque sin terminar la frase. Joder, ¿se puede saber qué me ocurrió anoche?

—No pasa nada. No suelo tener ningún problema con eso. Al fin y al cabo, pasamos demasiado tiempo juntos, y las vivencias son intensas, así que no somos demasiado estrictos con esa clase de cosas. Aunque en el caso de los *bambini* es distinto —me explica antes de tomar un sorbo de café.

Me acerco a él.

—O sea, en mi caso.

—Exacto. Pero mientras me trates de usted delante de los pacientes o de otras visitas, no debería haber ningún problema.

—Pues creo que una vez alguien rompió esa regla —repongo mientras remuevo la leche de la taza y me siento frente a él en uno de los taburetes. Acto seguido, le dedico una sonrisa. Los dos sabemos que me refiero a la ocasión en la que me llamó por mi nombre de pila por error. En presencia de una paciente.

—Eso es cuestión de cómo se interprete —murmura, y tengo que reprimir el impulso de soltarle otra pullita.

177

En lugar de eso, me fijo en lo que hay a mi alrededor. El jardín que veo tras el ventanal es pequeño, pero muy bonito. Algo silvestre, pero cuidado de todos modos. Se nota claramente lo mucho que sufren las plantas y la hierba por culpa del calor.

—¿Aquí la hierba llega a verdear algún día?

Nash sigue mi mirada un momento, pero clava los ojos en los míos de nuevo antes de responder.

—Sí, pero llueve pocos días al año. El resto del tiempo, el único remedio que hay es pintar el césped.

—Siempre había pensado que era broma, pero una compañera de California me contó una vez que suelen pintarlo con colores al agua y no se va hasta que se corta el césped. Hasta entonces no me podía creer que la gente pintara la hierba solo para que quedara bonita.

—Si el agua es escasa y no se puede regar, es una alternativa. Siempre y cuando no perjudique al medio ambiente.

—A ti te da igual, por lo que veo.

—Sí. A mí el césped me trae sin cuidado —responde, y lo dice tan serio que esta vez no puedo evitar soltar una sonora carcajada. Y disfruto.

Creía que resultaría más incómodo, más estresante o embarazoso, estar con él. Todo lo incómoda que pueda resultar una noche de borrachera en la cama del jefe. Pero no es el caso; al contrario. Aun así, una pregunta me acucia en la punta de la lengua.

—Acabé bastante borracha, ¿verdad?

—Lo que me extraña es que no necesites una pastilla para el dolor de cabeza.

—De acuerdo, eso lo dice todo —replico antes de tomar un último trago. Luego cojo la taza y la leche y empiezo a recoger—. Espero que no tuviera que pasar vergüenza ajena por mi culpa —le digo cuando me doy la vuelta para coger también su taza vacía.

Me quedo parada un instante cuando rozo su hombro con el mío y, ahora sí, las cosas se vuelven raras, aunque en un sentido tan bueno como retorcido que probablemente no debería gustarme. Pero me gusta de todos modos, no puedo evitarlo.

—He dormido en el sofá —me explica—. Quería llevarte a casa, pero no supiste decirme dónde vives y no se me ocurrió cómo podía conseguir la dirección en ese momento. Ian no contestaba al teléfono.

—Gracias —murmuro, y trago saliva con dificultad cuando levanta la cabeza y nuestras miradas se cruzan. Me aferro a la taza que tengo en la mano con más fuerza, demasiada, y no estoy segura de si mi cuerpo está recibiendo todo el oxígeno que necesita, porque hace una eternidad que me he olvidado de respirar como es debido.

He oído historias sobre esta clase de silencios que en realidad no lo son. Sobre esta sensación de familiaridad con alguien a quien no conoces. Sobre esta atracción imposible de explicar pero que aparece de golpe y porrazo. Sobre este temor y este respeto que, más que paralizarte, te despierta.

He oído historias pero no me las he creído. Hasta ahora. Qué necia he sido.

Temblando, aspiro una bocanada de aire y me doy la vuelta. Cuando llego al fregadero y dejo su taza dentro, estoy tan desvelada como confundida.

Cierro los ojos e intento concentrarme.

No puedo permitirme esta atracción que siento por Nash. Complica mucho las cosas. Debería regresar a casa.

Por eso me giro con determinación, dispuesta a despedirme.

—Gracias por lo de ayer, realmente no debería haber...

Me quedo de piedra. Ya no está apoyado en la encimera de la isla, sino que en su lugar se ha sentado Jax. No, está... justo delante de mí.

Y nos miramos fijamente como dos personas que deciden callarse porque hay demasiado que decir. Como dos enemigos que no saben luchar o dos confidentes que no saben amarse.

16

Nash

No tengo ni idea de qué estoy haciendo aquí. No sé por qué he tenido que moverme. Mierda, ni siquiera sé por qué ayer no me marché cuando tenía previsto hacerlo. Por qué me quedé después de que Laura entrara en el bar.

Y ahora es justamente la única mujer que no debería estar aquí. Una compañera de trabajo, una residente de primer año.

¿Por qué he dejado que esto sucediera? Solo tengo dos reglas en mi vida: «No te lleves el trabajo a casa ni la vida privada al trabajo». Cualquiera de las dos cosas no trae más que problemas, por eso me he ceñido a esas dos reglas tan bien como he podido.

Hasta ahora. Porque ahora mismo tengo a ese problema en la cocina, mirándome con sus enormes ojos azules, algo grisáceos, parecidos al color del cielo cuando se acerca una tormenta. El pelo ondulado enmarca su rostro sorprendido y tengo que reprimir el impulso de tocarla.

Pero me doy cuenta. De cómo me mira, cómo se queda sin aliento y cómo empieza a respirar con más intensidad que hace un momento. Y mentiría si dijera que no me ha gustado ver su reacción..., verla a ella. Pero sería un idiota si pensara que podría funcionar. No es posible, y sería un capullo egoísta si de todos modos lo intentara. Por una sola noche. Por un solo beso. Por lo que sea.

Ian siempre tiene aventuras y ligues de una sola noche y lo lleva bien. Dice que no significan nada para él, que es solo una compensación mientras espera a que aparezca la persona adecuada. Por muy veleidoso que sea, cree en la idea del amor verdadero al que nada puede destruir. Yo, en cambio, soy más escéptico; no creo que haya muchas cosas capaces de resistir los embates de la realidad. Al final solo hay una cosa segura: la muerte. Lo observo a diario, semana tras semana, y por mucho que lo intente, no sé si sería capaz de soportar tener algo en mi vida, algo que necesito de verdad, sabiendo que puedo perderlo en cualquier momento.

¿Vale la pena?

No. Tal vez. No lo sé. Y me siento menos capaz aún de saberlo teniendo a Laura delante de mí mirándome de este modo.

Quizá ese era el motivo por el que no soportaba la idea de que Ian quisiera salir con ella. Porque sabía que la querría para una sola noche o para siempre, y cualquiera de las dos opciones me habría puesto de los nervios, no habría podido quitármelo de la cabeza.

Joder..., una médica. Y que encima quiere ser cirujana. Está claro que no elegimos este trabajo y esta especialidad porque las vacaciones sean generosas, los turnos cortos o porque siempre terminemos puntualmente, ni porque las conversaciones con los pacientes sean idílicas o las operaciones tan sencillas que podríamos hacerlas cantando en un karaoke. Hay un motivo por el que estamos tan poco tiempo en casa. Por el que antes tenemos que pasar por un bar o directamente preferimos quedarnos en el hospital.

Hay un motivo por el que no nos liamos con compañeros o compañeras de trabajo.

Pero me acabo de olvidar de cuál es...

Laura se aclara la garganta.

—Debería marcharme. No querría ser maleducada, pero ya te he robado bastante tiempo. Debería ducharme y... —se excusa, y al oír la palabra *ducha*, mi cabeza cambia de canal de inmediato: de audio a vídeo. Genial, solo me faltaba eso.

—Te llevo a casa. Solo tengo que ponerle comida a Jax.

—No, de verdad. No es necesario. Puedo ir a pie, ¿no? —se pregunta, frunciendo la nariz como si realmente se lo estuviera planteando.

—Estamos al sur del Salt River.

—¿Eso significa que no puedo ir a pie?

—No tienes ni idea de por dónde pasa, ¿verdad?

—Yo vivo al norte del hospital —me informa, y con una sonrisa espero a que concrete un poco más, hasta que por fin me da su dirección—. Creo que es esa. No puedo pensar con mucha claridad —murmura, algo desconcertada.

—Te llevaré con mucho gusto. Será una buena oportunidad para pasar de nuevo por el parque natural de Phoenix Mountains. Aunque, por supuesto, si lo prefieres puedes ir a pie o coger un autobús, pero cualquiera de esas dos opciones te llevará bastante más tiempo.

—De acuerdo —accede al fin con una sonrisa—. Voy

al baño un momento, si no te importa. Luego recojo mi
bolso y nos vamos.

Pocos minutos más tarde estamos sentados en el coche
con nuestras cosas y tengo que obligarme a estar pendiente del tráfico y no de Laura. Sobre todo porque Jax
no se aparta de ella y no me atrevo a dejarlo solo en casa
más tiempo del estrictamente necesario. Se ha acomo-
dado sobre el regazo de Laura, con medio cuerpo sobre
sus muslos y la otra mitad sobre su barriga, y cada vez
que para de acariciarlo, protesta en voz alta. Vaya mo-
rro que tiene. Aunque de buena gana me gustaría estar
en su lugar. Mierda, no debería pensar en esas cosas...

—Es increíble lo guapo que es —comenta Laura, encantada, lo que me arranca de mis cavilaciones.

—Sí. Menos cuando se aburre o cuando tiene hambre.

—¿Por eso lleva el arnés? ¿Siempre te lo llevas cuando sales de casa?

—Menos cuando voy a trabajar o a hacer la compra,
pero sí, intento salir con él regularmente. Es un gato especial —sentencio, lanzándole una mirada de reojo a mi
gato, que se está aprovechando al máximo de la situación, como si fuera la primera vez en la vida que lo acari-
cian—. Es muy solitario, no es que le caigan muy bien los
demás gatos. Le puse una trampilla en la puerta trasera
para que pudiera entrar y salir a su antojo cuando no estoy —explico—. Una de las ventajas de vivir en un chalé.

—¿Lo adoptaste de una protectora?

—Fue... un regalo —me limito a decir, y cuando Laura me mira percibo con claridad las preguntas que no se
atreve a formular. El hecho de que haya titubeado al responder ha despertado sus suspicacias.

Mierda.

—No es necesario que me lo cuentes —me dice en voz baja.

Soy consciente de ello, pero también creo que lo ha dicho porque no se espera las palabras que empiezan a brotar solas de mi boca mientras conducimos por Phoenix en dirección a su casa.

—Jax es como se llamaba un niño que... al que no pude salvar. Fue durante mi tercer año de residencia. Un fuerte temporal de lluvias torrenciales causó varias víctimas. Es algo poco habitual aquí, pero no por eso imposible —le advierto. Todavía puedo oír las voces, el bullicio, el ajetreo, y ver el pánico en los ojos de la gente, notar como también se apoderaba de mí a medida que iban llegando cada vez más heridos—. Su padre y él volvían en coche de la protectora de animales con Jax. No pudo tenerlo ni diez minutos, porque debido a las calles inundadas y a la mala visibilidad su padre se vio implicado en un accidente masivo y murió allí mismo. Jax tenía... —empiezo a decir, pero he de recomponerme antes de proseguir—. Tuvieron que sacarlo del coche los bomberos. Un poste le había atravesado el abdomen justo por la aorta, y debido a su tamaño también quedaron afectados órganos como el páncreas, el estómago... Cuando lo vi, tuve claro que tenía pocas posibilidades de sobrevivir. Fuimos rápidos, pero no lo suficiente. No conseguimos quitarle el poste.

—No fue culpa tuya.

Resoplo antes de continuar.

—Eso es lo que dicen siempre los demás, pero es una de esas cosas que te resistes a creer.

Laura no replica nada. Porque sabe que no hay nada que decir. Es la verdad. Siempre somos más indulgentes con el resto que con nosotros mismos.

—Dentro del transportín, el gato salió ileso. ¡Ni un rasguño! Y el niño no quiso separarse de él, los sanitarios de urgencias nos lo trajeron con el gato y todo. Y en algún momento, entre todo ese caos, me incliné sobre el chico, me presenté y le pregunté cómo se llamaba. «Jax», me dijo, tras lo cual quiso saber cómo estaba el gato. Le prometí que me ocuparía de él y... —Pierdo el hilo por unos instantes cuando noto la mano de Laura en el antebrazo que tengo apoyado en el reposabrazos que hay entre nosotros. Trato de recomponerme antes de seguir hablando—. Jax me miró con sus grandes ojos castaños y me susurró: «¿Me lo prometes?».

—Y tú se lo prometiste —murmura Laura.

—Sí. El gato no tenía ni doce semanas y decidí ponerle el nombre del chico, porque... ¿qué más podía hacer? A pesar del trabajo y del poco tiempo libre que tengo, no podía romper mi promesa.

17

Laura

No sé qué me ha pasado. Sin pensarlo dos veces, me he dejado llevar por la intuición y por el impulso de querer tocar a Nash. No de un modo tan excitante como antes, pero tampoco de una forma menos especial. Para consolarlo. Ha sido uno de esos momentos clásicos de «estoy a tu lado», esa voluntad de comunicar un «sé lo que quieres decir». Un «soy consciente de que nunca será fácil».

Hay pocas cosas en la vida que puedan unirte a una persona tanto como comprenderla.

No obstante, al cabo de unos segundos tengo la sensación de que no debería estar tocándolo.

Él no ha dicho nada, y me doy cuenta de que tiene la cabeza en otra parte. Hasta ahora no hemos sido más que un tutor y una residente, compañeros de trabajo y no amigos, por lo que creo que debería retirar la mano.

La aparto poco a poco y con cuidado. Parece minúscula en comparación con su antebrazo.

Justo cuando mis dedos están a punto de dejar de tocarlo, él alarga la mano y agarra la mía apenas un instante. Como gesto de mudo agradecimiento. Yo respondo a su apretón, y luego él retira la mano y yo me dedico a acariciar a Jax, que se ha quedado dormido encima de mí.

Inclino la cabeza, miro por la ventana y me resisto al cansancio que amenaza con cerrarme los párpados. Phoenix pasa por delante de mis ojos, el sol ya se ha levantado en el cielo y me deslumbra. Me alegro de que el aire acondicionado del coche funcione tan bien, porque fuera hace un calor terrible. No decimos nada más durante el resto del trayecto. El coche de Nash es una ranchera minimalista, y me gusta que sea tan simple, tan austero y tan práctico. Por supuesto, el coche de Ian también me encanta. Es clásico, elegante. Pero este transmite más calma, más calidez, aunque parezca extraño. Al fin y al cabo, solo es un coche.

—Hemos llegado —anuncia Nash, sacándome de mis cavilaciones. Aparca frente al complejo de apartamentos y apaga el motor mientras Jax se acurruca todavía más sobre mí.

—Gracias. Por traerme a casa, pero también por todo lo de anoche.

—Un placer.

—Fue una noche agradable —digo con una sonrisa—. Bueno, al menos lo que recuerdo —añado, y eso le arranca el atisbo de una sonrisa que termina con la tensión en la que se había instalado su rostro.

—¿Es mucho o poco?

—Eso no lo sabrás jamás —digo, intentando evitar su

mirada penetrante. A veces me parece demasiado. Como si cuestionara demasiado, como si expresara demasiado. Como si reflexionara o supiera demasiado.

Sus manos aparecen de repente en mi campo visual para agarrar a Jax, que protesta enérgicamente antes de que Nash lo deje sobre el salpicadero, donde el gato se tiende de nuevo.

Mientras me dispongo a quitarme el cinturón de seguridad, pienso en qué puedo decir. Qué debería decir, o si debería decir algo.

Intento desabrocharme el cinturón, pero no lo consigo. No hay manera. ¿Por qué no funciona?

—Espera, yo te ayudo —dice Nash, y las puntas de sus dedos tocan las mías mientras forcejea con el cierre y con el propio cinturón.

Noto un cosquilleo en los lugares en los que me ha tocado la piel.

—A veces se atasca —me explica con la voz más grave y ronca que antes. Y más leve. Suena como una tierna caricia que apenas te toca, pero que se acaba convirtiendo en un tsunami.

Le pega otra sacudida y cuando el cinturón por fin cede con un sonoro clic, levanto la cabeza. Debería salir del coche, pero sigo sentada sin moverme, ligeramente inclinada hacia la izquierda, mirando a Nash a los ojos, esos ojos del color del bosque al amanecer. Un verde oscuro, un castaño claro, con algunas sombras y algunos brillos. Estoy tan cerca de él que noto su respiración, que puedo ver la cicatriz que tiene en el labio y las irregularidades de alrededor. Estoy muy cerca de él. Un paso en falso y ocurriría algo que luego no podría deshacer. Algo que tampoco sé si querría... deshacer, quiero decir.

No sé qué debe de estar pensando, si lo mismo que yo o si simplemente está esperando a que me marche. Pero él tampoco se aparta ni dice nada. Nash sigue sentado, inclinado sobre mí, mirándome, y en el momento en el que se le mueve la musculatura de la mandíbula, aspira hondo con más intensidad y separa los labios, estoy segura de ello: si tuviera que salvar esta distancia mínima que nos separa, si me besara, se lo permitiría. No me acobardaría, sino que lo recibiría encantada.

Por eso parpadeo, trago saliva con dificultad, me echo hacia atrás y me libero del cinturón.

—¿Nos vemos mañana? —pregunto, convencida de que mi intento de sonar despreocupada fracasa estrepitosamente.

Nash asiente, se acomoda de nuevo en su asiento y arranca el motor. Se ha molestado, se le nota claramente. Me gustaría preguntarle por qué y abro la boca con esa intención, pero mientras cojo aire para hablar cambio de opinión de repente. No, no quiero saber el motivo. Tal vez no le gusto.

—Gracias de nuevo. Nos vemos. Adiós, Jax —digo mientras salgo del coche, y me quedo mirando a Nash como Baby a Johnny en *Dirty Dancing*. Esto no está bien..., no está nada bien.

—Ahora sí que he de colgar, Jess. Ya he llegado.

—No te entiendo. Tienes el día libre. Acuéstate, prepárate un baño, haz una maratón de series, corre desnuda por el piso o algo así. Pero no vayas a trabajar.

—Ya he perdido toda la mañana.

—¿Esa es tu excusa? Solo es mediodía —me contradice Jess con la voz chillona—. Eres igual que Logan.

Creo que ya debe de vivir en la comisaría —me dice antes de resoplar con fuerza.

—Cuelga, hermanita. O la factura acabará siendo astronómica.

—Pero ¿qué dices? Tengo una de esas tarifas de datos que lo flipas.

—¿Para llamar al extranjero?

—Sí, claro. Bueno, eso creo. No estoy segura. Pero casi —añade, tras lo que hace una pausa—. Tendría que mirarlo.

Suelto una carcajada.

—Más te vale.

—Bueno, pues que te vaya bien. Ten cuidado, ¿de acuerdo?

—Sí, no te preocupes. Tú también.

—Ah, y... ¿Laura? Lánzate.

Me paro justo frente a la entrada del Hospital Whitestone y arrugo la frente.

—¿A qué te refieres?

—Que beses a Nash.

Suelto un leve gemido y cierro los ojos durante unos segundos.

—No debería haberte contado nada.

—No tenías elección. Si no hubiera sido hoy, en otro momento te habría sonsacado hasta el último detalle sobre anoche.

—Es que...

—Le gustas.

—¿Qué dices? Pero si no lo conoces. A duras penas lo conozco yo misma. Quiero decir que...

—Lo presiento.

—Desde Berlín, ¿no?

—Déjate de tonterías, lo digo en serio. Y a ti también

te gusta —concluye, y la puedo ver claramente encogiéndose de hombros—. Así que ¿por qué no? Inténtalo. Déjate llevar por lo que sientes. Por una vez en la vida, no te preguntes si estás a la altura, si tienes opciones de fracasar o qué ocurrirá si te dejas llevar. No te preguntes nada. ¡Vive y punto!

—Cada vez te pareces más a una de esas galletas de la suerte. O a un horóscopo barato.

—Pues no siempre se equivocan.

—Con Josh también me lancé y mira cómo acabó la cosa. He perdido un amigo aguantando una relación que no nos satisfacía a ninguno de los dos.

—Para ya de compararlos a todos con ese *penedor*.

—¿Se puede saber qué es un *penedor*?

—Pues uno que va metiendo el pene por todas partes, ahora por aquí, ahora por allá.

Me río tan fuerte que la gente que entra y sale a primera hora se vuelve para mirarme.

—Lo digo en serio, Laura. Hay cosas que no deberían existir y otras que... parecen hechas a medida. ¿También te sentiste así cuando empezaste con Josh? ¿O fue muy distinto?

—Sabes perfectamente que es la primera y única relación estable que he tenido.

—Por eso te lo pregunto. Los rollos de una sola noche no cuentan. Ni las pocas veces en las que te han metido mano o te has morreado con alguien.

—De acuerdo —murmuro—. Vamos a ver, ¿qué es lo que quieres oír?

—Que no te sabotearás con lo de Nash. Que no te autosabotearás —me dice. Me gustaría replicar algo, pero Jess se me adelanta cuando apenas he abierto la boca—. Y tengo muy claro que es tu tutor, porque no te has cansado de recordármelo, igual que lo mucho que signifi-can para ti este hospital, esta ciudad o tu empleo. Lo único que quiero es que no te olvides de que en lo más alto de la lista de cosas importantes está escrito tu nom-bre. Tú eres lo más importante, o sea que si sientes algo por alguien, no deberías descartarlo solo porque pien-ses que no hay sitio para él en tu vida. Porque si no lo hay, ¿qué, Laura? ¿Qué pasa?

Se me llenan los ojos de lágrimas.

—Te quiero.

—Yo a ti también. Y ahora entra ahí dentro, que tie-nes que curar a gente y ser feliz. ¡Eh, las dos cosas!

Cuelgo, pero en lugar de entrar directamente me quedo mirando un pequeño parque que hay frente al hospital, lo envuelve por los lados y se extiende por la parte de atrás. Observo a las personas que visitan a sus seres queridos y salen a pasear con ellos, cogidos de la mano o empujando una silla de ruedas, riendo con ellos, llorando con ellos. Contemplo esas vidas que están en manos de los médicos, de esas personas a las que consi-dero compañeros. En sus manos y en las mías. Veo a mis padres, los dos absortos en su trabajo, por el que lo sa-crificaron todo menos su amor y a nosotros. Jess tiene razón, pero eso sigue siendo mi secreto.

Con una sonrisa en los labios, levanto la cara hacia el sol y, aunque hace demasiado calor para mi gusto, me quedo así unos momentos, aspirando esa calidez, la es-peranza y todo lo que el futuro pueda depararme. Y lue-go entro en el hospital.

Por el camino cojo una casaca limpia, puesto que ayer me olvidé de hacerlo, y me cambio en la sala de médicos. Me encuentro con Ryan, que me saluda con cordialidad, aunque ya parece bastante estresado, y también con un par de compañeros más y Sofie, que me saluda con la mano desde el pasillo.

Paso frente a la sala de guardia y me quedo de piedra. Me detengo y vuelvo unos pasos atrás para echar un vistazo a la puerta. Hay pegada una hoja de papel en la que está escrito: «Si quieres vivir, no molestes».

Sorprendida, me pongo en marcha de nuevo. No es que sea muy habitual, pero tampoco me parece un mensaje insólito.

—Hola, compañera.

A estas alturas ya conozco de sobra esa voz. Me doy la vuelta y veo a Ian salir de la sala de guardia en cuestión y arrancar la hoja de papel. No puedo evitar reírme.

—¿Has dormido aquí?

—¡Como un bebé! Grant me ha pedido una pizza y luego me ha metido en la cama —me cuenta mientras me acompaña por el pasillo, y yo niego con la cabeza, fingiendo indignación. En el fondo me parece de lo más divertido—. Voy a buscar algo de ropa limpia, a ducharme y a empezar mi turno. Por cierto, ¿qué haces aquí? ¿No tenías el día libre?

—Sí, pero no podía desconectar. Es algo normal, nada del otro mundo.

—Eso podría habértelo dicho yo, pero ya veo que has querido comprobarlo por ti misma —constata Ian con un bostezo.

—¿De qué estás hablando? —pregunto con una mueca.

—De Nash.

—¡Dios, Ian! —exclamo cuando soy consciente del doble sentido de sus palabras.

Él levanta las manos en actitud defensiva.

—¿Qué? ¡Ayer eras tú la que no paraba de soltar guarradas!

El calor se apodera de mis mejillas de repente.

—No fue para tanto.

—No, era broma —admite, riéndose y golpeándome en el brazo como siempre hace Jess. Por un momento noto la presencia de mi hermana y me doy cuenta de lo mucho que disfruto de esa familiaridad.

—Creo que no nos quedará más remedio que ser amigos —concluyo.

—Eso parece.

—Te veo decepcionado —bromeo.

—Lo estoy. Ahora tendré que mantener conversaciones serias contigo, mostrarme amable, hablar sobre Nash..., y ni siquiera he podido verte desnuda.

No puedo evitarlo, esas tonterías me hacen reír. Él también se une a mis carcajadas.

—¿Nash te ha visto desnuda?

Dejo la pregunta sin respuesta y le guiño un ojo mientras me marcho.

—Cuídate, Ian.

—¡Lo descubriré!

No hay nada por descubrir. Pero gracias a él, o por su culpa, mis pensamientos vuelven continuamente a Nash, a lo que sucedió anoche, a esta mañana.

Recojo unos cuantos historiales y ando de un lado a otro para distraerme, pero tengo la cabeza en cualquier parte menos centrada en lo que debería. Me doy cuenta de ello cuando en algún momento llego a la habitación de Ria. Me había propuesto dedicar el día a practicar las ecografías, pero ya no le veo sentido. No me quito de la cabeza lo que ocurrió anoche, toda la semana anterior y lo que me han dicho tanto mi hermana como Ian.

Debería volver a casa.

No debería darle tantas vueltas.

Debería tomarme un respiro.

No obstante, en lugar de eso decido llamar a la puerta de Ria y entrar en su habitación.

—Ayer te vi desde la cama, en el pasillo —me dice, y no puedo evitar sonreír mientras me acerco a ella.

—Vaya, no quise molestarte cuando oí que estabas leyendo, y creí que no te habías dado cuenta. Por cierto, sonaba muy bien.

Ria sonríe con despreocupación a pesar de la cánula nasal que le proporciona oxígeno y de la medicación. A pesar de lo débil que tiene el corazón. Es muy valiente.

—Soy la doctora Collins, pero puedes llamarme Laura —me presento—. ¿Puedo sentarme contigo? —pregunto.

Ria asiente, se aparta un mechón rojizo de la cara y se sienta un poco más derecha. Entretanto, yo acerco una silla a la cama y me acomodo.

—¿A partir de ahora vas a ser mi médica?

—Estoy aquí más bien para observar y aprender. Pero sí, puedo ayudar a cuidarte. Quería pasar a presentarme ayer, pero pensé que sería mejor dejarte tranquila tras el ingreso y hacerlo hoy con más calma.

—Estaba cansada —me cuenta, y yo asiento, comprensiva—. Pero Chris y Nash pasaron a verme —añade. Realmente da la impresión de que aquí se siente como en casa, lo cual me parece bonito y horrible por igual—. Grant también, pero solo para contarme los últimos cotilleos, como siempre. Y también me trajo galletas de mantequilla.

—¿Cómo te encuentras hoy?

—Bastante bien. Hay días mucho peores.

Esas son palabras que nadie quiere oírle decir a una niña. Porque no es agradable saber que lo pasa peor todavía, siendo tan malo su estado.

—Tengo una pregunta —me dice Ria, poniéndose seria de repente y abrazando a su osito de peluche mientras me mira fijamente—. Nash y los demás siempre desvían el tema o repiten lo que ya me cuentan mis padres. Que todo saldrá bien y que no tengo que preocuparme por nada. Pero ¿y si no sale bien? Me gustaría saberlo... —asegura, tras lo que aprieta los labios y se queda pensando—. Me gustaría saber qué pasa después. ¿Qué ocurre cuando te mueres?

Cada una de esas palabras es como un puñetazo en la boca del estómago que me roba el aire de los pulmones.

—No creo que yo sea la persona más indicada para hablar de eso —confieso, y mi voz suena quebradiza, afectada, temblorosa. Justo como me siento en estos momentos. Porque yo también me he hecho esa pregunta en muchas ocasiones, igual que Ria, que suelta un suspiro de frustración.

—Entonces ¿tú qué crees? —insiste.

Me quedo mirando sus ojos despiertos, atentos, y no veo en ellos a una niña, sino a una mujer adulta que no teme a la realidad. A la que no le da miedo lo que pueda ocurrir mañana. Por eso llego a la conclusión de que le debo una respuesta.

—No lo sé —susurro—. La verdad es que no lo sé. Yo..., es decir, estoy convencida de que hay algo más, de que no nos morimos simplemente y luego se acaba. Es que no puede ser. No consigo imaginarme no existir —constato, tras lo que trago saliva y respiro hondo—. No puedo imaginarme que la gente a la que amo vaya a desaparecer sin más.

—¿Crees que existe el cielo? —insiste, inclinándose un poco más hacia mí con verdadero interés.

—No. Porque entonces también tendría que creer que existe el infierno. Que la gente mala va a parar a un sitio y la buena al otro. Que las cosas son blancas o negras. A menudo cometemos errores, hacemos cosas que lamentamos o actuamos mal pero con una buena intención. La vida es más complicada que dividirlo todo entre bueno o malo —opino, y sigo pensando en cómo responder a su pregunta—. Creo que de algún modo este es nuestro lugar —le digo con una sonrisa cargada de nostalgia y de esperanza. Es una sonrisa que me duele un poco en el alma y en el corazón—. Cuando nos morimos, no desaparecemos del todo. Seguimos viviendo repartidos por los corazones de los que nos han amado y de los que hemos amado. En forma de refugio y de consuelo. En forma de recuerdo. En forma de amor.

A Ria le cae una lágrima por la mejilla. Y luego otra. Y otra. Pero sonríe amargamente igual que yo.

—Es un pensamiento muy bonito. ¿Te importa si yo también creo lo mismo?

—En absoluto —susurro—. Todo saldrá bien —le digo, al fin. Lo mismo que Nash y los demás sin duda le han dicho ya un montón de veces.

—¿Me lo prometes?

—Te lo prometo.

18

Nash

Jax va sentado sobre mi mochila, jadeando ligeramente y con las patas delanteras apoyadas sobre mi hombro izquierdo, fijándose en todo. Le he puesto un paño por encima, porque el sol pega tan fuerte que acabo de decidir dar media vuelta y no terminar toda la ruta. Aparte del calor que hace y de la cantidad de gente que hay por el monte, ahora mismo soy incapaz de disfrutarlo. Ni el esfuerzo, ni el aire sofocante y polvoriento ni las buenas vistas consiguen que me relaje o me distraiga.

El parque natural de Phoenix Mountains es precioso, pero hacía tanto tiempo que no pasaba por la ruta de Piestewa Peak que me había olvidado de lo concurrida que está, sobre todo los fines de semana. A eso hay que sumarle el calor abrasador y el hecho de haber salido tan tarde porque he tenido que dejar a Laura en su casa.

Mis pensamientos no paran de regresar a ella, a lo que sucedió anoche y a esta mañana. A sus miradas, sus sonrisas, sus palabras y sus manos cuando me ha tocado. Al momento en el que estábamos en la cocina.

Mierda. Me seco el sudor de la frente y respiro hondo.

El chalé y Jax son mi refugio, mi red de seguridad. El único lugar en el que puedo simplemente ser yo mismo y donde puedo relajarme. El único sitio en el que nada ni nadie puede hacerme daño.

Nunca había traído a nadie a casa. Jamás. Hasta ayer. Y lo peor de todo es que no me arrepiento, que me gustó. Pero también me da miedo. Yo no soy como Ian, no creo que el amor pueda ser algo capaz de superarlo todo, de curarlo todo, de sobrevivir a cualquier cosa. El amor será muchas cosas, pero no es perfecto. Lo he constatado, he visto lo que el amor puede lograr. Mis padres trabajaban en el mismo bufete de abogados en Londres cuando se conocieron. Mi padre quería a mi madre, pero no tanto como para convertirla en su máxima prioridad. Ni a ella ni a mí. Y mi madre, en cambio, quería a mi padre lo suficiente para dejar su vida en un segundo plano. Se quedó en Londres a pesar de lo mucho que deseaba viajar y ver mundo. Se quedó, renunció a su empleo para dedicarse a la familia y de algún modo renunció también a sí misma. Luego vinieron el sufrimiento, los reproches y al final la relación se fue al traste.

Todo se fue al traste.

No quiero que eso me pase también a mí. Ni a Laura. No quiero hacerle daño. Trabajamos en el mismo ámbito, en el mismo hospital, y estoy seguro de que a la larga las cosas no irían bien. Ni tampoco ahora, mientras todavía la tengo a mi cargo como tutor.

Jax maúlla y suena como si se estuviera riendo de mí. Le acaricio el pelaje.

—Venga, volvamos a casa —digo en voz baja.

A partir de mañana pondré más distancia entre Laura y yo. Lo último que necesitamos es que alguien hable mal de ella porque yo no sea capaz de controlar la situación como debería. Que alguien piense que le voy a dar un trato de favor o que seré más considerado con ella que con los demás. Porque eso solo acabaría siendo un problema.

Igual que el peso que noto en el pecho cada vez que pienso en ella.

19

Laura

Por cierto, Josh me escribió
hace unos días porque no le
contestabas. Debe de estar
realmente desesperado. Le he
preguntado si por casualidad
sabía la cantidad de neuronas
que mueren de vergüenza ajena
cuando alguien se comporta
como él. No me ha contestado.

Sonriendo, tecleo una respuesta para Jess mientras
mordisqueo mi magdalena de chocolate.

No está mal. Lo he bloqueado
y he borrado su número. Como
ya te dije, lo tengo superado.
Entro de nuevo. Cuídate.

Me guardo el móvil, apuro el café y me despido de Maisie y Jane, que acaban de terminar su turno. A mí me quedan todavía seis horas por delante.

Ya han pasado las primeras dos semanas, vuelve a ser lunes y tengo la sensación de llevar una eternidad viviendo aquí, aunque al mismo tiempo me siento como si hubiera cruzado esta puerta por primera vez ayer mismo.

Está terminando la tarde y la mañana ha sido bastante tranquila. Entre otras cosas, la señora Callahan ha ingresado en la sala y mañana le pondrán un marcapasos. A la señora Piers le implantarán una férula, un *stent*, en su caso de metal, para paliar el estrechamiento de los vasos coronarios que sufre a causa de su enfermedad y asegurar así que se mantienen abiertos. El señor Baker llegó a la unidad desde la sala de reanimación y permanece en observación. Le han sustituido una válvula por una prótesis mecánica.

Las visitas con la doctora Pine y Nash a primera hora han ido como la seda. Incluso teniendo en cuenta que es la primera vez que paso más de dos minutos seguidos con Nash después de aquella noche en que dormí en su casa. Solamente hemos hablado sobre historiales clínicos, tratamientos y visitas. No se ha mostrado antipático, pero sí algo escueto. No tengo ni idea de por qué me molesta o me incomoda que se comporte así. Supongo que me gustaría poder hablar con él como lo hicimos ese sábado por la mañana, cuando me llevó a casa en coche.

—¡Laura! —exclama Sierra mientras me adelanta derrapando por el pasillo, tras lo que se une a mí—. Pronto llegarán los horarios de los turnos de urgencias, prepárate para esta semana.

—Me lo apunto. Pero no creo que estés tan emocionada por eso, ¿verdad?

—Claro que no. Hay rumores de que pronto entraremos en quirófano por primera vez.

—¿Qué? —replico, asombrada.

—¡Sí! Podremos asistir a las operaciones y echar una mano. Espero que llegue alguna fractura de cráneo o que alguien necesite una prótesis de válvula cardíaca.

—¿Eso le deseas a la gente?

—No, mujer. ¡Lo deseo para mí! Para cuando entre en quirófano.

Ni siquiera me molesto en intentar explicarle que vendría a ser lo mismo. Pero comprendo su euforia. Esperamos que se nos asigne una operación desde que empezamos la carrera, y esto significa que nos acercamos por fin a ese objetivo.

Sin embargo, por muchas ganas que tenga de que llegue ese momento, me duele el estómago con solo pensar en las operaciones y los turnos de emergencias en la ambulancia. El tipo de presión, el nivel de cansancio y la preocupación serán muy distintos. En la planta suele reinar la calma, hay más tiempo para tomar decisiones. Por supuesto, no siempre es así, pero en la mayoría de los casos sí. Cuanto más pienso en lo que me acaba de contar Sierra, más claro tengo que los últimos días han sido especialmente relajados, aunque no nos hayan llevado entre algodones ni nos hayan tratado con especial consideración y por muy largos que fueran los turnos y las listas de pacientes.

Tengo miedo. De tomar decisiones equivocadas, de quedarme en blanco, de fracasar, de perder y de no saber hacerlo bien. Me da miedo no ser suficiente. No ser lo bastante buena.

—Bueno, y tú y Nashville, ¿qué?

—No empieces otra vez con eso. No ocurrió nada.

—Llevo días conteniéndome, es la primera vez que te lo pregunto, ¡deberías estar agradecida! Y ya sabes lo que dicen, ¿no? Que no haya nada no significa que...

—¿... que no pueda seguir habiendo nada? —termino la frase con una sonrisa.

Sierra me mira con los ojos entrecerrados.

—*Nah*, eso es muy improbable. Aunque por otro lado los dos sois bastante estirados.

—¡Eh! Yo no soy estirada, lo que pasa es que todavía no conoces mi lado espontáneo.

—Ya, porque no te dignas nunca a mostrarlo, Laura.

Arrugo la frente y los labios e intento ignorarla.

Mientras Sierra sigue recreándose con mi reacción, llegamos a la recepción de la unidad quirúrgica, donde se han reunido varios miembros del personal de enfermería. Enseguida me llama la atención la sonrisa descarada de Grant. Isabella también tiene una expresión extraña en el rostro.

—Muy bien, ¿se puede saber qué pasa aquí? —pregunto con curiosidad, y Grant nos pasa enseguida un periódico por encima del mostrador.

Whitestone Hospital News.

Sierra se queda igual de desconcertada que yo. Nos fijamos en la enorme fotografía en blanco y negro de la portada, en la que aparezco yo con unos expedientes en la mano y una amplia sonrisa en los labios. Me acuerdo perfectamente de ese momento. Grant había soltado alguno de sus chistes raros, como de costumbre. El titular reza: «Los nuevos *bambini* han llegado al Whitestone».

—¿Y bien? ¿Qué os parece?

Levanto la mirada hacia Grant, aún sin decir nada.

—¿El hospital publica un periódico? ¿Quién lo escribe?

—Es curioso que lo preguntes. Solo se publica dentro del hospital, aparece una vez al mes y la tirada es muy limitada. Unas enfermeras empezaron a publicarlo hace tres años y aún sigue en circulación —nos explica con una sonrisa henchida de orgullo—. Aborda los temas más importantes del hospital: humorísticos, médicos y de interés general. Hay recomendaciones de libros, música, el consejo del mes y muchas cosas más.

—Pues mola bastante —opina Sierra—. En esta foto sales muy bien, Laura.

Sigo hojeando el periódico y leo otros titulares como: «¿Hay duendes ladrones en cirugía?», «Por qué las habitaciones con dos camas son más divertidas», «Lo que está pasando en Phoenix», «Por qué es mala idea meterse el cabezal de la ducha por el culo» y el consejo del mes: «Si sueñas que vas al baño, tu destino está sellado».

—¿Duendes? —pregunto, arqueando las cejas.

—Empiezo a creer que es verdad. Hace semanas que van desapareciendo cosas y nadie las vuelve a encontrar. Es un misterio. Pero estamos investigando el tema.

—¡Guau! —exclamo, todavía sorprendida de que exista el periódico.

—A los pacientes les encanta —sentencia Grant, y señala la contraportada—. Y al final hemos encontrado una manera de despedirnos.

Cuando veo a qué se refiere, se me derrite el corazón. En la última página, en grandes letras, hay escrita una frase: «Para cada uno de los corazones que han dejado de latir este mes. No os olvidaremos jamás. Formáis parte de nuestra familia».

—Es precioso —murmuro, y Grant asiente con satisfacción.

—¡Gente! —nos llama Mitch de repente, y todos volvemos la cabeza hacia él al mismo tiempo—. Han salido las listas —anuncia.

Sierra intenta echar a correr hacia la sala de médicos, pero Grant la sujeta para impedírselo.

—Tranquilos, *bambini*. También podemos consultarlas desde aquí —nos explica, tras lo que se sienta frente al ordenador y Sierra, Mitch y yo nos colocamos a su alrededor para mirar embelesados la pantalla en la que abre el programa interno—. Vamos a ver qué tenemos aquí. Estos son los primeros turnos para las salidas de sanitarios de emergencias. Mañana le toca a Laura, ¡enhorabuena! —exclama meneando las cejas, y yo le pego un puñetazo juguetón pero firme en el hombro—. Pasado mañana le toca a Sierra con... el doctor Ortiz, cirujano torácico. Oh, Mitch, y contigo también. Qué interesante.

—Iremos juntos en la ambulancia —le susurra Mitch a Sierra con aire conspirador, y me imagino que a Sierra empieza a temblarle el párpado derecho por el fastidio.

Aun así, las mejillas se le sonrosan ligeramente de una forma adorable, aunque no hago ningún comentario al respecto y me limito a mantener los labios bien cerrados.

—¿Y qué hay de las operaciones? —pregunta Sierra, emocionada, intentando ignorar a Mitch.

—Estoy en ello. Tengo que entrar en el otro programa —nos explica Grant, y enseguida aparece la información en la pantalla—. Aquí está. Las primeras operaciones para los nuevos —anuncia, y Sierra se inclina tanto sobre él que al principio no puedo ver nada.

—Extirpación de un quiste hepático. No está mal, mejor que lo tuyo —opina Sierra, mirando a Mitch.

—¿Una cirugía de pólipos? ¿Qué?

—Seguro que más adelante saldrán mejores oportunidades —digo para intentar animarlo, aunque de todos modos parece bastante abatido.

—Y a Laura le ha tocado... —anuncia Sierra mientras busca mi nombre en la lista—. Una tiroidectomía. Extirpación de la glándula tiroides. No está mal.

—Espera. Acaba de entrar algo nuevo —murmura Grant—. Laura puede estar presente en otra operación, la de... —empieza a decir, pero se queda callado y se vuelve hacia mí, asombrado, antes de proseguir— Ria —murmura, perplejo y con los ojos humedecidos.

Me inclino enseguida hacia la pantalla para confirmarlo: «Trasplante cardíaco, Ria Tomas».

Y justo en ese mismo instante comienza a sonarme el busca.

20

Laura

No comprendo lo que ha ocurrido durante la última hora. Sin embargo, sé que es cierto porque noto la euforia y la alegría en cada una de las células de mi cuerpo.

Ria va a recibir el corazón de un donante.

Es compatible, ya lo han donado y está a punto de llegar.

Siento al mismo tiempo un atisbo de tristeza y de gratitud. Tristeza por la vida que se ha perdido para que el trasplante sea posible, pero gratitud por el hecho de que esa persona haya decidido donar sus órganos. Cuando trabajas en un hospital hay ciertos momentos que te hacen dudar, pero también hay muchos en los que sientes un respeto reverente.

Y este es uno de ellos.

Ria no ha recibido el alta, su pronóstico para el futuro era muy pesimista. Ahora su situación no podría ser mejor.

Nash y yo estamos en la habitación de Ria, frente a su cama. Sus padres le agarran la mano desde ambos lados, con lágrimas en los ojos y esperanza en la mirada.

—¿Tienen alguna pregunta, señor y señora Tomas? ¿O tú, Ria? —les plantea Nash.

Yo me quedo en silencio a su lado.

—No. Gracias por habernos aclarado los riesgos de la operación, doctor Brooks. Y por haber tratado tan bien a Ria cada vez que la ha tenido aquí ingresada.

Todos los que estamos en la habitación sonreímos, y la gratitud que sentimos es tan grande que me da la impresión de que los muros no podrán contenerla.

—Verificaremos los últimos valores, pero por desgracia todavía hay que tener un poco de paciencia.

El padre de Ria suelta una carcajada.

—Con lo que hemos esperado hasta ahora, ¿qué son un par de horas más?

«Nada», contesto mentalmente, y lucho contra mis emociones mientras observo a esta familia que acaba de recibir una nueva oportunidad. Un par de horas no son nada... en comparación con una nueva vida.

—Muy bien —sentencia Nash, asintiendo—. Poco antes de entrar en quirófano, el doctor Gardner pasará a verlos a ustedes y a Ria. Será él quien ejecute el trasplante, la doctora Collins y yo seremos sus asistentes.

Ria me guiña un ojo y yo le respondo del mismo modo. Está cansada y le cuesta respirar, pero se nota que está ilusionada ante la perspectiva que se le ha presentado.

Como médica, no debería empatizar de esta manera, no debería dejarme llevar por los sentimientos. Y menos antes de entrar en el quirófano. Conozco los riesgos que eso conlleva, tanto durante la operación como después.

Hay muchas cosas que pueden ir mal. Pero no quiero pensar en ello. No me lo permito.

Lo he prometido.

—Nos vemos más tarde —le digo a Ria, y asiento para despedirme de sus padres.

Nash también se despide y, cuando volvemos a salir de la habitación y cerramos la puerta, me siento como si acabara de correr una maratón. El corazón me late a toda prisa, respiro con pesadez, noto el calor en el rostro y la adrenalina recorriendo mis venas.

Nash se pone en marcha y yo lo imito. Recorremos el pasillo uno junto al otro, saludando a las caras conocidas con las que nos cruzamos, y por fin le hago la pregunta que quería hacerle desde hace días cuando tuviera la ocasión. O el valor para formularla.

—¿Cómo fue la excursión con Jax?

Se me queda mirando, sorprendido. Seguramente no contaba con que le saliera con algo así.

—Bien. Jax acabó rendido, pero feliz.

—Me alegro —respondo.

No ha sonado antipático, pero tampoco parecía especialmente contento de que le haya preguntado por eso. Más bien algo reservado.

—Estuvo un buen rato enfurruñado cuando te fuiste —me dice, y al ver que los rasgos se le relajan, noto que la presión que sentía en el pecho remite un poco. Me doy cuenta de lo tensa que estaba y del alivio que me produce comprobar que, al parecer, todo está bien entre nosotros.

Empiezan a pasarme por la cabeza todos los pensamientos sobre Nash, sobre mi vida y mi futuro. Lo que me ha dicho Jess, lo que me ha dicho Ian, lo que me he dicho yo misma. Todas las cosas que me ocupan desde que estoy aquí. Estoy segura de que hay algo entre nosotros, pero me gustaría tomármelo con calma, dejar que pase tanto tiempo como sea necesario para lo que pueda venir.

—Gracias por permitirme estar presente en la operación.

—Ria también es paciente tuya.

—Aun así... Es una operación especial y yo...

—Tampoco te encargarás tú de la operación, solo estarás presente para observar y aprender. Pero te lo has ganado, haces bien tu trabajo. Se lo habría propuesto a otra persona de no ser así.

No puedo evitarlo, me quedo parada de repente.

—¿Todo bien? Es decir, ¿he hecho algo mal?

—No. Solamente quería aclarar que no te estoy dando un trato de favor.

Suelto una carcajada brusca.

—¿Por qué tendrías que hacerlo? ¿Por todas las noches tórridas de sexo que hemos compartido? —pregunto con aire sarcástico, cabreándome por momentos—. ¿A qué viene esta tontería?

Nash levanta la barbilla como suelo hacerlo yo mientras me planto frente a él con los brazos en jarra.

No responde nada. Pero se le tensa ese maldito músculo de la mandíbula.

—¿Sabes lo que pienso? Que da igual si te gusto. Como compañera de trabajo, como mujer o como amiga, da lo mismo. Eso del trato de favor es problema tuyo, es un miedo que solo tienes tú. De que alguien pueda pensar que eres una de esas personas capaces de hacer algo así —le espeto, tras lo que trago saliva, dejo caer las manos y lo miro a los ojos, en los que se está desatando una tormenta—. Y lo peor de todo es que piensas que yo lo permitiría. Que querría aprovecharme de ese modo —añado, bajando la voz a medida que me siento cada vez más herida. No puedo evitarlo. Y las palabras que más daño me hacen son las que no llego a decir: «Eso me ha dolido. Esperaba más de ti».

Lo dejo ahí plantado, en medio del bullicio, y me marcho. Volveremos a vernos cuando empiece la operación; hasta entonces debo distraerme y ordenar mis pensamientos. Tengo que calmarme, y tal vez también comprender que ciertas personas no valen ni como amigos. Por muy duro que sea.

—Joder, iba a preguntarte cómo estabas, pero prefiero cambiar de pregunta: ¿qué mosca te ha picado? —me dice Ian, acercándose a mí con las manos en los bolsillos de la bata y una expresión de preocupación en el rostro.

—No pasa nada. ¿No tienes nada que hacer? —replico, tras lo que me obligo a respirar hondo—. Perdona, solo es que estoy un poco estresada. Nos vemos luego, ¿vale?

—Vamos, Laura. Si quieres me lo cuentas y si no quieres, no. Pero no me vengas con excusas tontas.

—Estoy enfadada. Pero se me pasará enseguida.

Ian mira a su alrededor, y cuando sus ojos se detienen en un punto y veo cómo cambia su expresión para volverse más tierna y comprensiva, intuyo lo que ha visto. O, mejor dicho, a quién ha visto. Genial.

—¿Qué ha hecho? —me pregunta con seriedad mientras se cruza de brazos.

—No ha hecho nada.

—Claro, por eso tienes tan claro de quién estoy hablando, ¿no?

Intento pasar por su lado, pero Ian me lo impide plantándose delante de mí.

—Vale, estaba raro y me ha tocado las narices. ¿Satisfecho? —le suelto, pero Ian se limita a arquear la ceja izquierda, por lo que decido proseguir. Por eso y porque me doy cuenta de que tengo que escupirlo de una vez, así luego me sentiré mejor—. Ha dejado claro que solo me ha ofrecido la operación de Ria porque me lo he ganado, como si alguien pudiera pensar lo contrario. En el sentido de haberme favorecido de algún modo por ser yo —aclaro, tras lo que esbozo una sonrisa forzada—. No me decido sobre cuál de las dos cosas me ha dado más rabia.

—Vaya —murmura Ian, frotándose la frente—. A veces es un tío un poco especial, pero... eso no tiene nada que ver contigo.

—No pasa nada, al fin y al cabo solo es mi jefe. No es que hayamos follado o que estemos liados. Solo dormí en su casa porque la noche anterior salí y bebí de más. No es nada del otro mundo —concluyo, apartándolo para pasar por su lado.

—Nash no pretendía hacerte daño.

No puedo evitarlo, me paro y me vuelvo hacia él de nuevo.

—¿Por qué te esfuerzas tanto en defenderlo, Ian? ¿Por qué crees que...? ¡Yo qué sé! No pasa nada, no es nada del otro mundo —repito antes de echar a andar hacia la sala de médicos.

Tres horas más tarde todavía no se me ha olvidado lo que ha ocurrido entre Nash y yo, pero me da igual. Hay cosas más importantes, como por ejemplo el corazón nuevo para Ria que llegará dentro de pocos minutos.

No es la primera vez que me planto frente a esta

puerta con la inscripción de «Prohibido el paso excepto al personal autorizado». Sin embargo, sí es la primera vez que cruzo el umbral. Reina una actividad frenética y la atmósfera es de expectación, de respeto y de concentración.

Ya está aquí, no hay vuelta atrás.

Me dirijo a los vestuarios. El corazón me late con tanta fuerza que tengo la sensación de que todos pueden oírlo. Los latidos enfatizan mis pasos hacia el baño. Ya he ido tres veces antes de entrar, pero los nervios están afectando a mi vejiga. Vuelvo al vestuario, me quito los zapatos y la ropa de planta y me trenzo el pelo de nuevo para que me quede bien recogido. Luego guardo mis cosas en la taquilla.

Me quedo en ropa interior, respirando hondo y con el pulso acelerado mientras me pasan por la cabeza los pensamientos más caóticos, tras los que asoma también la ansiedad. ¿Y si cometo algún error? ¿Y si hago algo mal? ¿Y si...? Son tantas las preguntas, tantas las posibilidades; pero solo hay una manera de salir de dudas.

Por eso respiro profundamente, me obligo a cerrar los ojos durante unos segundos y me pongo en marcha, empezando por desinfectarme las manos. Ya tengo preparada la ropa verde para el quirófano: una cofia para recogerme el pelo, unos pantalones, una casaca que me meto por dentro y me arremango hasta los hombros, unos zuecos de quirófano, los calcetines y una mascarilla con una pinza metálica para adaptarla perfectamente a la forma de mi nariz.

Entro en el pabellón quirúrgico y veo que Nash ya me está esperando. Vamos allá. Con él, con mis miedos y con los pensamientos que me acucian.

Además de los instrumentos esterilizados, también está preparada la mesa de operaciones. Nash me señala lo más importante que hay que tener en cuenta en el quirófano y me presenta al equipo.

Entran con Ria, acompañada por la anestesista. Está dormida, con una expresión de absoluta serenidad. La tendemos en la mesa de operaciones mientras esperamos a que llegue el doctor Gardner, el encargado de ejecutar la operación junto con Nash. Controlo la posición lo mejor que puedo, luego me coloco junto a Nash y la corrijo un poco. No puedo evitarlo, levanto la vista hacia él y me lo quedo mirando. Pero en estos momentos no pienso en nosotros, sino en Ria. Y rezo para que todo vaya bien.

Nos acercamos al lavabo para desinfectarnos. Ya conocía el procedimiento de desinfección quirúrgica de las manos, pero me lo recuerdan de todos modos para asegurarse. Solo como precaución.

Nash acaba antes que yo y ya está listo cuando vuelvo a salir. Un enfermero de quirófano se me acerca para esterilizarme también a mí. Pero Nash me ha esperado para desinfectar y destapar a Ria. La lavamos y desinfectamos la zona de la operación, es decir, el pecho. Al ver el cuerpo menudo de la niña no puedo evitar tragar saliva con dificultad. Luego la cubrimos de nuevo y Nash me explica cómo debo sujetar los paños estériles y cómo debo ponerlos sobre Ria para no romper la esterilidad.

—Esto pinta bien —concluye, y yo asiento.

Hemos terminado. Está todo preparado.

21

Laura

Estoy en el quirófano, rodeada del personal técnico y médico, todos ocupados con sus tareas, y con Nash, que está listo para empezar, cien por cien concentrado. Es increíble estar aquí y poder comprobar con mis propios ojos que todo funciona como un engranaje perfectamente lubricado.

Lo que ha ocurrido entre nosotros hace un rato ahora mismo no cuenta. Lo único que importa es nuestra paciente: Ria.

Y ya está tendida sobre la mesa de operaciones.

El doctor Gardner está a punto de llegar, y la idea de poder ver dentro de pocos minutos cómo él y Nash llevan a cabo la operación, e incluso tal vez asistirlos en algún momento, me revuelve un poco el estómago. Es una mezcla de impaciencia, adrenalina y pánico lo que siento. Porque es una operación importante. Porque la paciente es una niña.

El ambiente que reina en el quirófano es agradable, y

aunque todavía me siento un poco fuera de lugar, la verdad es que no estoy nada incómoda.

Todo saldrá bien, lo conseguiremos. Inspira. Espira. Y no te olvides de mantener las manos entrelazadas a la altura del pecho para que continúen estériles.

Llega la hora y el doctor Gardner entra y saluda a todo el equipo. Respondemos mientras nos reunimos alrededor de la mesa de operaciones en la que Ria está tumbada antes de empezar de verdad. La enfermera que se encarga de asistir a los que vamos con el equipo esterilizado también está preparada cuando el doctor Gardner repasa en voz alta la lista de comprobación para la operación. Una tras otra, va nombrando a las personas implicadas y sus respectivas tareas, determina la identidad de la paciente y sigue con otras formalidades como el lugar y el tipo de intervención que se llevará a cabo. El doctor Gardner, Nash y la anestesista aclaran ciertos puntos críticos y, una vez confirmada esta información, las cosas se ponen serias. El corazón del donante está listo, la anestesista supervisa los valores de Ria y su nivel de narcosis. Todo parece correcto.

Los instrumentos básicos para la apertura del tórax están preparados, así como el desfibrilador interno y los retractores que permiten mantener el tórax abierto.

El doctor Gardner recibe el escalpelo y, a mi lado, oigo murmurar a Nash:

—Todas las vidas cuentan. O ninguna.

Acto seguido, el doctor Gardner respira hondo y coloca el bisturí sobre el esternón.

—Incisión —anuncia con voz clara. Y a partir de entonces empieza la operación.

Mientras practica el primer corte, contengo el aliento. El acceso estándar al corazón es mediante una esternotomía mediana. Por eso sustituye enseguida el escalpelo por la sierra para abrir el esternón por la mitad y luego continúa cortando hasta que la apertura es lo suficientemente grande.

—Doctora Collins —le oigo decir cuando ya ha abierto la caja torácica—, sostenga los ganchos —me ordena, y me alegro de que las manos no me tiemblen cuando relevo a uno de los asistentes con los ganchos, agarrándolos por debajo para ejercer la presión suficiente que abra la incisión sin llegar a forzarla, hasta que coloquen el retractor mecánico del esternón.

Las dos mitades del esternón, con las respectivas costillas, quedan separadas para proporcionar un acceso óptimo al corazón y a los vasos próximos.

Y procede a abrir el pericardio.

—Para conectar la bomba de circulación a la aorta y las dos venas cavas —murmuro en voz baja.

El doctor Gardner me lanza una breve mirada, igual que Nash. Sin querer lo he dicho en voz alta.

—Perdón.

—Usted es la hija del doctor Elias Collins, ¿verdad? —me pregunta el doctor Gardner sin perder la concentración ni por un segundo.

—Sí —me limito a responder, intentando disimular mi desconcierto.

—Su padre y yo coincidimos durante la carrera, y luego trabajamos juntos durante un año. Hasta que conoció a su madre.

Eso no lo sabía. ¿Por qué no lo sabía? El corazón me da un vuelco al oírlo.

No llego a contestar nada y me alegro de no hacerlo, porque en estos momentos me parece una conversación poco apropiada.

—Desconexión —ordena, y Nash reacciona enseguida.

Todos estamos plenamente concentrados ante el corazón abierto de una niña de diez años que palpita con debilidad y que pronto dejará de hacerlo por completo.

Entonces el doctor Gardner introduce los conectores en los vasos para que la sangre pueda seguir circulando sin pasar por el corazón, y así poder extraer el órgano enfermo. Al usar la bomba de circulación externa, la temperatura corporal de Ria desciende ligeramente y se podrá desconectar el corazón. Con gran concentración y unos movimientos hábiles y estudiados, pinza la aorta para seccionarla y luego hace lo mismo con la arteria pulmonar y con partes de las aurículas derecha e izquierda.

Y ya está. Le extirpa el corazón a Ria, pero justo entonces noto un calor repentino y los dedos me tiemblan por un instante, de manera que Nash tiene que ayudarme y sostenerme las manos con las suyas. Es apenas un momento, pero yo lo percibo como una eternidad.

Ahí está. El corazón que lo ha dado todo y aun así no ha sido suficiente. Ria sigue tendida sin él y a mí me parece imposible. Es muy extraño de ver, y se me pone la piel de gallina. Sus valores son estables: la presión sanguínea, la saturación de oxígeno...

A continuación preparan el corazón del donante y lo introducen en su pecho. El doctor Gardner no se inmuta, las manos no le tiemblan en absoluto y no demuestra ni el más mínimo atisbo de duda. Es un buen médico. No, más bien es un médico excelente. Seguramente no sea una operación que haga a diario, pero sí la ha realizado las veces suficientes para que se haya convertido en algo rutinario. Se le nota. No sabría explicarlo, pero es como si la calma y la confianza que desprende me estuvieran susurrando que todo está bajo control.

Ahora tocan las suturas de conexión.

—Doctor Brooks, hágase cargo de esto.

Nash asiente y prosigue con la operación. La aurícula izquierda y la derecha, la arteria pulmonar, la aorta... todo queda comprobado y conectado.

El corazón ya está dentro. Se ventilan las cuatro cavidades cardíacas, y cuando la sangre pasa por el corazón nuevo y se calienta, apenas me atrevo a respirar. No se mueve. Es como si el tiempo se hubiera detenido mientras seguimos de pie frente a esta niña, observando el corazón de un donante que en cualquier segundo debería empezar a latir.

Pero no lo hace.

La calma y la confianza del doctor Gardner, que hace un momento nos cubrían como un manto protector, se esfuman de repente, arrastradas por una ráfaga tormentosa sin igual.

Masaje cardíaco con los dedos. El doctor Gardner intenta promover el movimiento del corazón, pero no logra ninguna reacción. Simplemente no ocurre nada.

—Vamos —susurra mientras continúa con el masaje cardíaco.

Lo siguiente que intenta es poner en marcha el corazón con el desfibrilador interno, pero yo ya hace un rato que he dejado de mirar hacia el corazón abierto que tengo delante. Me fijo más bien en la anestesista que está junto a la cabeza de Ria y espero a que dé el visto bueno.

Rezo a un dios en el que no creo.

Rezo tanto que me duele.

Y cuando llega el primer latido, la anestesista asiente y su confirmación de que todo va bien me proporciona un alivio tan grande que tengo que controlarme para no soltarlo todo y llevarme las manos a la cara en un acto reflejo.

El corazón late, palpita, vive.

Ria vive. Mejor dicho: Ria seguirá viviendo. Lucho por reprimir las lágrimas de felicidad que se me acumulan en los ojos. No es el lugar adecuado para dar rienda suelta a una emoción semejante, no debo perder la concentración. Tengo que distanciarme de lo que sucede. Si te dejas llevar por los sentimientos en el quirófano, no puedes tomar buenas decisiones. Es una de las primeras reglas que nos enseñan.

—Tiene buena pinta —sentencia el doctor Gardner. La máquina de circulación externa se desconectará después de la ventilación. Decanulación, una última hemostasia y el doctor Gardner vuelve a cerrar el esternón con grapas—. Doctor Brooks, cierre usted la incisión del pecho.

Nash ejecuta la sutura punto a punto, con mucho cuidado y habilidad.

Se oye un pitido y salta la alarma.

—Fibrilación ventricular —susurro sin poder creerlo.

—¡Desfibrilador! —exclama Nash, y al momento lo tiene ya en las manos.

Cargando.

—¡Apartaos!

Zum.

Nada.

—Otra vez —anuncia Nash, y doy otro paso atrás—. Apartaos todos.

Zum.

Estable. El cuerpo entero me tiembla mientras exhalo. Inhalo y exhalo. Una y otra vez.

Hasta que vuelve a suceder. No puede ser verdad...

—¡Mierda! —exclama Nash.

El doctor Gardner toma las riendas de nuevo, pero llega un punto en el que la anestesista niega con la cabeza.

Paro cardíaco.

Voces de alarma.

Quiero escuchar lo que dice el doctor Gardner, quiero ayudar, quiero ser una buena médica, pero las piernas no me responden. Pesco palabras sueltas como «adrenalina» y «gluconato de calcio» antes de que el murmullo de mi propia sangre en los oídos y el torrente de ideas que se agolpan en mi cabeza me impidan oír nada más.

Me quedo allí plantada, mirando cómo todos luchan por salvar la vida de Ria. Yo, en cambio, solo lucho por no vomitar allí mismo. Es solo una niña, una niña...

Hasta que todo termina.

El ruido, el trajín.

Hasta que se acaba...

—Hora de la muerte: veintitrés cero ocho minutos —anuncia el doctor Gardner, tras lo que sale del quirófano con la cabeza gacha y me doy cuenta de lo duro que tiene que ser para él.

Este es el motivo por el que no quiso trabajar en pediatría. ¿Y yo? Noto la primera grieta en mis muros. En mis muros y en mí misma. Las lágrimas me recorren las mejillas cuando Nash se vuelve hacia mí y me mira, triste y apesadumbrado.

Ojalá pudiera mantener la compostura, pero ya no me queda nada capaz de sostenerme. Cuando empiezo a moverme lo hago a trompicones, y luego avanzo más deprisa, cada vez más, hasta que salgo corriendo del quirófano, paso por el lavabo dejándolo todo atrás y llego al pasillo. Entonces me detengo frente a la pared que queda delante de la puerta, me quito la mascarilla y el gorro y me echo a llorar mientras lo lanzo todo al suelo y apoyo la frente contra la pared. Me da igual si alguien me ve. Me trae sin cuidado quién pueda verme u oírme.

Me vengo abajo, me estoy rompiendo. Lo noto claramente. La caída y la rotura.

Apenas puedo respirar, todo da vueltas a mi alrededor. El mundo entero no para de dar vueltas. Ria, en cambio, ya no se mueve.

Cierro los puños con rabia, me arden los ojos y la garganta. Todo mi cuerpo está en llamas y no comprendo por qué no puedo dejar de temblar.

No es culpa mía. Sé que no es culpa de nadie y que yo simplemente estaba presente, pero se trata de Ria, y por primera vez tengo la sensación de que sí ha sido culpa mía.

Lloro durante lo que me parece una eternidad.

Cuando en algún momento noto que alguien me toca el hombro, me sobresalto, me seco las lágrimas precipitadamente y me vuelvo para ver quién es.

Nash.

Intento reunir los pedazos que me componen para que no pueda ver lo destrozada que estoy.

—Laura —se limita a decir, y enseguida veo que le duele tanto como a mí. Aunque de un modo diferente. El dolor siempre es distinto. Quizá igual de intenso, pero siempre es distinto en esencia. El dolor y el amor tienen mucho en común.

Levanto la barbilla y no lo evito, ni a él ni su mirada. Ni tampoco su mano, cuando me la posa sobre el hombro y después la desliza por mi brazo hasta llegar a los dedos, cuando me pregunta con los suyos, sin palabras, si pueden quedarse un rato allí.

Sigo respirando de forma irregular.

—Estoy bien.

Él sonríe con tristeza.

—Mientes muy mal.

—Deberías irte —digo con la voz quebrada, aunque alzando la cabeza.

Sus dedos me tocan como lo harían las alas de una mariposa y no encuentro las fuerzas necesarias para apartarme.

—No podía salir antes de terminar. Tengo que entrar de nuevo un momento, pero...

—Siento haber perdido los nervios y no haber sido lo suficientemente profesional. No volverá a ocurrir.

Me mira con los ojos entrecerrados y da un paso más hacia mí. Y otro. Se planta justo delante de mí, tan cerca que nuestras caras prácticamente se tocan, y aun así sigue habiendo entre nosotros un universo entero de palabras que no nos hemos dicho.

Quiero apartarlo de un empujón.

Quiero gritarle.

Quiero que se marche y quiero que se quede.

—Tómate el día libre mañana. El doctor Gardner ha ido a hablar con los padres y yo...

—Estoy bien —repito, levantando la voz, desesperada. No creía que fuera posible. Me aparto de él. Si no tuviera una pared detrás, retrocedería un paso, pero en lugar de eso me mantengo firme, sin alejarme.

Ojalá pudiera dejar de temblar, librarme de este ardor, de este dolor.

Parece que Nash quiere decir algo más, pero ahora mismo no puedo escucharlo. Me niego a escuchar que no se podía hacer nada más. Que cabía la posibilidad de que ocurriera algo así. Me niego a oír que no estoy bien, porque ya lo sé. Y, por Dios, sobre todo me niego a que me miren así..., con esa preocupación, con esa compasión.

—Se lo prometí —susurro—. Le prometí que todo saldría bien.

Muy lentamente, Nash levanta la mano, buscando la mía, y a medida que se me acerca niego cada vez más con la cabeza.

«Se lo prometí...»

Y entonces me coge la mano y se la pone sobre el pecho. Mi mano y todos los pedazos, todo el dolor. Me apoyo en él, lloro y sollozo, permitiendo que me abrace mientras mis piernas amenazan con ceder y dejar de sostenerme. Lloro hasta que no me quedan lágrimas y me rindo al dolor y la desesperación, a la impotencia y al sentimiento de culpa.

Se lo prometí.

Y no he podido mantener la promesa.

No sé cuánto rato paso así, abrazada a Nash y compartiendo el silencio con él. Solo sé que es mi escudo, mi ancla, mi brújula. Querría enfadarme con él, pero creo que todavía deseaba más que no me gustara. Lo que pasa es que ciertas cosas no siempre salen como las planeas.

Demasiadas...

El corazón de Ria ha dejado de latir y el mío late demasiado fuerte. Por eso en estos momentos le pregunto: «¿Qué quieres hacer? ¿Adónde vas? ¿Adónde quieres llegar?».

Y mi corazón responde: «Lo correcto. Al lugar que nos corresponde. Hasta aquí».

22

Nash

e habría gustado disculparme con Laura. Por mis palabras y mi comportamiento. Después de que pasara aquella noche en mi casa y sobre todo después de la última visita a Ria y a sus padres. Pero una vez más lo he postergado, no he encontrado el momento apropiado y luego ha llegado la hora de ejecutar la operación. Otras cosas que tenían prioridad.

Y ahora aquí estoy, en el pasillo que hay frente a la puerta que da al quirófano en el que hemos operado a Ria. La sala en la que hay dos corazones, aunque ninguno de los dos siga latiendo. Me quedo aquí, abrazando a Laura porque las piernas apenas la sostienen y no deja de sollozar en mi pecho. Sus dedos se aferran a mi ropa de quirófano con fuerza, como si fuera lo último a lo que puede asirse.

—Lo siento —le susurro al oído mientras la estrecho aún más entre mis brazos. La presiono contra mí, apoyo la mejilla en su cabeza, cierro los ojos y espero a que saque toda la tristeza que la aflige.

«Siento haberte hablado de ese modo.»

«Siento haberte dicho semejante tontería.»

«Siento que hayamos perdido a Ria.»

«Siento que no hayas podido mantener tu promesa.»

«Siento que tengas que pasar por esto.»

«Siento que me gustes.»

«Lo siento muchísimo...»

Nos quedamos así una eternidad y me trae sin cuidado que alguien pueda vernos. Me da igual lo que puedan pensar.

Nos quedamos así hasta que las lágrimas de Laura empiezan a remitir, hasta que su cuerpo se agota y pierde las fuerzas.

Poco a poco, me aparto de ella y consigo que me suelte. Tengo que reprimirme para no ponerle la mano en la mejilla... En lugar de eso, me limito a mirarla y a esperar que se recomponga lo suficiente para escucharme. Por fin se seca las lágrimas y levanta la cabeza de nuevo.

—Por favor. Vete a casa y descansa. Tu turno ya ha terminado hace rato y... ha sido un día muy duro —le digo con la voz serena—. Mañana tómate el día libre.

En sus ojos no detecto nada. Ni alegría, ni tristeza, ni pasión, ni obstinación. Nada. Y eso me da un miedo terrible.

Asiente poco a poco, como si tuviera la cabeza muy lejos, pero luego se aparta de mí, deja caer los brazos y veo como una última lágrima brilla en su mejilla antes de que se dé la vuelta y se marche.

Este tipo de cosas nunca serán más llevaderas. Jamás. Y comprendo perfectamente la desesperación de Laura, sé cómo se siente, aunque a menudo entierre ese sentimiento en lo más hondo de mi ser. Si lo dejara salir cada vez que aparece, acabaría destrozado. No habrá consuelo para los padres de Ria, y tampoco para Laura, pero con el tiempo entenderá que ocurren cosas así de malas sin que podamos hacer nada para evitarlo. Que solo se encuentra consuelo en una cosa: en pensar que hemos hecho todo lo que estaba en nuestras manos.

23

Laura

No estoy presente del todo, ni despierta ni consciente del todo. Es como si estuviera soñando, pero sabiendo que no es así. No tiene ni pies ni cabeza, pero eso es lo que siento cuando me aparto de Nash y me meto en el vestuario. Eso y el dolor, el entumecimiento y el desamparo.

Apenas podía mirarlo a los ojos después de haberme derrumbado frente a él. Delante de él, pegada a él, entre sus brazos. No podía mirarlo porque le he revelado lo que más me duele aparte de haber perdido a Ria: haber prometido algo que no he podido cumplir. Algo que no sabía si podría cumplir. Ha sido un error de principiante que me perseguirá durante mucho tiempo. Y aunque esperaba que me dijera precisamente eso, resulta que no lo ha hecho, lo cual me sorprende. Se ha limitado a quedarse conmigo, y me siento débil por lo mucho que lo he disfrutado, por haberme permitido necesitar a alguien de ese modo.

233

Aunque no hay nada malo en ello. Seguro que llego a esa conclusión cuando me recupere y mi mundo deje de estar al revés.

Estoy sola cuando cierro la puerta detrás de mí en el vestuario. Sola con las paredes blancas, la luz cegadora, un par de bancos y las taquillas. Sola con mis pensamientos.

Me apoyo en la puerta respirando con dificultad. Al principio no me siento capaz de volver a moverme, pero luego bajo la vista y veo que aún llevo la ropa verde del quirófano. Empiezo a temblar de nuevo. Corro hacia las duchas quitándome la ropa por el camino porque me da asco, porque yo misma me doy asco, y permanezco bajo el chorro de agua caliente como si estuviera bajo la lluvia, esperando a que ocurra algo. A que cambie algo. Pero no pasa. Simplemente no pasa.

Así que continúo llorando, vertiendo lágrimas que nadie ve hasta que noto que ya no me quedan más.

En algún momento el agua se vuelve más fría y me doy cuenta de que he perdido la noción del tiempo. He oído voces de gente entrando y saliendo, pero sonaban demasiado lejanas. Casi como si procedieran de otro mundo.

Comienzo a lavarme sin ganas, de un modo más mecánico que consciente, y salgo de la ducha. Estoy temblando, me he olvidado de coger una toalla, por lo que salgo desnuda a buscar una y me envuelvo con ella. No tengo ni idea de cómo lo he hecho, pero me he vestido con la ropa de trabajo. Tengo que subir a la sala de descanso y cambiarla por la mía, pero con solo pensarlo me sobrevienen las náuseas.

Saldré del área de quirófanos, me encontraré con los demás y, pase lo que pase, irá mal. Me sentiré mal. Sonreiré fingiendo que estoy bien, o pasaré de largo, afligida, entre miradas de compasión o, peor aún, atosigada por decenas de preguntas. Pero es lo que hay. Y lo que siempre habrá. Sabemos en qué consiste este trabajo, lo sabemos y lo odiamos tanto como lo amamos. Pero por encima de todo odiamos estos días en los que no podemos amarlo.

Salgo al pasillo que va hacia cirugía y me dirijo a la sala.

Estoy agotada, exhausta, pero creo que aunque quisiera no sería capaz de dormir y descansar. No quiero irme a casa, la verdad es que no. Por eso me lo tomo con calma.

Sin embargo, en algún momento llego hasta mi taquilla. En la sala solo están Ryan, Maisie y Jane. Él está leyendo un libro, Maisie está escuchando música a todo volumen mientras dormita con la cabeza apoyada sobre la mesa, mientras que Jane está apuntando algo en un cuadernito, y en ese momento me doy cuenta de lo poco que hemos coincidido. Es nueva, igual que yo, y aun así prácticamente no hemos hablado todavía. Creo que en general no es muy locuaz y que tiene un carácter más bien retraído.

Apenas reparan en mí, se limitan a saludarme, y yo agradezco que no me pregunten nada. Que no tengamos la suficiente confianza para ello, que hayamos hablado demasiado poco o no hayamos coincidido. Habría sido un problema encontrarme aquí a Mitch, a Sierra o a Zeenah, porque se habrían percatado enseguida de que ha sucedido algo. De que no estoy bien. Y habrían querido hacer justo lo que menos me apetece en el mundo ahora mismo: hablar.

Me pongo la ropa de calle con discreción, recojo mi

mochila y me marcho. No es mi intención ser antipática, pero apenas tengo fuerzas ni para enderezar la espalda y mover las piernas. Seguramente nadie se da cuenta de que me voy sin decir adiós siquiera.

Consigo llegar al ascensor, luego a la planta baja y, por fin, salir del hospital sin que nadie me pregunte nada o me retenga. Fuera ya ha oscurecido y no hay tanto ruido y actividad como durante el día. La calle ya no es tan calurosa y agobiante.

Mientras pongo un pie delante del otro y obligo a mis piernas a alejarme del hospital, cada vez avanzo más despacio, porque tengo claro que ahora debo regresar a casa. Sola. Que nadie me estará esperando allí, porque no hay nadie. Mi hermano y mi hermana están a muchos kilómetros de aquí, Josh forma parte del pasado, y las viejas amistades, en realidad, también. No tengo a nadie a quien pueda llamar a estas horas. Jess seguramente acaba de levantarse y no quiero aguarle el día, no quiero que se preocupe. Tampoco quiero estar sola, aunque en cierto modo sí, y este caos que llevo dentro, todo este dolor, me resulta casi insoportable.

No puedo.

Ahora no.

Hoy no.

No puedo volver así a casa.

Por eso me paro, miro a mi alrededor y me dirijo hacia los bancos que hay en una zona ajardinada frente al hospital. Justo delante de la puerta.

Absolutamente agotada, me dejo caer sobre uno de los bancos, encojo las piernas y apoyo la barbilla en las rodillas. Me quedo mirando los arbustos y los árboles tras los que brillan las luces de la miríada de edificios de la ciudad.

Se levanta un poco de viento y, puesto que solo llevo un top fino, se me pone la piel de gallina. Seguramente tengo más frío del que debería. No he bebido ni comido lo suficiente, y he llorado tanto que me duele la cabeza.

—Hola, Laura.

Al oír mi nombre, me sobresalto y levanto la cabeza, sorprendida.

Es Mitch.

—¿No has terminado la jornada hace rato?

—Sí —respondo, y tengo que aclararme la garganta para que mi voz sea audible—. Necesito un momento de calma.

Mitch se me acerca un poco y me mira con escepticismo.

—¿Todo bien? Perdona que te lo diga, pero estás hecha un cromo.

—No pasa nada. Pero gracias.

Mitch suelta una carcajada seca y se pasa las manos por el pelo.

—¿Por preguntar o por mi falta de tacto?

—Por las dos cosas —respondo de corazón.

—¿Quieres que vaya a buscar a Sierra? Creo que ahora mismo está haciendo una pausa y tal vez...

—No, de verdad. No pasa nada, gracias —miento, e intento esbozar una sonrisa con la seguridad de que resultará un fracaso. Sin embargo, espero que Mitch comprenda que no puede ayudarme. Por mucho que quiera.

Por un momento, sus labios se separan de nuevo como si quisiera añadir algo, pero cambia de opinión y se limita a echarse la mochila al hombro antes de regresar adentro.

—De acuerdo. Hasta luego, pues. Cuídate.

—Buenas noches —murmuro, sinceramente agradecida por la preocupación de Mitch, aunque ahora mismo no pueda demostrárselo.

Ya empiezo a pensar en quedarme aquí sentada hasta mañana, cuando llegue la hora de comenzar mi turno, ya que no quiero tomarme el día libre. O quizá vuelvo a entrar directamente y sigo trabajando... No. Eso no puedo hacerlo. No sería justo. No sería justo para con la gente que hay ahí dentro. Estoy muy lejos de poder tomar decisiones acertadas. Volver a entrar sería egoísta, negligente. Estaría mal.

No obstante, tengo que luchar para no hacerlo. Porque sé que me serviría de distracción.

«Joder, ¿por qué me duele tanto la cabeza?»

—¿Laura?

¿Se ha olvidado de algo Mitch? Levanto la cabeza una vez más, me giro hacia un lado y bajo las piernas del banco.

—Nash.

Sorprendida, alzo la mirada una fracción de segundo. ¿Cómo es posible que no le haya reconocido la voz?

Se acerca un poco a mí. Incluso con la débil luz de las pocas farolas y luces que bordean el camino desde el parque hasta la puerta del hospital veo con claridad que está agotado. Y eso me recuerda lo que hemos vivido hoy. Nuestro fracaso.

—¿Qué haces aquí todavía? —me pregunta, y no suena como un reproche, sino con un tono de preocupación. Una vez más, intento sonreír y fracaso estrepitosamente.

—Pensar.

Se sienta a mi lado. Conmigo. Compartiendo mi silencio. Eso hace que las lágrimas vuelvan a acumularse en mis ojos, y eso que creía que ya no me quedaban más por derramar, de tan vacía que me sentía por dentro.

—No ha sido... Mierda... —maldice, tras lo que suelta un suspiro.

No ha sido culpa mía. Ya lo sé. Pero por desgracia no tengo esa sensación.

—¿Quieres que te lleve a casa?

Niego con la cabeza, evitando mirarlo a los ojos. No puedo volver a casa, es que no puedo.

—¿Puedo...? —lo oigo decir, y se nota lo mucho que le está costando hablar conmigo—. ¿Puedo hacer algo por ti?

—No —susurro, y sin poder evitarlo, levanto la cabeza de nuevo hacia él, mientras el nudo que tengo en la garganta no para de crecer. Ojalá pudiera responderle que sí, pero la vida no siempre es como querríamos.

—Mañana tómate el día libre. Lo digo en serio. Ya he cubierto tu turno con otra persona.

No contesto nada a eso, aunque me gustaría poder hacerlo. Me gustaría ir a trabajar, pero al mismo tiempo me da mucho miedo. En este momento no sé lo que está bien y lo que no.

No sé por qué tuve que prometérselo.

No sé por qué ha tenido que irse.

Por qué hemos tenido que perderla.

Era una niña de diez años. No es justo.

Asiento y me envuelvo el cuerpo con los brazos para luchar contra el frío y el cansancio.

—Buenas noches, Laura.

Su voz. ¿Cómo es posible que no la haya reconocido?

—Buenas noches, Nash.

24

Nash

Después de este turno me duelen todos los músculos del cuerpo. No suelo estar así de cansado, tan
profunda y absolutamente cansado. Tanto en el
plano físico como en el mental. Pero hoy sí, lo estoy. Este
día me lo ha exigido todo, y todavía no ha terminado.
No deberíamos haber perdido a Ria. Todo estaba bien
preparado, el corazón del donante era compatible, la
operación ha transcurrido sin complicaciones. Y aun así
ha ocurrido. No lo comprendo.

No es justo. No debería haber sucedido.

Cuando he visto cómo Laura se derrumbaba ante la
pérdida de Ria, he llegado a mi límite. Y ahora, cuando
parece que haya pasado una eternidad desde la operación y el final de su turno, me la encuentro en uno de los
bancos que hay frente al Whitestone, pálida y tiritando,
por mucho que haya intentado lo imposible para que no
me diera cuenta. Ha tratado de sonreír y fingir que solo
estaba dándole vueltas a la cabeza. Sé lo que es eso.

Ese tipo de dolor.

Mierda.

Ojalá pudiera haber evitado que tuviera que pasar por eso, aunque forme parte del trabajo.

Cuando ya me he alejado un poco tras habernos despedido, me detengo, todavía de espaldas a ella. No puedo dar un paso más. Soy incapaz de dejarla así.

Ya nos tuteamos y la primera semana me la llevé a casa...

Con un profundo suspiro, echo la cabeza hacia atrás antes de cometer el que será ya mi tercer error desde que nos conocemos. Me doy la vuelta y regreso a su lado.

Oigo como intenta reprimir los sollozos antes de ver como le tiembla el cuerpo. Me da tanta lástima...

Sin proponérmelo, me pregunto si podrá superarlo. Si podrá ejercer la profesión. No porque no sea competente, porque lo es. Sino porque también es sensible. Y por muy loable y deseable que pueda parecer ese rasgo, puede terminar arruinándote.

Me pesa el corazón. Me cuesta respirar; noto tanta presión en el pecho como si tuviera un camión aparcado encima cuando la veo llorar con la cara hundida entre las manos. Sentada en ese banco que no queda iluminado por las farolas, he estado a punto de pasar por su lado sin reconocerla. Pero solo a punto...

Con cuidado, procurando no sobresaltarla, me acerco de nuevo, me siento a su lado y, tras un par de segundos de titubeo, la abrazo. Noto como se tensa, apenas un instante, lo justo para que me dé cuenta. Espero, y luego baja las manos hasta sus piernas y se las queda mirando.

—Duele —susurra—. ¿Esto... mejora con el tiempo?

—A veces —respondo—. No siempre. Según la persona —añado. Me gustaría poder decirle algo distinto, algo mejor. Algo que le dé fuerzas.

Parece como si mi mano actuara por voluntad propia cuando le acaricia el brazo desnudo, la piel fría. Tiene el pelo húmedo, seguramente se ha duchado y ni siquiera se lo ha secado antes de salir. Así es como se pillan los resfriados. Sobre todo con ese estado de desánimo.

Me quedo sentado con ella, compartiendo su silencio, y no tengo ni idea de lo que debería hacer o decir. Mierda, no sé qué estoy haciendo aquí.

—Deberías marcharte. Seguro que Jax te está esperando —señala, y cuando oigo la leve sonrisa en su voz, una sonrisa franca, me doy cuenta de lo preocupado que estaba por ella, por el hecho de que en este momento tan decisivo no pueda librarse de la tristeza. De que la herida sea demasiado profunda y severa. Pero esta sonrisa me demuestra que saldrá adelante.

—No me echa de menos tanto como yo querría —refunfuño.

Laura se reclina hacia atrás, contra el banco, y yo deslizo el brazo automáticamente hasta que me queda apoyado sobre sus hombros. Ella mueve la cabeza poco a poco para apoyarla en mi hombro. No debería importarme. No debería sentirme tan bien. Tan cómodo.

—Vamos, deberíamos marcharnos.

Noto como niega con la cabeza.

—No. No pasa nada. Es que no puedo... —empieza a decir, pero se calla de repente y entonces comienzo a sospechar lo que ocurre en realidad. No quiere volver a casa. No puede volver a casa. Ese es el motivo por el que vamos al bar tan a menudo... Justo ese.

La presiono un poco más contra mí, respiro hondo y cometo el error número cuatro.

—Vamos a mi casa.

—No sé si es buena idea —repone en voz baja, lo cual me arranca una sonrisa.

—Yo tampoco —admito. Pero ¿qué más puedo hacer si no? No puedo dejar a Laura aquí sola. Ahora no.

—De acuerdo.

—De acuerdo.

Espero a que se mueva y se levante antes de ponerme en pie yo también y acompañarla hasta mi coche. En el gran aparcamiento tenemos plazas asignadas, pero algunos días encuentro sitio justo delante del edificio. A menudo es más rápido.

Como hoy.

Le abro la puerta del acompañante, espero a que suba y la vuelvo a cerrar antes de rodear el capó hasta mi lado, ponerme tras el volante y arrancar el motor.

Noto los latidos del corazón en el cuello y de repente me siento del todo despejado a pesar de haber salido hecho polvo del hospital. Pero ahora, con Laura a mi lado, y no para dejarla en ninguna parte, sino para llevármela a casa, todo ha cambiado por completo.

No es algo nuevo, pero la otra vez no pudo decidirlo ni fue consciente de ello. Y yo tampoco tenía alternativa, mientras que ahora sí.

Nos ponemos en marcha y ninguno de los dos dice nada, vamos inmersos en nuestras propias cavilaciones. Mi chalé queda algo apartado, y hasta el momento siempre me ha parecido lo suficientemente grande para Jax y para mí. Nunca me he planteado tener otro dormitorio porque nunca llevo a nadie a casa.

Siempre había ese límite. Siempre.

Pero incluso para ese «siempre» tiene que haber un final.

El chasquido de la puerta de casa cuando acciono la cerradura suena más fuerte que de costumbre, como si quisiera dejar claro que se está abriendo.

Enseguida aparece Jax, maullándome reproches por llegar tan tarde, y con toda la razón del mundo. Los últimos días he pasado poco por casa. Por eso enciendo la luz y lo cojo en brazos, aunque siempre protesta cuando lo hago.

Laura mira a su alrededor algo insegura en el pasillo, y entonces me doy cuenta de lo pálida que está realmente y de lo agotada que se la ve.

—En el armario del baño encontrarás toallas y un cepillo de dientes. Yo me ocupo un momento de Jax, estaré en la cocina. ¿De acuerdo?

—Sí —responde de forma prácticamente inaudible.

Todavía con Jax en brazos, me pongo en marcha y...

—¿Nash? —me llama.

No tengo ni idea de lo que es, pero cuando pronuncia mi nombre... creo que complica aún más las cosas. Me vuelvo para mirarla.

—Gracias.

—De nada —respondo, y por unos instantes olvido lo que tenía que hacer, hasta que Jax maúlla de nuevo y me muerde la oreja—. Ay, ya voy, ya voy... —siseo, y de fondo oigo como Laura se ríe en voz baja.

Bien, eso es bueno. Todavía puede reírse.

—Sí, ya te he entendido, no hace falta que me arranques la piel a tiras —le digo a Jax mientras lo dejo sobre la isla de la cocina, saco un cuenco del armario y le doy comida de lata.

Ya casi se ha terminado todo el pienso del dispensador automático, por lo que lo relleno en un momento, me pongo en pie otra vez y me quedo allí plantado, mirando las musarañas y pensando en la mujer que seguramente en ese preciso instante se está lavando los dientes en mi cuarto de baño.

Dios, ¿se puede saber qué me pasa? Suspirando, me paso la mano por la nuca para masajearme los músculos; estoy demasiado tenso.

—Tú ya estás, ¿verdad? —le pregunto al gato, que ya ha vuelto a ignorarme desde hace un rato, y acto seguido apago la luz de la cocina.

Laura sale del baño justo cuando salgo del dormitorio al pasillo cargado con ropa limpia para mí.

—Puedes dormir en mi cama. Te he dejado una camiseta y unos bóxers limpios, por si los necesitas. Te quedará todo muy grande, pero es que no tengo nada más y...

—Estará más que bien, te lo agradezco —me interrumpe, recogiéndose un mechón detrás de la oreja—. Buenas noches —me dice antes de pasar por mi lado, y la sigo con la mirada. Demasiado.

—Buenas noches —respondo, sin saber si ha llegado a oírlo.

Absolutamente harto de este día, me preparo para acostarme en el sofá del salón. Es cómodo, sin duda, aunque un poco pequeño para dormir. Quizá debería pensar en comprarme un sofá cama...

—¿Nash?

Mi nombre en sus labios me provoca un escalofrío en la piel, en todo el cuerpo, y no puedo hacer nada para evitarlo.

Estoy de espaldas a ella y me tomo mi tiempo para darme la vuelta. Lleva el pelo suelto, un poco ondulado sobre los hombros, y con mi camiseta, que le queda demasiado grande, tiene un aspecto increíblemente adorable. No es la primera vez que la veo así. No es la primera vez que veo lo bonitas que son sus piernas y que pasa la noche en mi casa. Es una locura. Sí es la primera vez, sin embargo, que la veo vestida con mi ropa. Que se planta aquí, en mi salón, vestida con mi camiseta y mis bóxers, y tengo la sensación de que nada podría ser más natural que tenerla aquí conmigo.

Como si nunca hubiera sido de otro modo.

Me cuesta respirar cuando la tengo cerca.

Jax salta sobre el sofá de repente y se planta a mi lado con un sonoro maullido, lo que me provoca un sobresalto. Otra vez.

—¡Joder, Jax!

—Miau —replica él, indignado.

—Tú a mí también.

—No quería molestaros —empieza a decir Laura, dedicándole una sonrisa a Jax.

Le sonríe al gato y yo me pongo celoso, genial. Luego ella se pone a jugar con él con los dedos, como si estuviera nerviosa, antes de tomar aire y volverse de nuevo hacia mí. Me mira fijamente y con la barbilla alta, pero reconozco el rastro que el día ha dejado en su cara, en sus ojos, en su voz, en su actitud.

—Es que... Quiero decir... —titubea, tras lo que aprieta los labios un momento—. Lo que quería decir es que... No, que yo... Joder —suelta, frotándose la frente, y me doy cuenta de que lucha por no llorar mientras se envuelve el cuerpo con los brazos. Es como si quisiera evitar perder la compostura una vez más.

—¿Qué ocurre, Laura? —le pregunto con calma, acercándome a ella.

La primera lágrima le recorre la mejilla y parece como si eso la enfureciera.

—Ahora mismo no puedo... —empieza a decir, aunque hace una pausa para tragar saliva con dificultad—. No puedo estar sola —concluye al fin, procurando no mirarme directamente. De no haber sido por las lágrimas, no habría visto lo mucho que se debatía consigo misma—. Lo siento, ya sé que suena raro. No tengo ni idea de qué me pasa.

—Yo sí. Y me gustaría poder decirte que algún día resultará más sencillo o será más llevadero, pero lo cierto es que no puedo. Aunque con el tiempo aprenderás a aferrarte más a las cosas buenas. Más y con más fuerza —matizo, y sin pensar en lo que estoy haciendo, levanto la mano y con el pulgar le seco la lágrima que le cae por la mejilla izquierda.

Y así es como cometo el error número cinco.

—¿Quieres que me quede contigo? —le pregunto.

—Supongo que debería decir que no —responde, tras lo que alza la mirada y sonríe—. Pero hoy estoy siendo muy egoísta.

Asintiendo, dejo caer la mano y espero hasta que se gira y se pone en marcha hacia el dormitorio. Jax nos sigue, en algún momento nos adelanta y salta sobre la cama para dar unas vueltas sobre sí mismo, ronroneando, antes de acurrucarse a los pies.

Laura se acuesta en el lado izquierdo y yo me quedo plantado frente a la cama, sintiéndome como un jovencito inseguro que no tiene la más mínima idea de lo que está haciendo.

La luz de su lado está encendida. Se acomoda y se

tapa con la sábana. Yo me tumbo en mi lado y me quedo con el brazo izquierdo tras la cabeza, la mirada fija en el techo y Jax a mis pies.

—Buenas noches, Nash —susurra antes de apagar la luz. Mientras tanto, ya estoy plenamente convencido de que oirá hasta el último de mis latidos y respiraciones.

Laura me da la espalda, se ha acurrucado e intenta, igual que yo, conciliar el sueño.

La oigo, la huelo, la noto..., la percibo con todos los sentidos y no hay nada que pueda hacer para evitarlo. ¡Me voy a volver loco!

Tengo el cuerpo absolutamente tenso, no solo porque no me atrevo a moverme, sino sobre todo porque he de reprimirme con todas mis fuerzas para no girarme hacia ella.

Nos quedamos despiertos a oscuras lo que parece una eternidad, hasta que no puedo soportarlo más y cometo el error número seis. Me vuelvo hacia un lado, el suyo. La miro unos segundos, me acerco a ella, me coloco justo detrás y, sin tocarla, espero.

Trago saliva con dificultad cuando por fin termina presionando su cuerpo contra el mío y suelta un leve suspiro. Tal como está tendida, tal como nuestros cuerpos se tocan... He dejado de contar los errores, pero sé que nunca olvidaré haberlos cometido.

Aspiro su aroma, aprieto los labios suavemente contra su nuca y, con su espalda contra mi pecho, notando cómo respira, cierro los ojos. En algún momento me agarra la mano y tira de ella hacia delante para envolverse con mi brazo, y pocos segundos después se queda dormida. Entonces tengo claro lo que está ocurriendo, lo bien que me siento sin haberlo necesitado ni deseado. Hasta ahora.

Y también soy consciente de que estoy con la mierda hasta las cejas.

25

Laura

Me despierto y me siento increíblemente cansada. Agotada. Pero pasada la noche es un agotamiento mejor que el de ayer. Por algo se empieza.

Todavía tengo los párpados cerrados, pero ya percibo los primeros rayos de sol sobre la piel. En la cama estoy calentita, cómoda. Huele a calor, a sueño, a...

Abro los ojos de golpe y veo piel. Una barba de dos días. Me llega un aliento que no es el mío, noto en la mano los latidos de un corazón que no es el mío, un pecho que asciende y desciende. Una piel cálida y un brazo que me envuelve. Sé quién es. Lo sabría incluso si no me hubiera dado cuenta de dónde estoy.

Poco a poco paso la cabeza por encima de su brazo, mis labios recorren durante un segundo su mentón y me detengo unos instantes sobre su mejilla. Me lo quedo mirando, observando cómo duerme y no sé muy bien si debería seguir aquí tumbada o apartarme y despertarlo. Tengo la sensación de que en cualquiera de los dos casos solo puedo salir perdiendo...

¿No?

—¿Tienes previsto pasarte la mañana entera mirándome? —murmura Nash adormilado, lo que destaca de un modo especial su acento ligeramente británico.

De repente me noto las mejillas acaloradas, pero aun así no me aparto de él.

—Claro. Aunque también se me ocurren otras opciones —bromeo con la intención de relajar un poco la situación, y una sonrisa asoma en sus labios.

—Qué graciosa —responde con la voz tomada y todavía ronca por el sueño. Me encanta cómo suena.

—¿Cuándo tienes que marcharte a trabajar?

Al instante parece completamente desvelado, y se vuelve con brusquedad hacia la mesita de noche. De repente siento frío, y es que el aire acondicionado está encendido para que la habitación se mantenga a una temperatura confortable. Fuera seguro que el calor ya es asfixiante desde hace rato.

—A las ocho y media —susurra, visiblemente aliviado, y se deja caer de nuevo sobre la almohada después de ajustar el despertador. Se frota los ojos y bosteza de una forma tan contagiosa que no puedo evitar imitarlo.

Me siento mejor. Mejor de lo que creía que podría sentirme. Y durante unos momentos me invade la culpabilidad por que así sea. Los sentimientos son realmente extraños. Cuesta mucho complacerlos, son veleidosos y obstinados por igual: a veces son como una tormenta en alta mar; otras, como una roca en medio del oleaje. Da igual si se ajustan a la realidad o no, una cosa siempre es cierta: van a su aire, hacen lo que les da la gana.

Nash vuelve la cabeza hacia mí y entonces sí nos tocamos, nariz con nariz, notando la respiración del otro. Es como si dos tormentas chocaran y se convirtieran en una sola mucho más virulenta. Lo tengo tan cerca que me gustaría cerrar los ojos, pero no lo hago. No me muevo, y él tampoco. Es como si nos hubiéramos quedado atascados, como si no hubiera manera de seguir adelante o de retroceder. Como si solo existiera ese «casi» que equivale a un «en realidad no» hacia el que se precipitan nuestros corazones con sus latidos acelerados. Corriendo sin parar, pero sin alcanzar jamás destino alguno.

Mi sensatez me dice: «No sé nada de él».

Mi corazón grita: «¡Lo estoy sintiendo todo, no necesito saber nada!».

Mi mano se aferra a su camiseta, noto como su pecho asciende y desciende, me fijo en sus músculos bajo la tela y en los latidos de su corazón.

No puedo evitarlo, me muevo para salvar una distancia que habría sido imperceptible de no haber sido por nuestras narices, que se rozan ligeramente; de no haber sido por sus labios, que de repente encuentran los míos y me besan con tanta ternura que al principio no estoy segura de que esté sucediendo de verdad.

Tanta ternura y tanta brevedad. Nash se echa hacia atrás, se aclara la garganta y veo como le baja y le sube la nuez del cuello cuando traga saliva, como se le tensa la musculatura de la mandíbula y frunce el ceño.

¿En qué estaba pensando?

—¿Me llevas al trabajo? ¿Al Whitestone? Desde allí puedo coger el autobús para ir a casa —le pido, tras lo que me siento en la cama para poder mirarlo mejor. Quizá también para poner algo de distancia entre nosotros, porque durante una fracción de segundo he estado tentada de volver a hacerlo.

Y sé que no habría sido una buena idea.

No porque estuviera mal. Sentirse atraído por otra persona no tiene nada de malo. Pero, a juzgar por su reacción, sería un error. Se tensa, reflexiona, y puedo literalmente ver cómo recuerda lo que parecía haber olvidado durante las últimas horas. Que es mi jefe y mi compañero de trabajo. Que es la segunda vez que me lleva a su casa y que los demás podrían pensar que estoy intentando ganármelo. Y que él podría querer aprovecharse de la situación porque está en una posición de poder. Los dos sabemos que no sería así, pero hay que tener en cuenta al resto del mundo. A mí no me preocupa, pero a él sí. Y lo respeto. Al menos me esfuerzo en respetarlo...

—Claro. Ningún problema —responde, tratando de sonar relajado, aunque fracasa estrepitosamente en el intento.

Así pues, me levanto todavía ataviada con sus bóxers y su camiseta y me meto en el baño para prepararme, para lo que no necesito mucho rato.

Luego me tomo un café y, cuando Nash se ducha, observo a Jax mientras se zampa su desayuno. Cuando nos ponemos en marcha, apenas hemos cruzado unas pocas palabras.

En el coche me quedo mirando por la ventana e intento no pensar en él y en las últimas horas. Al mismo tiempo, vuelve a aflorar esa obstinación que tan bien conozco. ¿Por qué no? ¿Por qué no puedo pensar en él? ¿Como hombre? ¿Como compañero de profesión? ¿Por qué no puedo hacerlo, joder? ¿Serían distintas las cosas si yo fuera su jefa?

—¿Todo bien? —me pregunta Nash en algún momento, arrancándome de mis cavilaciones.

—Sí, ¿por qué?

—Porque no paras de resoplar y soltar ruiditos de frustración. Haces mucho ruido cuando piensas, y aun así no tengo ni idea de qué es lo que tanto te preocupa.

Me vuelvo para mirarlo.

—Pues yo diría que sí lo sabes —lo contradigo.

Hace veinte minutos que tengo los ojos clavados en mi móvil, pensando qué debería responder al mensaje que me mandó Sierra anoche. No lo he visto hasta hace una hora, cuando Nash me ha dejado cerca del Whitestone para que pudiera coger el autobús de vuelta a casa.

Ahora estoy sentada en mi sofá, maldiciéndolo. A él, por haberme dado el día libre a pesar de que preferiría trabajar y de que me he perdido la primera salida en ambulancia; pero también a mí misma, por no saber aprovechar mejor este día libre tras la muerte de Ria. Y por haberlo besado cuando él no quería.

—Mierda —murmuro, y me froto la frente. Tengo que volver a leer el mensaje de Sierra por enésima vez, porque estoy dispersa; no paro de divagar y me olvido de la mitad. A este paso, casi será mejor que le responda mañana en el hospital en persona...

Hola. Mitch me ha escrito para preguntarme cómo estás, pero acabo de leer su mensaje ahora.
Lo siento, ya me he enterado de lo de Ria. Menuda mierda.
¿Cómo estás? ¿Puedo hacer algo por ti?

Intento no darle muchas vueltas al tema y me limito a escribir lo primero que se me ocurre.

> Gracias, voy tirando. Me han
> dado el día libre. Nos vemos
> mañana.

El siguiente mensaje no tarda ni un minuto en aparecer.

Tengo una pausa justo ahora.
Mitch y Maisie te mandan
recuerdos. Él me está poniendo
de los nervios, y ella está
demasiado contenta para llevar
seis horas trabajando, sobre todo
teniendo en cuenta que su nuevo
paciente tiene problemas
digestivos. Nos vemos mañana.
¿Has pasado la noche
con Nashville?

Me río sin ganas. Guau, cómo vuelan las noticias.

> Recuerdos para ellos también.
> ¿A qué viene esa pregunta?

Clic, mensaje enviado.

Eso cuentan por aquí. Te han
visto bajar de su coche esta
mañana.

No le escribo nada más. ¿Para qué? Ya sabe que es así, no es necesario que se lo confirme. No me interesan las habladurías de la gente. Solo tengo una cosa clara: seguro que creen que hay más de lo que sucedió realmente. Mucho más. Joder.

Otro mensaje. Si Sierra sigue insistiendo, creo que voy a tirar el móvil por la ventana...

Me he enterado de lo ocurrido.
Ya sabes dónde estoy,
si necesitas hablar.

Es de Ian, lo cual me arranca una sonrisa. Es muy amable por su parte mandarme este mensaje.

P. D.: ¿Anoche Nash te vio
desnuda?

La sonrisa desaparece al instante de mis labios. Mosqueada, suelto un gemido de desesperación y echo la cabeza hacia atrás con los ojos cerrados. Respiro hondo e intento centrarme en el hecho de que antes estaba algo mejor que ayer. Aunque haya durado tan poco.

Necesito hablar con alguien. Primero pienso en mi hermana, pero por algún motivo no consigo decidirme a escribirle o llamarla. Seguramente porque sé que me saldría una vez más con sus frases de galleta de la suerte. O porque no quiero que se preocupe por mí más de la cuenta.

Por eso hago algo que llevo tiempo sin hacer: llamo a mi hermano.

—¿Laura?

Al oír su tono de voz asombrado, no puedo evitar sonreír.

—¿Siempre que te llaman por teléfono respondes diciendo mi nombre? ¿A la gente no le parece raro?

—Como de costumbre, no tiene ninguna gracia.

—Echaba de menos oír tu voz —le digo con sinceridad—. ¿Te pillo en un mal momento? —pregunto, ya que de fondo se oye mucho ruido y apenas comprendo lo que me dice.

—No, no. Acabo de salir de la comisaría, he pasado a recoger una cosa. ¿Todo bien?

—¿Qué pasa, no puedo llamar a mi propio hermano?

—Claro —responde, riendo—. Pero ya sabes lo mucho que odio que me llamen por teléfono, y normalmente recurres a Jess cuando necesitas desahogarte. Eso significa que la mierda debe de llegarte hasta las cejas para que te hayas decidido a marcar mi número. ¿Qué ha sucedido? ¿Te han pillado paseando desnuda por el hospital?

Recojo las piernas y las cruzo para sentarme, tras lo que me ajusto los pantalones cortos.

—No lo sé —susurro, perdida en mis cavilaciones.

—¿Cómo? ¿No sabes si te has paseado desnuda por el hospital?

Me río a pesar de que las lágrimas vuelven a acumularse en mis ojos. Sorbo por la nariz ligeramente, pero parece que Logan se ha dado cuenta, porque su tono de voz cambia de repente y se vuelve más cálido, más comprensivo.

—Vamos, Laura. ¿Qué te ocurre? ¿Quieres que vaya a Phoenix y que arreste a alguien? ¿O prefieres que le dé una buena paliza?

—No, es que... Hemos perdido a una niña —empiezo a decir, y le cuento la historia de Ria sin nombrar a nadie. Luego continúo con todo lo que ha sucedido desde entonces—. Y ahora estoy aquí sentada, hablando contigo por teléfono —concluyo.

—Lo siento mucho. De verdad.

—¿Cómo afrontas tú este tipo de cosas? La responsabilidad, lo de ir armado y todo lo que puede llegar a suceder.

—Supongo que intento no comerme mucho el coco. Porque entonces las cosas salen mal, y ya salen mal con demasiada frecuencia por sí solas. Lo único que me propongo cada día es hacer mi trabajo de manera que no tenga que avergonzarme de mí mismo ni de mis acciones. Ni de mis errores, cuando las cosas no salen bien.

—Gracias, Logan.

—Ya sabes lo que pienso... sobre este trabajo y sobre lo que les pasó a mamá y papá. Sabes perfectamente que quería que las cosas fueran distintas para ti.

Asiento, aunque solo sea para mí misma.

—Pero sobre todo quiero que seas feliz —prosigue—. A pesar de todas esas cosas jodidas que ocurren. Así que... ¿te apetece hablarme de este tío, y así te lo quitas de encima?

—Me gusta.

—¿Y tú a él? ¿Le gustas?

—Ni idea. El cerebro nos funciona de un modo distinto.

—¿Más simple? —propone Logan.

—En absoluto.

—Pero ¿ha pasado ya algo?

Jugueteo con un mechón que me ha caído sobre la frente, enrollándomelo en un dedo.

—Casi.

—O sea, que no.

—Es solo que no sé qué hacer. Con Josh todo era mucho más sencillo. Las cosas simplemente encajaron solas.

—Y terminó fatal, por si no te acuerdas. Las cosas no siempre salen a pedir de boca, como en los cuentos de hadas. A veces es complicado y hay que estar muy encima del tema, y otras veces...

—...no puede sér.

—Exacto. Veo que ya lo sabías, no te cuento nada nuevo.

—En ocasiones está bien que te recuerden cosas que ya sabes. Lo que no quería era despertar compasión —aseguro, y es que por mucho que quiera a Jess, hoy no me apetecía ver cómo se preocupaba en exceso por mis problemas.

—Comprendo.

—Pero entonces ¿qué hago? —murmuro.

—Se lo preguntas a la persona equivocada, Laura. Siempre que me gusta alguien acabo estropeándolo de una forma u otra —me cuenta con un suspiro—. Lo único que puedo aconsejarte es que no pases página antes de leerla del todo.

—Otra galleta de la suerte como Jess.

—¿Qué?

—Olvídalo. Gracias, en serio —le digo, y hago una pequeña pausa antes de proseguir—. ¿Tú cómo estás? Me refiero a cómo te van las cosas.

—Bien. He tenido días mejores, pero no pasa nada. Últimamente me pregunto cada vez más a menudo si estuve a vuestro lado lo suficiente. Si debería pedir un traslado para ir a vivir contigo y...

—Para, Logan, poco a poco —lo interrumpo—. ¿De qué estás hablando? Estuviste a nuestro lado tanto como pudiste —le aseguro, tragando saliva con dificultad—. Tú también perdiste a mamá y papá, igual que nosotras. No le des más vueltas, por favor. Y llámame cuando te apetezca hablar. Ya sé que no es algo que suceda a menudo, que digamos, pero si por algún motivo lo llegas a necesitar...

—...cuento contigo.

—Exacto. Cuídate, ¿vale?

—Siempre. Hasta pronto, hermanita.

Tal vez debería comprarme un cargamento de galletas de la suerte y abrir una cada día. Así no tendría que llamar a mis hermanos para pedirles consejo.

El móvil me vibra. Es un número desconocido, por lo que titubeo unos instantes antes de aceptar la llamada.

—¿Diga?

—Laura, soy yo. Por favor, no cuelgues.

—Joder, ¿en serio, Josh? —exclamo. No me lo puedo creer, no comprendo qué puede querer de mí a estas alturas.

—Lo siento.

—Ya hemos hablado de ello —replico, frotándome la frente—. Lo nuestro ha terminado. Para de escribirme y de llamarme. Y deja de buscar números nuevos para que te coja el teléfono. No quiero hablar contigo.

—Te echo de menos... —gimotea, pero no quiero oírlo. Cuelgo la llamada con determinación y bloqueo el número antes de guardar el móvil. Sin duda necesito cambiar de número.

Respiro hondo y cierro los ojos. Porque, en lugar de dar con Josh, mis pensamientos regresan enseguida a Ria y a mis padres. Y a Nash, sobre todo a Nash.

Cometo errores, sucumbo a mis sentimientos.

Pierdo el control.

Sobre mi trabajo y sobre mi vida.

Sobre mi corazón.

Y eso es lo peor de todo.

26

Nash

—¿**Q**ué coño es esto? Las palabras que he elegido son una mierda, pero aparte de que estoy disperso porque no puedo parar de pensar en Laura, lo que estoy viendo es una verdadera chapuza.

—El historial médico del señor Holden, doctor Brooks.

Ligeramente irritado, me quedo mirando la cara del residente que tengo delante y bajo el expediente poco a poco.

—Se podría pensar que sí, doctor Sanders. Sin embargo, me pregunto por qué consta una operación de extirpación de amígdalas. Y también por qué el señor Jack Holden de repente se ha convertido en Elana Callahan y resulta que tiene treinta años menos. Es un milagro, ¿no le parece? —suelto, temiendo que Ryan sea incapaz de captar el sarcasmo.

—¿Qué? —exclama, y me mira absolutamente atónito y luego se fija en el expediente que tengo en la mano.

Los engranajes de su cabeza empiezan a girar a marchas forzadas mientras se sonroja de forma evidente. Mierda. No es la primera vez que le pasa algo así. No digo que Ryan tenga la cabeza hueca, pero además de ser demasiado lento para este trabajo, lo más importante es que no es capaz de soportar la presión. Se inquieta con demasiada facilidad, pierde el control de la situación y acaba tomando decisiones equivocadas. Luego es cuando ocurren errores como este, que en el peor de los casos pueden provocar que un paciente reciba una medicación, un tratamiento o una operación inadecuados.

Incluso que muera.

—Llévese el expediente y vuelva cuando lo haya corregido. Y rece para que a la señora Callahan todavía no le hayan implantado un marcapasos —comento con sarcasmo, tras lo que le aplasto el historial contra el pecho con más seriedad e ímpetu de lo que me había propuesto—. No nos podemos permitir errores de este tipo. Hay vidas humanas en juego. El problema no es que se haya equivocado, todos cometemos errores; pero no puede ser que los cometa uno tras otro, da igual si son importantes o insignificantes. ¿Comprende?

—Por supuesto, doctor Brooks —responde apretando los dientes y aferrado al expediente. Veo que le gustaría replicar algo y que le resulta difícil marcharse sin más.

Por suerte para él, consigue reprimirse.

—No seas tan duro con los *bambini*, Nash.

Ian. Lo que me faltaba. Con una amplia sonrisa en los labios, se aparta de la pared y se acerca a mí mientras Ryan se escabulle de mi despacho pasando por su lado.

Me pongo en movimiento con la esperanza de que a Ian no le apetezca seguirme. Hoy no estoy de humor.

—Siento mucho lo de Ria —me dice. Y, por supuesto, me sigue. Habría sido demasiada suerte.

—Yo también.

—¿Has visto a Laura?

—Seguro que ya has consultado la planificación y sabes que le he dado el día libre.

—Muy listo, Nash.

—Madre mía, ¿se puede saber qué quieres, Ian? —pregunto, tras lo que me paro y me doy la vuelta hacia él, mosqueado. Tiene los brazos cruzados frente al pecho y la cabeza ligeramente ladeada, como si me estuviera examinando con detenimiento.

—Mmm..., no. Pareces demasiado descontento para eso.

Confundido, frunzo el ceño.

—¿Para qué?

—Para haberla visto desnuda.

—¿Qué?

—A Laura. No la has visto desnuda.

—Ya sé de quién estamos hablando. La pregunta es por qué estamos hablando de ella —replico antes de reanudar el paso, aunque por desgracia para mí, Ian me sigue.

—Ya sabes, las noticias vuelan.

—Dirás los cotilleos —lo corrijo mientras abro la puerta del baño más cercano.

—Llámalo como quieras.

Me planto frente al urinario y miro a Ian, que se queda a mi lado.

—¿En serio? ¿Ni siquiera piensas dejarme mear tranquilo?

—Tienes razón, no está bien. Venga, yo también haré pis —responde, y empieza a orinar antes incluso de que yo acierte a comprender lo que está ocurriendo.

Cuando hemos terminado y pasamos a lavarnos las manos, no deja de insistir con el tema, lo cual me pone de los nervios.

—¿Para qué te la llevas a casa si no? —pregunta y, aunque no respondo nada, decide perseverar—. ¿Por qué lo harías si no hay nada entre vosotros? ¿Y por qué le has cambiado el turno?

—¿La estás acosando a ella o a mí? —replico, incomodado, mientras me seco las manos.

—¿Por qué se la has asignado a otra persona? ¿Por qué no la acompañas tú mismo en la ambulancia? ¿Por qué diablos te comportas de esa manera?

—Me comporto de una manera absolutamente normal.

—Tonterías. Estás loco por sus huesos, y ella por los tuyos. Pero te lo tomas de un modo raro, ella se lo toma de un modo raro, y luego se echa a llorar y tú te la acabas llevando a tu casa por segunda vez. Joder, Nash. Puede que no seamos precisamente carne y uña y que no te guste soltar prenda, pero nunca te habías llevado a una compañera de trabajo a casa. Ni a una compañera de trabajo ni a nadie. No sé si todavía eres virgen, por cómo hablas sobre mi vida sexual...

—Ian, me falta esto —mascullo, acercando el pulgar y el índice junto a su nariz— para hundirte la cabeza en el váter.

—Vale, vale —replica Ian, retrocediendo con las manos levantadas mientras paso por su lado para salir por la puerta—. Pero ¿sabes una cosa, Nash?

—¿Qué? —gruño, lanzándole una mirada por encima del hombro.

—Sé que vemos las cosas de maneras distintas, y también que tú eres un poco más estirado al respecto...

—¡Ian! —siseo a modo de advertencia.

—Lo que quería decir es que creo que Laura te gusta. Y que tú le gustas a ella.

—¿Y?

—Que no lo olvides la próxima vez que tomes una decisión.

—Ponte a trabajar, Ian. Ya me las arreglaré —le espeto, malhumorado. Y cuando salgo por la puerta lo oigo reír a mi espalda.

27

Laura

He recogido unos pantalones y una casaca nuevos, y quince minutos antes de empezar el turno me siento bien. Es algo que me da seguridad, confianza. Un apoyo.

Quedé agotada tras perder a Ria y todavía no lo he digerido. Casi fue peor aún tener el día libre, porque ayer fui incapaz de distraerme. Ni series, ni películas, ni la espectacular puesta de sol de Phoenix, ni la comida que estuve preparando durante dos horas para que luego se me acabara quemando en el horno, ni tampoco el pequeño paseo que di cámara en mano. Salí a hacer fotos para explorar los alrededores, pero enseguida me di cuenta de que no lo estaba pasando bien porque no podía estar pendiente de lo que hacía.

Ahora vuelvo a estar aquí y me siento mucho mejor. La sensación es fantástica, embriagadora y, al mismo tiempo, también opresiva. Porque tarde o temprano tendré que ir a la habitación que ocupaba Ria para atender a otro paciente.

No, no quiero pensar en ello. Todavía no. Necesito que pase un poco de tiempo.

Así que intento olvidarlo, aspiro el aire impregnado de desinfectante y doblo la esquina del pasillo.

—¡Buenos días, Grant! —lo saludo con alegría, y él levanta la vista de los documentos que lleva en la mano con escepticismo.

—Buenos días, princesa.

—Toma —digo, dejando un vaso frente a Grant con una sonrisa, mientras él me mira con curiosidad.

—¿Qué es esto?

—Pruébalo —le digo con aire misterioso, y me inclino un poco hacia delante con mi propio vaso.

Grant da un sorbo, abre los ojos como platos y suelta un murmullo de placer.

—Por todos los santos dioses cafeteros. Ya sé que me repito, pero ¿qué es esto?

—¿Un café bueno de verdad? Con una pizca de canela y caramelo, y con la cantidad de espuma perfecta.

Grant toma otro trago antes de hablar.

—Esto va a ser mi perdición. ¡Mi perdición! ¿Cómo quieres que sobreviva a partir de ahora con el café que prepara Edith?

—Ya lo siento —respondo, divertida, como si intentara disculparme. No tenía ni idea de que con esto fuera a provocarle una crisis cafetera a Grant.

Sin embargo, cuando desaparece ese brillo pícaro de sus ojos, nos miramos y no es necesario que nos digamos nada más, nos entendemos incluso sin palabras. Asentimos, suspiramos, apretamos los labios y dedicamos un momento a pensar juntos en Ria. Él parece aún más afectado que yo. Grant la veía más a menudo y la conocía desde hacía más tiempo, la acompañó durante unos años especialmente difíciles.

Me apresuro a darle un abrazo.

—Nos vemos enseguida. Voy a prepararme para el turno.

—¿Has visto que hoy te toca salir en ambulancia? Terminas a las cuatro de la tarde.

Cierto, era hoy. Normalmente en las ambulancias solo van sanitarios de emergencias, por eso me gusta que el Whitestone tenga su propio procedimiento y nos permita la posibilidad de conseguir experiencia en ese ámbito.

—Genial, gracias por avisar. Así no tendré que consultarlo en el sistema.

—Con Nash —añade Grant, exagerando una sonrisa al ver mi expresión de asombro cuando no puedo evitar pensar en él y sentirme atrapada—. Vaya. Te han pillado.

—Hasta luego, Grant.

Me doy la vuelta rápidamente y me despido con la mano con la esperanza de que no se haya dado cuenta de lo acaloradas que tengo las mejillas de repente.

No pasa nada porque me guste Nash. Pero no quiero que eso me defina aquí. No quiero que la gente me conozca como la que está pillada por Nash, sino como una buena médica y compañera. Quiero que me respeten y valoren por cómo soy y por cómo trabajo.

En la sala de médicos me encuentro una caja con mi nombre sobre el banco que hay frente a mi taquilla. Despliego la nota adjunta y se me escapa una sonrisa.

Tal como te prometí, algo que te irá bien para los nervios. Espero que te guste el yalebi. Zeenah.

Qué amable por su parte. No soy capaz de resistirme a abrir la caja y probar un poco.

«Dios mío, ¡qué dulce! ¡Es increíblemente delicioso!» Mientras me cambio de ropa, voy tomando bocados hasta terminármelo casi todo. Tenía razón, es muy difícil parar de comer, está demasiado bueno.

Meto lo que ha quedado dentro de la taquilla, la cierro y voy corriendo a lavarme las manos antes de aparecer en la planta saciada y con un subidón de azúcar.

—Ten, los nuevos —me dice Grant, y me entrega unos historiales—. Nash me ha pedido que te los dé.

—¿Dónde está? —pregunto mientras examino el primero de los historiales por encima.

—En quirófano, y luego tiene turno en urgencias hasta que salgáis con la ambulancia.

—De acuerdo. ¿Puedes quedarte estos tú? —le pido, devolviéndole todos los historiales excepto dos—. Los recogeré cuando haya terminado de visitar a estos.

—Ningún problema.

—¡Gracias! —le digo, tras lo que saludo a Evelyn y a Isabella, que justo aparecen por una esquina.

«Me está evitando», pienso sin querer, pero enseguida intento acallar esa vocecita maliciosa. Es solo que no tiene a nadie en la sala, nada más.

El primer historial es de una paciente con un mixoma auricular, un tumor primario benigno en la aurícula izquierda. Antes de la operación hay que volver a hacerle una ecografía. El otro es de un paciente con una posible contusión miocárdica. Monitorización a largo plazo del ECG y de la circulación.

Repaso mentalmente cada uno de los pasos, calculando el tiempo que necesitaré y pensando en qué más tengo que hacer antes de subir a la ambulancia. De repente me encuentro frente a su puerta. La habitación de Ria vuelve a estar ocupada, esta vez por una anciana. Lo veo porque Sofie ya está con ella, extrayéndole una muestra de sangre. No ha cerrado la puerta, y aunque estoy justo delante ya no veo a la señora, sino a la niña con esperanzas de recibir el corazón de un donante.

Aquí fue donde me preguntó si creía en el cielo y le respondí que no. Sigo creyendo lo mismo, pero si en realidad existe, sé que ella estará allí ahora mismo. Seguro.

En voz baja repito las palabras del libro infantil que prácticamente me sé de memoria, el que Ria estaba leyendo en voz alta.

Y me resulta muy doloroso.

No reacciono hasta que Sofie sale de la habitación y me ve allí plantada, intentando no parecer tan tensa. Pero al fin y al cabo me da igual, porque sabe perfectamente por qué estoy aquí. Todos lo saben. Porque todos se han enterado.

Y en cierto modo me sienta bien ver su sonrisa compasiva y notar su mano sobre mi hombro apenas un momento, antes de seguir con su trabajo. Y de que yo por fin empiece con el mío.

Mi turno en la ambulancia con Nash comenzará enseguida. Estoy en la sala de urgencias, donde reina una actividad frenética, aunque no llegue al caos y no haya habido ninguna situación excepcional. Hay mucho que hacer, pero todo parece bajo control. Todos trabajan concentrados, están bien coordinados y yo me dedico a observar con emoción cómo cada paso y cada acción se suceden sin problemas. Si esto funciona es solo porque el equipo trabaja bien junto.

Estoy de pie junto al mostrador semicircular de la sala de urgencias, tras el que no cesa de pasar personal de enfermería para recoger o introducir datos y encargarse de todo lo necesario para que las cosas estén en orden aquí. El trabajo en el hospital no es adecuado para lobos solitarios, es un trabajo en equipo, y el personal médico no es todopoderoso ni omnisciente, por mucho que el ego de algunos apenas quepa por las puertas. ¿Qué sería de nosotros sin ese personal de enfermería que nos ayuda en todo momento? ¿Hasta dónde seríamos capaces de llegar?

Fascinada por esa atmósfera tan distinta de la de la planta, casi ni me doy cuenta de que Nash ha salido de una sala de atención que hay al fondo y viene hacia mí. Todavía no me ha visto. Peina el interior con la mirada, absorbiéndolo todo, hasta que me ve. De repente se detiene, su expresión cambia un instante y me pregunto por qué. ¿He llegado demasiado pronto? ¿No me esperaba? ¿Tengo algo en la cara?

—Laura —me dice, y ladeo ligeramente la cabeza cuando se acerca a mí y me lanza una mirada interrogante.

—Nash —respondo con el mismo tono críptico con el que él me ha saludado. Y me limito a esperar. A ver qué pasa.

—¿Todo bien con tus nuevos pacientes?

—Eso espero —contesto, arqueando las cejas para mostrar mi desconcierto.

—Pero ¿necesitas algo?

Echo un vistazo a mi alrededor. Solo un momento, para asegurarme de que realmente estoy en la sala de urgencias.

—No. Solo he venido porque tenemos un turno juntos con la ambulancia.

Nash se vuelve hacia el enfermero que está sentado frente al ordenador.

—George, ¿podrías abrirme la planificación para las ambulancias, por favor? —le pide, ante lo que George asiente—. ¿Quién está de servicio ahora mismo?

—Tú y... la doctora Collins.

—¡Anda, esa soy yo! —exclamo, levantando la mano con una sonrisa.

George se me queda mirando como si me faltara un tornillo.

Genial. La cosa mejora aún más cuando veo la expresión en el rostro de Nash, que muestra claramente lo poco que le entusiasma esa perspectiva.

—No lo sabías —constato en voz alta a pesar de lo evidente que es—. Y no habías previsto recuperar el turno conmigo.

George percibe el peligro enseguida y se esfuma mientras el músculo de la mandíbula de Nash empieza a tensarse.

—No es nada personal.

Suelto un resoplido antes de responder.

—¿De verdad crees que iba a reprocharte algo así? —le pregunto con más calma de la que habría podido esperar.

—Laura...

Dios, ojalá dejara de pronunciar mi nombre. Con esa voz. Con ese tono. Con ese acento ligeramente británico.

—Por favor, déjalo. Ya lo he entendido. Trabajamos aquí, así que... olvidemos todo lo demás. Luego ya te asegurarás de que no volvamos a coincidir, si quieres.

Nash no me contradice, ni siquiera mientras se debate consigo mismo, y cuando me doy la vuelta camino de la ambulancia, buscando al equipo de emergencias para presentarme, veo que me sigue. Casi puedo notar su mirada en la nuca, en la piel. Un escalofrío me recorre el espinazo.

Un sanitario está apoyado en la ambulancia y viene a nuestro encuentro nada más vernos.

—Hola, soy Dan Evans. Podéis llamarme Dan. Mi compañera Stephanie todavía está ocupada con la radio —nos explica, tras lo que me ofrece la mano y yo se la estrecho.

—Hola, yo soy la doctora Laura Collins, pero puedes llamarme Laura —digo, imitando su manera de presentarse, que me ha parecido simpática.

Nash también lo saluda y Dan asiente con simpatía.

—Doctor Brooks —se limita a decir. Por lo visto, ya se conocen—. Si os parece bien, me gustaría empezar con una pequeña introducción para ti, Laura. Y también te daré el uniforme que tienes que llevar.

—Claro, con mucho gusto.

Lo seguimos, y antes de subir a la ambulancia, durante unos momentos, tenemos que soportar un silencio que nos envuelve como una nube de caos.

—Puedo comprender lo que te preocupa —le digo al fin—. Este trabajo, el día a día, nuestra reputación. Aun así, más allá de lo que sintamos el uno por el otro, en algún momento tendrás que plantearte si de verdad quieres que la opinión de los demás pese más que la tuya propia. Y si estás dispuesto a aceptar lo que eso conlleva.

Y es que no ha sucedido nada entre nosotros. Nada malo.

Me obligo a mirarlo sin desviar los ojos de los suyos. Me obligo a levantar la barbilla y me gustaría decir en voz alta lo último que acabo de pensar, pero no lo consigo.

Y justo cuando Nash toma aire y abre la boca para responder, entra la primera llamada de socorro.

28

Laura

La central informa de una llamada de socorro procedente de una vivienda que está cuatro calles más abajo. Un accidente en una escalera, los vecinos han encontrado a una mujer inconsciente.

Cuando llegamos, vemos que una pareja ya ha colocado a la mujer en la posición lateral de seguridad.

—Ahí están.

—¿Es usted el señor Moser? —pregunto, ante lo que el hombre asiente.

—Sí, soy yo. La hemos encontrado inconsciente y he llamado al número de emergencias —me dice, apartándose para abrazar a su esposa que, algo afectada, está observando la escena.

—¿Se encuentra bien? —le pregunto antes de unirme a Nash, Stephanie y Dan, que ya están comprobando las constantes vitales de la paciente.

—Sí, no pasa nada. Es solo la impresión. Venía de hacer la compra y me la he encontrado ahí tendida. Noso-

277

tros vivimos justo aquí —me cuenta, señalando la puerta que tiene detrás—. Estoy segura de que vive en el segundo piso, no en nuestro rellano.

—Está inconsciente —confirma Nash—. Pero ¿lo hueles?

—Joder... —murmuro. Alcohol.

—Seguramente sea una intoxicación alcohólica. Y es posible que también haya consumido otras sustancias.

—¿Lo ves? —digo, señalando un punto en la cabeza, detrás de la sien derecha, que queda prácticamente tapado por la tupida mata de pelo largo. Ha estado a punto de pasarme por alto, pero ahora veo la sangre con claridad.

—Mierda. Una herida abierta.

Asiento mientras empiezo a cortar la hemorragia con la ayuda de Dan.

—Podría ser un traumatismo craneoencefálico.

Nash asiente. La herida abierta en combinación con el consumo de alcohol cambia las cosas un poco. Podría estar sufriendo una hemorragia intracraneal, es decir, una hemorragia cerebral. Lo que nadie sabe es cómo ha sucedido el accidente, puesto que han encontrado a la mujer ya tirada en el suelo, inconsciente. La fuerza del impacto que ha recibido no está clara. Podría haberse precipitado contra el suelo desde los escalones que hay delante o desde la barandilla del primer piso. Tras una primera comprobación básica vemos que no responde y que respira con dificultad. Empiezo a administrarle oxígeno con una mascarilla de ventilación facial.

Mientras Dan y Stephanie sacan la camilla, Nash y yo le colocamos un collarín a la paciente. Cuando llegan procedemos con el ECG y le controlamos el pulso. Noto mis propios latidos en el pecho y el murmullo de la sangre en los oídos. La adrenalina, el miedo, los nervios, todos los conocimientos que tengo en la cabeza agolpados de un modo caótico.

Al ver que no hay asistolia, respiro hondo.

Trasladamos a la paciente con la ayuda de una camilla de cuchara equipada con un colchón de vacío, de manera que no pueda moverse y quede perfectamente sujeta. Luego la transferiremos a una camilla de verdad. Todavía no sabemos si ha sufrido alguna lesión en las vértebras, por lo que en el hospital tendrán que hacerle un TAC cuanto antes.

Nos la llevamos hacia la ambulancia.

—Avisa al Whitestone. Llegaremos dentro de cinco minutos con...

—...una mujer de unos cuarenta años, inconsciente. Intoxicación alcohólica, posible traumatismo craneoencefálico, no se descarta una hemorragia cerebral. De acuerdo.

Poco después, cuando hemos terminado de limpiar y preparar de nuevo la ambulancia y el equipo, nos ponemos en marcha otra vez. Más allá de algún dato concreto sobre la última paciente que acabamos de dejar en la sala de urgencias del Whitestone, así como ciertos puntos relacionados con el protocolo de emergencias, Nash y yo no intercambiamos ni una palabra. Nos limitamos a escuchar lo que dicen Dan y Stephanie, pero ya está.

Le lanzo alguna mirada mientras vamos sentados en la parte de atrás, intentando pensar en algo que decirle, pero no se me ocurre nada que valga la pena. Lo único que se me pasa por la cabeza es que no quiere estar conmigo. Ni en este turno ni en este vehículo. Ni conmigo, ni cerca de mí, nada, de manera que mi cerebro entra en un bucle interminable. Me encantaría preguntarle por qué, pero no lo hago. En lugar de eso, me conformo con darle vueltas al tema y preguntarme por qué todo tiene que ser tan complicado.

¿Por qué tiene que gustarme justo él?

—¿Tengo monos en la cara o algo? —murmura con la vista fija hacia delante.

—¿Qué?

—Que no paras de mirarme fijamente todo el rato.

No se me escapa el atisbo de sonrisa que asoma en sus labios, pero él ni siquiera se vuelve hacia mí.

—No —me limito a responder. Simplemente contemplaba su cara. Su barbilla con hoyuelo, la barba de tres días, sus labios y la nariz algo ancha, pero proporcionada con el resto de las facciones. Los pómulos marcados, los ojos de largas pestañas... Cojo aire y me obligo a apartar la vista, y justo entonces juraría que se ha vuelto para mirarme. Aunque quizá solo es lo que me gustaría que ocurriera.

Intento dejar de pensar en él, en lo que deseo y en todos estos sentimientos tan extraños para centrarme en la próxima misión. La central todavía no sabe exactamente lo que nos espera, no nos ha podido dar datos detallados. La mujer que ha llamado solo ha confirmado su dirección, aunque de forma poco clara y en voz baja. Al cabo de pocos segundos se ha cortado la llamada, de manera que no le han podido hacer más preguntas. No se descarta que se trate de una emergencia médica (de lo contrario, no nos habrían mandado para allí), pero tendremos que reunirnos con unos agentes que están comprobando lo que sucede para averiguarlo.

Nada más llegar, me fijo en la fachada del bloque,

que ya está desconchada por algunos puntos. Cogemos el equipo, nos dirigimos a la entrada y llamamos al portero automático. Nos abren y Dan empuja la puerta. Dejo que él y Stephanie se adelanten antes de entrar en el vestíbulo, y no puedo creer que justo entonces Nash empiece a hablar de repente.

—Laura, ¿puedo... explicarte lo de antes?

—No hay nada que explicar —respondo de corazón y sin alterarme. Los demás van un poco por delante y no me gustaría que nos oyeran hablar. No es de su incumbencia—. No soy tonta, Nash. No querías compartir este turno conmigo, cambiaste la planificación pero no contaste con la posibilidad de que otra persona pudiera modificarla también. No sabía que algo así fuera tan sencillo en el Whitestone, pero da igual. No tiene importancia —le digo, comportándome con la máxima profesionalidad posible. Vaya mierda de palabra, por cierto—. No debería haber ido a tu casa —añado en voz baja, aunque en realidad no lo pienso; si me dieran la oportunidad de volver atrás, lo haría de nuevo. Porque lo disfruté. Y me sentó bien.

Y porque Nash... me gusta. Me gusta de verdad.

—Ese no es el problema —replica él, debatiéndose consigo mismo—. Ya lo hablaremos más tarde.

«Más tarde», resuena en mi mente. Tal vez lo mejor sería no darle más vueltas y punto.

Subimos hasta el segundo piso, donde una agente de policía y su compañero nos saludan amablemente.

—¿Vamos? —pregunta la agente, y Nash y yo asentimos. Llama al timbre, sobre el que hay un rótulo con el apellido «Fisher».

La puerta se abre y aparece un hombre de mediana edad, que se nos queda mirando absolutamente desconcertado.

—¿Hola? —nos dice, titubeando.

—Hola, ¿el señor Fisher? —pregunta la agente con amabilidad, aunque también con determinación.

—Soy yo —corrobora el tipo—. Pero deben de haberme confundido con otra persona —asegura desde el umbral del piso. Tiene las piernas separadas, parece despierto, atento. Su apariencia es cuidada y su voz, agradable.

—Hemos venido porque la central ha recibido una llamada desde esta dirección. Es lo único que hemos podido confirmar, luego se ha cortado —explica la agente para justificar su presencia, tras lo que procede a preguntarle si todo va bien.

Sin embargo, ya no escucho la respuesta. Toda mi atención se centra en la mujer que está de pie detrás del señor Fisher. Su aspecto también es cuidado, aunque está algo pálida y no parece tan segura de sí misma, sino más bien agitada.

—¿Es su esposa? —me intereso.

El señor Fisher no se da la vuelta, se limita a sonreír afectuosamente.

—Sí. Pero ella no ha llamado a nadie. ¿Verdad, cariño? —pregunta, a lo que ella responde negando con la cabeza—. Creo que algún vecino debe de haberles gastado una broma.

Los policías le dan las gracias y, cuando Dan se lo vuelve a preguntar, el hombre responde que no hay ningún problema y que nadie ha marcado el teléfono de emergencias. Dan se despide y pide disculpas por las molestias, pero por algún motivo no puedo marcharme sin más. Algo me ha activado las alarmas, aunque no sabría explicar qué es.

La mujer sigue detrás de él, mirándome fijamente. Aprovechando que su marido está distraído observando cómo Nash habla con los policías, levanta con cuidado la mano izquierda como si quisiera llamar mi atención, y me doy cuenta de lo mucho que le cuesta. No físicamente, sino psicológicamente. Me muestra la palma de la mano, dobla el pulgar hacia dentro y, cuando el señor Fisher retrocede para cerrar la puerta, cierra los cuatro dedos sobre el pulgar.

Acto seguido, la puerta se cierra y yo me quedo paralizada, incapaz de apartar la vista de la pintura de color verde oscuro y las diferentes mellas de la madera.

Estoy sudando todavía más que antes, y no tiene nada que ver con la temperatura exterior o con el calor que hace en la escalera. Conozco esa señal. La conozco... Me pongo a pensar frenéticamente, entrecerrando los ojos, buscando con desesperación su significado... hasta que me quedo sin aliento en cuanto la recuerdo. Joder.

Abro los ojos de nuevo y me doy cuenta de que ya se han marchado y de que Nash también se dispone a seguirlos, puesto que aparentemente todo está bien.

Siguiendo un acto reflejo, le agarro un brazo para detenerlo.

Piel contra piel, mis dedos se aferran a él y, por muy agradable que me parezca el contacto, por mucho que disfrute la forma en que me mira, no puedo olvidarme del motivo por el que lo estoy tocando.

—Tenemos que hacer subir a la policía de nuevo, rápido —le susurro, y su mirada cambia al instante, arruga la frente y entrecierra los ojos—. No era una falsa alarma —le aseguro.

—¿Qué has visto? —me pregunta, y yo me giro hacia la puerta, luego me vuelvo hacia él y trago saliva con dificultad.

Me aferro a su brazo con fuerza y noto como me suelta los dedos para tomarme la mano entre las suyas y colocarse delante de mí.

—Primero solo ha sido una sensación, hasta que he visto como la mujer que estaba detrás de ese tipo hacía este movimiento —le explico, imitando el gesto con la mano libre, y enseguida veo cómo empieza a procesarlo—. Yo también he tenido que pensarlo un momento, pero... es la señal de violencia doméstica.

—¿Seguro? —se limita a preguntar, y yo no me lo tomo mal.

—Sí, seguro.

Maldice en voz baja, aunque sin soltarme la mano, y cada vez comprendo menos en qué punto estamos, lo que hay entre nosotros. Pero ahora mismo no es el momento de pensar en eso; lo más importante es esa mujer.

—Llama a la central y alcanza a los agentes, si es posible. Y avisa a Dan y a Stephanie. Yo llamaré otra vez —propongo con más serenidad de la que siento realmente.

—De ninguna manera. Yo me quedo aquí.

—Pareces preocupado —le digo con una sonrisa tranquilizadora, a pesar de tener el estómago revuelto por los nervios.

—Esto engaña —replica dándome un apretón en la mano.

—Mentiroso. Y ahora vete, tengo que hacerlo yo.

No puedo describirlo o explicarlo mejor. Quizá porque la mujer me ha mirado a los ojos y he reconocido la señal que me ha hecho. Porque marcharse significa mirar hacia otro lado. Y me alegro de que confíe en mí y me permita quedarme, ayudar y ser fuerte.

—Ten cuidado, si resulta ser verdad...

—...podría ser un tipo peligroso. Ya lo sé. Pero cada segundo que pueda mantenerlo distraído de ella puede ser valioso.

Su expresión me demuestra que está indeciso y que le gustaría añadir algo más, pero decido adelantarme.

—Vamos. Tienes que darte prisa —le digo, y me da un último apretón en la mano antes de soltármela y bajar corriendo la escalera.

Respiro hondo y aguzo el oído. No se oye nada, ni gritos, ni chillidos ni ningún otro tipo de ruido sospechoso.

No tengo ni idea de si eso es una buena señal o más bien un indicio especialmente aciago, porque, aparte de conocer la señal en cuestión, jamás he estado cerca de un caso de violencia doméstica. Ni en casa, ni durante la carrera ni en el hospital. ¿O sí? ¿Es posible que simplemente no me haya dado cuenta?

Sacudo la cabeza con vehemencia. No es momento de pensar en esa clase de cosas. Llamo a la puerta con determinación.

—¿Señor Fisher? —pregunto, pero no responde nadie. El pánico empieza a apoderarse de mí poco a poco. Decido llamar de nuevo—. Soy otra vez yo, la doctora Collins, la médica de emergencias.

—¿Qué quiere? —replica con más amabilidad de lo que esperaba, aunque sin abrir la puerta.

—Lo siento, pero necesito unos datos y su firma —miento mientras saco una hoja de papel. Es un formulario protocolario para las salidas de emergencias que me había guardado en la bolsa, espero que no se empeñe en leerlo antes de firmar. Y espero también que Nash haya podido alcanzar a los policías.

Echo un vistazo por encima del hombro, pero la escalera sigue vacía. Y en silencio. Hay demasiado silencio.

—¡Que no hemos llamado nosotros! —grita desde el otro lado de la puerta, claramente más enojado que antes. Bien. Mientras esté pendiente de mí, no estará pendiente de ella—. ¡Lárguese!

—Me encantaría, de verdad, pero... es que necesito esa firma. Para confirmar que está usted bien y que no requería la atención del médico de urgencia.

No responde nada.

El sudor empieza a acumularse en mi frente y noto como la adrenalina pone mi cuerpo en estado de alerta, funcionando al máximo de sus posibilidades.

Vuelvo a llamar.

—Señor Fisher, solo será un momento.

Sigue sin contestar.

—¡Señor Fisher! —grito con más urgencia, y al oír que se acercan unos pasos retrocedo instintivamente. Como si ya supiera lo que está a punto de ocurrir.

La puerta se abre de golpe y aparece frente a mí un hombre furioso. Es el mismo que antes, aunque parece completamente cambiado. Tiene el rostro deformado en una mueca de rabia y su postura es amenazadora.

—Ya le he dicho —sisea, señalándome con el dedo— que no hemos llamado nosotros. Lárguese de una vez.

No tengo ni idea de por qué lo hago, pero actúo igual que siempre que tengo miedo de verdad o que estoy en una situación que debería evitar: levanto la barbilla y le planto cara.

Al ver que no me marcho, el tipo entrecierra mucho los ojos, aprieta los labios con fuerza y sale llenando todo el umbral.

—Escúchame bien, pequeña... —gruñe, intentando agarrarme, aunque reacciono enseguida y me aparto.

—Si la toca, tendré que hacerle daño —dice la voz de Nash a mi izquierda. Su tono de voz es amenazadoramente grave, pero seguro y cristalino—. Soy médico, hice un juramento para salvar vidas, no para herir a la gente. Pero si le toca un pelo, no me olvidaré de ello y le aseguro que se arrepentirá.

Con cada palabra se acerca cada vez más, hasta que por fin sube el último escalón y se coloca cerca de mí. De un modo casi imperceptible, se sitúa delante y pocos segundos después comprendo por qué lo ha hecho.

Las cosas podrían ponerse feas en cualquier momento.

Por la escalera resuenan pasos y un murmullo creciente y, como si supiera ya lo que le espera, el señor Fisher retrocede enseguida y cierra la puerta con llave. Nash no consigue evitarlo porque todavía estoy medio pegada a él, y la verdad es que lo agradezco. De eso debería encargarse la policía, no él.

Los agentes de antes llegan y nos saludan con un gesto de la cabeza. Nos apartamos deprisa para dejarles el sitio que necesitan.

Pero la puerta está cerrada con llave y no cede.

Se oyen gritos, bramidos y golpes dentro del piso, lo cual me provoca una oleada de escalofríos.

Al final los agentes derriban la puerta y consiguen entrar. Se oyen todavía más gritos, más golpes, y respiro tan deprisa y con tanta vehemencia como si estuviera dentro, involucrada en la reyerta. Noto la mano de Nash sobre mi cadera, y su brazo sujetándome tras él. Forcejeo con él, intento zafarme porque quiero pasar.

—Laura —sisea, mirándome con seriedad.

—Nos necesita —digo, librándome de su agarre con suavidad.

287

Antes de que pueda llegar hasta la puerta salen los dos agentes con el señor Fisher ya bajo control. Tiene una pequeña herida en la cabeza, pero no parece grave a juzgar por los insultos que nos dedica a gritos.

—¡Hijos de puta! ¡Cabrones! Apartad las manos de mi mujer. Os pienso matar a todos. ¡Esa zorra es mía!

Se me pone la piel de gallina mientras lo sigo con la mirada. Realmente las primeras impresiones pueden llevar a engaño.

—Lo examinaremos abajo —le oigo decir a Dan desde la escalera. Por lo visto estaba subiendo de nuevo, pero ha decidido volver a bajar.

Me pongo en movimiento una vez más, entro apresuradamente en el piso y me topo con la señora Fisher, que está llorando sentada en un pequeño banco que hay junto al ropero de la entrada. Las manos le tiemblan muchísimo y tiene la piel todavía más pálida que antes, si cabe. No para de alisarse el pelo hacia atrás de un modo innecesario, ya que no le cae ningún mechón sobre la cara.

Supongo que Nash se encargará de arreglar las cosas ahí fuera, cumplirá con las formalidades y nos podremos llevar a la señora Fisher al hospital antes de que la interroguen. Hasta entonces, debo asegurarme de que está bien.

Cuando me planto frente a ella, le hablo en un tono calmado, en voz baja, y me pongo en cuclillas poco a poco. Quiero que pueda verme en todo momento y que no tenga la sensación de que le hablo desde una posición de superioridad.

Justo cuando levanta la mirada y me ve, se derrumba por completo. Su cuerpo se agita por los sollozos y se me lanza a los brazos sin previo aviso.

—Gracias —repite una y otra vez.

No me resulta sencillo mantener la compostura, reprimir las ganas de llorar mientras respondo a su abrazo. No me resulta sencillo sostenerla y consolarla tanto como lo necesita en estos momentos, pero aguanto el tipo hasta que me suelta y sus sollozos empiezan a ser cada vez menos frecuentes e intensos. No es solo que no me resulte sencillo, sino que es realmente duro.

Se seca las lágrimas con el rímel corrido, levanta la cara y respira hondo.

—La acompañaremos al hospital. Allí la examinarán y la atenderán como es debido. Después..., cuando esté más tranquila y se vea capaz, la policía tendrá que hacerle unas preguntas —le explico mientras le cojo la mano—. ¿De acuerdo?

La mujer asiente, y en este instante me parece una persona muy fuerte. No la conozco, pero aparte de compasión y de un montón de emociones más, lo que más siento es orgullo. Estoy tremendamente orgullosa de ella.

—Por cierto, me llamo Laura —le digo, y enseguida intercambiamos una sonrisa.

—Yo soy Holly —replica con la voz tomada y algo ronca.

—Qué nombre tan bonito —digo mientras me pongo en pie, sin soltarle la mano en ningún momento—. ¿Crees que eres capaz de levantarte? ¿Si te ayudo, quizá? ¿O prefieres que te bajemos con la camilla?

Se echa a llorar de nuevo, y tarda un poco en sosegarse.

—Hacía... —empieza a decir, pero tiene que aclararse la garganta y luego suelta un sonoro suspiro. Le tiembla el labio inferior—. Hacía mucho tiempo que nadie me preguntaba qué quiero hacer.

Me cuesta respirar, algo me pesa en el corazón. El hecho de que esta mujer esté aquí sentada no significa que sea débil ni mucho menos. No significa que se merezca lo que le ha pasado, ni que se lo haya buscado. La violencia doméstica y los malos tratos a menudo son un proceso lento y progresivo. Un proceso malicioso y abrumador. Esa persona a la que amas, en la que confías, va cambiando poco a poco, día a día, convirtiéndose en alguien peor. Es tan lento que apenas te enteras, que consideras que lo que ocurre debe de ser un error, porque al fin y al cabo amas a esa persona. Y cuando por fin te das cuenta de que esos cambios insignificantes se han convertido en algo insalvable, ya es demasiado tarde. No sabes cómo has llegado hasta allí ni cómo ha sucedido. Y además ya no te quedan amigos ni familiares a los que recurrir.

En algún momento te das cuenta de que estás en una especie de sótano oscuro y frío del que alguien tiró la llave hace tiempo.

—Saldrás de esta, Holly. Vivirás, volverás a ser feliz. Si cruzas conmigo esa puerta, te aseguro que todo mejorará. Tal vez no sea fácil. Al principio te costará, pero mejorará. Ya has dado el primer paso, y creo que era el más difícil de todos los que vienen ahora.

29

Nash

Hoy sería un buen día para volver al bar y tomarse un whisky. Sin embargo, lo único que quiero es llegar a casa, instalarme en el sofá y calmarme un poco.

Hemos llevado a Holly al Whitestone. Laura no la ha dejado sola en ningún momento, ha estado charlando con ella y la ha animado a mantenerse firme y serena a pesar de haber quedado tan afectada como yo. Incluso durante el trayecto y tras haberla examinado, ha permanecido a su lado para darle apoyo, todo el posible antes de que llegara la siguiente llamada de emergencia. Eso me ha impresionado profundamente.

Anteayer estuve pensando si este trabajo es adecuado para ella. Si Laura está hecha para aguantarlo o si en algún momento acabará derrumbándose inevitablemente, y hoy he obtenido la respuesta que esperaba: está hecha para esto. Incluso si recibe algún revés importante, seguirá adelante, lo superará y crecerá gracias a ello. Y se hará aún más fuerte que antes.

La situación de Holly me parece especialmente cercana. No era la primera vez que me topaba con un caso así. Pero esta vez no lo he sabido reconocer y la verdad es que me da vergüenza admitirlo. No paro de reprochármelo.

Porque yo... me habría marchado.

Si Laura no hubiera estado presente, me habría marchado y el silencioso grito de socorro de Holly habría pasado desapercibido, y ella seguiría atrapada en ese infierno de violencia y malos tratos.

No he oído todo lo que decía durante la conversación con Laura y la psicóloga. He optado por no acercarme a la paciente para darle el espacio necesario. No todo, pero el suficiente.

Jason era su gran amor, se habían conocido en la universidad y se habían casado muy pronto. Querían tener hijos, pero Holly no conseguía quedarse embarazada. Tras una exploración se llegó a la conclusión de que no era un caso imposible, pero sí poco probable. Las posibilidades eran realmente reducidas.

A partir de ese momento Jason cambió, tal vez por la tristeza que le provocaba saber que su deseo difícilmente se cumpliría. La culpó a ella y se convirtió en un adicto al trabajo. Empezó a beber, a gritarle..., hasta que un día le pegó. A partir de entonces pasó a hacerlo cada vez con más frecuencia y más intensidad, hasta que en algún momento... Cierro los ojos al pensarlo, porque me parece insoportable la idea de que incluso llegara a violarla.

Había perdido todo el respeto por sí mismo y por la persona a la que amaba.

Nadie debería ser tratado así. Nadie se lo merece. Nadie.

—¿En qué piensas? —me pregunta Laura, y reacciono algo sobresaltado, porque me ha pillado desprevenido. Estoy plantado frente al ascensor y ya he parado de contar las veces que he pulsado el botón. Tenía la cabeza en otra parte.

—¿Bajas, también? —le digo, mirándola de reojo.

Se la ve cansada, pero no afligida. Eso es bueno. Significa que es mucho más fuerte de lo que creía. Mucho más fuerte que yo, de hecho. Lleva las manos metidas en los bolsillos de los pantalones con desenfado, y no tiene la bata puesta, para variar, mientras que se ha recogido el pelo en una trenza que le cae sobre el hombro derecho.

—Buen intento de cambiar de tema. Pero no, solo he venido porque he visto que llevas diez minutos frente al ascensor y la puerta ya se ha abierto y cerrado cinco veces. Bella me ha pedido que venga a comprobar si todavía respiras.

—Qué risa —gruño, y oigo como Laura se ríe en voz baja.

—¿Y bien? ¿Por qué no subes?

—No pasa nada —aseguro mientras vuelvo a pulsar el botón y observo las puertas cerradas del ascensor. Me parece extraño estar aquí vestido de calle tanto rato. A pesar de haber terminado ya mi turno.

Laura cruza los brazos y yo cometo el error de mirarla a los ojos; me queda claro que no se ha creído lo que le he dicho.

—¿Piensas en Holly? —me pregunta, y casi me da miedo lo bien que le funciona el instinto en esa clase de cosas.

—Tal vez.

—Saldrá adelante —asegura, y no puedo evitar frotarme la nuca con nerviosismo al oírlo—. Pero eso no es lo que más te preocupa, ¿verdad?

Ping.

El ascensor se detiene frente a mí y, esta vez sí, subo.

—No olvides que a partir del lunes empieza el primer turno en urgencias. Avisa a los demás, si quieres. La planificación estará lista mañana.

—Nash... —susurra, y lo último que veo antes de que las puertas se cierren es la preocupación patente en sus preciosos ojos de color gris azulado.

30

Laura

Odio los atascos, sobre todo cuando voy en autobús. Rezo cada vez para que no vuelva a pasar algo tan estrambótico como lo del primer día de trabajo.

Recorro el pasillo con un *frappuccino* de caramelo en la mano izquierda y un *mocha macchiato* en la derecha.

—¡Toma! —digo, dejando el *mocha* sobre el mostrador con un movimiento fluido.

Grant, que acaba de terminar el turno de noche, levanta la mirada. No he derramado ni una sola gota, y estoy muy orgullosa. De eso y de la bebida, ya que hoy me ha quedado especialmente bien.

—¡Dios mío! —exclama Grant con alegría antes de aferrarse al vaso como si su vida dependiera de ello. Todavía reina la calma, por lo que sus gritos suenan aún más claros mientras me dirijo al vestuario para cambiarme—. ¡Cásate conmigo!

Me río tanto que estoy a punto de derramar mi café.

Cuando me topo con Ian, suelto un gemido de sorpresa. La bata que llevo colgada del brazo sigue limpia, no la he manchado, no ha pasado nada. «Uf, menuda suerte.»

—Anda, conque así es como suenan.

Desconcertada, levanto la cabeza y me quedo mirando a Ian. Me sonríe con el descaro habitual, pero de todos modos no comprendo a qué se refiere hasta que...

—Ian —lo reprendo, aunque no puedo evitar sonreír. Espero que en otras circunstancias mis gemidos no suenen tan extraños...

—¿A qué viene tanta prisa, *bambina*?

—He pillado un atasco. Con el autobús.

—Seguro que has pensado en mí, ¿verdad?

Me agarro al antebrazo de Ian con fuerza antes de responder.

—No podía parar de pensar en ti, cariño —le susurro al oído en un tono exageradamente picante, tras lo que fuerzo una sonrisa. Para seguir con la broma, él se lleva la mano al corazón y hace un gesto dramático.

—¡Esas palabras, esa voz! Me rompes el corazón.

—Buenos días —oigo de repente a mi lado, y cuando me vuelvo me topo con la mirada penetrante de Nash, que acto seguido entra en la sala de descanso.

—Guau.

—¿Qué? —pregunto, retirando la mano de golpe.

El momento gracioso ha pasado y mis pensamientos se han atascado de nuevo en ese hombre que no para de evitarme desde que me derrumbé tras la muerte de Ria.

—Veo que las cosas entre vosotros van sobre ruedas, ¿eh?

—No hay nada entre nosotros, Ian.

—A eso me refería —replica, y sigo mirando a Nash

cuando Ian decide proseguir—. Pero lo habrá —concluye, lo cual me deja de piedra.

—¿A qué viene esa sonrisa?

—Me gusta sonreír. Deberías probarlo alguna vez, puede alegrarte el día.

Suelto una risita.

—No te hagas ilusiones.

—¿Yo? Jamás. Vamos, entra ahí dentro, seguro que Nash tiene que contarte algo emocionante. Hasta luego, *bambina*.

—No me llames así, ¿quieres?

—*Bambina!* —repite, levantando la voz cuando ya ha doblado la esquina por el pasillo.

Mierda, por poco llego tarde. Me apresuro hasta mi taquilla para prepararme antes de que entre Nash. Aparte de mí también están Sierra, Mitch y Jane. Hoy empezamos juntos nuestros turnos.

—Hola a todos. Solo quería informarles rápidamente de algo que a estas horas ya debe de constar en el sistema junto con la planificación de turnos actualizada —nos explica Nash. Ayer ya lo mencionó, aunque hasta el momento solo he podido hablarlo con Ryan, ya que los demás estaban ocupados y yo estaba a punto de marcharme a casa—. A partir del lunes también se encargarán del servicio de urgencias. Debido a varios factores, comenzarán antes de lo previsto, y se dedicarán a él con bastante más frecuencia de lo normal. Por tanto, su presencia aquí en la planta será más bien esporádica, aunque seguirán participando en varias operaciones. Los trayectos con la ambulancia continuarán igual. ¿Alguna pregunta?

Me cuelgo el estetoscopio del cuello y cierro la taquilla. Nash evita mi mirada. No sé si alguien más se ha fijado, aparte de mí.

Sierra se aclara la garganta.

—¿Seguirá siendo nuestro responsable? Es decir, ¿en urgencias, en la planta y en alguna operación?

—Continuaré siendo su principal interlocutor, sí. En la mayoría de las operaciones, como ya deben de haberse dado cuenta, no estaré presente porque tendré que estar operando paralelamente, aunque a menudo alguno de ustedes también participará en esas operaciones. Quedarán a cargo del médico adjunto que haya en cada caso. En planta pueden contar asimismo con la doctora Pine y con el personal de enfermería. Puesto que tendrán que lanzarse a la piscina antes de lo previsto, he pedido que me destinen a urgencias con la máxima frecuencia posible para poder prestarles atención y apoyo.

Sierra parece satisfecha con la respuesta, porque asiente y no hace más preguntas. Mitch, a mi lado, esboza una amplia sonrisa. Lo tengo a mi derecha, por lo que puedo oír perfectamente cómo le susurra al oído:

—Tú y yo en urgencias, mamacita. Se me pone la piel de gallina.

Tengo que taparme la boca con la mano enseguida para no echarme a reír a carcajadas. A Mitch se le dan fatal esa clase de comentarios, todavía peor que a Ian, y aun así de algún modo me parece adorable. Es como un cachorro que no para de tropezar con sus propias patas.

—Por favor, avisen a sus compañeros y díganles que pueden consultarme cualquier duda que se les presente. Y piensen en la ronda de visitas de mañana por la mañana.

Dicho esto, se da la vuelta y se marcha tan apresuradamente que no tengo tiempo de reaccionar.

Sin embargo, echo a correr tras él y lo alcanzo.

—¿Piensas ignorarme durante los cinco o seis años siguientes?

—No sé de qué me hablas.

Llegamos hasta donde está Grant, que justo en ese momento me guiña un ojo mientras levanta su café.

—¡Laura! Gracias, este café...

—¡Hola, Grant! ¡Te he traído tu café preferido! —exclama en ese mismo instante una mujer que acaba de llegar, y Grant palidece al instante.

—¡Edith! —exclama, alternando su mirada entre nosotras dos—. Ha sido todo un detalle por tu parte que me hayas traído un café, Laura, pero lo cierto es que estaba asqueroso —me dice—. El de Edith es mucho mejor —asegura, aunque acto seguido articula en silencio un «lo siento» que me hace tener que reprimir una carcajada.

Nash se muestra impasible, no se detiene y me veo forzada a seguirlo mientras Grant recibe el café que le ha traído Edith. No se saldrá con la suya tan fácilmente.

—¿Y bien?

—No te ignoro. Me parece evidente que seguimos hablando, ¿no?

De acuerdo, es suficiente. Lo agarro por el brazo y lo obligo a detenerse y a mirarme. Ahora mismo el pánico se apoderaría de Sofie si viera cómo se le tensan los músculos de la mandíbula, mostrando lo que piensa con demasiada claridad. Seguro que me advertiría que me anduviera con cuidado.

—Oye, yo... siento si todo esto es incómodo para ti, no pretendía presionarte. Pero estos jueguecitos ridículos no son para mí.

—Yo no juego a nada. Tendrás que hablar con Ian para esas cosas.

—Espera, ¿qué? —exclamo.

La mano se me resbala de su bata y él respira hondo. Sus rasgos se suavizan un poco, aunque todavía parece mosqueado cuando se pasa la mano por el pelo dos veces. Es entonces cuando me mira abierta y directamente por primera vez.

—Debo irme, tengo una operación enseguida —se excusa, y no lo hace de un modo antipático ni reservado, pero aun así se marcha y me evita. Siempre me está evitando. Dios, me pone de los nervios.

—¡No te atrevas a marcharte así, culo de... polla!

Es demasiado tarde cuando caigo en la cuenta de dónde estamos. Y de que no somos amigos ni pareja, sino médicos de un hospital, rodeados de curiosos. Me doy la vuelta y apenas acierto a ver a Grant escondiéndose rápidamente tras el mostrador.

—¿Cómo has dicho? —me pregunta Nash, y su voz suena casi como un gruñido. Tal vez debería empezar a controlar al menos un poco lo que sale de mi boca.

«¿Qué coño es un culo de polla? ¿Un culo con la raja muy corta que parece un prepucio?»

Tengo que luchar contra mis instintos para no largarme corriendo cuando veo que Nash vuelve con los ojos entrecerrados y se planta justo delante de mí. Su indignación es más que evidente.

—¿Cómo es posible que no seas capaz de hablar y tratar conmigo de un modo mínimamente normal? —le espeto.

—¿Eso me lo pregunta precisamente quien me acaba de llamar culo de polla? ¿En serio? ¿Qué...?

—Por favor, no me obligues a explicarte lo que es —le suplico, más que nada porque no sabría qué decirle, y enderezo la espalda antes de proseguir—. Eres testarudo, inescrutable, y un pesado y...

—Tranquila, continúa, seguro que eso contribuirá a que nuestra relación mejore —me dice con aire sarcástico, tras lo que le clavo el dedo índice en el pecho.

Noto sus músculos bajo la yema del dedo y esa calidez que me envuelve cada vez más. Esto no es bueno, no es bueno en absoluto.

Siento los latidos de su corazón... Acabo posando toda la palma de la mano sobre su pecho y en ese preciso instante me olvido por completo de lo que iba a decirle.

Me lo quedo mirando. A él, sus labios, el contorno de su rostro. Y me doy cuenta de que traga saliva y de que nos acercamos cada vez más.

No tengo ni idea de qué hacemos aquí plantados, tan cerca el uno del otro, ni qué es lo que esperaba oírle decir. Me he olvidado de todo. Solo está él, su mirada, su aliento y lo que todo eso me hace sentir.

No falta mucho para que nuestros labios se toquen, apenas unos centímetros y...

El busca de Nash suena de repente y nos devuelve a la realidad de golpe. Nos separamos de nuevo como si nos hubiéramos acercado demasiado al fuego.

Nash maldice en voz tan baja que casi me parece haberlo oído mal. Pero solo casi. No tengo la menor idea de lo que le sucede, pero es indudable que algo le pasa.

Saca el busca, le echa un vistazo y de pronto se pone muy serio.

—Tengo que irme.

—Vale —me limito a responder, ya que no se me ocurre nada más. Por un momento parece como si fuera a decir o hacer algo, pero al final simplemente se marcha.

Tras esta discusión tan extraña y con una sensación de incomodidad en el estómago, regreso con los demás.

Me los encuentro pendientes del ordenador, consultando la planificación, y me reciben de un modo distinto al que esperaba.

—Ya está aquí la niña mimada.

—Vamos, déjalo, Sierra —le dice Mitch con poco entusiasmo, mientras que Jane se limita a darme unas palmaditas en el hombro al pasar. Estoy absolutamente perdida.

—¿Qué ocurre? —pregunto, aunque en realidad preferiría no saberlo.

—¿Todo bien? ¿El trabajo, el amor? —me pregunta Sierra, y entrecierro los ojos al percibir el tono sarcástico de su voz.

—Sierra... —le advierte Mitch una vez más, sentado frente al ordenador.

Sigo sin comprender nada.

—¿Qué? Fíjate en la mierda de horarios. Nosotros nos dejamos el pellejo y ella se lleva todas las operaciones interesantes. Incluso sus turnos son mejores. ¡Se nota que hay favoritismos!

—¿Me estás diciendo que yo no me dejo el pellejo? Que hayas tenido un día de mierda no significa que puedas criticar a los demás así.

Sierra suelta un resoplido.

—Puede ser. Y la verdad es que te envidio, pero...

—Si tienes que poner un *pero* al final es que quizá no me envidias tanto —la interrumpo. No me puedo creer que esté teniendo esta conversación.

Nos fulminamos mutuamente con la mirada. Ella está enfadada porque no le gustan los turnos que le han asignado, y yo por la inconstancia que demuestra Nash. Y ahora también Sierra. Pensaba que éramos amigas.

—¿Va todo bien, Laura? Quiero decir que... —solo

oigo a Mitch a medias. Antes de que uno de los dos diga o pregunte otra tontería, me doy la vuelta y me marcho de la sala sin mediar ni una palabra más.

Menudo día de mierda. Y encima solo acaba de empezar.

Al día siguiente estamos esperando para la ronda de visitas en la habitación 142, en la que hay espacio suficiente para que quepamos todos: Nash, la doctora Pine, Maisie, Jane, Ryan, Mitch, Sierra, Zeenah, Jane y yo. Han planificado nuestros turnos de manera que podamos asistir todos. A Jane prácticamente no la veo nunca, pero siempre se muestra amable conmigo. No sé muy bien en qué quiere especializarse. Y Ryan tampoco. Maisie seguramente en traumatología, igual que Zeenah.

La paciente es la señora Daniels, de cuarenta y un años. Lleva todo el día con fiebre. Y está de postoperatorio. Pasó por quirófano hace dos días.

—¿Cuáles son las causas más comunes de fiebre postoperatoria? —nos pregunta la doctora Pine.

—Infección de la herida, las vías respiratorias o las vías urinarias —responde Sierra.

—Infección de catéteres vasculares permanentes —añade Maisie.

—¿Y el patógeno más frecuente? —pregunta Nash.

—Estafilococos, enterobacterias gramnegativas y enterococos —contesto mirándolo fijamente a los ojos—. También hongos y pseudomonas, aunque sobre todo en las unidades de cuidados intensivos, pero no deberían descartarse.

Nash se dispone a seguir, pero sé perfectamente lo que está a punto de comentar y decido adelantarme.

—Puesto que además la intervención fue intestinal, también deberíamos contemplar la posibilidad de que se trate de una fuga anastomótica. Si las conexiones artificiales de vasos sanguíneos o nervios que se llevaron a cabo durante la operación dan problemas y, por tanto, no tienen un funcionamiento satisfactorio, puede producirse una infección acompañada de fiebre que podría llegar a derivar en una peritonitis, sepsis y, en el peor de los casos, un fallo multiorgánico —recito, tras lo que me dirijo a la paciente—. No se preocupe, señora Daniels. Haremos todo lo que esté en nuestras manos para que pronto se encuentre mejor.

La paciente se ríe y yo me quedo mirando a Nash con una sonrisa en los labios. Me doy cuenta de que tiene que esforzarse para no perder la seriedad, mientras que la doctora Pine asiente en señal de reconocimiento y anota algo en su cuaderno.

—¿Por dónde se empieza? —pregunta la doctora Pine, y el primero en responder es Mitch.

—Por el examen clínico. Inspeccionando las heridas y buscando posibles signos de infección en el catéter.

—Buscando indicios de trombosis —añade Ryan.

—Luego se comprueban los parámetros de infección —señala Jane, y Sierra procede a enumerarlos.

Es buena, y le dedico una sonrisa para dejar claro que doy por olvidado su comportamiento de ayer. Es un verdadero alivio ver que responde a mi sonrisa.

—Muy bien —la elogia Nash—. ¿Qué más?

—Radiografía torácica para excluir la posibilidad de que se trate de una neumonía —dice Zeenah—. Y también un TAC con contraste si existe la sospecha de que hay una insuficiencia anastomótica o si todavía no se ha podido descartar.

—¿Qué haría si nada de todo eso proporcionara unos resultados definitivos?

—Una exploración quirúrgica —responde Ryan. La señora Daniels tendría que pasar otra vez por quirófano para abrirle la herida de nuevo. Sin embargo, suele ser el último recurso.

Mientras discutimos las medidas terapéuticas, le administran un antibiótico de una sola inyección como profilaxis.

La visita a la unidad quirúrgica ha durado una hora más, tras lo que nos hemos repartido para ocuparnos de nuestras respectivas tareas. Mientras yo paso de una habitación a otra, pienso en el poco tiempo que estoy en casa. En lo mucho que echo de menos a Jess. Pienso en mamá y papá y en mi miedo al fracaso. He llegado hasta aquí, no quiero defraudarlos. Y tampoco quiero defraudarme a mí misma.

Y pienso en el gran examen que se avecina. El USMLE (United States Medical Licensing Examination) es el examen para obtener la licencia médica y consta de tres partes. Ya he hecho dos de ellas, solo me falta una, y me da mucho respeto porque es la más exhaustiva de todas.

Mientras pienso en todo esto me acuerdo de que tengo que preguntarle a Sofie si ya tiene los resultados de los análisis de sangre de la señora Folder, para saber si sus niveles de inflamación siguen siendo elevados.

No me puedo creer lo que veo justo antes de encontrarme a Sofie y Evelyn saliendo de la sala de guardia para acercarse al mostrador. Me quedo boquiabierta, y el historial que llevaba en la mano está a punto de caérseme al suelo, aunque consigo evitarlo en el último momento.

—No —susurro—. No, no, no.

Intento darme la vuelta y largarme lo más rápido que puedo, pero no logro eludirlo.

—¡Laura!

«Mierda.»

Desesperada, cierro los ojos y por un momento mi cuerpo se niega a detenerse y darse la vuelta.

Pero solo dura un momento. Luego me quedo mirando a Josh, que se acerca a mí con un ramo de rosas gigantesco.

—¿Qué haces aquí? —pregunto con una tranquilidad sorprendente, cruzándome de brazos en la medida en que me lo permite el historial que todavía llevo en la mano.

Me mira de arriba abajo con aire bobalicón y, aunque me pese, constato que tiene buen aspecto. Josh no es tan misterioso como Nash, no es tan alto ni tan musculoso, por lo que he comprobado. Ni se le acerca en inteligencia y tampoco es tan atento, pero tiene su atractivo. Era un buen amigo, pero como pareja fue lamentable.

—Estás muy guapa... Guau.

—No exageres, ya sé que parezco la pitufina, con la bata. Quizá no es azul, pero es raro igualmente. ¿Qué haces aquí, Josh?

Estoy bastante confundida por el hecho de que esté aquí, no me lo puedo creer. Además, levanto demasiado la voz. Tanto, que de repente aparece una cara conocida por la esquina del pasillo y se me queda mirando con expresión interrogante.

Oh, no. No, por favor.

—¿Josh? —pregunta Ian, articulando el nombre sin

hacer ruido, y yo me pregunto qué he hecho para merecer esto. Recuerdo vagamente haber mencionado su nombre la noche que estuvimos bebiendo en el bar.

—Toma, son para ti —me dice Josh, tendiéndome las rosas con tanta vehemencia que no puedo hacer más que aceptarlas.

—No quiero las flores, gracias.

—Pero si te encantan las rosas —afirma, como si ese fuera el único motivo para rechazarlas.

—Me encantan las flores, pero las rosas no han sido nunca mis favoritas. Tal vez te hayas olvidado de que me gustan más las margaritas, los crisantemos y los narcisos. Pero son cosas que pasan, ¿no? Igual que lo de que te acostases con otra —le espeto con una sonrisa fría en los labios mientras le devuelvo el ramo—. Vamos a ver, Josh. ¿Qué coño haces aquí? ¿No se te ha ocurrido que si no he respondido a tus llamadas y mensajes es por algún motivo?

—Nena, lo siento.

—¿Nena? —exclamo con una mueca.

—Fue un error, no debería haber ocurrido jamás. Te echo de menos —me dice, acercándose más a mí.

Retrocedo un paso de inmediato.

—Como me toques...

—Antes no te importaba en absoluto —replica, y al oírlo se me pone la piel de gallina.

—¿Antes? Antes éramos amigos. Antes teníamos una relación y creía que te quería —le suelto, y con cada palabra levanto cada vez más la voz y me pongo más furiosa. Me da absolutamente igual quién me oiga. Si Josh sigue así, le acabaré pegando una torta delante de todo el mundo—. Antes sabías que las rosas me recuerdan a mi madre porque eran sus flores preferidas. Que llena-

307

mos su tumba de rosas y desde entonces no puedo ver-
las —prosigo, y tengo que tragar saliva para calmarme
un poco—. Antes... pensaba que yo significaba algo
para ti. Pero eso fue antes de que metieras el pene en
otra vagina, Josh.

Su rostro permanece impasible, no demuestra la más
mínima emoción. Se limita a quedarse ahí plantado, mirándome fijamente. Y por si no tenía ya pruebas suficientes de que había superado lo nuestro, eso termina
de confirmármelo.

—Por favor, vete.

—Laura, yo...

—¡Hola! —oigo de repente a mi lado. Ian se ha unido
de repente a la conversación. Lo que me faltaba. Confiaba en que se marcharía...—. Tú debes de ser Josh —constata de un modo absolutamente innecesario, tras lo que
me pasa el brazo por encima del hombro.

—¿Josh? —pregunta otra voz distinta.

Me quedo de piedra y empiezo a sudar. Esto no puede estar pasando, tiene que ser una pesadilla.

—¿En qué puedo ayudarlo?

—¿Quiénes son ustedes dos? —pregunta Josh, confundido.

—El doctor Ian Rice, un compañero que me pone de
los nervios —explico, señalando hacia la derecha—. Y el
doctor Nash Brooks, mi tutor y adjunto, que también
me pone de los nervios.

Nash ha aparecido detrás de mí y, al contrario que a
Ian, que llevaba todo el rato escuchándonos, a él no lo
he visto venir.

«Mierda, joder.»

—Me gustaría hablar con Laura. A solas.

Ian y Nash se miran un momento y yo aprovecho

para frotarme la raíz de la nariz, porque la situación no solo me parece rara, sino también realmente desesperante.

—No quiero hablar contigo, Josh. Nunca más. Por favor, vete. Sé feliz, pero olvídate de mí. Y ahora, si me permites, tengo trabajo.

—Pero...

—A Laura le gustaría que se marchara —dice Ian, todavía con el brazo sobre mi hombro.

Me lo quito de encima y lo reprendo con una mirada severa. No necesito su ayuda.

—Las conversaciones personales deberían tener lugar fuera del hospital y no en horario laboral —manifiesta Nash, y me lo quedo mirando, atónita. ¿Se ha tragado un palo de escoba o qué le pasa?

—Y fuera del trabajo tampoco quiero hablar contigo —aseguro, y no sé si me dirijo a Josh o a Nash. Me siento como si mi hermana me hubiera metido en secreto en el culebrón que ha estado viendo en todo esto desde el principio.

—Te acuestas con uno de ellos, ¿verdad? —pregunta Josh, irritado.

—Conmigo —responde Ian con una sonrisa.

—¡No! —exclamo al mismo tiempo. Con una mirada fugaz constato que a Nash se le ha hinchado la vena del cuello—. Josh, ¿a qué viene esto? No sé para quién resulta más vergonzoso, pero te aseguro que esto se ha acabado de una vez por todas. Y que quede muy clara una cosa: aunque me estuviera acostando con los dos, eso no te incumbe. Ya no. El sexo en sí no es un problema. Ni la cantidad de gente con la que tenga relaciones. Sería un problema si eso supusiera traicionar a una persona y hacerle daño. Es decir, justo lo que hiciste tú. Y, ahora, ¡lárgate! Si no, te juro por lo más sagrado que te meto en un quirófano y te opero. Y eso que todavía no he pensado qué parte del cuerpo te extirparía.

Con la respiración acelerada, me planto frente a Josh y me siento tremendamente orgullosa de mí misma. Me da igual que Ian y Nash estén conmigo, me da igual que los demás puedan oírnos y que radio macuto funcione aquí mejor que en ninguna otra parte.

Y cuando Josh por fin asiente y se marcha con la cara pálida y una mueca de disgusto, me flaquean las rodillas.

Dejo a Ian y a Nash ahí plantados y me voy.

31

Nash

Así que ese era Josh. El tío los tiene realmente cuadrados. O eso, o está desesperado. Mira que plantarse aquí de ese modo para ver a Laura..., ¿a quién se le ocurre hacer algo semejante?

Porque lo que es seguro es que no quiere a Laura. Lo ha demostrado con su lenguaje corporal, con esa manera de hablarle y con ese lamentable intento por recuperarla. Esa clase de personas me dan asco.

Me fijo en Ian, que me está mirando de una forma extraña, y frunzo el ceño con escepticismo.

—¿Qué?

—¿Las conversaciones personales deberían tener lugar fuera del hospital? —dice, imitándome antes de negar con la cabeza—. Eso ha sido catastrófico incluso tratándose de ti.

—El resto de la conversación no era de mi incumbencia.

—¿Qué me dices? ¿Por eso te has quedado a su lado

311

y has repasado a Josh de arriba abajo? ¿Porque no era de tu incumbencia?

—No he repasado a nadie —replico, mosqueado, y me marcho con la esperanza de poder librarme de Ian.

—Vamos, se han notado las ganas que tenías de pegarle una patada en el culo —añade, siguiéndome—. Porque ella te gusta. ¿Por qué coño no se lo demuestras?

—¿Qué te importa a ti eso? ¿No tienes nada mejor que hacer? ¿No tienes que cambiarle la cuña a algún paciente o algo? —le espeto, tras lo que acelero el paso.

—Muy gracioso. Sobre todo porque parece que he metido el dedo en la llaga.

—¿Qué quieres que te diga? ¿Que me gusta? ¿Es eso lo que quieres oír?

—Bueno, reconocerlo sería un primer paso.

—Lo sabes de sobra, y desde hace tiempo —murmuro, y acto seguido entro en la sala de guardia, que por suerte está vacía.

—¿Ahora pretendes seducirme? ¿Quieres que cuelgue un calcetín en el pomo de la puerta?

—Déjate de tonterías. No tengo tiempo para tus jueguecitos. ¿Qué tengo que hacer para que me dejes en paz de una vez?

Ian se pone serio y frunce los labios mientras reflexiona.

—No me acuerdo de cuándo fue la última vez que una mujer te pareció tan atractiva, o si eso ha llegado a suceder alguna vez desde que nos conocemos. Y eso que cuento con una memoria bastante buena.

—¡Ian!

—Lo que quiero decir es: ¿por qué estás siendo tan estúpido?

—Soy su tutor.

—¿Algo más?

—Eso debería ser un motivo más que suficiente.

Ian se ríe.

—Eso no es un motivo, sino una excusa. Si no quieres a Laura, no pasa nada; pero si la quieres, deberías preguntarte qué es lo que te impide arrodillarte de una vez delante de ella, pedazo de idiota. Estoy seguro de que ella siente lo mismo por ti y que hace días que intenta decírtelo, demostrártelo, pero eres tan tonto que ni la escuchas ni la miras.

—Soy... ¡Mierda! ¿Qué hago hablando contigo de esto? —maldigo, tras lo que paso junto a Ian para salir de la estancia. Sin embargo, no llego a dar más de dos pasos cuando me paro y me doy la vuelta, aunque no para dirigirme a él, ya que eso supondría aceptar que tengo que responderle—. Simplemente necesito un poco más de tiempo —declaro.

Y es cierto, porque es la primera vez que tengo esa sensación de que se trata de algo que supera la mera atracción física o la simpatía. Porque es la primera vez que yo también lo deseo, aunque parezca una paradoja. Hasta ahora no necesitaba ninguna relación. De tanto en tanto tengo relaciones sexuales, cuando consigo conocer a alguien fuera del hospital, pero ya está. Con una vez cada bastante tiempo bastaba. Hasta ahora.

—Lo que tengo claro es que no eres un tipo rápido, Nash —opina Ian, tras lo que hace una pausa. Respiro hondo porque sé que todavía me soltará algo más—. Un poco más de tiempo no supone ningún problema. Pero demasiado tiempo, sí.

32

Laura

Es lunes por la mañana, son las siete y acaba de empezar mi turno. Estoy nerviosa, porque es el primer día que me destinan a urgencias y es algo completamente distinto a trabajar en planta o en quirófano. Es incontrolable, pero también más espontáneo y estimulante. Aquí puede pasar de todo, y cualquier cosa puede salir mal.

De momento hay una calma relativa. Reina el buen humor y algunos se preparan para el relevo.

—¡Grant! ¿Qué haces aquí abajo? —pregunto con alegría mientras me inclino hacia él por encima del mostrador de admisiones.

—Hola, maestra cafetera. He pedido que me pongan en unos cuantos turnos de urgencias con los *bambini* —me dice antes de acercarse más a mí—. Y básicamente lo he hecho para coincidir contigo, pero no se lo digas a nadie.

—No me hago ilusiones, quieres coincidir conmigo solo por la cafeína —bromeo, riendo.

—Sí, eso también. No me da ninguna vergüenza admitirlo.

—¿He oído «cafeína»? —pregunta una enfermera, mirando a su alrededor. Tiene el pelo rizado, teñido de un rojo muy parecido al de su casaca, una voz melódica y clara y una sonrisa traviesa, así que me cae bien enseguida.

—Ya veo que mañana me tocará traer dos cafés.

—Eso sería fantástico. ¿Te han asignado toda la semana al turno de mañana?

—Sip.

—Es una de nuestros *bambini*, por cierto —le dice Grant.

—Hola, me llamo Lisha Chibudem. Bienvenida a urgencias... —me saluda, tras lo que le echa un vistazo a la identificación que llevo en la solapa—... doctora Collins —añade mientras me estrecha la mano.

—Me alegro de conocerte. Por favor, llámame Laura cuando no estemos atendiendo a nadie.

—Ningún problema. A mí puedes llamarme siempre Lisha. Prefiero que en el trabajo no se oiga mi apellido —me dice guiñándome un ojo.

—Buenos días —murmura Zeenah de repente a mi lado mientras se frota los ojos—. ¿Vosotros también habéis dormido mal? ¿Hay luna llena o algo así?

—No creo que la luna afecte a la calidad del sueño —la contradice Grant.

Zeenah se lo queda mirando con una expresión de incredulidad en el rostro.

—¡Claro que sí! Yo siempre duermo mal cuando hay luna llena.

—Yo también —afirma Lisha, y procede a presentarse de nuevo cuando Maisie y Ryan se unen a nosotros.

—Cuántas caras nuevas. Cuántos *bambini* —comenta otra enfermera.

A diferencia de Lisha, que tiene unos treinta años, esta supera los cuarenta, tiene el pelo rubio, los ojos azules, pocas curvas y es bastante bajita. Sin embargo, demuestra la misma seguridad que su compañera. Se llama Freya Kent.

—Al lío —anuncia Grant dando una palmada con la mirada fija en un punto que queda por detrás de nosotros. Cuando me doy la vuelta, veo llegar una ambulancia.

—¿Qué tenemos aquí? —pregunto mientras me preparo con los demás.

—Acaban de anunciarlo. Varón, veintitantos años, ha sufrido un accidente en bicicleta mientras acudía al trabajo. Ha chocado contra un coche. Fractura abierta en la pierna izquierda, contusiones y rozaduras. Está consciente y no muestra síntomas de traumatismo craneal.

—Este para mí —solicita Zeenah enseguida, tras lo que nos mira con una sonrisa.

—Pero si acabas de abrir los ojos —le reprocha Maisie, indignada, mientras se limpia las gafas. Hoy las lleva de color turquesa. Hace unos días se presentó con una montura amarilla. Es evidente que le gustan los colores vistosos.

—Hay que darse prisa —replica Zeenah, riendo mientras se desinfecta las manos y va al encuentro del paciente.

—Mirad, ya os están esperando —dice Grant, señalando a unas cuantas personas que esperan tendidas en camillas o sentadas mientras reciben los primeros auxilios por parte del personal de enfermería.

Presentan heridas menores, nada agudo o realmente

peligroso. A menudo la gente acude a urgencias porque el médico de cabecera todavía no ha empezado a trabajar o porque no saben con seguridad qué les pasa o si les pasa algo y se sienten más seguros en el hospital. A veces vienen sin motivo alguno, y otras llegan demasiado tarde.

Tras mi primera pausa, ya me está esperando un paciente. Desde que ha comenzado el turno a primera hora ha habido mucha actividad, aunque también hemos tenido momentos de calma. Entre otras cosas he podido examinar e inmovilizar un brazo con la ayuda de Grant, retirar esquirlas de vidrio de una mano, suturar una herida después de extraer el cuchillo de cocina de la cadera del paciente y quitar un anzuelo de la mejilla de un chico. La sala de urgencias no es un lugar aburrido, eso está claro.

—Buenos días, señor... —empiezo a decir, y procedo a buscar su nombre en el expediente que Grant me acaba de pasar—... Kane. Soy la doctora Collins —me presento, tras lo que corro la cortina del cubículo y me siento en el taburete con ruedas junto a la camilla en la que el paciente está tendido de lado—. Según dice aquí, tiene usted molestias rectales.

—Sí —responde, visiblemente avergonzado, ya que ni siquiera me mira a los ojos.

—¿Podría ser más específico? ¿Le duele?

—Ahora mismo sí, pero no mucho. No puedo sentarme.

Le escucho con atención y lo voy anotando todo.

—¿Desde cuándo nota esas molestias y cómo se manifiestan?

—Desde esta noche —responde, tras lo que suelta un suspiro y cierra un segundo los ojos antes de ponerse serio. Las mejillas se le sonrojan mucho antes de atreverse a concretar—. Tengo un plátano en el culo.

En un primer momento no me puedo creer lo que he oído y me siento tentada de volver a preguntarlo para asegurarme de que no me estoy confundiendo. Sin embargo, decido aclararme la garganta y reprimir la curiosidad.

—¿Hasta el fondo? —me limito a preguntar, y el paciente asiente—. ¿Y cómo ha sucedido exactamente?

—¿Me creería si le dijera que siempre tengo un cuenco con plátanos junto a la bañera y que he resbalado y me he caído encima de uno sin querer?

—¿Me creería si le dijera que sí? —replico, a lo que responde con una mueca.

—Mire, mi pareja y yo simplemente estábamos probando algo nuevo y luego mi culo se ha tragado el plátano, con piel y todo, como si fuera Godzilla o algo así. ¿Podrá sacarlo? —me pregunta con tanta desesperación que tengo que esforzarme para reprimir la risa.

—Sí, se lo sacaremos. Pero prométame que no volverá a meterse por vía rectal algo que luego no pueda sacar. Es mejor que utilice algún juguete sexual que esté concebido específicamente para eso.

Me levanto y le pido al paciente que se baje los pantalones para poder echar un vistazo. No veo ni rastro del plátano, pero tiene el ano muy enrojecido. Me pongo unos guantes, me aplico un poco de gel lubricante en un dedo y aviso al paciente antes de empezar a buscar el plátano mediante un tacto rectal.

Nada.

—De acuerdo, señor Kane. Enseguida vendrá alguien que lo acompañará a rayos X, a ver si así lo encontramos. Luego veremos cómo procedemos. ¿Quiere que le administre un calmante?

—No, ya está bien así.

—¿Dónde está su pareja? ¿Quiere que la informemos?

—Se ha marchado a trabajar después de pasarse media noche intentando sacar el plátano. Preferiría que estuviera al corriente.

—Por supuesto. Como le he dicho, enseguida vendrá alguien a buscarlo.

Tiro los guantes a la basura, me desinfecto las manos y abro la cortina. Una vez fuera, le dejo el expediente a Grant y le pido que lleven al paciente a rayos X.

—¿Serías tan amable de encargarte de esto?

—Claro, ¿qué estamos buscando?

—Un plátano. Es posible que se haya quedado atascado.

—¡No! —replica con una sonrisa maliciosa—. Bueno, al menos no es una papaya ni un cabezal de ducha.

—¿Alguna vez ha venido alguien con una papaya en el culo?

—Ay, *bambina*, no tienes ni idea de lo que llega a meterse por el culo la gente.

Con estas palabras tan perturbadoras, Grant se encarga del tema y, cuando me doy la vuelta, estoy a punto de chocar con alguien. Reconozco su aroma al instante.

—Hola —me saluda.

Ojalá su voz me dejara indiferente, pero es tan grave y bonita que pienso con demasiada frecuencia en su propietario. Y en la sensación de dormirme y despertarme a su lado.

—Hola —contesto con cordialidad, y aguardo para

ver si Nash se queda callado a mi lado o si quiere decirme algo más.

—Josh es un gilipollas.

Con eso no había contado. Perpleja, lo observo unos segundos sin saber muy bien qué responder.

—Cuando se presentó aquí lo fue, desde luego. Y espero no volver a verlo —aseguro, tras lo que hago una pequeña pausa—. No era mi intención montar una escena en el trabajo. No tenía ni idea de que había venido a Phoenix. Y no tenía ni idea porque creía que el tema había quedado zanjado.

—Laura, yo... —empieza a decir Nash, pero aprieta los labios con fuerza y pone una expresión muy seria. Bueno, más o menos como siempre. Aunque esta vez parece como si se estuviera debatiendo consigo mismo—. Me gustaría...

—Están a punto de llegar tres víctimas de un accidente que ha tenido lugar en una obra, con contusiones severas y cortes. Uno de ellos está inconsciente y otro podría perder la pierna. El tercero está en shock. Estarán aquí dentro de unos cuatro minutos —le comunica Freya a Nash, interrumpiendo lo que estaba a punto de decirme.

Nash asiente.

—Entendido. Preparad el área de reanimación y avisad a quirófano. ¡Grant! —lo llama, y este le guiña un ojo mientras se pone en marcha.

—¡Ya sé lo que hay que hacer, jefe!

—Laura, atiende al paciente en shock. Tómale la presión arterial, hazle un electrocardiograma, una ecografía FAST y también un TAC de cuerpo entero. Y una gasometría arterial —enumera.

Durante unos segundos, pienso que todavía añadirá

algo más, porque no se marcha de inmediato, porque responde a mi mirada interrogante. Porque se da cuenta perfectamente de que estoy esperando a que diga algo más.

Pero se queda callado y me deja plantada.

Cierro los puños y los presiono contra los muslos con los dientes apretados.

En algún momento le saltaré al cuello.

En algún momento lo besaré y punto.

Y en algún momento seguro que lamentaré haber deseado hacerlo.

33

Laura

Un día después ya me siento como pez en el agua. Me gusta trabajar en urgencias, a pesar de que aquí mis miedos son mucho más patentes que trabajando en la planta. El miedo a cometer errores, a tomar malas decisiones, a no estar a la altura de mis propias expectativas y de las exigencias del trabajo me acompaña cada día.

Me ocurre lo mismo con las preguntas que giran en torno a Nash con demasiada frecuencia, lo quiera o no. Ayer llamé a Jess para hablar de ello y se rio de mí. Me dijo que esa manera de rondarnos le parecería casi adorable si no fuera tan estúpida.

—¿Perdone? ¿Me está escuchando? Usted es médica, ¿no?

Si hay algo que odie más que andar pensando todo el rato en Nash es que me pregunten si de veras soy médica. Aun así, respondo con una sonrisa.

—Claro que lo escucho. Y sí, soy médica. Dice que

323

desde este mediodía le cuesta más de la cuenta respirar, y que no es la primera vez que le ocurre. Ya estuvo en el Whitestone hace dos semanas por el mismo problema, por lo que veo en su historial. Hasta ahora todo parecía correcto.

La señora que tengo delante ha pedido que la ingresen porque tiene dificultades respiratorias. El examen hasta ahora no ha revelado nada, pero es cierto que respira con pesadez, aunque tampoco da la impresión de que haya motivos para preocuparse.

—Señora Flanninger, veremos si podemos controlar esos ahogos que sufre. Le sacaremos una muestra de sangre para analizarla y veremos cómo tiene los pulmones. De momento le administraré oxígeno para que pueda respirar mejor, ¿de acuerdo?

—¡No! —grita de repente, lo que me provoca un sobresalto—. ¡Soy alérgica al oxígeno!

Antes de procesar la sandez que mi paciente acaba de soltar, oigo en el cubículo contiguo unas risas contenidas que se terminan transformando en un ataque de tos. La cortina no me permite ver quién es, pero la voz lo delata.

Nash se está tronchando a pesar de los intentos desesperados por controlarse.

No se me puede escapar la risa. Además, la señora Flanninger parece realmente asustada, como si le acabara de decir que pensaba llenarle los pulmones de lava líquida. Se me queda mirando con una expresión muy seria.

—¿Qué le parecería un poco de O_2, pues? —propongo, y consigo mantenerme impertérrita a pesar de que todos y cada uno de los músculos de la cara se me están tensando para evitar reír a carcajada limpia.

—¡Bueno, si no hay más remedio! —conviene, y mientras se acuesta en la camilla la conecto a la bombona de oxígeno. No seré yo quien le discuta la posibilidad de que sea alérgica al oxígeno, solo podría salir perdiendo.

—Relájese. Vuelvo dentro de unos minutos —le digo, y es que necesito salir del cubículo cuanto antes.

Una vez fuera, corro la cortina y me llevo la mano a la boca para no echarme a reír de inmediato, pero no puedo resistirme mucho más. Cuando por fin puedo relajarme, las mejillas me duelen de tanto reírme. Una vocecita antipática en mi interior me recuerda que es muy poco profesional reírse de la gente a la que atiendes, y de hecho lo tengo muy claro, por lo que me siento un poco culpable. Pero a veces no hay otra opción. A veces simplemente hay que reírse, siempre que sea de algo divertido y eso no le haga daño a nadie. Mi paciente parece encontrarse bien, y espero que las pruebas lo confirmen. Al menos a nivel físico. Porque el hecho de que crea que el oxígeno puede hacerle daño es otro tema.

—«¿Qué le parecería un poco de O_2?» —oigo a mi derecha, y cuando me doy la vuelta veo a Nash sonriendo y negando con la cabeza mientras intento apaciguarme.

—¿Qué querías que hiciera si no?

—No era una crítica, Laura —me asegura antes de ponerse serio de nuevo.

—Tampoco me lo había tomado como una crítica —le digo con sinceridad.

—Bien —contesta, tras lo que le entrega un expediente por encima del mostrador a Freya antes de seguir con lo suyo.

—¿Nash? —lo llamo, y cuando se da la vuelta me acerco a él, paso a paso, hasta que apenas queda espacio entre los dos. Poco espacio, poco aire, pocas posibilidades.

O muchísimas, según se mire.

—¿Qué pasa entre nosotros? —pregunto. Debería asustarme soltar las cosas de ese modo. En medio de la sala de urgencias, mientras estamos trabajando, entre emergencias y enfermos. Pero no me asusta en absoluto. Es algo que deberíamos haber hecho hace tiempo.

—¿A qué te refieres?

—Si te lo tengo que explicar es que mi pregunta sobraba —concluyo. Decepcionada, dejo caer los hombros.

—No es tan sencillo, Laura.

—Esto es de locos, Nash —le digo, abriendo mucho los ojos. A él, en cambio, se le ensombrece el rostro—. No espero una declaración de amor, no te estoy pidiendo que te arrodilles delante de mí. Solo quiero saber por qué te comportas de una manera tan extraña, quiero saber qué ocurre, si hay algo entre nosotros. Digo yo que alguna opinión debes de tener al respecto, ¿no? ¿Qué somos? ¿Somos algo? ¿O simplemente no te intereso en absoluto? —pregunto con desánimo, y después trago saliva con dificultad.

—¿Quieres hablar de esto ahora? ¿De verdad? —replica para intentar esquivarme—. Tenemos trabajo.

—Hay tres personas en urgencias, al resto se las llevarán a la planta. Y de las tres que hay, dos ya están siendo atendidas, incluido tu paciente, mientras que la mía piensa que va a morir por culpa del oxígeno. O sea que sí, creo que es un buen momento para hablar de esto —afirmo con énfasis, y lo sigo porque me da la impresión de que no tiene ni la menor idea de adónde va, de que lo único que intenta es alejarse de mí.

Se detiene, se da la vuelta y se me queda mirando, aparentemente furioso.

—Ciertas cosas requieren tiempo.

—¿Qué te da tanto miedo? —le pregunto, entrecerrando los ojos.

—Nada.

—¿Todavía sabes distinguir entre esas verdades a medias que sueltas?

—Basta, doctora Collins —me reprende, fulminándome con la mirada. Veo claramente cómo bulle por dentro.

—Ajá, así que estamos en ese punto. Es bueno saberlo. Entonces seguiré con mi trabajo e intentaré no molestarlo más, doctor Brooks.

No tengo ni idea de lo que siento, no sé lo que pienso ni lo que se me había pasado por la cabeza. Ojalá tuviera algo que hacer ahora mismo. Ojalá estuviera muy estresada y tuviera alguna tarea en la que sumergirme por completo.

Me marcho y tan solo he dado cinco pasos cuando Nash me arrastra a uno de los cubículos libres y cierra la cortina de un tirón. Respirando con intensidad, se planta delante de mí y en mis oídos oigo el murmullo de la sangre mientras mi corazón palpita, golpea, baila dentro de mi pecho, que sube y baja demasiado deprisa. No tengo ni idea de lo que ha ocurrido, pero los escalofríos recorren mi cuerpo sin parar, uno tras otro.

Es como si no supiéramos cómo hacerlo. Cómo hablar, cómo gustarnos, cómo estar juntos.

Me fijo en su rostro, en sus ojos, en sus labios, y tengo tantas palabras en la punta de la lengua que me atraganto con ellas. No consigo articular ni un sonido, me limito a esperar.

—No es tan sencillo —me aclara de nuevo, inclinándose sobre mí y poniendo énfasis en cada una de las palabras.

—Eso ya lo has dicho —replico, aún furiosa, pero con un tono de voz mucho más comprensivo que hace unos momentos. Porque todavía me atrae mucho. Demasiado.

—Esto de aquí —comienza a decir, y señala con la mano abierta a nuestro alrededor— es tan importante para mí como para ti. Soy tu tutor, tu adjunto, y acabas de empezar tu período como residente.

—Solo te has comportado con humanidad conmigo, has estado a mi lado cuando te he necesitado. Has sido humano y amable. A veces un poco gruñón, también —bromeo, y Nash hace una mueca—. Lo valoro y te lo agradezco mucho. Pero ahora tu comportamiento es infantil y me está volviendo loca, porque no comprendo cuál es el problema.

La desesperación rezuma por todos sus poros cuando se pasa las manos por el pelo y echa la cabeza hacia atrás un instante. Suelta un leve suspiro, traga saliva y de repente lo veo claro. Es evidente. Es todo lo contrario a «no tan sencillo».

—Te preocupa lo que puedan pensar de ti. ¿De verdad todavía te parece un problema? ¿Lo del favoritismo? —pregunto, tras lo que suelto un resoplido y cruzo los brazos frente al pecho.

—No es ninguna tontería, Laura.

—Doctora Collins, si no le importa —lo corrijo. Ahora soy yo quien actúa de un modo infantil y busca distanciarse de él; no puedo evitarlo. Pero no lo digo en serio.

Nash reacciona con un gemido de frustración que parece casi un gruñido.

—La reputación que consigas en este hospital es importante.

Alzo la barbilla con aire desafiante.

—No te atrevas a decirme lo que es importante para mí. Y no te atrevas a utilizarme como excusa —le reprocho, levantando los brazos. Estoy a punto de ponerme a gritar de desesperación—. Ya hemos hablado de esto. Pero te lo preguntaré otra vez con mucho gusto: ¿me tratarías de forma injusta si no importara la relación que pudiéramos tener?

Nash titubea.

—No —responde al fin.

—¿Lo harías con cualquier otra persona?

—No.

—Eso podría decirlo cualquiera, pero a ti te lo compro. Te creo. Y eso es todo lo que necesitamos saber. Me da igual lo que los demás puedan pensar o decir —concluyo, respirando hondo—. Y a ti también debería darte igual.

—A todo el mundo le importan las opiniones del resto. Todos queremos complacer a alguien. A los amigos, a nuestros superiores, a nuestra familia, a nuestros padres... —enumera, y eso sin saber que ha metido el dedo en la llaga. No solo porque lo que dice es cierto, sino también porque resulta muy doloroso constatar que jamás llegaré a saber lo que mis padres me dirían en estos momentos. Qué les parecería lo que hago, las decisiones que tomo. Qué pensarían de mí.

—Tenías razón. No debería haber sacado el tema.

Quiero marcharme, quiero alejarme de aquí, he de largarme como sea. Me siento encerrada, agobiada. De repente, esto me supera.

Pero justo cuando mis dedos tocan la tela de la cortina para retirarla, noto su mano en mi cadera, su calor detrás de mí, su aliento en mi nuca. Me hace girar sobre mí misma de un tirón y aterrizo sobre su pecho.

—A la mierda —murmura, y antes de que yo pueda comprender lo que está ocurriendo, me agarra la cara con las manos y sus labios caen en picado sobre los míos. Sin cautela, sin contención. Ya no existe un universo entero entre nosotros. No hay nada más que deseo, calor y cariño.

Nash es como una tormenta que se desata encima de mí y a la que me entrego sin ofrecer resistencia. Porque no puedo ni quiero defenderme.

Mis pechos quedan aplastados contra su torso y estoy segura de que nota lo duros que se me han puesto los pezones cuando me pego todavía más a él y recorro su espalda con las manos. Sus labios son cálidos y ansiosos; este beso no es una pregunta, sino una respuesta, y cuando su lengua encuentra la mía, mis dedos se aferran a su bata y no puedo seguir reprimiendo un leve gemido que escapa de mis labios. El beso de Nash se lo traga, pero la verdad es que ya no sé dónde empieza él y dónde acabo yo.

Rodeo su cuello con los brazos y, como si eso fuera lo único que estaba esperando, me levanta en volandas con un movimiento fluido, de manera que mi regazo queda pegado a su abdomen, con lo que me doy cuenta de lo excitada que estoy. Y de lo excitado que está él. Envuelvo su cintura con las piernas y las cruzo por detrás de él para aferrarme a su cuerpo, aunque sus fuertes brazos bastan para sostenerme sin problemas, igual que sus manos, que a estas alturas ya me agarran por las nalgas.

En esta posición tengo que inclinar la cabeza hacia

abajo para poder besarle, y la sensación es embriagadora. Mis dedos viajan por su cuerpo, se hunden en su
pelo, bajan por su cuello y recorren su bata. Suelto un
gemido de frustración cuando el estetoscopio se inter-
pone en mi camino. Porque me estorba todo, solo lo
quiero a él. Aquí y ahora.

Mantengo los ojos cerrados y lo beso, aferrándome a
su pelo, y ahora soy yo quien capta su gemido y responde con una sonrisa sobre sus labios.

Me da igual dónde estamos o a qué nos dedicamos.
Me da igual porque esto es lo que tenemos que hacer.
Era necesario.

No soy ni inexperta ni ignorante. He besado a muchos
hombres, porque los besos me parecen algo mágico, y sé
lo que es que te besen en un bar después de tomar una
copa, en un local nocturno, en sitios donde se considera
adecuado. Lo que no sabía era qué se siente cuando te
besa Nash. No tenía ni idea de lo que se siente cuando el
beso es casi como una danza en la que los dos hemos encontrado el mismo ritmo, desde el principio, sin palabras, sin problemas, como si ya nos hubiéramos besado
un millón de veces. Un beso que te hace pensar que nunca en la vida te habían besado de verdad, porque te llega
al alma y le hace cosquillas, porque te alcanza el corazón
y te deja llameando por dentro.

Estoy ardiendo, aquí y ahora. Por culpa de este beso
y de este hombre al que me aferro, explorando su piel,
notando sus músculos y respirando su aire. Me estoy
quemando y me encanta la sensación.

Sus labios se separan de los míos y quiero protestar,
hasta que me doy cuenta de que no ha decidido parar, sino
tantear el resto de mi cuerpo. Me besa las mejillas, busca
un sendero por mi mentón y mi barbilla, desciende por mi

cuello y recorre con su lengua mi pulso acelerado. Luego sigue besándome a medida que baja hasta mi clavícula, y echo la cabeza hacia atrás, porque la sensación es indescriptible.

Sus tiernos labios, su lengua y su cálido aliento me provocan un escalofrío tras otro en la piel. Tiemblo y me agarra de un modo implacable mientras yo me agarro a sus hombros para no ahogarme en mis propias sensaciones. Cuando sin previo aviso me aparta la casaca y me mordisquea la piel sobre el pecho izquierdo, justo debajo de la clavícula, estoy a punto de gritar de placer.

—Nash —susurro con la voz tomada, y es un ruego, una súplica, la constatación de mi abandono.

Abro los ojos y lo miro porque ha parado, porque no existe nada más aparte de nuestros jadeos, de la neblina que me embriaga la mente y ese anhelo que amenaza con escapar a cualquier tipo de control.

Con cuidado, decido deslizarme por su cuerpo hasta que mis pies pisan el suelo de nuevo. Estamos trabajando. Estamos en urgencias. Y acabo de besar a Nash... No, él me ha besado a mí.

Me pongo a temblar otra vez. El corazón me late con fuerza y no parece dispuesto a calmarse.

Nash sigue abrazándome, no me suelta en ningún momento, lo que me da la esperanza de que esto no sea solo un desliz o un error. Porque no tengo esa sensación en absoluto.

—Laura —murmura, y le falta el aliento tanto como a mí. Traga saliva varias veces mientras inhalo su aroma, que hoy me ha parecido más fresco que nunca, aunque con el mismo matiz almizclado de siempre—. No sé qué decir.

—No pasa nada —susurro, y sonrío a pesar de lo

332

mucho que me duele. Aparto los dedos de él, dejo caer los brazos a los lados y estoy a punto de retroceder un paso, pero me resulta prácticamente imposible, porque él todavía tiene las manos sobre mis caderas. Porque no para de mirarme y está adorable con el pelo revuelto.

Pero al final lo consigo, doy un paso atrás.

—No, no me refería a eso —matiza, y entonces tira de mí de nuevo, me pasa la mano por la nuca, por debajo del pelo, y me besa una vez más.

Esta vez no es un beso tormentoso, sino tierno, muy dulce. Es un beso que me revela lo que necesitaba saber.

Que no se arrepiente de lo que acaba de ocurrir.

34

Nash

He tomado una decisión y ahora estoy esperando a que lleguen el arrepentimiento, los remordimientos de conciencia y el miedo. Sin embargo, no noto nada de todo eso. Solo a Laura, pegada a mí, y el eco de nuestros besos y caricias.

Cada vez que me la encuentro, algo me atrae hacia ella, y con cada mirada, con cada palabra que intercambiamos, con cada minuto que compartimos, sea cual sea el contexto, la atracción que siento es cada vez más fuerte.

Aun así, le he dado demasiadas vueltas a todos los «y si» y a todos los peros, a las posibilidades y las consecuencias. Después de haber visto tantos idilios fallidos o amores no correspondidos durante el tiempo que llevo en el hospital, me había jurado a mí mismo que jamás empezaría una relación con una compañera de trabajo. Porque a la larga algo así puede interponerse en la calidad del trabajo o en la dinámica de un equipo, y eso es algo que ninguno de los dos queremos que suceda.

Pero una cosa está clara: Laura me gusta. Y lo único que deseo es poder tratarla con naturalidad.

¿Por qué es tan difícil?

Es posible que sea porque creía que necesitaba más tiempo. No me quitaba de la cabeza las palabras de Ian, y tenía la sensación de que estaba arruinando todavía más las cosas desde entonces. No conseguía encontrar la ocasión adecuada para hablar con Laura, y cuando se presentaba una oportunidad, siempre terminaba siendo demasiado breve o acababa diciendo alguna tontería y metía la pata. Joder, debe de pensar que me falta un tornillo. Como ahora mismo. Aunque esta vez Laura me ha puesto tan nervioso que no he podido evitar reaccionar. Me estaba volviendo loco con sus preguntas. Es que me vuelve loco.

No sé qué mosca me ha picado cuando la he metido en el cubículo. Creo que simplemente me he quedado sin excusas. La he mirado, he sentido el anhelo, el deseo de tenerla cerca, y me he cansado de huir de ello.

Todavía tengo su sabor en mis labios, el eco de su leve gemido en el oído y, por desgracia, una erección en los pantalones. Desde que Laura puso los pies en el Whitestone por primera vez he tenido la sensación de que tarde o temprano llegaríamos a las manos. Pero ¿de este modo? ¿Quién podría haberlo sospechado?

Una sonrisa aparece en mis labios y por un momento apoyo la frente en la suya.

—Deberíamos salir de aquí antes de que...

—¿Laura? —la llama Grant desde fuera.

—¿...nos llamen? —dice Laura, terminando la frase que he dejado a medias.

Suelto un suspiro, nos apartamos e intento adecentarme el pelo y la bata. Dios, y los pantalones también, aunque eso parece una misión imposible. De hecho, ella se da cuenta del problema y se sonroja ligeramente mientras esboza una sonrisa traviesa.

—Pues me voy —concluye con alegría antes de marcharse.

Yo me quedo dentro unos segundos más para recobrar el sentido. Aún tengo por delante al menos cinco horas en urgencias. Cinco horas al lado de Laura sin poder tocarla. Me he metido yo solito en el infierno.

Mientras estoy fuera del Whitestone, disfrutando de los últimos rayos de sol antes de que Phoenix se sumerja en un ocaso rojizo y dorado, me doy cuenta de hasta qué punto tenía razón. Ha sido un infierno.

Estaba deseando terminar de trabajar de una vez para poder salir de urgencias y no tener que seguir viendo a Laura, y al mismo tiempo quería que el turno no acabara jamás para poder seguir viéndola. Esto es una locura. Me froto la frente y suelto un suspiro de frustración.

No tengo ni idea de cuándo fue la última vez que me sentí así. No tengo ni idea de cómo terminará esto ni de adónde me llevará, pero la verdad es que hoy me trae sin cuidado. Lo que cuenta es que hace unas horas he tomado una decisión, todavía no sé si consciente o inconsciente, cuando he dicho «a la mierda» y he arrastrado a Laura hasta un cubículo durante el turno de urgencias.

He estado a punto de arrancarle la casaca y tumbarla en la camilla.

La he besado. Y ella me ha besado a mí, y de qué manera. Cierro los ojos mientras lo recuerdo. Durante unos momentos, me he olvidado por completo de quiénes éramos y de dónde estábamos.

En lugar de volver a casa directamente una vez finalizado el turno, me he quedado para esperar a esa mujer a la que no consigo quitarme de la cabeza desde hace demasiado tiempo, más del que quiero admitir.

Odio que Ian tenga razón.

Con las manos hundidas en los bolsillos de los pantalones, me apoyo en la pared junto a la puerta giratoria, esperando a que salga Laura. Suele salir siempre por la puerta principal, solo espero que hoy no le dé por cambiar esa costumbre.

Cuando unos minutos más tarde por fin la veo salir, el corazón se me acelera de inmediato y noto un peso en el pecho que me quita el aliento.

Sale por la puerta vestida con unos vaqueros informales hasta los tobillos y unas zapatillas deportivas de color verde menta, la mochila colgada en el hombro derecho y el pelo aún ligeramente húmedo y ondulado. Su camisa amarilla brilla con el sol del atardecer.

Me aparto de la pared, esquivo a un par de personas y voy a su encuentro.

—Ya era hora —digo, y ella reacciona con un respingo, volviéndose hacia mí y soltando un grito de sorpresa. Cuando se me queda mirando con la mano en el pecho y una expresión de incredulidad, me debato entre la diversión y el arrepentimiento.

—¡Nash! —exclama, y cada vez disfruto más oyendo mi nombre en su boca—. ¿Estás loco?

—Cierta gente te diría que sí —contesto con una sonrisa—. Perdona, no pretendía asustarte.

Laura respira hondo y empieza a relajarse.

—¿Qué haces aquí todavía?

—¿No es evidente? Si no lo es, supongo que significa que antes lo he hecho fatal.

Mientras sus mejillas se sonrojan, esboza una sonrisa y responde a mi mirada.

—Ya no me acuerdo —asegura. Se nota lo mucho que disfruta burlándose de mí.

Mi cuerpo toma la iniciativa y se planta justo delante de ella, tan cerca que tiene que levantar la cabeza para poder seguir mirándome a los ojos. Tan cerca que percibo el aroma floral de su champú y me doy cuenta de lo que está esperando cuando sus labios se separan ligeramente.

—¿Tienes planes para esta noche? Si no, en el frigorífico me espera un guiso bastante delicioso que preparé ayer.

—No puedo, tengo que volver a casa con Jax.

—Ah, sí, claro. Entonces ¿nos vemos mañana? —pregunta, sacudiendo la cabeza de un modo casi imperceptible.

Me duelen las mejillas de lo amplia que se vuelve mi sonrisa.

—Por supuesto que sí. Ha sido un día muy largo —respondo, constatando que se ha olvidado por completo de que me he quedado a esperarla—. Hoy no puedo ir a tu casa, pero eso no significa que tengamos que esperar a mañana para vernos —le aclaro—. ¿Te gustaría pasar la tarde conmigo? —pregunto. «Y la noche. ¿Quieres venir conmigo y quedarte en mi casa? Porque para mí ya no hay vuelta atrás»—. Puedo pedir que nos traigan la mejor comida china que hay por aquí —prosigo, más que nada por lo nervioso que me he puesto al ver que no reacciona—. Bueno, si te gusta la comida china, claro.

—Estaría bien —responde al fin con una sonrisa, y entonces sí que tengo que controlarme para no soltar un gemido de puro alivio.

—Bien —me limito a replicar mientras la envuelvo con un brazo, y luego no puedo evitar plantarle un beso en la sien mientras caminamos juntos hasta el coche.

Hemos pedido demasiada comida. Tengo la mesa del salón repleta de recipientes de comida para llevar, algunos vacíos y otros todavía llenos de rollitos de primavera, fideos con pato, pasta de arroz y otras delicias. Nos hemos zampado la mitad de la carta, hemos bebido vino tinto y hemos charlado sobre cosas simples, sin complicaciones.

Al contrario que yo, Laura ha sabido cuándo tenía que parar de comer, por lo que ahora no está sentada en el sofá con el estómago demasiado lleno, sino que se pasea con curiosidad por el salón de mi casa.

—¿Y por qué cirugía?

—Podría preguntarte lo mismo.

—Se te da bastante bien evitarme, Nash. Pero vale, empiezo yo —decide con un suspiro—. Me gustaría participar en operaciones importantes e incluso llevarlas a cabo yo misma. Me gustaría tratar casos urgentes y especializarme en cirugía cardíaca y torácica. Porque se me da bien —opina con la vista fija en el enorme rascador de Jax, que está en un rincón del fondo de la estancia frente al que se ha detenido—. Y porque mis padres eran cirujanos cardíacos.

—Cierto, Chris lo mencionó en el quirófano, ¿puede ser? ¿Y tus padres...? —comienzo a preguntar, pero al ver que Laura me lanza una mirada por encima del hombro mordiéndose el labio inferior, decido no seguir hablando. No le pregunto qué hacen ahora ni por qué lo dejaron, porque comprendo lo que quiere comunicar con eso—. Lo siento —murmuro, sintiéndome de lo más estúpido. Todavía hoy no sé qué decirle a la gente que ha sufrido una pérdida. Porque un «lo siento» nunca me ha parecido ni mucho menos suficiente.

—Se conocieron aquí, en Phoenix. No en un hospital, sino en un congreso. Yo ni siquiera sabía que mi padre había trabajado en el Whitestone durante unos meses hasta que el doctor Gardner lo mencionó. Mi padre se mudó a Nueva York después de enamorarse de mi madre. Allí nos tuvieron a mi hermana Jess, a mi hermano Logan y a mí. Éramos una familia maravillosa, pero cuando nos hicimos mayores, a mis padres les entraron ganas de ver mundo y aprovecharon para ayudar a la gente. Así fue como viajaron a México, Brasil, la India y... Afganistán —me cuenta, tras lo que hace una pequeña pausa—. Trabajaron como médicos en todos esos sitios. Me consuela pensar que murieron ayudando a gente que lo necesitaba de verdad, que su muerte no fue en vano.

Me inclino hacia delante, apoyo los antebrazos en las piernas y espero pacientemente a que siga hablando. Se da la vuelta, me sonríe un segundo y cruza los brazos frente al pecho.

—Mis hermanos se enfadaron cuando les dije que también quería ser cirujana. Que en algún momento, cuando estuviera preparada, también querría ir al lugar donde el corazón de nuestros padres latió por última vez mientras hacían algo bueno. Mientras se dedicaban a algo en lo que creían y en lo que yo también creo.

—Es una idea muy bonita.

—Pero también da miedo. Todavía no estoy preparada. Tal vez jamás llegue a estarlo. Pero de un modo u otro quiero dedicarme a salvar vidas.

—¿Por eso has reaccionado así cuando te he dicho lo de las opiniones y lo de las ganas de complacer?

—Es una tontería, ya lo sé. Pero a veces me cuesta recordar que no puedo pedirles su opinión. Que nunca sabré lo que piensan sobre sus hijos. Si estarían orgullosos de nosotros —me cuenta, y mi primer impulso es el de asegurarle que sí, que sin duda estarían orgullosos de ellos, que es algo natural entre padres e hijos.

Sin embargo, no creo que eso la consuele en absoluto. Además, siempre hay excepciones... Mis padres son la mejor prueba de ello. No les interesa lo que hago, nunca preguntan nada, hasta el punto de que he dejado de desear que lo hagan. No necesito su opinión para saberlo: soy feliz.

—¿A qué se dedican tus hermanos? —me intereso, ansioso por conocer más cosas sobre su familia y su vida.

Laura pasa las puntas de los dedos por encima de mis libros.

—Jess es fotógrafa, y muy buena, además. Yo también tengo alguna cámara y me encanta hacer fotos, pero se me da fatal. Logan es policía. Se parece mucho a mi padre, aunque no le gusta que se lo digan porque le resulta demasiado doloroso —me cuenta, tras lo que respira hondo—. ¿Y tú? ¿Siempre has vivido en Estados Unidos?

—¿Por qué me lo preguntas?

—Porque tienes acento británico —me dice con una sonrisa—. Cuando te enfadas de verdad o te desesperas se te nota más, se vuelve más claro. De lo contrario no es más que un matiz, pero me he dado cuenta y tenía curiosidad por saber de dónde te venía.

Divertido, niego con la cabeza.

—Pensaba que ya lo habría perdido del todo. Mi padre es británico. Crecí en un barrio residencial de la periferia de Londres, y con siete años mi madre dejó a mi padre y se mudó a Estados Unidos. Quiso empezar de nuevo tan lejos de él como fuera posible. Mi padre nunca se preocupó por nosotros, era un adicto al trabajo y no tengo ni idea de cómo le va la vida.

—Vaya, lo siento.

—Hay cosas que no se pueden cambiar —constato, encogiéndome de hombros—. Da igual. Mi madre vive en Chicago, hablo por teléfono con ella muy de vez en cuando. Nunca tuvimos muy buena relación, pero tampoco me importa. No me mires así, te lo digo en serio, no pasa nada. Soy feliz aquí.

—Solo con tu trabajo.

—Exacto —replico con una sonrisa—. Y por si no te has dado cuenta, no estoy solo: tengo un gato que no para de roncar —añado, señalando a Jax, que se ha enroscado a mi lado y ronca ligeramente. Jamás habría pensado que los gatos pudieran resollar de ese modo.

Laura se ríe y empieza a examinar mi colección de discos. Sigo con la mirada cada uno de sus movimientos, cada paso que da, mientras pienso en lo que ha sucedido antes...

—¿Los has escuchado todos? —me pregunta mientras saca uno para verlo mejor, lo cual me arranca de mis cavilaciones.

—Al menos una vez, sí.

—¿Y todos son de jazz?

—No, también hay de pop, soul y rock and roll. Es

una mezcla variada. Pero, salvo algunos discos concretos, lo que más me gusta es el jazz.

—¿Y en disco de vinilo el sonido es distinto? ¿Más especial? —pregunta, y yo no puedo evitar echarme a reír—. ¿Te estás riendo de mí?

—Jamás me atrevería a algo semejante —replico, apurando mi copa. Luego miro a Laura a los ojos, en los que se refleja la luz suave del salón. Me he pasado la noche mirándolos, igual que sus labios. Hasta ahora solo hemos hablado, hemos comido y nos hemos reído. Y ha estado bien. Ha sido bonito. Pero ahora me apetece algo más.

—Más te vale. ¿Por qué no pones uno para mí?

Me levanto y voy hacia el tocadiscos.

—Elige uno.

—¿Te da igual cuál? —pregunta, a lo que asiento, y guarda el disco que tiene en la mano en ese momento para elegir otro de la estantería—. Este —me dice, pasándomelo con expectación.

—Anderson East, «If You Keep Leaving Me» —leo, y me doy cuenta de que hace una eternidad que no lo escucho.

—¿Es bueno? —me pregunta con las manos en las mejillas sonrojadas.

—¿No lo conoces?

—No, lo he elegido por casualidad. Supongo que si lo tienes aquí será por algo.

—Buena respuesta —admito mientras saco el disco de la funda con sumo cuidado y levanto la tapa del tocadiscos.

Lo coloco en el plato, lo enciendo y libero el brazo para dejar la aguja sobre el vinilo con suavidad, y poco después se oye ese sonido que tanto me gusta, que me proporciona una sensación de seguridad y me relaja. Ese ligero crepitar previo a la canción, el crujido de los altavoces conectados al tocadiscos. Luego comienza a sonar la canción en el salón y nos envuelve por todas partes a un volumen perfecto, ni muy alto ni muy bajo, el justo para rendirse a la melodía.

Anderson East empieza a cantar con su inconfundible voz grave, y mientras Laura lo escucha embelesada, contemplando el tocadiscos, me coloco detrás de ella, con cuidado, sin hacer ruido. Noto en cada fibra de mi cuerpo como cambia la atmósfera, como la canción se convierte en una historia.

Tal vez sea el vino, tal vez el recuerdo de cómo le cambia la voz y cómo se mueve, de su sabor. Tal vez simplemente me he acabado soltando porque ya no podía contener más lo que sentía.

Por eso extiendo la mano y le susurro una pregunta al oído.

—¿Quieres bailar conmigo?

No se me escapa el escalofrío que le recorre el cuerpo, y cuando levanta la mano poco a poco para unirla con la mía, los dos tenemos claro que ya no hay vuelta atrás. Que ninguno de los dos querríamos volver atrás.

Por eso envuelvo sus dedos en los míos, la hago girar sobre sí misma con un movimiento fluido y la atraigo suavemente hacia mí. Pongo la mano derecha en la parte baja de su espalda, sobre la cintura de sus vaqueros, y empiezo a moverme al ritmo de la música. Es un baile lento, un suave balanceo adelante y atrás.

Que ojalá no termine jamás.

35

Laura

Esta mañana me he levantado y he ido a trabajar preparada para casi todo, pero sin duda no contaba con la posibilidad de que Nash me besara en un cubículo de urgencias y de pasar la noche bailando con él en el salón de su casa.

En el mismo instante en que mi mano ha quedado envuelta por la suya y me ha abrazado para bailar al son de la canción del disco que he elegido al azar, se ha perdido ese sentimiento de comodidad que había entre nosotros para dar paso a algo distinto. Una esperanza tácita, un deseo y un anhelo que difícilmente pueden describirse con palabras.

No es como antes. No es tan fugaz, tan frenético, no sentimos la misma ansiedad. Estamos igual que la canción que nos envuelve: tranquilos y excitados por igual. Es serenidad y certidumbre lo que nos embarga. Vulnerabilidad y expectativa. Y esperanza; sentimos mucha esperanza. Aunque en el fondo de mi consciencia, en lo más profundo de mi ser, es posible que haya también un poco de miedo.

Miro a Nash a los ojos una última vez antes de entregarme por completo al momento, de apoyar la cabeza en su pecho y deslizar la mano desde su hombro hasta su nuca. Aspiro su aroma y me estremezco cuando noto como baja la mano que tiene en mi espalda hacia la cintura de mis vaqueros. Introduce el pulgar por debajo de mi camisa, me toca la piel y la respiración se me acelera de inmediato mientras cierro los ojos.

Todo mi ser anhela su próximo avance, el siguiente paso, y me parece al mismo tiempo celestial e infernal que Nash sea tan cuidadoso y se lo tome con tanta calma. Sigue el ritmo de la canción como si formáramos parte de ella.

Como si tuviéramos todo el tiempo del mundo.

Como si cada movimiento fuera una pregunta; cada contacto, una respuesta, y cada palabra que no nos decimos, un consentimiento.

Mientras imito a Nash y me pierdo en el ritmo de la canción, no logro pensar con claridad. Su mano se desliza bajo mi camisa y recorre mi columna vertebral casi a cámara lenta, vértebra a vértebra, hasta acariciarme los omóplatos. Al hacerlo me levanta el top, de manera que solo el sujetador y la mitad superior de mi cuerpo quedan cubiertos, aunque enseguida recorre el camino inverso hacia abajo. A continuación asciende de nuevo por mis costillas, siguiendo el perfil de mi cintura. Yo respiro o, mejor dicho, intento respirar, pero no consigo el aire que necesito, porque este contacto tan delicado me está quitando el sentido, porque solo quiero suplicarle a gritos que me dé más y que me lo dé ya, porque no sé cuánto tiempo más podré soportarlo.

Lo único que revela mi estado desde fuera son los movimientos intensos de mi caja torácica, que se mueve arriba y abajo con frenesí, así como mis dedos, que se hunden en el pelo de Nash. Aparte de eso, nada delata mi agitación interior. Pero yo la noto en mi respiración fogosa, en mi temblor y en las reacciones de mi cuerpo cada vez que me toca.

Lo noto...

Y él me oye.

Oye mis suspiros, mis jadeos, mis leves gemidos. Justo frente a su cuello, su hombro, cerca de su oído.

Tengo cada vez más calor, y el cosquilleo que siento en el bajo vientre y entre las piernas también es cada vez más intenso.

Mi corazón baila con nosotros. Solo que más rápido, más impaciente. Más anhelante.

Pierdo el ritmo porque estoy demasiado distraída, de manera que Nash me pone la mano en la cadera y ejerce algo de presión. Antes de que pueda darme cuenta, doy un paso hacia la derecha y él me hace girar sobre mí misma con un movimiento fluido, de forma que al cabo de un momento vuelve a tenerme pegada a él con un simple tirón. Justo en el instante adecuado, siguiendo el ritmo de la música, aterrizo sobre su pecho, apoyando las manos en su torso, y mis labios quedan tan cerca de los suyos que casi me resulta físicamente doloroso. Se ha inclinado sobre mí, yo estoy de puntillas y seguimos bailando, nariz con nariz, compartiendo el mismo aliento.

Sus manos descienden por mi cuerpo y se detienen en mis nalgas, y de repente me doy cuenta de que no tenía ni idea... No tenía ni idea de la atracción que puede llegar a haber entre dos personas. Esto es mucho más intenso que todo lo que he vivido hasta el momento.

Me quedo mirando sus labios, contemplo sus rasgos y me pierdo en sus ojos, apenas me percato de que la canción ya ha terminado y de que no sale ni un sonido por los altavoces. Reina el silencio, solo se oye el crepitar del plato.

¿Y nosotros? Hemos dejado de bailar. Simplemente estamos de pie, uno frente al otro, sin movernos del sitio.

Y entonces, por fin, me besa.

Por fin, por fin, ¡por fin!

Primero me besa con ternura, aunque también con determinación. Luego el beso se vuelve cada vez más intenso y urgente. Sus labios son cálidos y suaves, me provocan y se burlan de mí hasta que separo los míos para permitir que profundice más. Sus manos encuentran el camino hasta mi cuello y envuelven mis mejillas. Me acaricia los pómulos con los pulgares y me siento atrapada y liberada por igual. Me siento deseada, protegida, valorada y segura. Su lengua juega con la mía y el beso se torna intenso y apasionado. Nash se recrea marcando el ritmo.

Pero ya no lo soporto más, pierdo la paciencia, el control, y no quiero continuar esperando.

Le mordisqueo el labio inferior, se lo succiono con delicadeza y sonrío frente a su boca cuando oigo que suelta un gemido. Me pasa la mano derecha por el pelo y tira de mi cabeza hacia atrás ligeramente, sin hacerme daño, pero de manera que apenas me queda margen de maniobra.

Empiezo a jadear, cada vez más alto, mientras me besa el cuello y desliza la otra mano bajo mi camisa de nuevo, para dejar un rastro de fuego sobre mi piel. Hasta que llega al sujetador.

—Nash —resoplo, pero está claro que no tiene prisa.

Pasa tranquilamente los dedos por encima de la tela del sujetador y de mi pecho, y no puedo hacer más que estirarme hacia él y aferrarme a sus hombros.

El corazón me late a toda prisa, tengo la piel de gallina y las piernas me tiemblan. Noto un cosquilleo en el bajo vientre y el vino danzando dentro de mí.

Me resisto, quiero volver a bajar la cabeza y mirarlo a los ojos. Él lo percibe y cede, me sostiene la nuca con delicadeza y responde a mi mirada.

—¿Quieres que te lleve a casa? —murmura, y debido a la excitación su voz suena algo tomada y su acento se vuelve más marcado. Cuando me ha preguntado si quería bailar y he pensado que la palabra *bailar* nunca me había parecido tan preciosa, también se le notaba el acento, aunque no tan claro como ahora.

—¿Es tu manera de preguntarme si quiero echarme atrás? —replico casi sin aliento y con la cabeza nublada por su presencia, su aroma y su calor. Por los dedos que describen lentamente círculos sobre mis pechos.

—Es mi manera de preguntarte si puedo llevarte al dormitorio y arrancarte la ropa —declara con una sonrisa—, para luego descubrir cada centímetro de tu cuerpo sin problemas y acostarme contigo. Varias veces, tal vez. Para serte sincero, desde hace un par de horas no puedo pensar en otra cosa —reconoce, y con cada palabra me excita un poco más, hasta un punto que no creía posible.

Me gustaría responder más deprisa, pensar más deprisa, pero su forma de tocarme lo impide. Cuando me roza un pezón, noto una descarga eléctrica por todo el cuerpo.

—Oh, Dios —gimoteo, casi sin aliento, y tengo que tragar saliva—. Así no puedo pensar.

—Lo siento —se disculpa, riendo.

—Mentiroso —susurro, tras lo que lo atraigo hacia mí y le doy un beso.

Noto su excitación, el movimiento de su pecho con cada respiración, los músculos que se le tensan al contacto de mis dedos.

Se pega todavía más a mí.

—Me lo tomaré como un sí.

Y dicho esto responde a mi beso sin condiciones, sin contención. Nos movemos y nos besamos mientras vamos hacia el dormitorio, y nos las arreglamos para llegar a la cama sin caer al suelo a pesar de tropezar con la pared y de estar a punto de tirar el cuadro que tiene colgado allí, porque Nash me ha presionado contra ella un momento para quitarme la camisa por encima de la cabeza y lanzarla al suelo de cualquier manera. Igual que su camiseta al cabo de unos segundos.

Me siento al borde de la cama, Nash se inclina sobre mí sin parar de besarme y no puedo evitar explorar su cuerpo febrilmente. Trazo las líneas de sus músculos, siguiendo su relieve y su definición.

Mis dedos encuentran la fina línea de vello que desaparece bajo sus vaqueros, y disfruto viendo como un escalofrío le recorre el cuerpo entero, oyendo el gemido que escapa de su boca.

—Te lo ruego, quítate de una vez los pantalones —le suplico sin que me importe lo más mínimo si parezco desesperada o impaciente.

—A sus órdenes, doctora Collins —responde, lo cual me hace reír.

Se echa hacia atrás para librarse de los vaqueros y decido sentarme en primera fila. Pero no tengo bastante con eso, por lo que lo agarro por la cintura de los pantalones y lo atraigo hacia mí, entre mis piernas, para poder ayudarlo. Y para mi sorpresa, él me lo permite.

—Eres maravillosa, Laura.

Esas palabras me desconciertan. Es una verdadera locura. No me importa que me bese, que me toque, no me importa gemir ni desnudarlo o estar sentada sobre él con un sujetador casi transparente. Pero que me diga que le parezco maravillosa, sí. Porque son dos niveles distintos, el físico y el emocional, y Nash acierta en los dos. Da en el blanco, directo al corazón. Y si me pongo a pensar en ello, seguro que me entrará el miedo. Porque con Nash todo es más intenso. Todo es distinto, desconocido y, no obstante, me inspira confianza.

Porque me hace sentir lo que siempre me había faltado.

Nos movemos como un solo cuerpo. Es como si no fuera la primera vez, como si ya lo supiéramos todo. Nash viene hacia mí y yo lo recibo; yo avanzo, él retrocede. Es como si todavía estuviéramos bailando, como si uno guiara y el otro siguiera.

Es como volver a casa.

—Tú también eres maravilloso, Nash —le digo cuando por fin consigo desabrocharle el maldito botón. Los dos lo celebramos sonriendo al mismo tiempo.

Cuando le quito los vaqueros aprovecho para acariciar su erección y oigo como aspira una bocanada de aire siseando. Dejando una hilera de besos por el camino, vuelvo a subir por sus piernas hasta el borde de sus bóxers. Las manos se me mueven solas y se deslizan hacia el trasero de Nash por debajo de la fina tela.

—Laura —jadea, aunque suena más como una advertencia o una exigencia. Suena a pura impaciencia.

Me revuelve el pelo con los dedos, a veces con suavidad y otras con ímpetu, acariciándome y provocándome. Agarro la cintura de los bóxers, se los bajo y la cara me queda justo delante de su erección. Lo deseo tanto que apenas puedo respirar. Me inclino hacia delante y... me detiene antes de que pueda metérmela en la boca. Nash se incorpora respirando con intensidad, con una tormenta en los ojos. Echo la cabeza hacia atrás para mirarlo mientras su mano derecha me sujeta por la cabeza sin hacerme daño, pero con firmeza.

—Si lo haces, no duraré ni un minuto, te lo aseguro.

—¿No aguantas nada o qué? —bromeo, y mi voz suena muy distinta. Más profunda, más ronca. Es como si la excitación hubiera extendido un velo por encima, y también sobre mi percepción, sobre todo mi mundo.

—Poco, pero con mucha frecuencia. Podría ser un lema —responde, y no puedo evitar reírme—. En cualquier caso me gustaría disfrutarlo más de un minuto.

Asiento, intentando mostrarme comprensiva, y lo miro con seriedad, captando su atención mientras levanto la mano sin que se dé cuenta. No puedo verlo, pero estoy segura de que no está tan lejos como para no poder hacer lo que me propongo.

—Lo entiendo. Pero no has tenido en cuenta una cosa.

—¿A qué te refieres? —pregunta, y en el mismo instante la sonrisa que asomaba en sus labios desaparece de su rostro para dar paso a una expresión de sorpresa y un gemido para pronunciar mi nombre.

Mi mano encuentra sus testículos, los envuelve, los acaricia y sube por el pene hasta la punta, donde se detiene para agarrarla con ternura, como una promesa de lo que puede venir, y empieza a moverse arriba y abajo.

—Sobre eso también tengo una opinión, y por mucho que me alegre saber que quieres durar más de un minuto, no me parece tan tentador como esto —declaro, y para subrayar mis palabras aumento la presión, le acaricio el glande con el pulgar y Nash se dobla de repente hacia delante, de manera que su cara queda frente a la mía. Al ver que aleja el cuerpo de mis manos, suelto un gemido de frustración.

—Me vuelves loco —murmura, y justo cuando quiero preguntarle si es un cumplido o una queja, aparta las manos de mi pelo y me acaricia las mejillas mientras me besa.

A continuación se coloca de rodillas entre mis piernas, y antes de que yo pueda comprender lo que ocurre, me desabrocha los pantalones. Cuando me los quita, caigo de espaldas sobre la cama. Me apoyo sobre los codos mientras observo cómo libera mis piernas de los vaqueros, que acaban hechos un ovillo en un rincón, igual que los suyos.

—Ya era hora de que tú también te quedaras sin pantalones —me dice.

Cuando me siento con las piernas abiertas delante de él, todavía con la fina ropa interior, soy consciente de lo cerca que estamos. Lo cerca que están sus manos de mi zona más íntima. El frescor del aire se mezcla con el calor entre mis piernas cuando, muy lentamente, me baja las braguitas hasta los tobillos y me besa la parte interior de los muslos. Es entonces cuando me doy cuenta de lo mojada que estoy.

—¿Qué haces? —le susurro con la voz ahogada, y no puedo evitar continuar mirándolo.

Agarrándome por las piernas, me acerca todavía más al borde de la cama e inclina la cabeza hacia un lado.

—¿Tú qué crees? —responde, y no puedo evitar tragar saliva—. Laura, tienes claro que no haré nada que no te apetezca o que te resulte incómodo, ¿verdad? —me pregunta, para lo que se ha levantado y se ha inclinado sobre mí, apoyándose sobre un brazo, de manera que tengo que reclinarme hacia atrás, y aprovecha para ponerme la otra mano sobre la cadera.

—Sí, lo sé.

—¿Qué te pasa? —dice con genuino interés.

Sin embargo, me quedo tendida con ganas de taparme la cara con las manos. No me ha costado desnudarlo y dejar que me desnudara y que me viera. Pero hablar sobre mis deseos y necesidades siempre es otra historia, por eso ahora mismo me está costando traducir en palabras todo lo que me da vueltas en la cabeza.

Pero cojo aire y lo miro a los ojos. Tengo delante a Nash, y no a un cualquiera.

—No sabría explicártelo bien —le advierto—. La primera vez que me hicieron sexo oral por algún motivo no me gustó nada. Me alegré de que terminara, y todavía hoy no sabría decir por qué —admito, encogiéndome de hombros.

—De acuerdo —se limita a decir—. Sobra que te diga que no tiene ninguna importancia, pero por si necesitabas oírlo... —añade con una sonrisa—. Y solo para que lo sepas: si me lo permites, en algún momento me gustaría ver si hay otros factores intrínsecos que te impidieran disfrutarlo.

—Me pone bastante oírle hablar con tanta formalidad, doctor Brooks —replico, moviendo las cejas para disimular mi inseguridad.

De repente, posa una mano sobre mi bajo vientre y lo acaricia con suavidad. Ni siquiera me he dado cuenta de que se ha movido, pero ahora lo he notado. En todo el cuerpo. Ahora noto el efecto de su contacto en todas mis terminaciones nerviosas.

—¿Qué tal esto? —me susurra al oído antes de empezar a mordisquearme la oreja, y tan solo espero que mi jadeo baste como respuesta.

Nash encuentra el punto exacto bajo mi oreja, ese lugar especialmente sensible, y suelto un gemido en el mismo instante en el que ejerce presión con la mano sobre mi clítoris, pasa un dedo por mi región más húmeda y, con un movimiento fluido, lo desliza en mi interior.

—Mierda, Laura. No sé si podré mantener este ritmo mucho tiempo.

—¿Qué ritmo? —jadeo—. Llevas una eternidad torturándome —le reprocho entre risas mientras noto su aliento en mi cuello.

—Me refiero a que no sé si podré continuar tan despacio.

Dicho esto, se incorpora, me baja los tirantes del sujetador y, mientras su dedo se mueve dentro de mí, recorriendo mi vulva una y otra vez hasta llegar al clítoris, ya soy incapaz de pensar con claridad. Me retuerzo debajo de él, me aferro a sus hombros, recorro su espalda y disfruto del juego de sus músculos bajo mis manos. Disfruto notando su peso sobre mí sin sentirme oprimida. Y su dureza contra mi piel.

—Nash —siseo, cerrando los ojos. Tengo la respiración acelerada y mis movimientos son cada vez menos controlados.

Cuando sus labios se hunden en mi pecho derecho para chuparme el pezón sin dejar de penetrarme con el dedo, curvándolo, tengo la sensación de estar a punto de explotar. Suelto un grito y abro las piernas para darle aún más espacio.

Y de repente se aparta. Mi jadeo frustrado llena la habitación y el aire frío acaricia mi piel porque ya no tengo a Nash pegado a mí y no sé qué ha ocurrido.

Solo oigo una maldición susurrada y el frufrú de las sábanas. Vuelvo la cabeza y veo que está revolviendo el cajón de la mesita de noche.

Está tumbado de bruces a mi lado, pero no consigo ver nada, por lo que gateo hasta quedar tendida a su lado. Es ancho de espaldas, apenas veo nada por encima de su hombro. Hace rato que no tengo el sujetador colocado en su sitio, por lo que decido quitármelo del todo. Oigo como Nash respira hondo en el mismo instante.

—Todavía no ha caducado —constata, sosteniendo en alto un condón entre los dedos índice y corazón.

—Gracias a Dios —suelto con una carcajada, dejándome caer de espaldas—. Porque yo no traía ninguno. Para serte sincera, no me esperaba todo esto. Nada de lo que ha ocurrido hoy, de hecho.

Se vuelve hacia mí y se queda tendido sobre un costado, apoyando la cabeza en la mano.

—Pero me alegro de que haya ocurrido —añado en voz baja.

Nash me besa con fervor antes de tomarse un momento para ponerse el preservativo y comprobar que haya quedado bien colocado.

Poco después, me atrae hacia él cogiéndome totalmente desprevenida.

Él se echa bocarriba y yo me siento encima y me inclino hacia delante, de forma que tengo la cabeza a la altura de sus hombros. Me envuelve con los brazos, aferrándose a mí con tanta fuerza que apenas tengo margen de maniobra. Su mano izquierda sobre mi pecho derecho y la derecha sobre mi barriga, a la altura de la cintura. Cuando noto su pene, no puedo más que empujar el cuerpo hacia él.

Suelto un resoplido porque no puedo besarlo. Porque no llego a sus labios y los echo de menos, igual que su aliento frente al mío.

—Nash —susurro—. Creía que ibas a cambiar de ritmo.

Él se ríe de mí hasta que inclino la pelvis, la punta de su pene se desliza dentro de mí y los dos gemimos al unísono.

Me besa en la mejilla y en el cuello y me acaricia los pechos antes de agarrármelos con fuerza y penetrarme con una sacudida brusca. Quiero levantarme, pero sus brazos me lo impiden y me mantienen pegada a su cuerpo, de manera que hundo las uñas en su piel y cierro los ojos para saborear la sensación.

—Esto tenemos que repetirlo —le oigo decir a Nash, casi sin aliento—. Se nos da de puta madre.

Pues sí, es verdad. No tenía ni idea de que pudiera ser tan intenso. De que el sexo pudiera ser más que simple placer: algo bonito y satisfactorio. No tenía ni idea de que pudiera sentir tanto y tan profundamente.

Nash está en todas partes. Su piel sobre la mía, los latidos de su corazón debajo de mí. Y la forma en que se mueve, a mi lado y dentro de mí, me lleva al borde de la desesperación. Los dedos de su mano izquierda siguen acariciándome los pechos y, aunque mantiene los brazos tensos para sujetarme, con la otra mano encuentra caminos hacia abajo, entre mis piernas ya abiertas de par en par.

Las embestidas de Nash se vuelven implacables. Suelta tacos, lo cual me excita todavía más, porque suele ser un hombre muy comedido, muy correcto, y veo que soy capaz de hacerle perder el control.

—Mierda. Laura, me voy a correr enseguida —gime, mordisqueándome el cuello—. Córrete conmigo, por favor —me suplica mientras me estimula el clítoris con los dedos. Sin piedad, con firmeza y al mismo tiempo con suavidad.

Desliza los dedos por mi humedad, aumenta la velocidad y noto cómo crece el placer, el cosquilleo, la presión. Cómo ansío la liberación mientras me muerdo los labios para no suplicarle en voz alta que continúe, que quiero más.

Me doy cuenta de cómo lucha consigo mismo, cómo intenta esperarme y, al mismo tiempo, sigue penetrándome frenéticamente, con desesperación. Por eso hago algo que nunca había hecho hasta el momento. Porque lo que más deseo ahora mismo es que se sienta bien. Bajo la mano hacia la suya, se la aparto y empiezo a tocarme yo misma.

—Pero ¿qué...? ¡Joder! No lo veo, pero saber lo que estás haciendo me vuelve loco.

—Pues párame —susurro, asfixiada por el placer y con la esperanza de que comprenda qué quiero decir.

Enseguida me agarra con las dos manos por las caderas y me estabiliza para poder seguir hundiéndose en mí mientras yo me estimulo para llegar con él al clímax. Sus embestidas se tornan más rápidas, más duras, el sudor se acumula entre nosotros, y no puedo parar de gemir porque todo empieza a ser demasiado.

—Laura —jadea de nuevo, y entonces me corro. Me corro con tanta fuerza que gimoteo.

Nash susurra mi nombre una y otra vez, y noto cómo se tensa, cómo presiona su cuerpo contra el mío hasta detenerse del todo, mientras mi orgasmo sigue ardiendo y explotando.

Y me caigo, no paro de caer. Y la sensación no podría ser más embriagadora.

36

Nash

Guau. No se me ocurre ninguna otra manera de describirlo. Esta palabra es la única que suena en bucle dentro de mi mente.

Laura está tendida encima de mí, respirando con intensidad mientras nuestros cuerpos tiemblan, empapados en sudor y con el corazón acelerado. No tengo palabras para describir lo que acaba de suceder. Lo único que sé es que quiero repetirlo. Una y otra vez, quiero volver a hacerlo.

Cuando remiten los temblores, la ayudo a bajar y a tumbarse a mi lado, y lo hace poco a poco, con una sonrisa en los labios y los ojos cerrados, y creo que no he visto en mi vida nada tan hermoso.

Le aparto un mechón de la cara y le beso la sien, la mejilla, la barbilla...

—Gracias —le digo, y ella reacciona con una risita.

—¿Por qué?

—Por esto. He sentido la necesidad de darte las gracias, porque ha sido...

—¿... increíble? —dice, terminando la frase de un modo ante el que solo puedo asentir.

Nada me gustaría más que envolverla entre mis brazos y quedarme dormido a su lado, pero por desgracia hay otras cosas que tienen prioridad.

—¿Quieres ir al baño tú primera?

—Mmm... —murmura, ya algo adormecida.

—Laura —susurro, acariciándole las cejas y la frente con el pulgar.

—Sí, voy un segundo al baño. ¿Después puedo ducharme en un momento?

—Claro. Si me avisas para que vaya.

Laura abre un ojo y sonríe con satisfacción. De repente parece absolutamente desvelada.

—¿En serio?

—Sin duda —respondo, y le planto otro beso antes de levantarme de la cama y coger un pañuelo para quitarme el condón.

Detrás de mí oigo como Laura suspira y luego aparta la sábana para ponerse en pie. Camina de puntillas hacia la puerta y no pierdo la oportunidad de seguirla con los ojos. Me lanza una mirada perezosa por encima del hombro y esboza una amplia sonrisa antes de desaparecer en dirección al baño.

El corazón deja de latirme, o al menos eso es lo que siento durante un momento. Tengo que respirar hondo para librarme de la presión que noto en el pecho, aterradora y hermosa por igual.

Las piernas me llevan hasta el vestidor que hay al lado del dormitorio. Esto seguramente suena más lujoso de lo que es en realidad: no deja de ser una habitación alargada que en su día debió de servir como despacho. Con cinco pasos llego hasta el fondo, y desde la pequeña ventana puedo contemplar los árboles que hay detrás de la casa, mientras que la pared de la izquierda está equipada con un sistema de estanterías abiertas que me sirve para guardar la ropa, los zapatos, las toallas, la ropa de cama y otras cosas por el estilo. Enciendo la luz, cojo dos bóxers, dos camisetas y dos toallas. Luego apago la luz de nuevo, salgo y me llevo un susto de muerte al ver que Jax está sentado en el pasillo, observándome.

—¡Jod..., Jax! —exclamo, pero su mirada parece casi un reproche—. Espero que no lleves mucho rato ahí sentado. Bueno, en ese caso es culpa tuya si has visto algo que no deberías —murmuro.

—Miau.

—A veces tengo la sensación de que me comprendes más de lo que me conviene. Es inquietante.

Jax emite otro gruñidito, pero lo ignoro y voy hacia la puerta del baño.

Oigo el sonido del agua y llamo a la puerta, pero Laura no reacciona. Seguramente no me oye. Por eso abro la puerta con cuidado y lanzo una mirada al interior. Desde la puerta ya veo que Laura está bajo la ducha. La cabina con mampara está en el fondo del cuarto de baño, justo debajo de una amplia claraboya.

Todavía desnudo, dejo la ropa colgada en el perchero de la izquierda, junto al lavabo, y entro en la ducha con Laura. Está de espaldas a mí, bajo el chorro de agua.

—No quiero volver a asustarte, pero no sabía cómo avisarte —digo en voz alta para que pueda oírme.

Sin embargo, no se asusta, no se sobresalta y ni siquiera se vuelve hacia mí. Espera un momento antes de mirarme por encima del hombro con los párpados entrecerrados.

—Perdona que no te haya avisado, es que la ducha me ha parecido muy tentadora. Tu baño es mucho más bonito que el mío.

Me encanta ver cómo el agua recorre su piel y las gotas quedan suspendidas en sus cejas y sus pestañas antes de seguir cayendo al cabo de un momento. Me encanta la forma en que me mira, me sonríe y me habla. Hay demasiadas cosas que impiden que consiga mantenerme alejado de ella.

Me acerco todavía más, me pongo justo a su lado, y el agua caliente me moja la piel también a mí. Cojo el gel de ducha, me echo un poco en la mano y empiezo a enjabonarle la espalda, lo que le arranca un suspiro de placer. Se le relajan los hombros mientras le masajeo la nuca, y se mueve para apoyarse en mí.

—No tienes por qué hacerlo, Nash.

—¿Me estás pidiendo que pare?

—En absoluto —responde, riendo.

Aun así, unos minutos más tarde se da la vuelta y me veo obligado a parar. El agua se lleva la espuma, tiene el pelo pegado a los hombros y a la frente y el vapor nos envuelve por completo.

Está preciosa.

—¿Mañana coincidimos en el turno? ¿O también lo has cambiado? —me pregunta, mirándome fijamente mientras me pasa las manos por las costillas hacia abajo, hasta los huesos ilíacos.

Me cuesta pensar cuando me toca de ese modo.

—No hay ningún cambio —logro responder en algún momento, sintiéndome algo idiota por lo mucho que me ha costado resistirme a modificarlos.

—Bien. Y ahora me gustaría retomar lo que antes no me has dejado hacer —declara con una sonrisa.

Confundido, no sé a qué se refiere hasta que... se pone de rodillas y me lo demuestra.

Mierda, cuánta luz. Cierro los ojos enseguida, cegado por el sol. Anoche me olvidé de cerrar las cortinas. No tengo ganas de despertarme, y todavía menos de levantarme de la cama.

Soñoliento, quiero atraer a Laura hacia mí, porque a diferencia de la última vez no la tengo tumbada a mi lado. Sin embargo, cuando alargo la mano para tocarla, no la encuentro. No noto más que un hueco fresco y revuelto en la otra mitad de la cama. Tardo unos segundos en abrir de nuevo los ojos, porque no quiero que sea cierto.

Pero lo es. La otra mitad de la cama está vacía.

Laura se ha marchado.

Maldiciendo, respiro profundamente. O sea que solo ha sido cosa de una noche. No pasa nada.

Joder, ¿a quién intento convencer? Tal vez no pase nada, pero en estos momentos no me gusta un pelo, y encima ni siquiera sé qué es lo que esperaba.

Ni siquiera sé lo que somos.

—Miau.

—¡Espera, Jax! —exclama Laura, riendo.

Al instante me incorporo en la cama, como si hubieran accionado un resorte. Sigue aquí. Y una cosa me queda clara: no sé lo que somos, pero esta sensación, este alivio que he sentido de repente, me demuestra lo que quiero que seamos. A pesar de la voz que dentro de mi cabeza me dice que podría salir mal, que sin duda saldrá mal. Porque la gente no está hecha para aceptar un «para siempre», ya que la vida misma no es para

siempre. Porque tenemos una situación laboral complicada y las cosas me acabarán estallando en la cara si no
nos andamos con cuidado.

Dejo que esa voz continúe hablando y me levanto.
Disfruto de la sensación fresca del suelo bajo mis pies
descalzos. En el pasillo oigo a Laura cada vez con más
claridad y sigo su voz hasta la cocina, donde está intentando quitarle el arnés a Jax.

Divertido, me apoyo en la pared y me los quedo mirando. Ninguno de los dos repara en mi presencia. Jax
parece muy disgustado y culpable al mismo tiempo,
mientras que Laura intenta desenredar la correa de sus
piernas. Mi camiseta le queda como un vestido corto,
todavía lleva el pelo suelto y le cae sobre la cara. Va descalza, igual que yo, y junto a Jax, en la cocina, hay unas
bolsas de la compra.

—Podrías haberte hecho daño —le dice.

—Miau —responde Jax.

—Ya lo sé, he tardado demasiado. Pero es que llevaba la compra en la mano.

—Miau.

Al final, consigue liberarlo del arnés y levanta el
dedo.

—No me culpes a mí de esto ahora.

Eso me hace reír, no puedo evitarlo. Laura se vuelve
enseguida hacia mí.

—¿Has salido con él? —pregunto, apartándome de
la pared y acercándome a ella poco a poco. Es como un
imán, mi polo opuesto. Y me siento más aliviado de lo
que debería al saber que aún está aquí.

—He querido salir a comprar algo para desayunar y
se ha empeñado en venir conmigo. Entonces he pensado: ¿por qué no? Por suerte para él, me he perdido un

poco, así que hemos dado un paseo un poco más largo de la cuenta.

—¿Y de qué te estaba culpando exactamente? —pregunto con una seriedad fingida.

—De ser una torpe y haber estado a punto de tropezar con la correa.

Los maullidos de Jax suenan como una queja, y mientras Laura lo sigue con los ojos entrecerrados, le vuelvo la cara hacia mí y la beso en los labios.

—Por un momento he pensado que te habías marchado —admito, y de inmediato lamento haber sido tan sincero.

—¿Debería haberte despertado?

—La próxima vez.

Laura sonríe, pero de un modo más forzado que antes. Más reflexivo. Aunque se apresura a disimularlo y señala hacia las bolsas.

—He comprado panecillos y *bagels* recién horneados. Y también huevos y otras cosas para untar de la tienda de productos naturales. No sabía lo que te gusta, así que he comprado bastante.

—¿Has entrado con Jax en la tienda de productos naturales? —pregunto, realmente sorprendido.

—No, lo he dejado atado fuera —me explica Laura, encogiéndose de hombros.

Al ver que el gato me mira como si me lo reprochara, no puedo evitar partirme de risa.

—No me mires así —le digo—. Has sido tú quien se ha empeñado en acompañarla.

—Miau.

Laura lo acaricia y Jax se pone a ronronear como si nada hubiera ocurrido. Los gatos son realmente veleidosos.

—Son las siete y media, aunque no lo parezca. O sea que todavía tenemos algo de tiempo. ¿Te apetecen unas tortitas? —me pregunta, y mi estómago gruñe de inmediato como respuesta.

Podría acostumbrarme sin problemas a una mañana como esta, y eso que para mí es la primera vez. No es que haya tenido muchas relaciones. He tenido dos, concretamente, y ninguna de las dos llegó a durar medio año. Odio las citas y las conversaciones triviales de compromiso. Odio la sensación de tener que adaptarme a otra persona. Y hasta ahora siempre la he tenido. Hasta ahora. Con Laura todo es tan... sencillo.

Que me da miedo.

Me da miedo desearlo.

Querer conservarlo.

Sabiendo que es inevitable acabar perdiéndolo, tarde o temprano.

Laura y yo hemos tenido suerte con el tráfico y caminamos lado a lado hacia la entrada del Whitestone. Nuestros dedos se rozan con cada paso, pero de todos modos mantenemos cierta distancia. Quizá porque mentalmente ya estamos trabajando. Porque frente a nosotros ya tenemos el gran rótulo que identifica al hospital y ya no somos dos personas que se gustan y han pasado la noche juntas.

—¿Nash?

—¿Sí? —pregunto mientras mi cabeza le da vueltas a un sinfín de cosas.

—¿Te arrepientes?

Me paro en seco cuando comprendo lo que Laura me acaba de preguntar, y un paso más tarde ella también se detiene y se vuelve hacia mí. Me mira con los ojos muy abiertos, expectante y curiosa.

Por algún motivo me duele que me lo pregunte, que haya tenido la necesidad de hacerlo.

—En absoluto —respondo de corazón, y de inmediato parece aliviada.

—De acuerdo —repone con una sonrisa de oreja a oreja—. Simplemente no quiero que las cosas se pongan raras, porque... me gustas, Nash.

Respiro hondo y asimilo lo que acabo de oír. Comprendo que quiera saber dónde estamos, pero tampoco podría decírselo, porque ni yo mismo lo tengo muy claro. Aunque no nos quedan ni veinte pasos para llegar a la entrada del hospital, me acerco mucho a ella y la beso. Coloco la mano en la parte baja de su espalda y la beso como lo he hecho ya a primera hora. Como lo hice ayer por la tarde y anoche. Y espero que eso baste para dejarle claro que yo me siento igual, por mucho que no sea capaz de expresarlo con palabras.

—En absoluto —repito mirándola fijamente a los ojos.

—Entonces ya veremos adónde nos lleva esto —comenta, y yo asiento con satisfacción—. Si tienes previsto acostarte con otra... Esto parece una locura, ya lo sé —dice con una mueca—. Lo que quiero decir es que, da igual en qué acabe convirtiéndose esto, no quiero empezar algo con alguien sin saberlo antes.

—Ni yo tengo intención alguna de empezar nada con nadie que no seas tú —respondo, dándole un beso en la frente—. Venga, entremos de una vez. Me espera un montón de papeleo. Cuando haya terminado bajaré a urgencias —le aseguro, y nos ponemos en marcha de nuevo, llegamos a la entrada principal y, después de cruzar el umbral, nos detenemos frente a los ascensores. Ella tiene que ir hacia abajo y yo hacia arriba. Llega primero el mío, las puertas se abren—. Hasta luego —le susurro—. Ya tengo ganas de bajar a verte —añado antes de subir.

En el ascensor, justo antes de que las puertas se cierren, veo como Laura me guiña un ojo de un modo coqueto y alegre por igual, y excepcionalmente me cuesta mantener la seriedad que suelo demostrar en el hospital.

Eso no se le escapa a Ian cuando se abren las puertas del ascensor. Viene a mi encuentro y prácticamente me abraza.

—Joder, pero ¿qué haces aquí? ¿Ahora quieres ser cirujano cardíaco? ¿Ha ocurrido algo en la planta? —le pregunto.

—Todo va bien, solo que no tengo mucho tiempo. Pero te he visto llegar con esa sonrisa estúpida y no he podido ignorarlo.

—Hoy no estoy para tus locuras —le digo. Hoy no. Quiero solucionar de una vez todo ese papeleo aburrido para poder bajar a urgencias con Laura.

—Dime, ¿por qué sonríes así? ¿Te ha dado un ictus?

—Por Dios, Ian. ¿Qué quieres? Y te aseguro que no sonrío nunca cuando estás cerca.

—Y lo que te cuesta contenerte. Te caigo bien y no... —empieza a decir, pero se me acerca mucho para examinar mi rostro—. Madre mía de mi vida. Ha sucedido.

No lo contradigo. No le pregunto a qué se refiere. Y eso que son los dos mayores errores que podía cometer en este preciso instante.

«¿Se puede saber qué me pasa?»

—Ha ocurrido —susurra, tras lo que se queda parado. Tengo la esperanza de que se desplome o de que simplemente se marche sin más, pero en lugar de eso lo que hace es pasar de largo—. ¡Grant! —exclama—. ¡Ha ocurrido!

—¿Seguro que estoy en un hospital? ¿Estoy consciente? —pregunto sin dirigirme a nadie en concreto mientras camino por detrás de Ian, puesto que tengo que ir precisamente a su despacho.

De repente Grant aparece tras una esquina del pasillo, sopla una de esas serpentinas de colores que tanto les gustan a los niños en las fiestas de cumpleaños y alza los brazos con Ian. ¿La había comprado especialmente para esto? ¿La había estado guardando para este momento? ¿Las tiene en el cajón de los cachivaches? ¿Es que todo el mundo se ha vuelto loco aquí?

—Un médico y un enfermero. Dos hombres adultos que trabajan en un hospital.

No soy capaz de decir nada más antes de que Ian me interrumpa.

—Me alegro de que por fin te hayas quitado el palo de escoba que llevabas metido en el culo —me dice mientras Grant levanta los pulgares.

—¿A qué viene esto? —pregunto, aunque hace ya rato que lo sospecho.

Ian se planta delante de mí y me pone una mano en el hombro.

—Nash. Tienes pinta de sexo. Hueles a sexo. Tu aura grita sexo. Tu cara...

—Cierra el pico —le espeto con brusquedad.

—Pero si estás sonriendo, colega.

—No es cierto —miento, porque sí lo es.

—No la líes.

—¿Qué te hace pensar que solo puedo liarla? —pregunto, y Grant se ríe—. Da igual, tengo que seguir. Luego me toca turno en urgencias.

—Estoy muy orgulloso de ti —asegura Ian, sorbiéndose la nariz para fingir que está emocionado, y justo en ese momento lo dejo ahí plantado y me marcho.

—A ti lo que te pasa es que te falta un tornillo.

—¡Lástima que sea un tornillo y no un clavo como el que has clavado tú! ¡Bum!

No quiero, pero este juego de palabras tan tonto me hace reír. Enseguida pienso en Laura de nuevo, en ayer, en esta mañana, y veo que Ian tiene razón, estoy sonriendo. Joder. Y encima no puedo parar. Aunque tampoco quiero.

37

Laura

—¡Lo sabía! —chilla Jess, y tengo que alejarme el teléfono del oído para evitar que su voz me perfore el tímpano.

—¡Jess!

—Ay, perdona. ¡Pero es que estoy muy emocionada! Casi tanto como si me acabara de tirar a un cirujano buenorro.

—No me he tirado a nadie —replico, arrugando la nariz.

—Era una manera de decirlo. ¿Cuándo os volveréis a ver?

—Pronto —respondo, y veo literalmente como mi hermana pone los ojos en blanco.

—Me refiero a fuera del hospital.

—Todavía no hemos hablado de eso.

—¿Me estás diciendo que esto va en serio?

Suelto un suspiro. Todas esas dudas dan vueltas dentro de mi cabeza incluso a pesar de Jess.

—Ya veremos —respondo, y aunque sea una vaguedad, la verdad es que se me encoge el estómago al pensar en eso tan frágil, ese entramado tambaleante pero cada vez más real. Ahora que forma parte de mi vida, junto con Nash, no me gustaría volver a perderlo. No quiero que se derrumbe y que me acabe enterrando bajo los escombros.

—Solo quiero que seas feliz. Nunca te han parecido bien las incertidumbres. Por supuesto, es posible que lo de hoy sea distinto, pero... Lo que quiero decir es que te cuides, ¿de acuerdo?

—¿A mí o a mi corazón? —pregunto medio en broma y casi sin pensar. Las palabras salen de mi boca tan deprisa que no las puedo detener.

—Si me lo tienes que preguntar es que ya tenemos un problema, ¿verdad?

Trago saliva con dificultad. Pues sí, lo tenemos.

—He de colgar, subo al ascensor y no hay buena cobertura.

Lo cierto es que todavía estoy frente a los ascensores y ni siquiera había pulsado el botón hasta ahora, pero eso no tiene por qué saberlo.

—Llámame más a menudo, ¿vale?

—Lo intentaré.

—Te quiero.

—Yo también —respondo antes de colgar. Y como cada vez que hablamos por teléfono o por videollamada, la echo de menos. Me alegro de que vaya a volver de Berlín y tal vez incluso se quede una temporada conmigo antes de aceptar un trabajo en el otro extremo del mundo, o al menos a medio camino.

Me guardo el móvil manteniendo en equilibrio la bandeja de cartón que me permite llevar cuatro tazas de acero inoxidable con tapa y pajita sin derramar ni una gota. Desde que pedí esta bandeja, la utilizo casi a diario. Quizá debería dejar mi trabajo y dedicarme a ayudar a Edith a servir cafés a todo el personal. Sonrío sabiendo que eso no ocurrirá jamás.

Hoy he vuelto a la planta. Me han dado un descanso en urgencias y la verdad es que me alegro del cambio.

Ping.

Subo con el ascensor y, cuando se detiene y salgo, veo que Maisie viene corriendo hacia mí.

—¡Laura, por favor, mantén las puertas abiertas!

Tengo el tiempo justo para meter un pie entre las puertas antes de que se cierren del todo. Maisie tiene la cara enrojecida y parece realmente estresada.

—Gracias —me dice mientras sube al ascensor y pulsa el botón de la planta baja con insistencia.

—¿Todo bien?

—Llego tarde y hoy tengo turno en urgencias —contesta con la respiración acelerada mientras hace una mueca. La puerta se cierra y el ascensor vuelve a bajar.

Divertida, prosigo con mi camino. Sé lo que es. La planificación de los horarios y los diferentes turnos al principio pueden volverte loca. Especialmente aquí, en el Whitestone, donde hacemos de todo: urgencias, quirófanos, planta e incluso salidas con la ambulancia.

Cuando llego frente al mostrador de recepción, Grant, Bella y Sofie ya me están esperando.

—Vaya, ya podríais recibirme así cada día —bromeo, y los tres sonríen.

—Hemos oído que alguien decía tu nombre y hemos sabido enseguida que nuestros cafés estaban a punto de llegar —me explica Bella con un guiño.

—Y no es que solo te queramos por tu café —añade Sofie.

—Ah, no, tampoco es que nos caigas tan mal —remata Grant con una amplia sonrisa.

—Qué risa. Toma, un *mocaccino* para ti, un café helado con sirope de caramelo para Sofie, y para Bella y para mí lo mismo: un *frappuccino* de caramelo.

Les reparto las tazas a cada uno y Grant se queda la bandeja para guardarla en un cajón.

—Eres nuestro ángel de la guarda —dice Bella justo antes de tomar el primer trago y volver al trabajo.

—¡Gracias, Laura! —exclama Sofie mientras se pone en marcha, sonriéndome por encima del hombro.

Grant se queda conmigo, mirándome de una forma extraña.

—¿Todo bien? —le pregunto, algo confundida.

—Genial. ¿Tú también? —murmura mientras se toma el café.

—Te comportas de un modo raro.

—O sea que ¿todo va bien?

—Sí... —respondo, estirando la sílaba de manera que parece más una pregunta que una afirmación—. ¿Me he perdido algo?

—¿Nash también está bien? —masculla, y ahora me doy cuenta de lo que quiere decir.

—Eso espero. Pero ¿por qué no se lo preguntas tú mismo? —replico, tras lo que me aparto del mostrador de recepción y lo rodeo para ir al vestidor.

Grant me sigue por el otro lado.

—¡Él no va a soltar prenda! —grita, puesto que camino más deprisa que él.

—¡Yo tampoco! —contesto por encima del hombro.

Divertida por el intento frustrado de Grant de sonsacarme información, niego con la cabeza. Sin duda Grant se dio cuenta de que nos besábamos en la sala de urgencias el otro día y ahora está pendiente de lo que pueda suceder. Pero no es de su incumbencia.

Entro en la sala común, voy hacia la zona de las taquillas y me encuentro con Jane. Como de costumbre, se limita a saludarme con un simple «hola», me dedica una sonrisa cordial y luego se marcha. Seguramente sea una persona de pocas palabras, o tal vez necesite un poco más de tiempo para coger confianza. De lo contrario, no me explico por qué es tan poco simpática conmigo.

Cuando se ha marchado, veo que Sierra y Mitch están sentados en la mesa del fondo. Él le acaba de pasar su comida mexicana.

—Hola —los saludo mientras abro mi taquilla, cojo mi casaca y me meto en el vestidor que hay junto a las duchas. La bata la dejo dentro.

—Hola —me contesta Sierra, y Mitch se limita a levantar la mano. Después coge sus cosas y literalmente las lanza dentro de su taquilla.

—Se acabó la pausa. Hasta luego.

Se marcha y Sierra empieza a remover la comida. En lugar de cambiarme directamente, me siento un momento a su lado.

—¿Cómo va el turno hasta ahora?

—¿De verdad quieres saberlo? —replica, resoplando.

—Bueno, si no, no te lo habría preguntado. ¿Qué me dices?

—La nueva lista de operaciones está colgada fuera —constata, tras lo que levanta la cabeza para mirarme.

—¿Hay muchas?

Sierra suelta una carcajada de incredulidad.

—Eso no sería ningún problema. Precisamente estaba hablando de eso con Mitch, porque este tío no es capaz de cerrar el pico —me cuenta, y parece mosqueada cuando se pasa las manos por el pelo rizado para recogérselo de nuevo—. No sé qué estoy haciendo mal. Las cosas van bien. Aparte de lo de la penicilina, nada más ha ido mal. Bueno, vale, en una operación —admite con una mueca—, estaba poco concentrada y cometí un error. Pero, por Dios, solo era una operación rutinaria, una hernia inguinal, no es que fuera una operación a corazón abierto —se queja, tras lo que respira hondo—. Me han tocado las peores operaciones, como a Ryan.

—Eso no tiene por qué significar nada.

—¿Ah, no? Durante las próximas dos semanas a ti te han asignado tres operaciones de corazón: *stent*, reparación de cicatrices y baipás. A mí no me asignan ni una de ese tipo, Laura. Ni una puta operación de corazón.

Sé que tanto Sierra como Mitch quieren especializarse en cirugía cardíaca. Por eso me duele que esté pasando por este mal momento.

—¿Te gustaría ocuparte de una de las mías?

—Puedes ahorrarte la compasión —me espeta, tras lo que cierra la tapa de la fiambrera y guarda la comida de Mitch. Luego consulta el reloj y se pone en pie—. Tengo que irme.

—No es compasión. ¿Quieres una operación de corazón? Pues quédate con una de las mías.

—No quiero tus operaciones —me responde, furiosa, y yo también me levanto de la mesa.

—Entonces ¿qué? —pregunto. Estoy cada vez más enfadada porque no puedo ayudarla y porque tengo la sensación de que me está culpando de que sus operaciones sean tan aburridas—. ¿Por qué no les preguntas a Nash o a la doctora Pine qué ocurre?

—Ah, así que el doctor Brooks ya es Nash —replica en tono quisquilloso.

—Pero si tú también lo llamas Nashville.

—Pero no cuando hablo con él.

—¿De verdad te importa que...?

Sierra levanta la mano para interrumpirme y respira hondo. Sus rasgos se relajan un poco.

—Déjalo, ¿quieres? Ya me las arreglaré.

—Sierra —digo, pero me corta de nuevo, esta vez forzando una sonrisa.

—Espero que ninguno de nosotros acabe en la mierda porque te estés acostando con él.

Me lo suelta con calma, con aire pensativo, no como había esperado que lo hiciera. Lo dice así para que me sienta culpable y, tanto si lo pretendía como si no, lo cierto es que por un momento me olvido de que debería traerme sin cuidado. De que hasta ahora no me importaba lo que pudieran pensar los demás. Sabía que tarde o temprano esto se volvería contra mí, pero ¿tan rápido?

—Habla con él —repito, pero Sierra se limita a guiñarme un ojo antes de salir por la puerta.

Tal como sale, entra Zeenah, y mientras tanto yo me presiono la raíz de la nariz para contenerme y no ponerme a gritar de frustración.

—Hola, Laura. ¿Va todo bien?

—No, pero pasará —respondo con la esperanza de que así sea—. ¿Comienzas el turno ahora?

—No, hoy es mi día libre y me había propuesto estudiar un poco, pero la doctora Pine me ha permitido acompañarla en los tratamientos —me explica, tras lo que me dedica una sonrisa y procede a meter sus cosas en la taquilla—. Seguro que estará bien, pero ¿quieres saber la verdad? En casa no voy a abrir ni un solo libro y todavía tengo que estudiar para el examen final. Es dentro de unos meses, pero se supone que será muy duro y me he propuesto no empezar a estudiar cuando ya sea demasiado tarde. Soy de las que deja esas cosas para el último minuto, y odio ser así.

Se acerca el momento de hacer el USMLE.

—Comprendo —contesto.

Por suerte, estudiar en sí nunca ha supuesto un problema para mí. No tanto como lidiar conmigo misma, al menos, o con las exigencias que me impongo. Siempre acabo poniéndome un listón muy alto por miedo a fracasar, a perder el control o a quedarme en blanco. He ido mejorando con el tiempo en ese sentido, pero, como dice Zeenah, una no puede salir jamás del todo de su propia piel.

—¿Y tú? —me pregunta mientras se prepara la casaca.

—Me toca turno en la planta. Excepcionalmente también tengo a un paciente de cirugía traumatológica, o sea que he de pasar por allí a primera hora. Además, quería preguntarle a alguien si tiene tiempo o ganas de hacer una ecografía conmigo. El resto lo llevo bien, pero en eso estoy bastante verde.

—Ah, sí —replica, arqueando las cejas mientras se recoge el pelo con el pañuelo—. Mucha suerte con eso. Yo seguro que lo dejaré para más adelante. Pero, eh, pasito a pasito. ¿También tienes que cambiarte? —me pregunta mientras señala lo que llevo en la mano al ver que entra un compañero nuestro.

—Sip. Voy contigo. Ay, recuérdame que tengo tu fiambrera. Perdona que no te la haya devuelto todavía, ¡pero la comida estaba deliciosa!

Zeenah esboza una sonrisa de oreja a oreja.

—Me alegro mucho.

Nos cambiamos y nos despedimos directamente, porque Zeenah termina antes que yo. Aunque mi turno empieza enseguida, todavía no estoy lista, y eso me molesta. Igual que la conversación con Sierra, que no consigo quitarme de la cabeza.

—No, no perderá la pierna, señor Andrews. Le cambiaremos la articulación de la cadera —repito, levantando un poco más la voz.

—¿Una articulación de madera? ¿Una pata de palo, como si fuera un pirata?

El señor Andrews tiene unos setenta años y serios problemas de audición. Debería preguntar si alguien del área de otorrinolaringología puede echarle un vistazo.

—¡De cadera! —digo, gritando, y el señor Elderson, que está tendido en la cama de al lado, recuperándose de una operación de ligamentos cruzados, se ríe tanto que ya le caen las lágrimas por las mejillas.

Genial. Lo peor de todo es que me gustaría poder reírme también, pero tengo que reprimirme. No solo porque sería una falta de respeto, sino porque el señor Andrews me cae realmente bien.

—¿De cadera? Ah, vale —replica, y no puedo evitar esbozar una sonrisa.

—Muy bien, señor Andrews. Ahora descanse. Pasaré a verlo mañana otra vez antes de la operación —vocifero a pesar de estar justo a su lado. Un poco más cerca y estaría sentada sobre su regazo—. ¿Tiene alguna pregunta?

—Me operan mañana. Sí, eso me ha quedado claro.

Suspiro y niego con la cabeza antes de anotarlo todo en el expediente.

—¡Hasta mañana, señor Andrews! —grito, y me despido con la mano también del señor Elderson, que sigue riéndose, antes de salir de la habitación y volver a la tercera planta.

Entonces me topo con Sofie y se me ocurre algo.

—¿Sofie? —la llamo.

Ella se da la vuelta y me saluda con cordialidad.

—Hola, Laura. ¿Estabas arriba con el señor Andrews? —me pregunta, y me apresuro a alcanzarla para hablar con ella.

—¿Se me oía gritar desde aquí?

Sofie se ríe y niega con la cabeza.

—No, pero habría sido divertido. Necesita un audífono urgentemente.

—¿Me lo dices o me lo cuentas? Oye, ¿serías tan amable de pedir un equipo para ecografías? Después te relleno el formulario —le prometo mientras le tiendo el expediente.

—Claro, será un placer —responde, asintiendo.

—Mil gracias. Es que antes me he olvidado.

—No pasa nada. Por cierto, mañana estaremos juntas en urgencias —me informa, moviendo las cejas.

—¿Te ha gustado lo de hoy? ¿O quieres que te haga lo mismo que a Grant?

—A mí hazme lo de siempre, cariño —me dice mientras sigo andando.

Los dos visitantes que acaban de pasar por nuestro lado se nos quedan mirando algo desconcertados. Si supieran que solo estamos hablando del café...

Cuando doblo la esquina del pasillo, veo a Nash a lo

lejos. Está apoyado en una pared, y con cada paso que doy hacia él me pongo más y más nerviosa. El pulso se me acelera demasiado, el corazón me late con fuerza y el estómago se me encoge.

Me encanta verlo.

Estoy a punto de decirle hola cuando entra en la siguiente habitación. Cuando por fin estoy lo suficientemente cerca como para echar un vistazo dentro, no suelto un grito por poco, puesto que de repente me arrastran al interior del cuarto. Me controlo solo porque al instante noto la calidez de sus labios sobre los míos. Nash se pega a mí contra la puerta, y aunque enseguida respondo a su beso, al cabo de un momento lo aparto de un empujón y miro a mi alrededor.

—Está vacía —me dice, riendo—. ¿De verdad pensabas que habría alguien?

—He pensado que esto... —empiezo a decir, señalándonos con el dedo—... aquí, en el trabajo, no podía ocurrir. ¿O has cambiado de opinión y no me ha llegado la noticia? —añado con una sonrisa descarada, sabiendo que no es así.

Él se me queda mirando con los labios apretados, apoyado sobre el brazo derecho contra la puerta. Mientras tanto, con la mano izquierda me acaricia el cuello y mi cuerpo reacciona de inmediato, lo que no le pasa desapercibido, como lo demuestra el atisbo de una sonrisa que aparece en sus labios.

—No, no ha cambiado nada al respecto. Creo que nadie tiene por qué saber que...

—¿... que nos acostamos? —pregunto con actitud provocadora, para intentar que se relaje un poco.

—Que nos gustamos, quería decir. Pero tu variante también me parece bien —afirma, acercándose poco a poco a mí—. Te estaba esperando porque tengo un descanso. Que esta habitación esté vacía ahora mismo es pura coincidencia.

—Sí, claro, también podrías haber preparado la emboscada en la sala de descanso.

—Eso habría sido demasiado típico, ¿no crees? —bromea mientras me planta un camino de besos desde la barbilla hasta la oreja—. Aunque, por mí, la próxima vez te secuestro allí —me asegura, lo que me hace reír.

Nash me besa de nuevo. Lo atraigo hacia mí agarrándolo por el cuello de la bata y me pierdo en su mirada. Disfruto de su presencia y del hecho de que quiera verme y tocarme al menos tanto como yo a él.

Su lengua juguetea con la mía una última vez y, para despedirme, le doy un beso más tierno, más lento, que le arranca un suspiro y a mí me produce una sensación indescriptible. Es esa sensación de seguridad y felicidad que desencadena tsunamis en mi barriga.

Quizá, solo quizá, me he enamorado de Nash.

Enamorarse. Ya me había olvidado de lo bonito que es. Rectifico: nunca había sabido lo bonito que puede llegar a ser.

—Tengo que irme.

—Ya lo sé —se limita a añadir, robándome otro beso de los labios.

—Oye, ¿puedo preguntarte una cosa?

Nash parece que se da cuenta de que es algo relacionado con el trabajo, porque me deja algo de espacio.

—Claro, ¿ha ocurrido algo?

—No. Es decir, nada malo —respondo antes de coger aire—. ¿Eres tú quien decide las planificaciones de horarios y nos asigna las operaciones?

—Sí. Bueno, Aleksandra luego tiene que dar el visto bueno. Se encarga de controlarlo todo.

—¿Y la doctora Pine también ve las planificaciones antes de que se aprueben?

Nash asiente, muy serio.

—¿Por qué lo preguntas?

Retrocede un paso y yo me aparto de la puerta, me pongo bien la casaca y me sujeto tras la oreja un par de mechones que se me han soltado.

—Porque me han tocado operaciones bastante buenas. Las de Sierra, en cambio, resulta que son una mierda. Es que sé que era uno de los temas que te preocupaban, y justo ahora acaba de salir a relucir, lo siento.

Nash se toma su tiempo para responder, y lo hace de un modo más relajado de lo previsto.

—Le asigné a Sierra una de las operaciones de corazón que te han terminado tocando a ti, pero la decisión de pasártela a ti ha sido de Aleksandra. Creo que le gusta cómo trabajas y valora tu evolución. Durante las visitas le has dado una buena impresión. Sierra se relajó demasiado durante la última operación y es posible que Aleksandra haya querido darle un toque de atención. Pero no es nada serio, sabe lo que Sierra es capaz de hacer.

—De acuerdo —respondo con una sonrisa. Luego me acerco de nuevo a él y le poso una mano en el pecho—. Te lo agradezco.

De repente, la puerta que tenemos detrás se abre de par en par y Grant entra con un juego de sábanas limpio. Nos separamos de inmediato.

—Ay, niños, la próxima vez me avisáis y os hago la cama en un momento —bromea, guiñándome un ojo al pasar.

Nash y yo nos quedamos absolutamente sorprendidos, contemplando cómo Grant prepara la habitación para el próximo paciente. Luego señala a otro enfermero.

—Por cierto, este es Donald, es nuevo. Se lo han asignado a Freya, pero está enferma y por eso he tenido que encargarme yo del pato.

Nash se aclara la garganta para disimular la risa, y la verdad es que está a punto de perder la batalla.

—Pato, este es el doctor Nash Brooks, médico de la unidad de cirugía. Y la doctora Collins, residente de primer año, también en cirugía.

—Hola, me alegro de conocerlos. Yo soy Donald Schwab —se presenta, y por la manera con la que nos sonríe se nota que es muy simpático.

—Pato, ¿podrías ir al mostrador y preguntarle a Sofie si puede traernos una almohada nueva? Gracias.

—Joder, Grant —se limita a decir Nash cuando el enfermero nuevo sale de la habitación, y estoy segura de que se refiere tanto al hecho de que ya le haya puesto un mote como a su súbita entrada.

—¿Qué? ¿Qué habría cambiado si hubiera llamado a la puerta? Además, me he esperado a que os apartarais un poco.

—¿Estabas escuchándonos a escondidas? —pregunto con incredulidad mientras cruzo los brazos frente al pecho.

—Bueno, depende. ¿Me seguirás trayendo café si estaba haciendo eso?

—¡No!

—Entonces no os estaba escuchando, no. Esas cosas no se hacen —sentencia Grant con una expresión inocente mientras la de Nash fluctúa entre la desesperación y la rabia contenida.

—Era una conversación privada —gruñe Nash.

Grant reacciona con un resoplido.

—Cuando dices privada... —empieza a decir, pero rectifica al ver la mirada que le dedico, que le suplica con claridad que no siga por ahí—... te refieres a una conversación privada entre compañeros de trabajo, entiendo.

No tengo ni idea de si lo ha hecho con intención.

—Debo irme.

—Yo también —dice Nash, lanzándole una última mirada de advertencia a nuestro amigo antes de salir de la habitación detrás de mí.

Mis dedos encuentran los de Nash por sí solos, y me limito a acariciárselos levemente antes de retirar la mano.

—¿Todavía tienes mucho que hacer?

—Sí, será un día largo. Tu turno termina a las siete, ¿no?

—¿Te sabes mis horarios de memoria? —pregunto con una sonrisa de satisfacción.

—Soy el encargado de asignarlos. ¿Nos vemos esta noche?

—¿En mi casa? Puedes traerte al gato —le ofrezco, lo que hace reír a Nash.

—Podrá sobrevivir una noche solo. Pero antes tengo que pasar a ponerle comida y a limpiarle el arenero. Ya sabes que me encanta hacerlo.

—Sí, claro. Hasta entonces, pues.

—Hasta la noche —me dice, echándole otro vistazo a Grant.

—No te preocupes, no le pienso traer café durante una buena temporada.

—¡Eh! ¡Eso sí que lo he oído! —se queja Grant desde

el interior, ante lo que solo puedo negar con la cabeza, riendo.

Ya tengo hasta ganas de saber si todos se van a acabar enterando de que nos hemos besuqueado un momento, o si por una vez Grant renunciará a chismorrear.

38

Nash

Los últimos días con Laura han sido increíbles. Más allá de todas las reservas que hubiera podido tener, me preocupaba que en algún momento fuera excesivo verla en el trabajo y también después o antes, pero no es así. Resulta que nos compenetramos de maravilla, y a todos los niveles, que nos beneficia mutuamente estar juntos y que la relación no afecta a nuestro trabajo, a nuestra concentración ni a nuestros objetivos.

Estoy a gusto con ella, tanto en su casa como en la mía o en el hospital. Además, cada día me cuesta menos supervisarla en asuntos médicos, y encima, cuando hay tiempo y nadie puede vernos, simplemente puedo besarla.

Sonrío con solo pensarlo, y me alegro de que nadie pueda verlo tras la mascarilla.

—Detén la hemorragia —ordeno, y el médico residente que tengo delante obedece para que yo pueda trabajar más fácilmente en el drenaje.

Hecho. Los valores son buenos desde que la paciente ha sido desconectada de la máquina corazón-pulmón y se le ha efectuado el drenaje.

—¿Qué viene a continuación, doctor Rivera? —le pregunto a Mitch, que es quien me asiste hoy en el quirófano.

—Ahora uniremos de nuevo las dos mitades del esternón mediante un cerclaje —responde enseguida el residente, y yo asiento.

—Fíjese bien, así la próxima vez podrá probar suerte usted mismo —le digo, tras lo que empiezo a unir el esternón para cerrarlo de nuevo.

Una vez colocado el último cerclaje, solo falta suturar los tejidos superficiales con material absorbible.

—Doctor Rivera, encárguese de cerrar a la paciente —le pido, dejando el resto del proceso en sus manos.

No titubea en absoluto, toma la iniciativa y, aunque en ciertos momentos es un poco inquieto, parece cómodo trabajando en el quirófano. Eso es bueno. Su trabajo con los pacientes también es satisfactorio. Tiene el pulso firme y coloca los puntos con precisión.

—Muy bien —lo elogio.

—Hecho —dice Mitch, más para sí mismo que para el equipo de quirófano o para mí, una vez terminada la sutura.

—Buen trabajo —añado, refiriéndome no solo a él, sino a todo el equipo.

El anestesista va reduciendo poco a poco la cantidad de calmantes y narcóticos que le administra a la paciente hasta que esta empieza a respirar por sí misma. Pronto la trasladarán a la sala de reanimación.

Salgo del quirófano, me lavo y me estoy preparando de nuevo para el trabajo en la planta cuando Bella viene a mi encuentro.

—¿Nash? El doctor Gardner quiere verte —me informa—. Cuanto antes.

—¿Te ha dicho por qué? —pregunto con escepticismo, pero Bella niega con la cabeza.

—No. Solo me ha pedido que te avisara en cuanto salieras del quirófano.

Qué raro.

—Voy enseguida.

—De acuerdo, se lo haré saber.

—Gracias.

Por el camino voy repasando mentalmente el panorama del día. He de visitar a una paciente a la que ayer operaron de las válvulas cardíacas, examinar de nuevo a otra que podría tener un tumor y luego debo ocuparme otra vez de un montón de papeleo pendiente. Además, quería salir a hacer la compra para Laura y para mí. Se le ha metido en la cabeza que quiere cocinar porque lleva semanas sin poder hacerlo. Ahora mismo debe de estar todavía en quirófano con Aleksandra. Puede que ella también haya terminado ya.

Ping. Octava planta. Salgo del ascensor, recorro el pasillo hasta el final, donde se encuentra el despacho de Chris, y llamo a la puerta.

—¡Adelante! —grita desde dentro, y abro la puerta y lo saludo—. Cierra la puerta —me ordena con cordialidad, aunque también con determinación.

Poco a poco empiezo a sospechar que la conversación no será precisamente agradable.

—Toma asiento, por favor —me pide, señalando uno de los sillones que tiene frente al escritorio de caoba.

—¿Por qué estoy aquí, Chris? —pregunto mientras me siento.

Él cruza las manos sobre la barriga y resopla.

—No me andaré con rodeos. He recibido una queja.

—Mierda. ¿Qué han hecho ahora los *bambini*? —digo, repasando mentalmente las posibilidades de que hayan cometido algún error. La mayoría están destinados a urgencias, y los demás tienen servicios programados en otras áreas aparte de cirugía y medicina interna. Es imposible tenerlos a todos controlados en todo momento.

—Se trata de ti, Nash.

La frase me sienta como un golpe duro y rápido en la boca del estómago, absolutamente inesperado.

—¿Cómo dices? —pregunto. Me he tensado de repente y hago lo posible por controlarme.

—Ojalá tuviera mejores noticias, pero esta mañana a primera hora ha llegado una queja sobre ti, y por desgracia no la puedo ignorar.

—¿De qué se trata?

—Antes de que te lo diga, quiero que sepas que para mí esto es muy desagradable y...

—¿De qué se trata, Chris? —lo interrumpo.

Él aprieta los labios antes de seguir hablando.

—Te acusan de dar un trato de favor a una residente comprometiendo a los demás —me informa, y yo respiro hondo—. Y de aprovecharte de tu superioridad jerárquica para ello.

—¿Quién ha sido?

—Nash —dice Chris con un suspiro—. Ya sabes que no puedo decírtelo mientras dure la investigación.

—¿Investigación? ¿Vas a llevar a cabo una investigación oficial? —pregunto, inclinándome hacia delante, apoyando los brazos en las rodillas. Me cuesta creer que tenga que estar manteniendo esta conversación.

—No tengo elección, lo siento mucho. Pero si es un malentendido, debería resolverse enseguida. Debo seguir el protocolo, ya lo sabes.

—¿Si es un malentendido? —repito, pasándome las manos por el pelo.

—Perdona, no quería expresarlo de ese modo. Estoy seguro de que la acusación no tiene ningún fundamento. Es una situación desagradable para todos.

—¿A quién más vas a entrevistar?

—A todos los residentes que están a tu cargo.

—Es por Laura —constato. Chris tiene razón, no hay que andarse por las ramas.

—Sí. Es por la doctora Collins. Entonces ¿es cierto?

—¿Cierto? ¿A qué te refieres? ¿Me estás preguntando si le estoy dando un trato de favor? ¿Si la presiono? ¿Si la chantajeo? ¿A qué viene esta puta mierda, Chris?

No puedo contener la ira más tiempo. Me pongo en pie de un brinco y empiezo a pasearme de un lado a otro del despacho.

—¿Te estás acostando con ella?

—¡Joder! —exclamo, indignado, parándome en seco—. Sí.

—Mierda, Nash.

—Es lo que hay, no está prohibido.

—No, pero también hay leyes no escritas, lo sabes perfectamente.

Claro que lo sé, yo mismo se lo advertí a los *bambini* nada más empezar. Que nada de idilios entre ellos. Mierda.

—¿Sigue ocurriendo? —me pregunta.

No puedo ni quiero responder. Eso no le importa a nadie.

—Me lo tomaré como un sí. Quizá sería mejor mantener las distancias con ella, al menos mientras dure la investigación.

—¿Mejor para mí, para Laura o para ti? —replico, y en ese mismo momento me doy cuenta de que no estoy siendo justo. Chris siempre ha estado a mi lado, siempre me ha apoyado.

Él entrecierra mucho los ojos y su expresión se vuelve impenetrable.

—Entiendo que no es una noticia fácil de digerir, por lo que voy a pasar por alto este arrebato.

Asiento a pesar de las ganas que tengo de decirle dónde puede meterse la noticia de marras. Tampoco es culpa suya, por lo que me reprimo e intento comportarme. Controlarme. O al menos dar esa apariencia.

—Ahora tengo que preguntarte algo: ¿niegas haber dado un trato de favor a la doctora Collins como residente a tu cargo? ¿O haberla presionado para que mantenga relaciones sexuales contigo?

Esbozo una sonrisa irónica exenta de alegría. Coacción sexual. Por fin llamamos a las cosas por su nombre.

—Sí, lo niego rotundamente —declaro, mirando a los ojos a Chris con total seriedad—. Ya deberías conocerme, a estas alturas.

—No he creído en ningún momento que fuera cierto.

—Y aun así, aquí estamos.

Chris respira hondo antes de hablar de nuevo.

—Sí, aquí estamos. Todo se aclarará, Nash. Mientras tanto, deja que Aleksandra sea la tutora de la doctora Collins. La informaré al respecto.

—¿Es una recomendación?

—Es una orden. En pocas semanas el asunto debería quedar zanjado. Tómate el resto del día libre.

Chris no tiene que decir nada más. Con esas palabras me ha dejado claro que ya puedo largarme. Y tampoco es que sienta necesidad de quedarme más rato. Estoy bullendo por dentro, en mi cabeza reina el caos y mis emociones son una montaña rusa.

Ha ocurrido.

Ha ocurrido justo lo que temía, lo que quería evitar a cualquier precio.

Cojo el pomo de la puerta y me doy cuenta de que no había quedado bien cerrada, de que la había dejado entreabierta.

«Mierda, joder.»

Cuando salgo del despacho y estoy a punto de tropezar con los pies de Ian tengo claro que el muy cabrón seguramente lo ha oído todo.

Decido ignorarlo. Mejor dicho: lo intento. Por desgracia, en el caso de Ian suele ser una misión imposible.

—¿Nash?

—No es un buen momento para tus chorradas —le espeto mientras paso por su lado—. ¿Has venido solo para escuchar lo que me decían?

—Estoy aquí por casualidad, y por motivos distintos a los tuyos —contraataca con tanta vehemencia que me paro y me vuelvo hacia él—. No tengo ni idea de lo que habéis hablado ahí dentro, solo he oído un fragmento. Pero ha bastado.

—¿Y?

Se me acerca antes de hablar.

—Es una locura. Lo sabes tú y lo sé yo. Es una tontería, es ridículo, Nash. Y Chris también lo tiene claro —me asegura.

Ya no me quedan fuerzas para seguir hablando sobre el tema. No me quedan fuerzas ni para pensar en lo que implica todo eso.

—¿Qué quieres, Ian?

—No cometas ningún error, ¿me oyes? No hagas nada que luego puedas lamentar solo porque pienses que es lo correcto.

39

Laura

El sillón en el que me he sentado hace un minuto está tapizado con cuero oscuro y es más cómodo de lo que parece. Las vistas que me ofrece el gran ventanal que tengo a mi izquierda son impresionantes. Me permito disfrutar durante unos segundos viendo cómo el sol brilla sobre Phoenix y se refleja en las ventanas de los edificios de enfrente.

No tengo ni idea de por qué me han hecho venir justo después de la operación, pero estoy nerviosa. No todos los días te sientas en el despacho del jefe de cirugía, y sobre todo sin motivo aparente.

—Gracias por venir, doctora Collins —me dice el doctor Gardner por segunda vez.

—Faltaría más —respondo, retorciéndome las manos, aunque sin rehuir su mirada—. ¿Puedo saber por qué estoy aquí?

El doctor Gardner me mira con cordialidad.

—Esta manera de ser tan directa debe de haberla heredado de su madre. Recuerdo que su padre era más prudente.

—No pretendía ser maleducada —rectifico. Tiene razón.

Mi madre era directa, a veces demasiado, y yo me parezco mucho a ella en ese sentido. Sin embargo, el doctor hace un gesto negativo con la mano.

—¿Conocía usted bien a mi padre?

Siento demasiada curiosidad para no preguntarlo. Sobre todo porque de repente he recordado lo que me dijo el otro día en el quirófano.

—No es una pregunta fácil de responder, la verdad. Hicimos la carrera juntos, pero su padre era un lobo solitario, y aun así también un alumno muy apreciado en los grupos de estudio, porque era capaz de procesar muy bien los contenidos más complejos. Comenzamos a tener relación y a ser amigos hacia el final de la carrera. Por desgracia, luego no tuvimos la oportunidad de trabajar juntos mucho tiempo, aunque sí el suficiente para que me sacara de apuros en más de una ocasión —me cuenta, y no puedo evitar sonreír al oírlo—. Me escribió poco antes de partir hacia Afganistán, y cuando me enteré de que... —empieza a decir, pero deja la frase inacabada y mira por la ventana con los labios apretados—. Era un buen médico, paciente y sosegado, pero al mismo tiempo apasionado y ambicioso. Elias era buena persona.

Sí, lo era. Y mi madre también.

Intento no pensar en cómo eran las cosas cuando llegó la fatídica llamada, cuando tuve claro que ninguno de los dos regresaría jamás a casa. Aún hoy en día espero que pudieran salvar a mucha gente. Que consiguieran dejar huella en los países en los que estuvieron, incluso en ese último país tan sacudido por una guerra indeseada, con gente que decidió quedarse en la tierra que sentían como su patria, que se negó a abandonar su hogar.

Nadie se marcha de casa, excepto si no haya más remedio. ¿Quién querría que hubiera guerra? ¿Quién querría perder su hogar? ¿O a sus seres queridos?

—Sí, es cierto —respondo con la voz tomada, tras lo que me aclaro la garganta mientras parpadeo con fuerza para reprimir las lágrimas que se me han acumulado en los ojos.

—Sí, ¿verdad? Por eso me alegro tanto de que su hija ahora sea médica del Whitestone. Por desgracia, no la he hecho venir solo para charlar, sino que tengo que hacerle un par de preguntas incómodas. Discúlpeme por este cambio de tema tan desafortunado.

Eso no suena nada bien. Las manos empiezan a sudarme de improviso. ¿He cometido algún error? ¿Ha ocurrido algo malo?

—¿De qué se trata? ¿De mi trabajo aquí?

—Sí y no —contesta con vaguedad, tras lo que se inclina hacia delante, apoyando los brazos en la mesa.

Tantea el terreno, no encuentra enseguida el enfoque adecuado, pero cuando por fin me explica el motivo por el que estoy aquí sentada, el corazón me da un vuelco.

—Tiene que ser una broma —le suelto. De repente estoy sorprendida, indignada y preocupada por igual. Me he quedado boquiabierta, no doy crédito—. ¿Que ha habido una queja contra él? ¿Y lo han acusado de haberme coaccionado? —exclamo, levantando cada vez más la voz a medida que crece mi enfado, hasta que llega un punto en el que me trae sin cuidado el despacho en el que estoy sentada—. Y no solo eso, sino que también se sobreentiende que yo podría haberme dejado coaccionar, que habría cedido a la presión y al chantaje. O que me estaría aprovechando de él para mejorar mi posición. ¿Para conseguir que me asignen operaciones más interesantes?

—Lo ha resumido usted bien.

—¿Y de dónde ha salido esa acusación?

—Nash ha hecho la misma pregunta —me aclara en voz baja. Parece que lo haya dicho sin querer e intente disimularlo, pero lo he oído perfectamente.

Aunque debería estar clarísimo que Nash también ha pasado por aquí, me sorprende. No había pensado en la posibilidad de que lo supiera antes que yo.

—No puedo darle ninguna información concreta en ese sentido. Sin embargo, la mantendré al día sobre cómo están las cosas. Así pues, entiendo que ninguna de las acusaciones tiene fundamento, ¿verdad?

—Nada de todo lo que ha dicho es cierto —le aseguro con rotundidad.

—Con su permiso, ¿puedo preguntarle qué tipo de relación mantiene con el doctor Brooks?

Es una buena pregunta, pero no la puedo responder. Por mí sí, pero ¿por Nash? ¿Por los dos? No. Que yo me haya enamorado no significa que a él le haya ocurrido lo mismo. Que la semana pasada pasáramos hasta el último minuto de nuestro tiempo libre juntos con la sensación de ser una pareja no significa que él lo vea del mismo modo. No ha sido necesario hablar sobre eso. Todavía no.

—Si tuviera algún tipo de relación con el doctor Brooks... con consentimiento mutuo, por supuesto..., ¿sería un problema?

—No. Según nuestras directrices no lo sería.

Levanto la barbilla y estiro la espalda antes de contestar:

—Entonces, lo siento, pero la respuesta es no: no

puede preguntármelo —le digo con el máximo respeto del que soy capaz.

Aunque me preocupaba que eso pudiera ser excesivo, veo como en los labios del doctor Gardner aparece una sonrisa. Aparte de eso, su rostro permanece impasible.

—Gracias por su tiempo, doctora Collins. Estaremos en contacto.

Con un murmullo de agradecimiento, me levanto del sillón, salgo del despacho y dejo atrás la que sin duda ha sido la situación más incómoda que he vivido en mucho tiempo. Lo único que quiero es encontrar a Nash cuanto antes.

Sin embargo, ni siquiera tengo que buscarlo, porque ya me está esperando en la planta, junto a los ascensores. De hecho, lo veo antes incluso de que las puertas terminen de abrirse del todo.

—Hola —le digo mientras mi corazón decide acelerarse como si tuviera que saltarme del pecho. Tal vez porque no soy capaz de interpretar la mirada que me lanza. O quizá sí...

Joder, que si la puedo interpretar; ha decidido volver a evitarme.

—¿Cómo ha ido por ahí arriba? —me pregunta.

Es la calma personificada, y aunque me coloco a su lado y no delante de él, apenas se mueve. No me mira directamente.

—He dejado muy claro que las acusaciones no tienen fundamento. Puesto que la presunta víctima del caso soy yo, aparte de lo que esto pueda perjudicarte, supongo que lo tendrán en cuenta —opino.

No obstante, Nash sigue con la vista fija en el suelo, perdido en sus cavilaciones, con las manos en los bolsillos de la bata. Voy contando mentalmente los segundos que pasan (catorce, quince, dieciséis...) hasta que por fin levanta la cabeza de nuevo y me mira a los ojos.

—Lo siento —le digo.

—No es culpa tuya, Laura.

—Pero eso es justo lo que querías evitar. Siento que no lo consiguieras —le aseguro, apoyándome en la pared—. ¿Por qué no hablamos de esto con calma más tarde?

—Creo que será mejor que lo dejemos para más adelante. Hoy termino de trabajar antes de lo previsto y quiero volver a casa.

Ahí está, tal como sospechaba. Me lo temía, y aun así estaba deseando que no reaccionara de esa manera.

A veces deseamos ciertas cosas incluso siendo conscientes de que no pueden ser. Creo que eso es lo que llaman «esperanza».

—Bueno. ¿Y mañana? —pregunto a pesar de saber la respuesta que me dará.

—Deberíamos esperar a que todo esto haya pasado.

Claro, se aleja de mí. ¿Qué me esperaba?

Negando con la cabeza, suelto una carcajada exenta de alegría.

—¿Qué te hace tanta gracia?

—Por un momento pensaba que ibas a defenderte. A defendernos.

—Más adelante...

—No habrá un más adelante, Nash. Cuando haya pasado toda esta mierda encontrarás otro motivo por el que será mejor que nos demos más tiempo o nos limitemos a ser amigos.

—Laura —dice, y por fin se mueve, saca la mano derecha del bolsillo e intenta tocarme, pero yo lo esquivo—. Deberíamos dejar pasar un poco de tiempo, no es algo que podamos tomarnos a la ligera.

402

—¿Creías que aceptaría sin más? ¿Que no me importaría lo que acaba de ocurrir? Esto no está bien, ¿sabes?

—No deberíamos echar más leña al fuego. En adelante, tu responsable y tutora será Aleksandra.

—¿Cómo dices? —exclamo sin poder creer lo que estoy oyendo—. ¿Ha sido idea tuya? ¿Piensas apartarme de todas las áreas de tu vida porque...? ¿Por qué? ¿Para protegerme? ¿O para protegerte a ti mismo? ¿Quién te preocupa más en realidad?

—¿Qué quieres que te diga? ¿Qué quieres oír? —me pregunta, y su voz suena más cansada que beligerante, pero de todos modos su réplica me duele.

—No deberías tener que preguntármelo.

—Necesitamos dejar pasar un tiempo —insiste, cada vez más furioso.

Yo lo estoy desde hace rato. Estoy enfadada, triste y me siento ultrajada. Tanto que me duele. Me quema por dentro, me desgarra. Y ahora comprendo el daño que hacen las heridas que se agravan y pueden dejar cicatrices.

—No —digo, cerrando los ojos un momento—. No es eso. Te estás echando atrás. Tiras la toalla respecto a lo nuestro, porque quizá crees que no debería haber sucedido jamás.

No me contradice. Se queda callado y el corazón me duele, la garganta me arde y mi alma llora.

—Cobarde —susurro, casi sin voz.

Nash se sobresalta al oírlo, como si en lugar de decirlo en voz baja lo hubiera gritado con todas mis fuerzas. Como si lo hubiera azotado.

Y me marcho. Sin mirar atrás.

Me marcho y me duele cada paso que doy.

Ha tirado la toalla respecto a lo nuestro. Ha tirado la toalla respecto a mí.

40

Laura

D os días más tarde vuelvo a trabajar en urgencias con la sensación de que ha pasado una eternidad desde que mantuve esa conversación con Nash. Una eternidad desde la última vez que lo vi...

No tengo ni idea de cómo pude superar ese último turno sin cometer errores o volverme loca. Es como si hubiera estado paseando por la planta sumida en un trance. Después del turno de ayer, debería haber vuelto a casa para relajarme, pero en lugar de eso me senté en un banco del Desert Botanical Garden para contemplar unos cactus preciosos que brillaban con la luz multicolor de la puesta de sol. La imagen que tenía delante parecía un espejismo, aunque es posible que fuera debido a lo hinchados que tenía los ojos tras haber estado llorando y soltando tacos en voz alta durante un pequeño arrebato que tuve.

Pensé en levantarme y largarme, pero las piernas me pesaban demasiado y no quería volver a casa y constatar que todo aquello había sucedido realmente. Me sentía incapaz de soportarlo.

Me dolería demasiado.

Así que me quedé allí hasta que cerraron el parque y tardé demasiado en coger un autobús para regresar a mi apartamento. Luego he dormido fatal y me he olvidado de prepararles café a Grant y a los demás.

Estoy haciendo todo lo posible para que no me afecte. Ni la queja, ni la insinuación ni las palabras de Nash, que se me quedaron grabadas a fuego en la memoria y en el corazón. Pero por encima de todo procuro que no me afecten las miradas interrogantes, de valoración o de compasión, casi avergonzadas, de los demás.

Desconecta. Respira hondo. Sigue adelante.

Intenta no volverte loca.

Hoy es viernes, lo cual significa que hay bastante actividad y que apenas tengo tiempo y ocasiones de darle vueltas al tema. Aunque no le deseo a nadie que tenga que acudir a urgencias, la verdad es que agradezco estar tan ocupada.

—¿Qué tenemos aquí? —le pregunto a Grant, cuyos turnos cada vez coinciden más con los míos, cuando entran con un hombre en una camilla.

—Treinta y tantos años, taxista. Ha perdido el control del vehículo. Está casi inconsciente —me informa, tras lo que Mitch aparece a mi lado.

—¿Qué más? —pregunta, y Grant continúa.

—Enseguida llegarán los pasajeros que viajaban con él. Hay barreras lingüísticas, él está consciente y solo presenta lesiones leves. Su acompañante está inconsciente y tiene al menos una fractura, un traumatismo y no se descartan posibles hemorragias internas.

Mitch y yo nos miramos.

—Yo me quedo con el conductor —decido.

Mitch asiente y espera junto con Grant a que lleguen los otros heridos. Mientras tanto, el resto del personal se ocupa de una docena de pacientes, y todavía falta mucho para que termine el turno.

—¿Me oye, caballero? ¿Hola? —Le levanto los párpados al taxista y compruebo las reacciones de sus pupilas con la linterna. Nada en especial. De repente oigo un leve gemido—. ¿Señor? —le pregunto de nuevo—. ¿Me entiende?

A pesar del collarín cervical, veo como asiente.

—¿Cómo se llama?

—Cohen —responde con la voz ronca.

—De acuerdo, señor Cohen. Quédese tumbado y no se mueva. Tranquilo, está usted en el Whitestone. Yo soy la doctora Collins y esta es Lisha, que se quedará con usted.

Estoy pensando en cómo proceder cuando de repente me llama la atención la llegada de los otros dos heridos que Grant ha anunciado. El hombre no para de gritar, desesperado, y el equipo de sanitarios y dos enfermeros tiene que reducirlo para que no se acerque a su acompañante, que llega en la otra camilla, inconsciente y cubierta de sangre.

«Joder, eso no pinta nada bien.»

—¿Caballero? ¿Me entiende? ¿Habla usted inglés? ¡Mierda, aparte de inglés solo sé hablar en español! —se queja Mitch con tanta vehemencia que puedo oírlo por encima del tumulto.

El doctor O'Leary lo está ayudando. Hasta el momento no he trabajado todavía con él, pero se supone que es realmente bueno.

—Ocúpate de él, comprueba si tiene fracturas o heridas abiertas —le indico a Lisha antes de acudir a ayudar a los otros dos.

Agarro al paciente del brazo, le cojo la mano y atraigo su atención. Oigo lo que dice y... me doy cuenta de que lo comprendo.

—*Atajna...* —digo, titubeando. Respiro hondo y me tomo un momento para pensar. Estoy nerviosa, y un idioma tan vivo y complejo como este se pierde enseguida, si no se conoce bien y se sigue practicando. Pero se me daba muy bien, y de repente tomo consciencia de que da igual si cometo errores, porque no lucho por sacar buenas notas, sino para salvar una vida—. *Nahnu huna likay musaaidak.* —«Estamos aquí para ayudar», le digo para intentar apaciguarlo.

Finalmente me mira, empieza a llorar y me agarra por los hombros.

—*Zauschati* —repite una y otra vez, señalando presa del pánico a la paciente que está detrás de mí.

—Es su esposa —informo a Mitch y al doctor O'Leary—. Habla árabe.

—¿Dónde aprendiste árabe?

—En la carrera —respondo sin más. Estudié árabe y persa básicamente por mis padres y los viajes que hicieron por el mundo—. Ocúpate de mi paciente, el taxista.

—¡De acuerdo! —exclama Mitch, agradecido.

—*Ismie* doctora Collins. *Hal Tuaani men Aalam?* —digo. «Soy la doctora Collins, ¿le duele algo?»

Él niega con la cabeza frenéticamente y luego dice algo que me deja de piedra: «Ayuden a mi esposa. Ayuden a mi hijo».

—*Hamil?* —pregunto, perpleja.

Él asiente y se derrumba de alivio al ver que alguien

por fin entiende lo que dice. Me acerco corriendo a su esposa.

—¡Está embarazada! —grito cuando están a punto de transferirla a una cama.

En posición supina apenas se le ve el vientre, el bebé está bastante atrás y la piel y la ropa de la mujer están tan ensangrentadas que apenas puedo distinguir si solo tiene heridas superficiales. El doctor O'Leary se detiene cuando me dirijo a Grant.

—Llama enseguida a ginecología. Embarazo, probablemente al final del primer trimestre. Que alguien controle cómo está el bebé mientras nos ocupamos de ella.

Grant abre mucho los ojos y se pone en marcha de inmediato.

—¿Cómo puede saberlo? —pregunta O'Leary, y se lo aclaro todo.

Me da las gracias y adapta el examen médico a mis indicaciones.

—Entonces esperemos que llegue alguien pronto. Porque esté embarazada o no, esta mujer tiene que entrar en quirófano enseguida —concluye el doctor O'Leary, señalando las enormes esquirlas de vidrio que lleva clavadas en la parte izquierda del cuerpo, a la altura de los riñones.

Joder. Tenemos poco tiempo.

La mujer tiene rozaduras en la cara, contusiones en la cabeza, sangre en la camisa y en los vaqueros, pero no distingo hemorragias severas en las partes íntimas. Al menos no a simple vista. Aunque eso no significa nada.

—¡Aabidah, Aabidah! —grita el hombre una y otra vez. Es el nombre de su esposa.

—Aabidah, ¿me oye? *Hal tafhamini hadritik?* —pregunto, pero no reacciona a pesar de que intento hablar con ella mientras vamos hacia la sala de reanimación y el doctor O'Leary va dando indicaciones—. *La tachafi. Sa afhasuki* —le digo. «No tema, enseguida la examinaremos.»

Poco después entra una mujer con el pelo castaño recogido en un moño alto. Tiene una expresión muy seria pero un ademán simpático. La doctora Abby Clark, según la identificación que lleva en la solapa.

Le cojo la mano a Aabidah y le sigo hablando en árabe mientras ayudo al médico, a Grant y a las enfermeras en lo que puedo. La doctora Clark se desinfecta las manos, se pone los guantes y se acerca a la paciente.

—¿Está estable?

—De momento sí —afirma el doctor O'Leary.

—No perdamos más tiempo —dice la doctora Clark, señalándome—. Ayúdeme, por favor, doctora... Collins. Tenemos que desnudarla para poder hacerle una ecografía vaginal —me explica.

Me pongo en pie y la ayudo en todo lo que me pide. No solo trabajamos concentradas, sino también deprisa. Mientras tanto, los demás llevan a cabo las comprobaciones básicas del estado de la futura madre.

—Echemos un vistazo. Vamos a ver, ¿dónde estás? —dice la doctora Clark más para sí misma que para nosotros—. Ya te tengo —constata, y enseguida veo el feto en la pantalla y trago saliva con dificultad, porque no sé si se encuentra bien—. Le late el corazón y no detecto hemorragias, tanto el útero como el cuello tienen buena pinta —concluye, tras lo que lo examina todo con detenimiento y da el visto bueno—. El bebé está bien. El saco amniótico está intacto.

Respiro hondo, aliviada.

—Llévela a quirófano —me indica el doctor O'Leary—.

Me gustaría que la acompañara, doctora Collins, pero dadas las circunstancias prefiero pedirle que se ocupe del marido de la paciente y siga traduciendo para nosotros.

—Ningún problema.

—Muy bien.

Me cambio los guantes, me desinfecto de nuevo y salgo de la sala de reanimación con la doctora Clark.

—¿Es usted una de nuestras nuevas *bambini*?

—Laura Collins, encantada de conocerla —me presento.

—Igualmente —responde con una sonrisa—. Es posible que nos veamos pronto en ginecología. Hasta entonces... —Se despide de mí con la mano antes de desaparecer y yo vuelvo corriendo con el marido de la paciente, al que han dejado en un cubículo. Una enfermera le está administrando un calmante.

Sigue murmurando el nombre de su esposa, y cuando me ve abre los ojos como platos, atemorizado y esperanzado por igual. Sonrío y le explico que están a punto de operar a su esposa. Que el bebé está bien. Y cuando veo llorar a ese hombre, no puedo evitar echarme a llorar con él. Llora sin parar, hasta el punto de que casi puedo notar físicamente el amor que siente por su esposa y su hijo nonato. Decido sentarme con él.

—*Ma asmok?*

—Fareed Shadid —responde. Se llama Fareed.

Me gustaría decirle que todo irá bien. Que su esposa saldrá sana y salva de quirófano, igual que el bebé, y que no tiene de qué preocuparse, pero decido morderme la lengua. Me siento un momento con él y me limito a hacerle compañía.

411

Esperaré y rezaré, y haré todo lo posible. Pero jamás volveré a cometer el mismo error que cometí con Ria...

Mi turno ha terminado y estoy absolutamente agotada. Desde lo de Nash apenas he descansado. He dormido mal, estoy luchando contra el dolor de cabeza y he intentado distraerme quedándome más tiempo de la cuenta en el Whitestone, resolviendo papeleos o estudiando. Como ahora. Me dirijo a la sala de descanso de la planta para sentarme a estudiar cuando me topo con Donald, que me pone algo en la mano.

—¿Doctora Collins? Grant me ha pedido que le dé esto.

—Gracias —le digo, perdida en mis cavilaciones, mientras veo que me ha dejado la última edición del *Whitestone Hospital News*.

Donald sigue con lo suyo y yo abro el periódico, donde encuentro un pequeño post-it pegado.

«La definición del mes: síndrome del corazón roto. Cuando el corazón está tan apenado que deja de latir.»

El artículo describe con precisión cómo puede detectarse si el corazón deja de funcionar a causa de la pena y del estrés o, como suele decirse popularmente, cuando se rompe. Es evidente que no se rompe en el sentido literal, pero esa es la sensación que tienes, porque duele tanto a nivel emocional como físico.

En la nota que me ha dejado Grant, pone: «Ten cuidado, *bambina*».

Cierro el ejemplar con más energía de la necesaria y lo doblo. Menuda tontería. Yo no tengo el corazón roto. Dentro de unos días lo habré olvidado y me sentiré mejor. Solo debo creerlo firmemente.

Intento seguir con lo que tenía previsto, pero no llego muy lejos. Nash viene hacia mí, leyendo un expediente con la cabeza gacha. Ni siquiera me ha visto. Parece serio y concentrado, camina con la misma seguridad de siempre y podría simplemente pasar por su lado sin que se diera cuenta. Pero mis pies deciden que no quieren moverse, las piernas me pesan como el plomo y soy incapaz de apartar los ojos de él, como si no pudieran mirar nada más en el mundo.

Es la primera vez que vuelvo a verlo desde que tuvimos esa conversación, desde que lo acusé de ser un cobarde. La primera vez desde que me dio a entender que no iba a luchar por lo que teníamos, o por lo que queríamos tener. No ha habido mensajes ni llamadas. Nada.

Y cuando levanta la vista y me ve, durante un segundo me olvido de respirar. Me olvido de que me ha hecho daño. De que no lo entiendo, aunque en cierto modo sí. De que todo es complicado y al mismo tiempo muy sencillo. Porque de repente solo deseo pegarme a él y oírle decir que saldremos adelante y que no nos rendiremos.

Pero no ocurre nada de todo eso.

Se detiene como si no pudiera avanzar ni un paso más hacia mí, y yo decido desviarme para apartarme de su camino en lugar de seguir adelante, de manera que me dirijo a mi taquilla. Y mientras tanto pienso en el periódico, en ese condenado artículo, y maldigo a Grant, porque seguramente ha sido él quien lo ha escrito. Porque el corazón me duele, sí, y tal vez incluso esté un poco roto, un poco jodido. Noto como si el resto de mi cuerpo quisiera abrazarlo y consolarlo. Llorar con él.

—¿Laura?

Me seco una lágrima disimuladamente.

—Hola, Mitch.

Viene hacia mí procedente de la sala de médicos; parece que ha terminado la jornada.

—¿Todo bien?

—Sí —respondo, quitándole importancia—, solo estoy muy cansada. Ha sido un día duro.

—Lo mismo digo. Antes has estado genial, de verdad.

—Gracias. Pero si hubieran sido mexicanos te habrías lucido tú. Ha sido pura coincidencia.

—No te pases de humilde respecto a tu trabajo —me dice Mitch con una sonrisa que no le alcanza a los ojos.

Ahora soy yo quien le pregunta si todo va bien.

—Sí, también estoy cansado. Acabo de charlar un poco con Sierra. Me parece que poco a poco empiezo a gustarle. Bueno, al menos me tolera cerca, lo que en su caso equivale a una declaración de amor, ¿no crees? —bromea alzando las cejas exageradamente, lo cual me hace reír.

—Podría decirse que sí. ¿Dónde está?

—Se está cambiando. Su turno comienza enseguida.

—De acuerdo. Descansa, Mitch —le digo, pasando por su lado—. Y buenas noches.

—¿Laura?

—¿Sí? —pregunto, volviéndome para mirarlo por encima del hombro.

Mitch titubea y aprieta los labios con fuerza antes de hablar, ya sin el tono desenfadado de antes.

—Nada, no pasa nada. Buenas noches para ti también.

—Gracias —respondo, y lo sigo con la mirada, no sin buscar a Nash una vez más. En vano. Ya se ha ido.

Con el periódico bajo el brazo, voy hasta mi taquilla, lo guardo dentro y saco mi mochila y el resto de mis cosas. Justo en ese momento Sierra sale del vestidor ataviada con su casaca y los pantalones a juego.

—Hola —la saludo, y me quito el estetoscopio del cuello y respiro hondo.

—Vaya, estás hecha una mierda, ¿no?

—Gracias, hacía tiempo que nadie me saludaba de un modo tan cariñoso —replico. Cierro la taquilla, me la quedo mirando y levanto una ceja—. Tú, en cambio, estás estupenda.

—Lo sé —responde con una sonrisa—. Pero en serio...

—Estoy bien —contesto con más brusquedad de la que me había propuesto. Si alguien más me lo pregunta o hace otro comentario por el estilo, explotaré o me vendré abajo. Probablemente las dos cosas—. Estoy bien —repito con más calma, sosteniéndole la mirada.

—Si tú lo dices —me dice, encogiéndose de hombros—. Tengo que irme. Pasado mañana tenemos turno de mañana en la planta, nos vemos entonces. ¡Descansa! —exclama mientras cruza la puerta.

Esta situación es agotadora. Todos lo saben, todos hablan de ello, pero unos actúan como si no tuviera importancia y otros como si fuera el fin del mundo. Y yo me pregunto: ¿quién ha desencadenado esta situación? Sigo a Sierra con la mirada, pero no me decido a preguntarle si fue ella quien presentó la denuncia, porque el mero hecho de pensarlo me resulta doloroso. Por eso resuelvo descartar esa posibilidad. Podría preguntárselo a todos, enfrentarme a cada uno de ellos, pero no serviría de nada. Nadie lo admitiría.

41

Nash

C hris ha decidido que deje de ser el tutor de Laura y le ha asignado a Aleksandra la planificación de sus horarios. Ya no trabajo con ella, pero eso no significa que el problema se haya resuelto o que me la haya quitado de la cabeza.

Cuando me la he encontrado por casualidad por primera vez desde que tuvimos esa conversación de mierda, me he dado cuenta de cuánto la he echado de menos estos últimos días. De cuánto la echo de menos ahora. Cada vez que respiro, cada vez que doy un paso. Y aun así no me he acercado a ella, ni ahora ni antes.

La manera en que me miró, su expresión en el brevísimo instante en el que nos planteamos olvidarnos de todo, prácticamente me desgarró por dentro. Pero acto seguido se marchó y yo también. Quizá tenía razón. Quizá soy un cobarde.

El trabajo sigue siendo una parte importante de mi vida, pero la verdad es que hace tiempo que dejó de serlo todo para mí. Me daba tanto miedo no estar a la altura de mis nuevas responsabilidades, no ser un buen maestro y mentor, que llegué a obstinarme. Así fue hasta el año pasado: demasiada obstinación, demasiada ambición, demasiada obsesión.

Hasta que llegó Laura y lo puso todo patas arriba.

Hasta que alguien presentó esa denuncia y todo se fue al garete.

Hasta ahora, cuando me he planteado por primera vez si realmente este trabajo compensa esa pérdida. Si realmente vale la pena hasta el punto de dejarla escapar...

42

Laura

—¡Hoy toca ronda de visitas, chica! —exclama Sierra cuando, preparada para el turno de mañana, cierra su taquilla y se toma su *espresso* doble.

—Por favor, no estés tan asquerosamente alegre —murmuro, intentando mantener los ojos abiertos.

Me he pasado media noche hablando por Skype con Jess, zampando comida basura y quejándome de Nash, insultándolo o echándolo de menos. Algo patético.

—Mira que sois raras —opina Maisie, ajustándose las gafas.

—Sí, es como si os hubierais intercambiado el cuerpo o algo —comenta Mitch cuando consigo por fin abrir los dos ojos del todo.

—¿Qué?

—¡No me mires así! Tú y Sierra —dice, señalándonos—... normalmente sois justo al revés. Tú eres alegre,

sarcástica, y tú —añade Mitch, señalando a Sierra—...
eres deprimente y sarcástica.

—No digas tonterías, Rivera. Yo siempre estoy de
buen humor.

Al oírlo, Zeenah estalla en una carcajada. Se ríe tanto
que a punto está de que le salten las lágrimas. Mitch
arquea las cejas.

—¿Lo ves? Solo hay que ver cómo reacciona la gente
cuando dices algo por el estilo.

Jane sonríe y niega con la cabeza antes de entrar la
primera en la sala. Maisie la sigue junto con Zeenah,
que todavía no ha parado de reírse.

Ryan debe de estar esperando para terminar su turno.

—Vamos. Laura, estás...

—¡... hecha una mierda, ya lo sé! —exclamo, terminando la frase de Sierra, y me doy unas palmadas en las
mejillas para despertarme del todo.

Los sigo a ella y a Mitch, y cuando entramos en la
habitación correspondiente me doy cuenta de que ya
nos están esperando todos, incluida la doctora Pine. Y
Nash. Cuando hay ronda de visitas, estamos todos presentes, independientemente de si tenemos turno o no.

—Buenos días, señora Greene. ¿Cómo se encuentra
hoy? —pregunta la doctora Pine, y la mujer sonríe.

—No estoy peor que ayer. Ya es algo, ¿no?

Le devolvemos la sonrisa y la escuchamos con atención.

—La señora Greene tiene treinta y nueve años, ha llegado a urgencias con un fuerte dolor de espalda que
irradiaba hacia la pierna derecha. No recuerda haber recibido ningún golpe. Los dolores empezaron hace dos
semanas y han empeorado durante los últimos días, sobre todo en la pierna derecha, en la que a veces siente un

cosquilleo —explica la doctora Pine, leyendo el historial.

Al principio sigo sus palabras sin problemas, hasta que cometo el error de mirar a Nash.

Parece más pálido que de costumbre, pero está igual de guapo. La barba de tres días se ha consolidado y convertido en una barba de verdad que le oculta del todo la cicatriz del labio. Pienso en las veces que se la he acariciado y besado, en la sensación de notar su cuerpo contra el mío, en sus miradas, en el intento que hicimos de apostar por lo nuestro. Pienso en su voz y en la conversación que mantuvimos. Luego trago saliva con dificultad. Me trago las palabras que me gustaría reprocharle, y con ellas me trago también el deseo que siento por él.

—¡Doctora Collins! —le oigo decir a la doctora Pine en voz alta, y me sobresalto al ver que la habitación entera está sumida en un silencio tenso.

—¿Sí?

—¿Qué otras medidas diagnósticas llevaría a cabo?

Mierda. No estaba escuchando. Percibo el calor en las mejillas y odio hacer lo que tengo que hacer ahora.

—¿Qué medidas se han tomado ya?

Mientras la doctora Pine me escruta, aguanto su mirada e intento que no se note el alivio que siento cuando le pide a Sierra que me las repita.

Puedo hacerlo. He estudiado, lo tengo todo en la cabeza.

Qué debe hacerse si durante el examen clínico se detecta una escoliosis lumbar hacia la izquierda y..., ¿qué más ha dicho Sierra?

Estoy vacía. No tengo nada. No sé qué responder.

Me he quedado en blanco. Mis ojos se desvían hacia Nash sin que pueda hacer nada por evitarlo.

—Tal vez no debería estar presente en esta visita, doctora Collins —sugiere la doctora Pine, lo cual me sienta como un bofetón en toda la cara.

Ninguno de los presentes me mira. Nadie excepto Nash. Enderezo la espalda y me marcho.

Cuando la puerta se cierra detrás de mí, tengo que controlarme para no salir corriendo hacia el vestuario.

Sin embargo, cuando llego a donde me proponía, entro como un vendaval, paso de largo de las taquillas y me inclino sobre uno de los lavabos. Se me ha acelerado el corazón, me cuesta respirar y, antes de que pueda evitarlo, empiezo a llorar. Porque es la primera vez que estoy realmente decepcionada conmigo misma.

No tengo ni idea del tiempo que llevo aquí con la cabeza gacha, solo intentando respirar, intentando calmarme. Pero en algún momento lo consigo. Y eso me basta.

Me echo un poco de agua en la cara para refrescarme y luego me siento en el banco que hay frente a mi taquilla. Me siento y espero. A que lleguen los demás, quizá, o a sentirme lista para cumplir con mi turno, la primera de las dos cosas que ocurra, me da igual. O tal vez a tener una inspiración esclarecedora que me permita sentirme mejor.

Qué vergüenza. Estoy furiosa, triste, desesperada, y odio sentirme así, a merced de mis emociones, desprotegida.

Cuando termina la visita y Sierra vuelve a entrar, ni siquiera tengo fuerzas para fingir que estoy bien. Porque no estoy bien.

Se sienta a mi izquierda y nos quedamos en silencio unos instantes. Hasta que ya no puede soportarlo más.

—O sea, que tú y Nashville...

Se me escapa un resoplido, porque es algo que ya me había dicho. Jugueteo con el dobladillo de mi casaca, que tiene algún punto suelto.

—Ya lo sabías.

—Claro, pero no creía que fuera en serio —replica.

Le echo un vistazo de reojo mientras se mira los tobillos cruzados con ademán reflexivo.

—¿Y eso cambia algo? —pregunto en voz baja y en tono algo socarrón.

—Ni idea. Seguramente no. Pero... lo siento, Laura. Es una mierda cuando te enamoras y las cosas se van al traste —sentencia, y tal como lo dice suena como si supiera de lo que habla. Como si conociera esa sensación de impotencia y pesadumbre.

Me quedo mirando con aire melancólico la taquilla que tengo delante, hasta que la puerta se abre de nuevo y entra Mitch. Se acerca a nosotras y se apoya en la pared opuesta, un poco más allá.

—Guau, eso ha sido muy fuerte.

Sierra pone los ojos en blanco.

—Ese comentario no ayuda en absoluto, imbécil.

—Tranquilos, saldré adelante —digo.

—¿Seguro? —pregunta Sierra, y yo respondo asintiendo. Aun así, decide seguir hablando—. Ayer tuve que subir a hablar con el jefe. Me soltó un montón de chorradas y me hizo un par de preguntas incómodas. Solo para que lo sepas; no creo que haya nada de cierto en todo eso.

—¿Ah, no? ¿No fuiste tú quien se enfadó conmigo porque empecé a salir con Nash? ¿Porque pensabas que así conseguía los mejores turnos y las mejores operaciones? —pregunto, apartándome de la cara un par de mechones húmedos que se me han soltado de la coleta frente al lavabo.

—Sí. Y reconozco que fue lamentable por mi parte. Pero estaba celosa —reconoce.

Me vuelvo hacia ella y veo como una sonrisa asoma en sus labios.

—No estoy orgullosa de ello, pero no tengo ningún problema en admitirlo.

—Entonces ¿no has sido tú? —pregunto, entrecerrando mucho los ojos—. ¿No has sido tú quien se ha quejado?

Para ser sincera, para mí solo tenía sentido que fuera Sierra, por eso había sospechado de ella.

Se le escapa una carcajada antes de responder.

—No me tomo a mal que lo hayas pensado, pero no fui yo, no. Esa no es mi forma de luchar por las cosas.

—Fui yo —confiesa Mitch, y las dos nos volvemos hacia él, absolutamente atónitas.

—¿Tú? —susurro, incapaz de creerlo.

—¿Te has vuelto loco? —exclama Sierra, que parece dolida como si la víctima hubiera sido ella misma—. Desde entonces, Laura va por la vida como un alma en pena. Está triste, descentrada y hecha una mierda, ¿y todo por tu culpa?

No sé qué decir. En mi cabeza no hay más que un vacío insondable. No lo entiendo, y no paro de pensar si hubo algo que lo indicara. O si en algún momento hice algo que justificara ese trato.

—Lo siento —repone Mitch.

—¿Por qué lo hiciste? —consigo preguntar, aferrada con las dos manos al banco sobre el que sigo sentada.

—Ni idea. Lo que dijo Sierra me hizo pensar y... joder, yo también estaba celoso. Pero sobre todo tenía la sensación de que tal vez no querías estar con Nash. Nunca nos has hablado de él, siempre desviabas el tema

424

y decías que no había nada entre vosotros. Pensé que debías de sentirte presionada por la situación y que por eso fingías que no ocurría nada.

—¿Y por qué no viniste a preguntármelo primero a mí? ¿Por qué decidiste hablar directamente con el director? —le digo, reaccionando mucho más calmada de lo previsto, algo que no puedo decir de Sierra en absoluto.

—¡Mira, Rivera! —retumba—. No te atrevas a meterme en el ajo. Sé perfectamente lo que dije y no insinué en ningún momento que alguien estuviera sufriendo coacciones ni mierdas por el estilo. ¿Tienes la más mínima idea de lo serio que es esto? ¿De lo que significa para ellos?

—Se juntaron muchas cosas, y de algún modo creía que así te protegería. Fue un error de cálculo. No lo pensé bien.

—¡No lo pensaste en absoluto! —le grita Sierra, y le agarro la mano para apaciguarla. A ella y a mí misma.

—Lo siento. He metido la pata hasta el fondo, siento haberte hecho daño... y a Nash también. Iré a hablar con el doctor Gardner de inmediato y lo aclararé todo.

—De acuerdo —respondo con un hilo de voz.

—¿De acuerdo? ¿Eso es todo? ¿No piensas meterle algo por el culo que tengamos que sacarle en el quirófano? ¿Lo que sea? —pregunta Sierra, y lo quiera o no, eso logra hacerme reír.

—No. Me he cansado de estar enfadada. Todos cometemos errores —afirmo, y esas últimas palabras las digo mirando a Mitch, lo que me permite comprobar lo mucho que lamenta haber denunciado el caso—. Ya intentaste contármelo ayer, ¿verdad?

—Sí. Pero no conseguí reunir el valor necesario —reconoce.

425

Me levanto y lo abrazo. Oigo que suspira y que coge aire temblando.

—Si vuelves a ponerme en una situación semejante y me haces daño, seguiré el consejo de Sierra. Y me aseguraré de que sea ella quien se encargue de operarte —lo amenazo, tras lo que Mitch sonríe con inseguridad.

Cuando me vuelvo hacia Sierra, veo que tiene una expresión malévola. Es evidente que ha oído mi amenaza.

—¿Qué piensas hacer ahora? Respecto a Nashville, quiero decir —me pregunta Sierra.

—Nada. Él ya ha tomado una decisión —respondo, y en el mismo segundo en el que Sierra quiere replicar algo, empieza a sonarme el busca.

Me lo saco del bolsillo enseguida, y en el mismo instante se ponen a sonar también los de Mitch y Sierra.

—Tu conversación con Gardner tendrá que esperar —digo mientras leo el mensaje en la pantalla y oigo que Sierra maldice en voz alta.

Los tres bajamos corriendo a urgencias, necesitan refuerzos.

Código negro.

43

Laura

Durante las últimas horas he experimentado, visto y aprendido muchas cosas, pero lo que se despliega ahora frente a mis ojos consigue que el mundo se tambalee bajo mis pies por un momento.

La sala de urgencias está desbordada, y no paran de llegar más heridos. Por todas partes se oyen lloros, gritos y los pitidos de diferentes dispositivos. Es como el zumbido de una colmena, solo que no huele a miel, sino a sudor, a sangre y a desinfectante. Huele a suciedad y a miedo. Huele a muerte.

Lo de antes queda olvidado al instante, ya no tiene importancia. El foco de atención ha cambiado radicalmente, ya no estoy ni cansada ni me falta sueño, ya no me siento herida. Solo estoy despierta y concentrada cuando me acerco a Ellen, la primera a la que encuentro de servicio, seguida por Mitch y Sierra.

—¡Ellen! ¿Qué ha ocurrido?

—Un accidente masivo. Un conductor borracho ha

427

cruzado medio Phoenix a toda velocidad llevándose por delante todos los coches y peatones que se ha ido encontrando por el camino hasta que han conseguido detenerlo. Han repartido a los heridos por los hospitales de los alrededores, pero la mayoría vienen hacia aquí. Ya han llegado los primeros.

Dicho esto, señala hacia las camillas y los sanitarios que entran en tropel, y a todo el personal médico y de enfermería que ya atiende a los heridos.

—Además, han avisado de que también traen aquí a las víctimas de un tiroteo. Llegarán en cualquier momento. ¿Qué demonios está pasando hoy?

—Gracias —respondo, y Ellen se mete corriendo en uno de los cubículos.

Detrás de nosotros llegan a urgencias todos los demás: Ryan, Zeenah, Maisie y Jane.

Alguien maldice en voz alta, y otra persona se lleva las manos a la boca.

—Todas las vidas cuentan... o ninguna —murmuro, repitiendo las primeras palabras que me vienen a la mente.

—Manos a la obra —dice Sierra—. Formemos equipos hasta que recibamos más instrucciones.

Alguien está pidiendo ayuda y Zeenah reacciona al instante, no sin antes desearnos mucha suerte. Sierra y Mitch corren hacia el acceso a urgencias, y Jane y Maisie también.

—Vamos, Ryan —le digo, y me sigue enseguida.

Veo a Grant, y también a Nash, pero no hay tiempo para eso. Lo ignoro, dejo a un lado todos los asuntos privados y centro toda mi atención en el trabajo que tengo que hacer.

No pasa ni un minuto antes de que lleguen dos ambulancias más. Los sanitarios nos van informando del estado de los pacientes a medida que los van descargando.

—Hombre de unos cincuenta años en estado crítico. Parada cardíaca, aunque lo hemos estabilizado. Ha recibido un disparo y tiene la bala en el hombro derecho, es posible que sufra una hemorragia interna. No sabemos ni el calibre ni los daños que ha provocado. También tiene otra herida limpia de bala en el brazo derecho.

—Gracias, nos encargamos de él —digo, tras lo que Ryan y yo nos lo llevamos dentro.

El paciente ya está conectado a un electrocardiógrafo, y mientras procedemos a examinarlo me doy cuenta de que algo no va bien. Le echo un vistazo al monitor.

El pulso es irregular. Está entrando en fibrilación ventricular.

—Mierda. ¡Necesitamos un desfibrilador! —grito por encima del tumulto para que Ryan pueda oírme.

Sale corriendo y de repente Nash aparece a mi lado. Inesperadamente.

—¿Estado? —pregunta, tras lo que le proporciono toda la información.

—Lo conseguiremos —le aseguro.

—Lo sé —se limita a replicar, y al cabo de un segundo Ryan vuelve con el desfibrilador.

Mientras lo prepara todo, me vuelvo hacia el paciente y le despejo el pecho. Coloco las palas, verifico una vez más que estén bien posicionadas y...

Mi.

Mundo.

Explota.

Parpadeo frenéticamente, aspiro una bocanada de aire y no comprendo por qué estoy sentada en el suelo.

Noto una sensación rara en los brazos y en el pecho, y durante unos segundos lo veo todo borroso. Entonces empiezo a oír voces y me doy cuenta de nuevo de dónde estoy.

—Laura, ¿me oyes? —me pregunta Nash. Veo su cara de preocupación y no tengo ni idea de por qué me mira de ese modo—. Mierda. ¿Laura?

—Sí, te oigo —respondo con la voz tomada—. ¿Qué ha ocurrido?

Nash me ayuda a levantarme y veo como otros compañeros se encargan de mi paciente. Mi paciente...

—¡Necesita el desfibrilador!

—Su ritmo cardíaco vuelve a ser estable —me indica Nash, reteniéndome para iluminarme los ojos con la puta linternita.

—¿A qué viene esto?

—Dios, Laura, lo siento muchísimo —balbucea Ryan, tan nervioso que incluso tiembla—. Yo no quería, simplemente ha ocurrido y...

—Fuera de urgencias —le espeta Nash con brusquedad—. Ya.

Como de costumbre, no se lo dice gritando, pero creo que no lo he visto jamás tan furioso.

—Y tú... —añade, buscando mi mirada—..., sube enseguida para que te hagan un chequeo.

—Estoy perfectamente —aseguro, zafándome de él. Durante un segundo me tambaleo un poco, pero luego respiro hondo y me sobrepongo.

—Laura, acabas de recibir una descarga bastante importante. Te ha atrapado la corriente del desfibrilador, y no es necesario que te explique lo que puede llegar a ocurrir si no te calmas y permites que te examinen —masculla.

Sin embargo, yo contraataco.

—Ryan no lo ha hecho a propósito.

—Ha activado el desfibrilador cuando todavía estabas tocando al paciente. Sin avisar.

—Me quedo, quiero ayudar.

—¡Así no me sirves para nada! —me grita, y las palabras me sobresaltan tanto como si hubiera recibido una segunda descarga del desfibrilador. Él se da cuenta, y a pesar del infierno que se ha desencadenado a nuestro alrededor, se le suavizan los rasgos. Y la voz—. No pretendía hablar así. Por favor, sube a la planta.

—¡Doctor Brooks, lo necesitamos aquí! —lo llama una enfermera, y aunque titubea un instante como si quisiera añadir algo, al final no le queda elección. Tiene que irse.

Sé que está preocupado. Pero no tiene por qué. Aquí seré más útil, por mucho que él lo vea de otro modo. Me encuentro bien.

Así que continúo.

Horas más tarde, por fin recuperamos la calma. El caos se apacigua, hemos atendido a todos los pacientes y han dejado de llegar víctimas. La sala de urgencias parece un campo de batalla, y me doy cuenta de que necesito un descanso. Y de que tengo que ir al baño. De todas formas, me tocaba hacer una pausa hace rato, por lo que aviso a Sierra y Lisha, que están recolocando un hombro dislocado, y subo a la sala.

Salgo al pasillo, lo recorro hasta el final para llegar al ascensor y, cuando las puertas se cierran tras de mí, noto por primera vez el agotamiento acumulado. Apoyo la cabeza en la pared derecha y me cuesta horrores despegarla de nuevo cuando por fin llego a la planta y tengo que bajar.

Grant está de pie junto a Bella en la recepción, buscando algo entre sus papeles. Los saludo a los dos.

—¿Tú también estás hecha polvo? —pregunta Grant, al que se le nota claramente que las últimas horas en urgencias le han pasado factura.

—Más que eso. ¿Qué haces aquí arriba?

—Tengo que buscar una cosa y vuelvo a bajar. ¿Y tú?

—Quería refrescarme un poco, descansar un momento y cambiarme la bata.

—Entonces disfruta del descanso —me desea con un guiño antes de volver a centrarse en sus papeles.

Cuando llego a mi taquilla, me siento cada vez peor. Acalorada, me arranco la bata del cuerpo para colgarla, pero no mejoro.

Doy un par de pasos en círculo, poco a poco y consciente de lo que hago, respirando hondo, pero cada vez me encuentro peor. Hace rato que sentía un cosquilleo en los dedos, pero lo he atribuido al estrés.

Todo me da vueltas. Me agarro la cabeza, cierro los ojos y me noto el pulso con tanta claridad que sé perfectamente lo que está ocurriendo.

—Mierda —susurro con la voz ahogada, tras lo que me apoyo en las taquillas e intento llegar hasta la puerta.

«Fibrilación ventricular», pienso.

44

Nash

Es increíble lo testaruda que puede llegar a ser. No entiendo que haya decidido quedarse aquí para continuar trabajando.

No obstante, había tanto que hacer, tantas situaciones críticas al mismo tiempo, que he terminado perdiéndola de vista. Hasta hace una hora, cuando las cosas han empezado a calmarse. Laura tendría que darse cuenta. Por culpa de Ryan ha recibido una descarga completa, he estado a punto de echarlo de urgencias por haber metido la pata de ese modo. Pero en lugar de someterse a un chequeo, Laura se ha quedado y ha seguido trabajando hasta el final. Porque quería ayudar y salvar vidas.

Niego con la cabeza. No me sorprende, pero eso no cambia el hecho de que me haya preocupado por ella. De que todavía esté preocupado por ella.

Acaba de salir de urgencias en dirección a los ascensores y he tenido que reprimir el impulso de seguirla.

Debo hablar con ella. Sobre lo que ha ocurrido, pero también sobre lo nuestro. Porque ya no puedo más.

—¿Sabes dónde está Laura? —le pregunto a Sierra, y ni siquiera me esfuerzo en llamarla doctora Collins, porque seguro que ya sabe de sobra lo que hay. Después del interrogatorio de Chris, todos los *bambini* ya están al corriente.

—Quería subir a la sala para tomarse una pausa —responde, y le doy las gracias antes de subir a buscarla.

Una vez arriba me encuentro con Bella y Grant. Bella me dedica una sonrisa de complicidad, mientras que Grant ni siquiera levanta la vista.

—Está ahí atrás —se limita a indicarme sin que tenga que preguntárselo.

—Listillo... —mascullo entre dientes antes de entrar en la sala de descanso que hay junto a los vestuarios.

Sin embargo, no veo ni oigo nada de nada.

—¿Laura?

Entro y miro a mi alrededor, pero todo está en silencio.

—Mierda, joder. ¡Mierda! —grito al ver a Laura inmóvil en el suelo.

Me deslizo hasta detenerme a su lado y me arrodillo de inmediato.

—Laura —susurro, presa del pánico, y es la primera vez desde hace años que me olvido de lo que hay que hacer. De que soy médico. Simplemente la veo allí tumbada, pálida y sin moverse, y el pánico se apodera de mí durante unos segundos.

No le noto el pulso.

Mierda. No puede ser verdad.

Tras un leve titubeo, comienzo con las maniobras de

reanimación cardiopulmonar. Primero el masaje cardía-co. Treinta veces. Empiezo a contar mientras intento esti-mularle el corazón a un ritmo constante y llamo a Grant y a Bella a gritos para que pidan un equipo de urgencias. Quien sea. Necesitamos adrenalina, y no puedo inte-rrumpir la reanimación; de lo contrario, no sobrevivirá.

—¡Grant! —grito una y otra vez, soltando tacos sin dejar de contar.

Veintitrés, veinticuatro, veinticinco.

Y así sucesivamente.

No viene nadie. ¿Por qué no viene nadie?

Una y otra vez...

Le practico el boca a boca, mis labios entran en con-tacto con los suyos, pero lo que siento es frío y pánico, ante la posibilidad de que esta lucha sea en vano. Ante la posibilidad de perderla. De perder a Laura.

—Quédate conmigo, Laura. Quédate conmigo. No te vayas —le suplico, agarrándole la cara solo durante un segundo, mientras lucho contra mis emociones.

Luego empiezo de nuevo y noto cómo sus costillas ceden bajo mis manos. Noto cómo se desgarra. Cómo se rompe por dentro.

Me da igual. Los huesos se curan. Pero si no consigo que el corazón le vuelva a latir...

—¡Me cago en todo, Grant! —me sale del alma cuan-do por fin se abre la puerta, veo su cara y me pongo a sollozar de alivio.

Al ver a Laura, abre los ojos como platos y suelta una blasfemia. Mientras tanto, yo intento mantener el ritmo.

—Necesitamos adrenalina y una vía. Ve a buscar a Bella, ¡vamos! —le ordeno con brusquedad, esperando que no me lo tenga en cuenta. En este preciso instante, todo me trae sin cuidado.

Debería haberla llamado antes, no debería haber sido tan cobarde. Si la pierdo ahora...

—¡Dios mío, Laura! —exclama Bella cuando aparece por la puerta poco después.

Enseguida le coloca la mascarilla del ambú para forzar la ventilación, de manera que yo no tenga que ocuparme de esa parte. Grant vuelve a entrar corriendo cinco segundos más tarde con el carro de reanimación que tiene todo lo que necesitamos y conecta a Laura al desfibrilador y a la máquina de ECG.

Línea plana. Joder.

—Vamos, Grant. Más rápido —le exijo mientras le coloca una vía en el dorso de la mano—. ¿Por qué tardas tanto? —pregunto mientras continúo con el masaje. El corazón de Laura sigue sin latir.

—No consigo encontrar una vena para la vía —sisea, tras lo que suelta otro taco y pasa a intentarlo en el interior del brazo a la altura del codo.

Estimula la vena, golpeándola y frotándola, pero sigue maldiciendo en voz alta una y otra vez porque no logra colocársela.

Veo que está tan nervioso como yo. La implicación emocional que sentimos todos no facilita precisamente las cosas.

—Deja eso —le indico a Grant— y ocupa mi lugar.

Grant obedece de inmediato, se arrodilla y asiente. Al cabo de un instante me aparto y Grant continúa practicándole el masaje cardíaco al mismo ritmo que yo.

—Mierda, le has roto una costilla.

—Los dos sabemos que ahora mismo es el menor de nuestros problemas —replico mientras le busco la vena en el brazo por mi lado.

«Vamos, ¿dónde estás?»

Me seco el sudor de la frente con la manga de la bata antes de seguir.

—¿Dónde está el equipo de reanimación?

—En camino —responde Grant, aunque le noto en la voz lo tenso que está.

¿Dónde está la vena, dónde...?

«¡La tengo!»

—Ya tiene la vía —aviso, y Bella respira aliviada, igual que Grant.

Preparo la adrenalina y se la inyecto.

—¿Cuánto tiempo ha pasado entre que ha subido ella y he llegado yo? —pregunto, concentrado.

Grant tiene que pensarlo un momento.

—Quizá un minuto. Llegaste justo después en el ascensor —responde, tragando saliva y respondiendo a mi mirada. Los dos estamos sin aliento. Por la preocupación, por el shock, por el esfuerzo—. ¿Cuánto ha pasado desde que me has llamado? —me pregunta él, y se nota lo mucho que teme mi respuesta.

—Ya llevaba dos series de compresiones —contesto, lo que significa que el cerebro de Laura debía de llevar unos dos minutos sin oxígeno. A estas alturas ya deben de ser cuatro.

Al cabo de unos tres minutos pueden producirse los primeros daños cerebrales, aunque no necesariamente serán evidentes de inmediato. El cerebro no suele sobrevivir más de diez minutos sin oxígeno. Cada minuto que pasa aleja un poco más a Laura de mí.

Grant continúa con obstinación, deteniéndose solo para ver si el corazón empieza a latir por sí mismo, pero la línea del monitor sigue siendo plana.

Laura no reacciona a la adrenalina.

Le inyecto otra dosis.

—Nash —me advierte Grant—. Si...

—No te atrevas a decirlo en voz alta —le espeto con brusquedad—. Sé de sobra lo que puede pasar. ¡No te atrevas a decirlo! —repito con desesperación, porque no quiero pensar en lo que puede suceder.

Me inclino una vez más sobre la cara de Laura. Está muy pálida.

«¿Por qué no me has hecho caso?», le pregunto por dentro con desesperación. «¿Por qué he sido tan cobarde?», me pregunto a mí mismo, apretando los dientes.

—Vamos, Laura —susurro. Vuelvo a controlar su ritmo cardíaco pero todavía no detecto ninguna reacción, por lo que preparo otra dosis de adrenalina.

Ignoro las miradas de los demás, que me están diciendo: «Su cerebro no puede aguantar mucho más. Solo uno o dos minutos más, quizá tres, y la habremos perdido. Para siempre».

No pienso permitirlo.

Aparto a Grant para seguir yo mismo con el masaje cardíaco y noto como empiezan a escocerme los ojos.

Comienza a oírse un sonoro murmullo, entre el que distingo que alguien pronuncia el nombre de Laura. Han venido Sierra, Mitch y Zeenah. Veo como Mitch tiene que agarrar a Sierra para que no se abalance encima de Laura.

—¡Rivera, sácala de aquí! —grito antes de concentrarme de nuevo en la mujer que tengo delante, por cuyo corazón estoy luchando. Aunque sea demasiado tarde.

Me doy cuenta de que estoy aplicando demasiada fuerza, pierdo el ritmo y espero a que su corazón empiece a latir de una vez. A que la adrenalina le haga efecto.

—Tienes que luchar, Laura. No puedo lograrlo solo. Por favor, no me abandones —murmuro.

—Nash —me susurra Grant, pero decido ignorarlo.

—¡No! —grito, negando con la cabeza. No pienso permitir que...

—Dios mío —le oigo exclamar con incredulidad justo antes de notarlo.

Su pecho comienza a subir y bajar por sí mismo, el corazón le late, la línea ya no es plana y... yo me derrumbo. Hundo la cara en su barriga, en su casaca, y la abrazo. Me aferro a ella. Los sollozos sacuden mi cuerpo, y me importa una mierda quién pueda verme.

Oigo como Grant se pone en pie, dejo que tome el timón y dirija los pasos que hay que seguir a continuación. Es un enfermero fantástico y sabe lo que hace. Junto con Bella, controla de nuevo el ritmo cardíaco de Laura y lo prepara todo para que podamos trasladarla a la sala. Hasta entonces me quedo acurrucado junto a ella, contando los latidos de su corazón, todos y cada uno de ellos. Porque me susurran que todo saldrá bien. Que está viva.

Que no la he perdido.

—Comprendo —se limita a decir Chris, cabizbajo—. ¿Estás seguro?

—Sí —respondo.

Estoy de pie junto a Rivera en el despacho de Chris. Laura duerme, Grant y Sierra están con ella, cuidándola. Es el único motivo por el que me he atrevido a apartarme de su lado.

Mitch ha venido antes a la habitación de Laura y me ha confesado lo que hizo. Yo estaba tan agotado, y tan contento de que Laura haya sobrevivido, que no he tenido fuerzas para enfadarme con él. No por el hecho de que intentara proteger a Laura indirectamente, sino por que creyera que nosotros (sobre todo yo) pudiéramos ser capaces de permitir algo semejante. Y por que no tratara de hablar primero con nosotros. Le he pedido que viniera conmigo a hablar con Chris. Por eso estamos aquí ahora.

Para comunicarle que dejaré de ser oficialmente el tutor de los residentes de primer año.

—Bueno, si eso es lo que quieres... ¿Tienes alguna propuesta para tu sucesor? —me pregunta Chris, apoyando los brazos cruzados en su escritorio.

—Ian.

Chris arquea mucho las cejas al oírlo.

—Pero si aún tardará unos meses en examinarse.

—Esperaré hasta entonces. En cuanto él pueda ocupar mi puesto, se lo cederé. Si ya no hay ningún problema con Laura y todavía quiere estar conmigo.

—Le caerías bien a Elias. Sí, estoy seguro de que le habrías caído bien al padre de Laura —afirma Chris con una sonrisa de satisfacción—. De acuerdo. Sobre el tema del doctor Rice, tengo que pensarlo.

—Lo hará bien. Mejor que yo.

Chris asiente y luego se dirige a Mitch.

—Y ahora usted, doctor Rivera.

—Con su permiso, me gustaría volver con Laura. Y tomarme dos días libres.

—Adelante, Nash. Por favor, avísanos cuando se haya despertado.

—Lo haré. Gracias.

Antes de marcharme intento animar a Rivera dándole unas palmadas en el hombro. Chris está a punto de echarle una bronca histórica, aunque el castigo no será severo. Al principio de la conversación ya he dejado muy claro que Mitch lo hizo con la mejor de las intenciones.

Regreso directamente a la habitación de Laura.

Ya ha anochecido, está durmiendo y estable. Sierra está sentada y le coge la mano, mientras que Grant se encuentra de pie junto a la puerta, solo mirándola. Con Ian, lo cual me sorprende. Me uno a ellos, completamente exhausto.

—Lo ha logrado —dice Grant en voz baja, e Ian asiente.

—He venido tan rápido como he podido. Solo quería ver cómo estabais. Pero creo que lo mejor será que os dejemos solos un rato —propone Ian, de manera que Sierra también pueda oírlo.

Esta se da por aludida, le da un beso en la frente y se pone en pie.

—¿Nash? —me llama Ian—. Como esta vez tampoco me hagas caso, te arranco las pelotas —me amenaza, y lo quiera o no, no puedo evitar sonreír.

—Hemos llamado a la familia. Su hermano y su hermana vienen hacia aquí —me cuenta Grant antes de despedirse.

Sierra se detiene justo delante de mí y me fulmina con la mirada.

—No hay mucha gente que me caiga bien, pero Laura es una de ellas. Y no se merecía esto —me reprocha, y sé perfectamente que no se refiere a la descarga del desfibrilador y sus consecuencias, sino a mi comportamiento. Se refiere a mí—. Si lo que ha dicho Ian iba en serio, no seré yo quien intente disuadirlo —añade antes de marcharse.

—Espero que no tengamos que llegar a eso.

Entro por fin en la habitación, me siento en la silla junto a la cama de Laura, donde hasta hace poco estaba sentada Sierra, y le cojo la mano.

Un temblor recorre mi cuerpo mientras le acaricio la mano con veneración.

—No sé lo que habría hecho si... —empiezo a decir, pero tengo que tragar saliva antes de continuar—... si te hubiera perdido. No sé si tendré la oportunidad cuando te despiertes, pero quiero decirte que te quiero, te quiero mucho. Te quiero y siento haber sido demasiado cobarde e idiota para no haberlo reconocido antes. Eres muy valiente, apasionada y me vuelves loco cuando te pones tan testaruda. No te merezco —digo mientras contemplo su rostro, sus rasgos serenos, casi apacibles—. Pero si me das otra oportunidad haré todo lo posible para no volver a decepcionarte.

La echo de menos. Muchísimo.

Echo de menos su voz, su sonrisa y sus besos. Echo de menos su sinceridad y su fortaleza, su alegría y sus ganas de vivir.

Alguien llama a la puerta, todavía abierta, y me vuelvo para ver quién es.

—¿Puedo ayudarlo, agente?

El policía entra y se detiene frente a la cama de Laura. Es un tipo alto y atlético.

—Usted debe de ser Nash —dice, y a continuación se me queda mirando y me siento obligado a ponerme en posición de firmes.

—¿Y usted es?

—Logan. El hermano de Laura —se presenta.

Me levanto para darle la mano y Logan me la estruja sin contemplaciones, aunque intento que no se me note el dolor en la cara.

—Me alegro de conocerlo, Logan. Supongo que podemos dejar a un lado las formalidades, ¿no?

Me suelta la mano con una sonrisa, con lo que interpreto que está conforme, y acerca otra silla a la cama de su hermana, justo delante de mí. Se reclina en ella y se la queda mirando.

—¿Se pondrá bien?

—Sí.

—¿Cómo ha sucedido?

—Fue un accidente —empiezo a decir, y le explico cómo ocurrió todo.

—Comprendo. ¿Y qué sientes por ella?

Respiro hondo antes de responder.

—Tu hermana significa mucho para mí.

Logan lo acepta sin más, sin añadir nada. Nos quedamos los dos sentados, contemplando a esa persona a la que tanto queremos, esperando que pronto vuelva en sí.

45

Laura

Noto las extremidades pesadas como el plomo y tengo la garganta seca como la arena del desierto. Tengo la sensación de haber estado despierta demasiado tiempo. Me cuesta mucho abrir los ojos y siento la boca pastosa.

¿Estoy en el Whitestone? Parpadeando, miro hacia abajo. ¿Estoy en una cama de hospital? ¿Qué ha ocurrido?

—Buenos días, hermanita —le oigo decir a una voz que conozco de sobra, y cuando levanto la vista veo que Logan está sentado a mi derecha con un café en la mano.

—¿Qué haces tú aquí? —pregunto, perpleja, y al cabo de un momento noto un dolor intenso en el lado izquierdo del pecho—. Ay —murmuro, moviéndome con más cuidado—. ¿Qué ha sucedido?

Logan se inclina hacia mí.

—Eso te lo podrá responder él más tarde —contesta, señalando hacia el otro lado, donde veo a Nash.

Está sentado en una silla justo al lado de mi cama, durmiendo. Tiene la cabeza apoyada en los brazos, junto a mis caderas. Mi mano se levanta sola para posarse sobre su cabeza y tocarle el pelo.

—Lleva toda la noche sentado aquí. Al menos eso me ha dicho el tipo de recepción. Yo he pasado un momento por el hotel y he dormido un par de horas después de asegurarme de que estabas estable. Y también he calmado a Jess. Al principio no había forma de contactar con ella, y luego por culpa de los nervios ha comprado un vuelo equivocado, de manera que ha ido a parar a Nueva York y luego ha tenido que tomar otro vuelo. Pero se supone que llegará pronto.

—¿Jess viene hacia aquí? —pregunto en voz baja sin dejar de mirar a Nash. Continúo pasándole los dedos por el pelo, hasta que le toco una mejilla y se despierta.

Levanta la cabeza, se incorpora y se me queda mirando como si yo no fuera de verdad.

—Buenos días —lo saludo, y mi mano le acaricia ahora el brazo derecho. Noto que un temblor recorre su cuerpo antes de acercarse más a mí para envolverme la cara entre las manos.

—¿Cómo te encuentras?

—Cansada. Y algo hecha polvo. Me duele el pecho —explico mientras Nash esboza una mueca de disculpa.

—Es culpa mía. Te he roto una costilla.

—Pues debe de ser eso —constato, intentando sonreír. Hasta que me doy cuenta de lo que ha ocurrido—. He sufrido una fibrilación ventricular.

—Sí —susurra él, casi sin voz.

—¿Cuánto tiempo...? ¿Cuánto tiempo he pasado inconsciente?

—Laura —empieza a decir Nash, pero le sostengo la

mirada de un modo implacable. Se humedece los labios antes de continuar hablando—. Unos ocho minutos. Tuve que administrarte adrenalina tres veces.

—O sea que me ha ido por los pelos, ¿no?

Me besa en la mejilla y apoya la frente en la mía.

—Joder, un poco más y te pierdo.

—Salgo a buscar un café —dice Logan de repente, y su silla rechina en el suelo cuando se pone en pie.

Nash se aparta cuando Logan se acerca a mí para abrazarme con cuidado.

—Me alegro de que hayas vuelto —me susurra al oído, y noto con claridad lo preocupado que estaba.

—Te quiero —murmuro, abrazándolo a pesar del dolor.

—Y otra cosa: creo que es un buen tipo —añade antes de apartarse de mí de nuevo y salir de la habitación.

—Lo siento —empieza a decir Nash antes de que pueda decir nada—. Tenías razón, fui un cobarde.

—No debería haberlo dicho —reconozco. Fui demasiado dura, y no es justo. No hay que avergonzarse de tener miedo. De ser más lento en según qué cosas, de necesitar tiempo—. Es solo que yo lo veía muy claro. Estaba segura, y pensé que tú también lo estarías.

—Lo estaba, simplemente no lo sabía todavía —me dice, y se sienta en la cama a mi lado y se inclina sobre mí—. Te estaba siguiendo para hablar contigo. Sobre lo nuestro, sobre los últimos días y... llego a la sala y te encuentro inconsciente en el suelo. No tenías pulso, no respirabas. He llegado a pensar que tal vez era demasiado tarde. Laura, si...

Le pongo un dedo en los labios para acallarlo.

—No ha sucedido. Estoy aquí.

—Pero ha estado a punto de ocurrir. Demasiado cerca. Demasiado, y te juro por Dios que no habría podido soportarlo. Te quiero. Y lo siento mucho. Quería muchas cosas, pero jamás hacerte daño o interponerme en tu camino.

—¿Me quieres?

Nash se ríe y me parece el sonido más bonito del universo.

—Sí, te quiero. Y nada me gustaría más que besarte —asegura.

Salvo el espacio que nos separa y, por fin, mis labios alcanzan los suyos. Cálidos y suaves; la sensación es como la de regresar a casa. Y con este beso tengo claro que he estado a punto de morir, que no puedo seguir reprimiendo las lágrimas, y empiezo a temblar cada vez más. Nash me abraza con fuerza, me susurra al oído palabras de consuelo y me besa la frente, las sienes, mientras doy rienda suelta a las emociones contenidas.

Me tiende un pañuelo, y cuando las lágrimas cesan y me las seco, me lo repite:

—Te quiero. Lo siento.

—A mí también me caes bien —respondo con una sonrisa burlona, si es que eso es posible con la cara hinchada por las lágrimas. Lo beso por segunda vez con la esperanza de que el beso sirva para responderle que yo siento lo mismo. Que yo también se lo diré cuando consiga levantarme de esta cama y vuelva a casa.

—Tengo que decirte algo más —me cuenta, y el corazón se me encoge al oír la seriedad de su tono de voz—. He renunciado al puesto de tutor de los residentes. Creo que pronto te tocará trabajar bajo la supervisión de Ian.

Sorprendida, abro los ojos como platos. Con eso sí que no había contado.

—¿Qué? No, eso era importante para ti. Y al fin y al cabo todo fue solo un malentendido.

—No. No me has escuchado. No quiero meter en apuros a nadie, y menos a nosotros mismos. Y no quiero perderte. Para mí eres lo más importante, el resto ya llegará con el tiempo.

—Si me quisieras, no permitirías que Ian fuera mi jefe —replico con una mueca, y Nash sonríe. Por muy bien que nos entendamos con Ian, nos acabará volviendo locos a todos.

—¿Laura? ¡Laura! ¿Dónde está mi hermana? —se oye gritar por el pasillo, y tengo que reprimir una sonrisa.

—Vaya. Esa es Jess.

—¿Tu hermana? —pregunta Nash, mirando a su alrededor, y justo en ese instante Jess entra en la habitación.

Llega con el pelo encrespado, las mejillas coloradas y casi sin aliento.

—¿Te has propuesto enterrarme o qué? —exclama, indignada. Al momento, deja caer el bolso y se acerca a mí corriendo para envolverme cuidadosamente entre sus brazos. Aun así, gimo de dolor y se disculpa de inmediato.

—No hacía falta que volvieras desde Berlín solo para esto.

—¿Estás loca? Claro que tenía que venir —me dice, acariciándome el pelo para luego hacer lo posible para adecentarse el suyo—. ¿Cómo te encuentras?

—Voy tirando.

Su mirada vaga hacia Nash antes de volver a mí.

—¿Es él? —pregunta, y frunzo los labios, divertida.

—Presente —se limita a responder Nash, y Jess se sienta en la silla que ocupaba antes Logan.

449

—Espero —empieza a decir mi hermana con énfasis— que sepa estar a la altura de ahora en adelante y que no se comporte como un pollarrota.

Nash se la queda mirando, desconcertado, y yo suelto una carcajada. «¡Madre mía!» Jess decide aclarárselo:

—Ya sabéis: un quiero y no puedo.

—Dios mío, no tiene ningún sentido.

Jess rechaza el comentario con un gesto de la mano.

—Bueno, da igual.

—Toc, toc, compañera.

Los tres levantamos la mirada hacia la puerta, donde aparece una nueva visita.

—Hola, Ian.

Jess hace una mueca cuando lo reconoce y yo me limito a negar con la cabeza sin decir nada, con la esperanza de que no suelte otro comentario estrafalario.

—Solo quería ver cómo estabas. Mi turno empieza dentro de poco.

—Gracias, estoy mucho mejor.

—Así que tú eres Ian —dice Jess de repente, atrayendo su atención.

Ian entrecierra los ojos mientras piensa y, cuando por fin cae en la cuenta, esboza una amplia sonrisa.

—Ah, hola, hermana de Laura.

—Se llama Jess.

—Ya lo sabía.

—¿Siempre es así de raro? —pregunta mi hermana, y Nash se lleva la mano a la boca. No sé si por desesperación o porque está intentando no reírse.

—Deberíamos salir a comer algún día —le dice Ian a Jess con un guiño.

—¿No le dijiste eso mismo también a mi hermana?

—Bueno, eso es agua pasada —replica él, y al cabo

450

de un momento le suena el busca—. Tengo que irme. Le pediré tu número a Laura. ¡Recupérate, *bambina*! —exclama mientras se marcha, y mi hermana lo sigue con la mirada.

—Pues es sexy.

—Dios, Jess.

—¿Qué? Tú ya has conseguido a un médico buenorro.

—De acuerdo, os dejo un rato solas —dice Nash mientras se levanta.

Me da un beso para despedirse, pero me aferro a él porque no quiero que se marche. Quiero tenerlo cerca.

—¿Volverás luego?

—Te lo prometo —me susurra frente a los labios y luego se despide de Jess.

—¡Uf! —exclama mi hermana mientras agita la mano frente a la cara.

Después nos miramos y me doy cuenta de que está intentando no llorar. Mi hermana no es tan dura como siempre finge ser.

—No lo hagas, Jess. Que acabo de llorar y me ha costado un montón parar.

—Me da igual —solloza, y da rienda suelta a las lágrimas, acercándose más a la cama y acurrucándose a mi lado—. No vuelvas a hacerme algo así nunca más, ¿me oyes? Estaba muy preocupada por ti. No puedo pasar otra vez por esto. No quiero perder a nadie más. Ni a Logan ni a ti.

—Haré todo lo que pueda.

—No te pido más que eso —me dice, y le ofrezco uno de los pañuelos de papel que tengo a mi lado, sobre la mesa—. ¿Lo quieres? —me pregunta.

Me quedo de piedra. Cojo aire y lo suelto de nuevo antes de responder.

—Sí.

—No hace falta decir nada más —murmura.

—Pero a ti también te quiero, lo sabes, ¿verdad?

—Qué menos, acabo de cruzar medio mundo para venir aquí —responde, y las dos nos reímos casi sin aliento.

Nash y yo nos aventuramos a empezar de nuevo.

Yo me recuperaré.

Todo saldrá bien.

46

Laura

Seis semanas más tarde

Estás de muy buen humor. Me saca de quicio.
—Me extraña que tú no lo estés. Hemos terminado el trabajo y mañana tenemos el día libre —le digo a Sierra, con la que hemos estado tratando a una paciente con una herida abierta en el muslo hasta el cambio de turno.

—Es que a mí me gusta mi trabajo. Y los turnos en urgencias —replica con una sonrisa cuando nos paramos junto al mostrador—. Tú, en cambio, acabas de reincorporarte y ya quieres tener un día libre.

—¡Menuda tontería! A mí también me encanta este trabajo —repongo, riendo—. Es solo que me he propuesto tomármelo con un poco más de calma.

—Suena como si ya estuvieras pensando en jubilarte. Además, tus hermanos ya se han marchado y volverás a estar más tranquila. Y hablando de tranquilidad: Ryan te manda recuerdos. Ha pasado un momento antes de ir al laboratorio.

Después de la metedura de pata de mi descarga, que solo fue la última de una larga lista, Ryan decidió empezar de cero en la especialidad de patología clínica, y parece ser que le gusta bastante. Puede aplicar todos sus conocimientos, pero sin tener que seguir un ritmo frenético y sin miedo a cometer errores. Está contento, y eso es lo único que cuenta.

—Sin duda, allí reina la calma —replico, y Sierra sonríe. Al menos hasta que Mitch se nos une y le pasa un brazo por encima del hombro a Sierra, que no tarda ni dos segundos en quitárselo de encima de un empujón.

—Laura, me alegro de que vuelvas a estar bien. Tienes buen aspecto.

—Ya se lo has dicho. Dos veces —lo critica Sierra.

Da igual lo que haga, Mitch siempre consigue ponerla de los nervios. En ocasiones creo que solo tiene que respirar cerca para que Sierra explote por dentro.

—Bueno, pues a la tercera va la vencida. Tú también tienes buen aspecto, Harris —le dice, y a Sierra se le sonrojan las mejillas, aunque no sé si porque se siente halagada o por lo furiosa que está. Tal vez por una mezcla de las dos cosas.

Mitch no ha parado de revolotear a su alrededor desde el primer día, a veces me recuerda a Ian. ¿Y Sierra? Creo que en el fondo le gusta y eso la pone furiosa. Pero si se lo digo me arriesgo a que me rompa otra costilla, y no es algo que me haga precisamente mucha ilusión. Él está contento, y eso es lo único que cuenta.

—Vete a trabajar, Mitch —gruñe Sierra después de que yo le haya agradecido el cumplido.

Mitch me señala sin quitarle los ojos de encima a mi amiga.

—¿Lo ves? Le ha gustado.

—¿Qué ocurre aquí? —pregunta Nash.

Aparece de repente a mi lado y no puedo evitar arrimarme a él un momento. Estamos trabajando y no estamos solos ni mucho menos. Además, nos hemos propuesto limitar las muestras de afecto en el hospital, aunque no siempre lo conseguimos. Pero dado que todos los presentes están al corriente de nuestra relación e Ian pronto asumirá el puesto de Nash como supervisor, podemos tomarnos el asunto de un modo más relajado. Jamás lo habría pensado, pero así es, y funciona.

—Mira lo bien que quedamos juntos —comenta Mitch.

—Por favor, no sigas —murmura Sierra.

—Nash, al que por fin podemos llamar por su nombre de pila, y nuestra Laura. Y luego estamos tú y yo...

Y ese es el momento en el que Sierra se da la vuelta y se marcha.

—¿Vienes, Laura? Ya hemos terminado el turno —me dice, y yo niego con la cabeza, sonriendo.

—Me adora. Lo sé —asegura Mitch con una sonrisa de oreja a oreja cuando George comienza a hablar.

—Ha habido un gran accidente a dos calles de aquí —anuncia—. Un autobús ha chocado con un coche y se ha estrellado contra un edificio. Las ambulancias empezarán a llegar enseguida.

—Comprendido, gracias —responde Nash y, a pesar de lo que habíamos acordado, me da un beso.

—Hasta luego —me susurra al oído—. No mimes demasiado a Jax antes de que yo llegue a casa.

Se aparta de mí de nuevo y lo miro con los ojos radiantes de felicidad.

—No puedo prometerte nada —replico, dándole un apretón afectuoso en la mano—. Te quiero —añado con un susurro prácticamente inaudible que, aun así, debe de haber oído, porque se da la vuelta y me dedica la más bonita de sus sonrisas.

—Ya están aquí —avisa Mitch, ya en su versión más concentrada y profesional.

Sigo con la mirada a Sierra y veo como se detiene en uno de los cubículos para ayudar a Maisie a apaciguar a una paciente.

—¿Os las arreglaréis o me quedo un rato para echaros una mano?

—Saca tu bonito culo de urgencias. Ya deberías estar fuera —me dice Nash, y yo asiento.

Y obedezco, porque no quiero estorbar. De todos modos, oigo que los heridos van llegando. Oigo la voz de Nash. El primer paciente está grave, tienen que llevarlo a la sala de reanimación. Se sospecha que tiene hemorragias internas, y el ECG muestra alteraciones en el ritmo cardíaco.

Me uno a Maisie y Sierra y por el camino observo cómo trabaja Nash. El orgullo y la preocupación se apoderan de mí a partes iguales aun sabiendo lo bien que hace su trabajo.

—¿Qué ocurre? ¿Es muy grave? —pregunta Sierra a mi lado, y le cuento lo que acabo de ver.

—Entonces seguro que lo llevan al quirófano directamente —conjetura, y tiene toda la razón. Enseguida conectan al paciente al oxígeno del carro y se dirigen hacia los ascensores. Mitch acompaña a Nash.

En cuanto salen por la puerta, me vuelvo hacia Sierra.

—Le gustas de verdad.

—¿En serio tenemos que hablar de esto?

—¿De qué? —pregunta Maisie mientras le venda el brazo a la paciente.

—Creo que Mitch va en serio —insisto.

—¡Ah! —exclama Maisie al oír el nombre—. Ya veo, hablamos del enamorado.

—Mitch no es para mí. Ni siquiera me gusta.

—Mientes muy bien —le digo, mirándola fijamente a la cara, que no muestra la más mínima emoción.

—Pero si es prácticamente un bebé —añade.

—No exageres, Sierra.

—¿Podemos cambiar de tema? Hemos terminado por hoy. Subamos ya a recoger nuestras cosas o nos quedaremos aquí y seguiremos trabajando.

—¡De acuerdo! Vamos —replico, tras lo que nos despedimos de Maisie y salimos de urgencias en dirección al ascensor.

Nada más salir por la puerta, volvemos a ver a Mitch y Nash, de pie frente al ascensor. Oigo el *ping* y veo que Ian sale de la cabina y deja paso a los demás, que entran con el paciente, Ian se detiene y...

...mi mundo entero se derrumba.

El fuerte estrépito supera cualquier otro sonido del ambiente. El golpe posterior me roba el aire de los pulmones. Es una oleada de dolor, de presión, de silencio y de ruido la que me invade.

He levantado el brazo para cubrirme la cara en un acto reflejo. Vuelvo a bajarlo, parpadeo varias veces y, cuando la primera nube de escombros y cenizas llega hasta mí, tengo que toser con vehemencia. Oigo como Sierra también tose a mi lado, se aclara la garganta y maldice en voz alta.

Me zumban los oídos. Me quedo mirando al frente, atónita, fijándome en el cuerpo que está tendido frente al ascensor, en la suciedad y la sangre que lo cubren. Ian. Dios mío, Ian. Y entonces algo más se cuela en mi mente...

—Nash —susurro, y el corazón me da un vuelco. Quiero ir hacia él, pero Sierra me sujeta con fuerza.

—Quieta. No piensas con claridad. No sabemos qué ha ocurrido. No sabemos...

Me vuelvo hacia ella, la agarro por los brazos y la miro a los ojos.

—Joder, Sierra. Mitch también está ahí dentro.

Y es como si hasta este momento no hubiera comprendido lo que acaba de suceder. Que se ha producido una explosión en el ascensor abierto en el que acaban de subir Nash y Mitch.

—¡Están ahí dentro! —exclamo con la voz quebrada. La voz, el corazón, el alma. Todo se me rompe, y no sé si esta vez habrá curación posible.

—Mitch —le oigo decir a Sierra antes de que se le acelere la respiración y tenga que toser de nuevo—. No —susurra, y ahora es ella la que sale corriendo hacia el ascensor.

Y yo, tras ella, rezando para que estén bien. Para que todos estén vivos. Para que Ian y Mitch estén vivos. Y para que yo no haya perdido a ese hombre al que acabo de encontrar y al que he aprendido a amar.

Agradecimientos

¿Lo he logrado? Eso fue lo primero que pensé cuando terminé *Anatomía del amor*, mi decimoquinto libro. Es el primero que escribo desde que soy madre y la verdad es que ha sido duro, más agotador que nunca, y a menudo he dudado de mí misma. Nunca había estado tan al límite mientras escribía. Porque todavía estoy aprendiendo a encontrar un equilibrio entre mi vida como autora, como madre, como esposa y, en cierto modo, como yo misma, simplemente como persona. Porque ha sido distinto escribir y ser creativa con un bebé en mi vida (al que amo por encima de todas las cosas) y con la depresión posparto que me ha obligado a escribir dejando huecos y anotando nombres que olvidaba en el manuscrito. Estoy orgullosa de mí misma. Increíblemente orgullosa. Porque a pesar de todo lo he conseguido. Porque para este libro he tenido que dedicar más investigación, tiempo, lágrimas y trabajo que nunca. Y porque me encanta. Cada frase. Todo. He leído un sinfín de libros especializados en medicina con el propósito de hacer las cosas bien o no hacerlas en absoluto. Y lo he hecho, así que sí: estoy orgullosa.

Por último, aquí están los agradecimientos: me gustaría dar las gracias a todas las personas que han contribuido a hacer posible este libro.

Gracias a todo el equipo de LYX y Bastei Lübbe y a mis fantásticas editoras Alexandra Panz y Jil Aimée Bayer. Alex, recuerdo que hace casi dos años estábamos sentadas en el tren, volviendo a casa de una lectura de LYX en Frankfurt, y te dije: «¿Qué te parecería una historia de médicos?», y tú respondiste: «No suena mal». Este libro es el resultado de ese momento, y me alegro muchísimo. Me encanta trabajar contigo. Dale las gracias a Jax por haberme prestado su nombre, y dile que siento haberlo convertido en un gato. Jil, no solo eres una gran editora, sino también una buena amiga y la mejor madrina. Me alegro de tenerte en mi vida. Que cada día te ofrezca al menos cien motivos para reír. No te mereces menos que eso.

Gracias a mi agente literario, Klaus Gröner (de erzähl:perspektive). Ya llevamos unos años trabajando juntos, y espero que vengan muchos más. Me has ayudado con todo tipo de problemas, me has escuchado y me has apoyado. Gracias por cederme cientos de apodos y por obligarme a escribir tan pocas sinopsis. Eres mi salvación.

De todo corazón quiero dar las gracias a los mejores amigos y amigas del mundo: Bianca Iosivoni, Anabelle Stehl, Laura Kneidl, Nicole Böhm, Tami Fischer, Alexander Kopainski, Nina Bilinszki, Marie Graßhoff, Klaudia Szabo y Laura Graßhoff. Nuestro escuadrón PJ significa mucho para mí, y no puedo expresar con palabras lo mucho que os aprecio.

Bianca y Anabelle, a vosotras quiero daros las gracias un modo muy especial. Durante esta fase de escritura tan dura me habéis motivado, me habéis apoyado y me habéis mandado incontables mensajes. Todos y cada de uno de ellos me han parecido valiosos y me han ayudado un montón.

Puedo mencionar de nuevo a Nicole Böhm, lo cual me llena de orgullo y satisfacción. Porque ha realizado la fascinante y absolutamente genial ilustración de Nash y Laura. Es perfecta, mágica. Gracias, Nicole, por dar vida a los dos personajes para mí, aunque solo suelas pintar para ti misma. Gracias por este regalo que me has hecho, eres una artista fabulosa y una persona fabulosa. Te admiro.

Gracias al personal médico que verificó el contenido detenidamente y que forma parte de mi equipo de lectores y lectoras beta. Como médicos, técnicos médicos y sanitarios, asistentes quirúrgicos, estudiantes de Medicina, sanitarios de emergencias, personal de enfermería y fisioterapeutas, me habéis ayudado a conseguir que la historia sea más realista. Y así habéis logrado que yo (a pesar de haber llevado a cabo una investigación exhaustiva) no haya escrito ninguna tontería. Gracias asimismo al resto de los lectores y lectoras beta y al Sensitivity Reading Team. Sin vosotros este libro no habría salido ni la mitad de bien. Me habéis dado seguridad y me habéis mostrado lo que faltaba y lo que funciona. Gracias, Alana, Anna, Anna-Lena, Anni, Corinna, Dina, Janine, Janine M., Izzy, Jana, Louisa, Mandy, Marie, Mary, Mira, Marcel, Marina, Michelle, Morla, Nadine, Sarah, Shehla y Vivien.

Un agradecimiento especial para ti, Dina. He aprendido mucho y me alegro de que el diálogo en árabe ahora tenga sentido.

Y mil gracias a ti, Shehla. Por haber filmado para mí un quirófano vacío y haberme llevado de la mano. Me hablaste sobre cosas del corazón y te has convertido en una amiga para mí.

Morla, el hecho de que Nash aparezca en pantalones de chándal de color gris y descalzo te lo debo a ti. Gracias por tus maravillosos mensajes.

Gracias a mi familia. Y por encima de todo, gracias a mi marido, porque sin él este libro todavía no estaría terminado. Me has ofrecido el espacio que necesitaba y un abrazo cada vez que no podía más. Te quiero, a ti y a nuestra Lotte.

¡Muchas gracias a mis mecenas en Patreon! Sobre todo a Diana, Claudia, Linda, Meike, Anna, Stefanie, Mandy, Lea, Katharina, Svenia, Denise, Steffi y Lorena. Sois fantásticas.

Gracias a todas mis maravillosas colegas.

Especialmente a Sarah Sprinz, que leyó *Anatomía del amor* de antemano. Serás una médica excelente y eres una autora fantástica. Y, por encima de todo, una gran persona.

Y a Stella Tack, Marah Woolf y Carolin Wahl. Pensasteis en mí cuando estaba en el fondo del pozo y me preguntasteis cómo estaba. Os lo agradezco mucho.

Gracias a todo el público lector, bloguero y librero. Incluso en estos tiempos tan locos e inseguros habéis protegido vuestro amor y vuestra pasión por los libros. Gracias por leer mis historias y por recomendarlas.

¡Gracias!

Vuestra Ava

Aquí tenéis mi Instagram: @avareed.books
Hashtags: #avareed #whitestonehospital #lyxverlag

Glosario

Adrenalina: Es una hormona que se libera en la médula suprarrenal. Se utiliza, entre otras cosas, en terapias de emergencia. Puesto que eleva la presión arterial y la frecuencia cardíaca, sirve para estimular la función cardíaca en caso de paro cardiorrespiratorio.

AGS: Análisis de gases en sangre.

Ambú: Bolsa de aire con mascarilla para las vías respiratorias.

Ampicilina: Un antibiótico de amplio espectro de fácil digestión que puede utilizarse para tratar varias infecciones bacterianas. Sin embargo, en pacientes con alergia a la penicilina puede desencadenar reacciones alérgicas severas.

Anestesia: Estado de insensibilidad física para poder llevar a cabo determinados procedimientos quirúrgicos o diagnósticos. Se distingue entre anestesia general o total y anestesia local.

Anestesista: Profesional de la medicina especialista en

anestesiología. Acompañan y supervisan a los pacientes durante el proceso anestésico.

Aorta: La arteria principal y la más grande del cuerpo, que transporta sangre desde el corazón al torrente sanguíneo.

Apendicitis: Inflamación del apéndice que requiere intervención quirúrgica.

Arteria pulmonar: También conocida como «tronco pulmonar» *(arteria pulmonalis)*. Las arterias pulmonares derecha e izquierda transportan la sangre oxigenada desde el corazón a los pulmones.

Arterias coronarias: Vasos sanguíneos que se encuentran justo encima del corazón y que suministran oxígeno y nutrientes al tejido muscular del propio corazón.

Asistolia: Cese total de la actividad cardíaca eléctrica y mecánica (línea plana), generalmente precedida por una fibrilación ventricular. Puede provocar la muerte en cuestión de pocos minutos.

Baipás cardiopulmonar: Su abreviatura es BCP. Aparato médico que durante un determinado período de tiempo puede asumir la función de los pulmones y del corazón.

Betabloqueantes: Se utilizan principalmente para combatir enfermedades cardiovasculares como medida de protección ante los efectos adversos de las hormonas del estrés, la adrenalina y la noradrenalina.

Bicarbonato estándar: Este parámetro puede utilizarse para valorar el equilibrio ácido-base del cuerpo. En caso de problemas pulmonares, entre otros, se realiza un examen de gases en sangre.

Bronquitis: Se distingue entre la aguda (infección de la mucosa de los bronquios) y la crónica (infección persistente de la mucosa de los bronquios).

Cardiología: El estudio del corazón, una rama de la medicina interna.

Carro de reanimación: Un carro de emergencias que contiene suministros importantes para las emergencias clínicas.

Casaca: Ropa de servicio (parte superior) que utilizan, entre otros, el personal de enfermería y el personal médico.

Catéter: Conducto o tubo flexible que sirve para sondear, vaciar, llenar o lavar la vejiga, el intestino, el corazón y los vasos sanguíneos.

Cerclajes: Lazos de alambre para mantener unidos fragmentos de hueso (a menudo del esternón).

Choque anafiláctico: También denominado «choque alérgico». Puede comportar un riesgo mortal, ya que en los casos más severos provoca parada cardiorrespiratoria.

Cirugía torácica: Especialidad quirúrgica que se encarga del tratamiento de enfermedades, lesiones y deficiencias en el área torácica.

Cirugía: Rama de la medicina que se ocupa del diagnóstico, el tratamiento quirúrgico y la rehabilitación de enfermedades y lesiones. Se distinguen ocho especialidades diferentes: cirugía general, cirugía vascular, traumatología, ortopedia, cirugía torácica, cirugía visceral, cirugía plástica y cirugía cardíaca.

Claritromicina: Un antibiótico que se utiliza para el tratamiento de infecciones bacterianas de las vías respiratorias, los oídos y la piel.

Código negro: Uno de los códigos de emergencias hospitalarias; significa, entre otras cosas, que se ha producido un incidente con un gran número de víctimas o que implica un riesgo para el personal.

Coniotomía: Creación de un acceso artificial a las vías respiratorias a la altura de la laringe. A diferencia de una traqueotomía (que es un procedimiento quirúrgico), se trata de un procedimiento médico de emergencia.

Consultorio de ORL: Consulta de un doctor a otro acerca de un paciente en el área de otorrinolaringología.

Contusión miocárdica: Es un traumatismo o contusión que daña el corazón. Suele provocarla un fuerte impacto en un accidente de tráfico o una caída desde gran altura.

Cuchara de choque: Forma parte del desfibrilador y está disponible en diferentes tamaños.

Desfibrilador: Aparato médico que con la ayuda de descargas eléctricas puede terminar con las arritmias cardíacas o la fibrilación ventricular. No tiene efecto sobre la asistolia.

Dificultad respiratoria aguda: También se denomina «disnea». La dificultad respiratoria aguda puede provocar miedo a la asfixia o a la muerte. Las causas tanto de la dificultad respiratoria aguda como de la crónica pueden ser, entre otras, el asma, la neumonía, los tumores, un infarto, la hiperventilación o un trastorno de ansiedad.

Drenaje: Desvío o extracción natural o terapéutica de fluidos o gases corporales (anormales).

ECG: Abreviatura del resultado del electrocardiograma, aunque también puede referirse al propio procedimiento. El ECG representa gráficamente los procesos eléctricos de la musculatura cardíaca.

Ecocardiografía: Examen ecográfico del corazón.

Edema pulmonar: Se refiere a la acumulación de agua

en los pulmones. En la mayoría de los casos están provocados por enfermedades cardíacas.

Enfermedad de las arterias coronarias: Las grandes arterias (arterias coronarias o vasos coronarios), que proporcionan oxígeno a la musculatura cardíaca, se estrechan o calcifican.

Enterobacterias: Bacterias típicamente intestinales (que forman parte de la flora intestinal) que pueden provocar enfermedades fuera del intestino.

Enterococos: Bacterias presentes en los intestinos, entre otros lugares. En determinadas circunstancias pueden provocar enfermedades (por ejemplo, cuando invaden otras partes del cuerpo).

Estafilococos: Bacterias que suelen ser inofensivas para las personas sanas. Sin embargo, algunos tipos pueden provocar enfermedades infecciosas.

Esternotomía mediana: Suele ser el acceso estándar al corazón en caso de operación.

Fibrilación ventricular: Trastorno del ritmo cardíaco que pone en riesgo la vida del paciente. Hace referencia a una serie descoordinada de contracciones rápidas e inefectivas de las cámaras inferiores del corazón.

Fractura: Término especializado para la rotura de un hueso.

Gasto cardíaco: Se refiere a la cantidad de sangre que el corazón puede bombear cada minuto a través del sistema circulatorio.

Gluconato de calcio: También llamado gluconato cálcico. Sustituto o suplemento de calcio.

Hemorragia intracraneal: Hemorragia venosa o arterial dentro del cráneo (hemorragia cerebral).

Hipoxemia: Hace referencia a una saturación de oxígeno reducida en sangre.

Implantación de DAI: Inserción de un desfibrilador automático implantable para el tratamiento de arritmias cardíacas.

Inhibidores de la ECA: Grupo de medicamentos reductores de la presión arterial que actúan inhibiendo las enzimas convertidoras de la angiotensina. No solo están indicados para la presión arterial elevada, sino también para casos de insuficiencia cardíaca.

Insuficiencia anastomótica: Una posible complicación postoperatoria. Se produce cuando la conexión entre dos estructuras anatómicas (la conexión artificial durante la operación de vasos sanguíneos, órganos huecos o nervios) no es óptima o se rompe.

Insuficiencia cardíaca: El corazón no consigue bombear al cuerpo la cantidad suficiente de sangre y oxígeno.

Intubación: Consiste en insertar un tubo en la tráquea para ventilar artificialmente al paciente.

IRM: Imagen por resonancia magnética o tomografía por resonancia magnética. Es un procedimiento diagnóstico para la generación de imágenes que muestran cortes en sección del cuerpo. A diferencia de la tomografía axial computarizada (TAC), no se utilizan rayos X.

Lavado broncoalveolar: Procedimiento para la obtención de muestras de las vías respiratorias inferiores en el marco de una broncoscopia (también llamada «endoscopia pulmonar»).

Marcapasos: Dispositivo para el tratamiento de enfermedades coronarias que ralentizan en exceso los latidos del corazón.

Medicina interna: A los médicos de esta especialidad (que se encarga de la estructura, la función y las enfermedades de los sistemas de órganos) se los llama «internistas».

Mixoma auricular: El tumor primario del corazón más frecuente.

Neumonía: Inflamación de los pulmones (aguda o crónica).

Parámetros de infección: Todos los valores de laboratorio que pueden indicar una infección.

Peritonitis: Inflamación del peritoneo.

Postoperatorio: Algo que ocurre después de una operación o como consecuencia de esta.

Presión arterial: Presión sanguínea del sistema circulatorio que puede medirse fácilmente en las arterias (vasos sanguíneos que transportan la sangre desde el corazón).

Prevalencia: Frecuencia de una enfermedad (o de un síntoma) en una población en un momento dado.

Prótesis de válvula cardíaca: Las prótesis mecánicas se fabrican con materiales artificiales, mientras que las biológicas se fabrican principalmente con tejido corporal de cerdo o de vaca. Imitan la función valvular del corazón.

Pseudomonas: Bacterias que se encuentran en el suelo, en el agua, en las plantas y animales, entre otros sitios. En sistemas inmunitarios debilitados pueden provocar la infección de heridas, inflamación pulmonar o enfermedades cardíacas, entre otras cosas.

Reanimación cardiopulmonar: También llamada «reanimación cardiorrespiratoria». Alternancia de masaje cardíaco y ventilación artificial como medio de reanimación. El masaje cardíaco siempre tiene prioridad. Si la reanimación la lleva a cabo alguien sin formación, las directrices recomiendan limitarse a las compresiones.

Retractor de esternón: Un retractor que mantiene separadas las dos mitades del esternón.

Sala de reanimación: También llamada «sala de choque», es una sala de tratamiento especial que se encuentra en urgencias. En ella se asiste en primera instancia a los heridos graves y con politraumatismos.

Saturación de oxígeno: Muestra la cantidad de oxígeno que contiene la hemoglobina (complejo proteico que une el oxígeno y lo transporta por el torrente sanguíneo como pigmento de la sangre en los glóbulos rojos).

Sepsis: Infección de la sangre o fallo multiorgánico potencialmente mortal que se debe a una reacción inmunitaria errónea (de todo el cuerpo).

Sonografía: Ecografía (imagen por ultrasonidos).

Stent: Malla extensible que se implanta para mantener abiertos vasos sanguíneos o cavidades.

TAC: Abreviatura de tomografía axial computarizada. Un método radiográfico en el que, a diferencia de las radiografías convencionales, se reconstruyen imágenes de sección del cuerpo para, por ejemplo, evaluar mejor los órganos y el tejido enfermo (en términos de forma y posición).

Traumatismo craneoencefálico: El TCE (también llamado «TEC», traumatismo encefalocraneano, o «EEC», embolia encefalocraneal) es la lesión interna o externa del encéfalo con afectación cerebral. Suele causarlo una fuerza externa aplicada sobre la cabeza (golpe, impacto o caída), que también lesiona el cerebro.

Trombosis: Obstrucción de un vaso sanguíneo provocada por un coágulo.

Venas rodantes: Que se desplazan lateralmente (rodando) debido al debilitamiento del tejido conectivo. Dificultan la toma de muestras de sangre porque resulta complicado pincharlas.

VUELVE
LA EMOCIÓN, EL DRAMA Y LA PASIÓN
AL HOSPITAL WHITESTONE

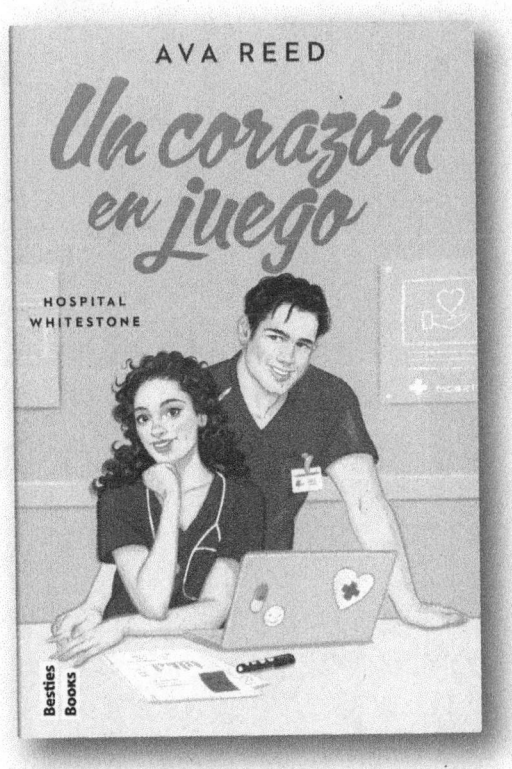

DESCUBRE LA SEGUNDA PARTE DE LA SERIE
QUE LLEVARÁ TU CORAZÓN AL LÍMITE

mr

booket